Jan Zweyer

Ein Königreich von kurzer Dauer

Historischer Roman

grafit

Der Autor

Jan Zweyer wurde 1953 in Frankfurt am Main geboren. Mitte der Siebzigerjahre zog er ins Ruhrgebiet, studierte erst Architektur, dann Sozialwissenschaften und schrieb als ständiger freier Mitarbeiter für die *Westdeutsche Allgemeine Zeitung*. Er war viele Jahre für verschiedene Industrieunternehmen tätig. Heute arbeitet Zweyer als freier Schriftsteller in Herne.

Mit seiner Trilogie *Das Haus der grauen Mönche* entführte er die Leser in das deutsche Mittelalter. In *Ein Königreich von kurzer Dauer* erzählt er nun die Geschichte der von Lindens in nächster Generation weiter.

Dramatis Personae

(Die mit einem * gekennzeichneten Figuren sind historisch belegt.)

Familie von Linden
Jorge von Linden, Kaufmann
Marlein von Linden, seine Frau
Linhardt von Linden, sein ältester Sohn
Hinrick von Linden, sein mittlerer Sohn
Lukas von Linden, sein jüngster Sohn

Hattinger Bürger
Hermann Offerhues, Kaufmann
Werner Koitgen, Bürgermeister
Konrad Kielmann, Kaufmann *
Johannes Hörstken, Gerichtsschreiber
Seyfrid, sein Sohn, Lukas' Freund aus Kindertagen
Hug, Gehilfe Kielmanns
Fritz van Emsche, Gildemeister der Krämer
Caspar Terboven, Ratsmitglied
Werner Mey, Richter *

Lübecker Bürger
Clas Wibbeking, Kaufmann
Juliana Wibbeking, seine Frau
Martin Wibbeking, sein Sohn
Jürgen Richolff, Drucker und Buchbinder *
Madlen, seine Tochter
Jürgen Wullenwever, Bürgermeister *

Peter, Gehilfe Linhardts
Claus Upberge, Medikus
Marx Meyer, Söldner *
Jacob, Tagelöhner
Johann Oldendorp, Jurist *

Münsteraner Bürger
Heinrich Xantus, Schmied und Ratsmitglied *
Jobst, sein Sohn und Lehrling
Cuntz Muntzer, Lautenmacher *
Anna, seine Tochter
Hans Westenbrinck, Schöffe der Tischler
Melchior, Tischlerlehrling
Hinrich Gresbeck, Schreinermeister *
Jan van Leiden, Täufer, selbst ernannter König des neuen Jerusalems
Bernd Knipperdolling, führendes Mitglied der Täufer *
Jan Matthys, führendes Mitglied der Täufer *
Bernd Rothmann, führendes Mitglied der Täufer *
Bernd Krechting, führendes Mitglied der Täufer *
Heinrich Krechting, Kanzler und Stellvertreter Jan van Leidens *
Johann Dusentschuer, Goldschmied und Prophet *
Wilbolt aus Neustadt, Wiedertäufer
Hänsel Eck (eigentlich Hans von Langenstrate), Überläufer im Kampf um Münster *

Adelige und ihre Gefolgsleute, Politiker und Geistliche

Johann III. von Jülich-Kleve-Berg, auch Johann der Friedfertige genannt, war ab 1521 der erste Herrscher der vereinigten Herzogtümer Jülich-Kleve-Berg *

Wilhelm, genannt Wilhelm der Reiche, sein Sohn *

Konrad Heresbach, Prinzenerzieher, ab 1534 Geheimer Rat und einer der wichtigsten Politiker am Hof von Jülich-Berg *

Johann Ghogreff, von 1528 bis 1554 Kanzler am Hof von Jülich-Berg *

Johann von Vlatten, ab 1554 Kanzler am Hof von Jülich-Berg, Probst in Aachen *

Walther von Luitzenrode, Schultheiß auf Haus Cliff

Franz von Waldeck, Bischof *

Wilken Steding, Landadeliger aus Südoldenburg, Oberbefehlshaber der bischöflichen Truppen *

Lorenz Horst, Hauptmann der klevischen Truppen *

Karte 1

Hattingen um 1530

(vereinfachte Darstellung)

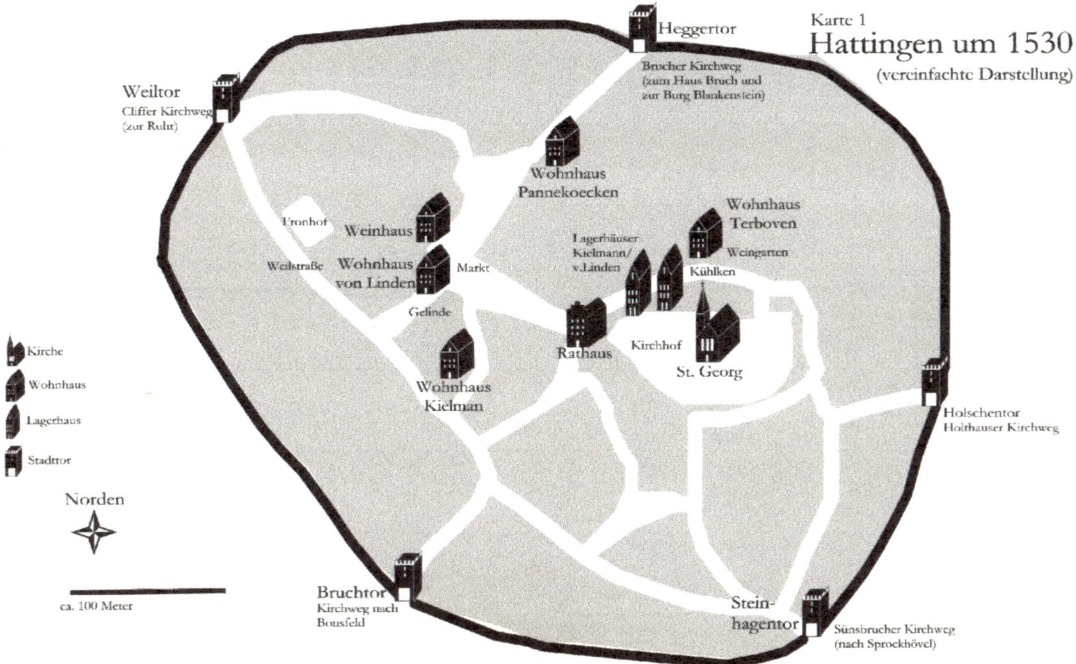

Karte 2

Lübeck um 1530

(vereinfachte Darstellung)

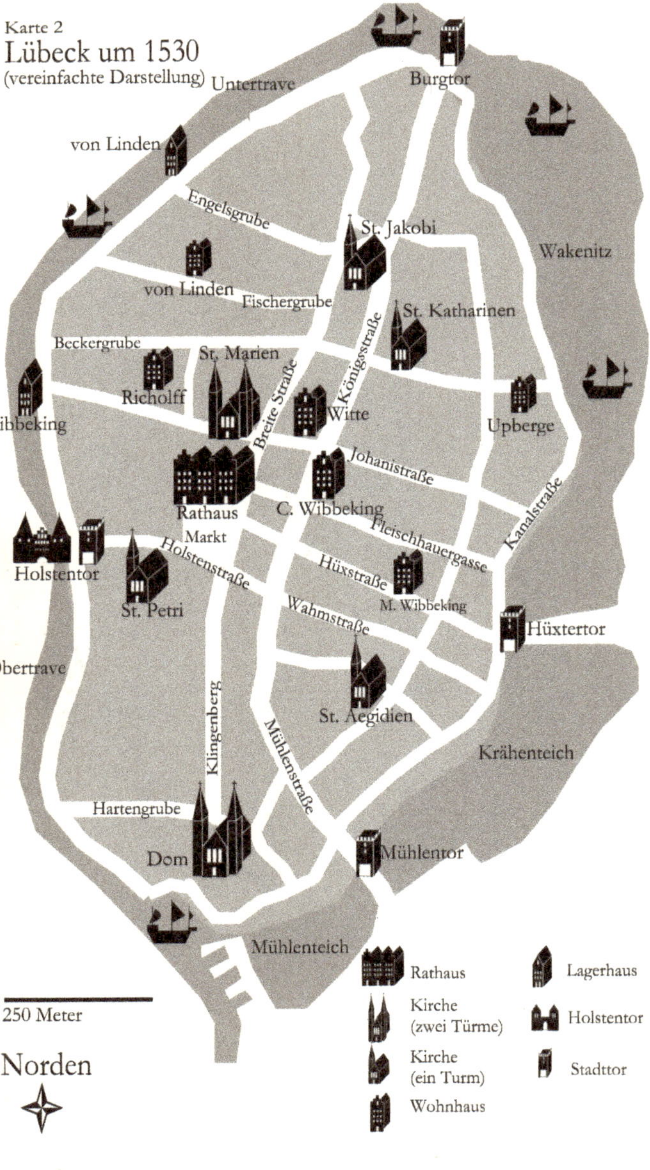

Karte 3

Münster um 1530

(vereinfachte Darstellung)

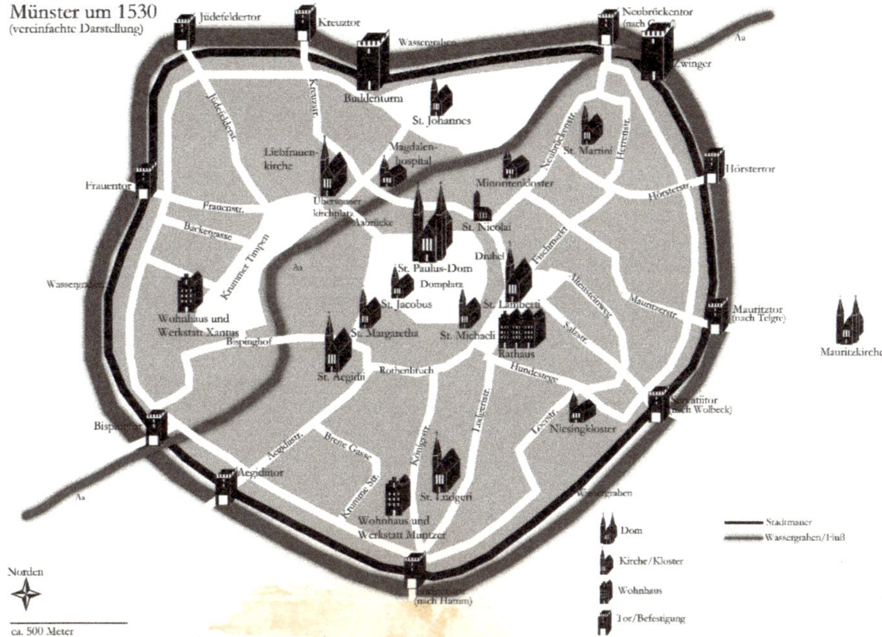

DER ENGLISCHE SCHWEISS

April bis Mai 1531

1

Hattingen, 4. April 1531

Das Haus der von Lindens am Markt gehörte zu den schönsten Gebäuden der Stadt: tiefschwarzes Fachwerk, der Lehm auf dem Weiden- und Strohgeflecht dazwischen strahlend weiß gestrichen, Butzenglasscheiben in allen Fenstern. Es wirkte nicht protzig, aber der Wohlstand der Bewohner schlug sich in der Gestaltung der Hausfassade nieder: Farbige Muster rahmten die Fensteröffnungen ein, die breite Eingangstür wies kunstvoll geschnitzte Ornamente auf.

An dieser Stelle im Herzen Hattingens hatte noch vor zehn Jahren das Stammhaus der van Enghusens gestanden, einer alteingesessenen Kaufmannsfamilie, deren Tochter Marlein seit zwei Jahrzehnten mit Jorge von Linden verheiratet war. In einem Frühjahr waren das Dachgeschoss und die obere Etage des Hauses abgebrannt. Glücklicherweise war niemand bei dem Feuer zu Schaden gekommen und auch ein Übergreifen auf die Nachbargebäude konnte verhindert werden. Die Familie von Linden hatte damals entschieden, das beschädigte Gebäude bis auf die Grundmauern abzureißen und neu zu errichten – größer und schöner als zuvor.

Von der Diele im Erdgeschoss betrat man die geräumige Stube, in welcher gegessen und Gäste empfangen wurden. Davon ab ging das Kontor, welches nicht nur ein Fenster zur Straße hin hatte, sondern nach Lübecker Sitte auch eines zur Diele. So konnte der Hausherr, der lange in der Hansestadt an der Ostsee gelebt hatte, jederzeit kontrollieren, wer sich in seinem Haus aufhielt.

Über eine Treppe gelangte man in die oberen Etagen. Im ersten Stock fanden sich die Schlafkammern der Familie und eine weitere, deutlich kleinere Kammer. Hier bewahrten die Eheleute das auf, was ihnen wichtig, nicht aber für jedermanns Augen bestimmt war: Erinnerungsstücke wie den Tanach, eine jüdische Bibel, die Jorge von einem Freund erhalten hatte, der schon lange tot war.

Unter dem Dach hatten ursprünglich die Bediensteten gewohnt. Nachdem jedoch ein Anbau im Garten errichtet worden war, hatte man die frei gewordene Fläche in einen Vorratsraum umgewandelt, in den ausgewichen werden konnte, falls das eigentliche Lager zu voll zu werden drohte. Dort konnte jedoch nur das untergebracht werden, was ein Mann auf seinen Schultern über die Treppe hochzuschleppen vermochte, denn eine Seilwinde fehlte.

Die gesamte untere Etage des Anbaus war den Waren vorbehalten, mit denen Jorge von Linden Handel trieb. Die Kammern des Knechtes und die der zwei Mägde lagen darüber.

Zum Anwesen gehörte außerdem eine Scheune. Neben den zwei Pferden, die die Familie ihr Eigen nannte, fanden dort auch noch die beiden Karren Platz.

Brunnen und Abort lagen im Garten, so weit auseinander wie möglich. Und da der Brunnen sehr tief gegraben worden war, schmeckte sein Wasser weniger brackig als in vielen anderen Haushalten.

In der Stube brannte wie immer das Feuer im Kamin. Dieser konnte auch von der angrenzenden Küche beschickt werden, wo die Speisen zubereitet und die Kochgeräte gelagert wurden. Im Boden war eine schwere Holzklappe eingelassen, die über eine Stiege in den Keller führte, in dem verderbliche Nahrungsmittel kühl gelagert wurden. Eine schmale Tür öffnete sich von der Küche in den Nutzgarten, in dem Kräuter und allerlei Gemüse wuchsen.

Die Stube selbst war so gestaltet, wie der Hausherr es aus Lübeck kannte. Ledertapeten aus Flandern schmückten die Wände, die Deckenbemalung ließ den Raum niedriger erscheinen, als er war. Blau-weiße Fliesen ersetzten hier die sonst üblichen Holzdielen. Möbliert war der Raum mit einem mächtigen Tisch aus massiver Eiche, der zwölf Personen ausreichend Platz bot. Darum standen Bänke und zwei Holzstühle mit hohen Lehnen, die vor dem Kamin platziert waren und den Eheleuten oder hohem Besuch vorbehalten blieben. An einer Wand befand sich ein mannshoher Schrank, in dem die wertvollen Zinnteller und -schüsseln sowie die kostbaren Trinkbecher aus Glas aufbewahrt wurden.

Jorge von Linden hatte auf der langen Bank neben dem Fenster Platz genommen, sein Sohn Lukas saß ihm gegenüber.

»Ich werde kein Kaufmann.« Der Siebzehnjährige warf seinen Kopf in den Nacken und schob das Kinn angriffslustig vor. »Das macht keinen Spaß.«

Diese Pose seines jüngsten Sohnes erinnerte Jorge von Linden an dessen Mutter Marlein. Als diese in Lukas' Alter gewesen war, hatte sie in Auseinandersetzungen ähnlich reagiert. Jorge hatte ihr Durchsetzungsvermögen immer bewundert. Sein jüngster Sohn schien es geerbt zu haben. Aber er durfte nicht nachgeben, auch wenn ihm Lukas' konsequente Haltung im Grunde imponierte.

»Du solltest an später denken. Bald willst du eine Familie gründen, musst für sie sorgen. Wie willst du das als Spielmann tun?«

Vor sechs Monaten hatte Lukas seine Eltern zum ersten Mal mit der Idee konfrontiert, nicht in das Handelsgeschäft seines Vaters einzutreten, sondern sein Glück als Musikant zu versuchen.

Anfangs hatten sie das Ansinnen als einfältig abgetan. Aber der Junge ließ sich nicht beirren. Er sei für den Kaufmannsberuf ungeeignet, hatte Lukas selbstbewusst verkündet. Seine Zukunft gehöre der Musik.

Jorge wusste nicht, woher dieses Interesse rührte. Gewiss, Marlein hatte ihrem Jüngsten, wie auch seinen Geschwistern, Lieder vorgesungen, als er noch klein war. Aber niemand in der Familie beherrschte ein Instrument. Und wenn sie tatsächlich einmal einen Gesang anstimmten, war er zwar laut, klang aber recht unmelodisch. Auch Marlein konnte sich nicht erinnern, dass sich in ihrer Verwandtschaft jemals jemand zur Musik hingezogen gefühlt hatte. Woher also kam nur diese seltsame Neigung seines Jüngsten?

»Ich will kein Spielmann werden, sondern Musikinstrumente bauen. Die Fidel zum Beispiel, die Laute. Oder eine Rebec. Natürlich muss ich sie dafür spielen können, um zu wissen, wie sie klingen sollen.«

Jorge seufzte. Er ahnte, dass dieses Streitgespräch ebenso enden würde wie die anderen zuvor. »Aber ich brauche dich.«

»Weshalb? Du hast doch Linhardt.«

»Du weißt, dass dein ältester Bruder unsere Interessen in Lübeck vertritt.«

»Dann hole ihn zurück. Du selbst hast mir mehr als einmal erzählt, dass unser Geschäft in Lübeck jahrelang von deinem Freund Clas Wibbeking geführt wurde.«

Das stimmte. Als Linhardt noch klein war und Jorges gesamte Kraft dem Aufbau und Erhalt der geschäftlichen Aktivitäten in Hattingen galt, hatte Clas Marleins Erbe in Lübeck verwaltet. Allen Beteiligten war klar gewesen, dass dieser Freundschaftsdienst nicht ewig währen konnte. Und als Clas' älterer Bruder Konrad gestorben war, fehlte dem Freund schlicht die Zeit, sich neben seinem auch noch um den Besitz der von Lindens zu kümmern. Für lange Jahre hatte ein Verwalter die Geschicke der Lübecker Niederlassung gelenkt und die Firma trotz Jorges häufiger Kontrollbesuche in der Hansestadt fast zugrunde gewirtschaftet. Als Linhardt endlich alt genug war, um selbstständig zu arbeiten, hatte er die Vertretung übernommen und wieder nach vorn gebracht.

»Das geht nicht. Clas kann sich nicht zweier Handelshäuser annehmen.« Und ich will nicht, dass er es tut, setzte Jorge im Stillen hinzu.

Sein Sohn schob die Unterlippe trotzig vor. Ebenfalls eine Geste, die er von seiner Mutter geerbt hatte.

»Dann eben Hinrick.« Lukas war aufgestanden und hatte sich vor seinem Vater aufgebaut. »Bitte!«

Hinrick, der Grübler. Jorge musste lächeln, wenn er an seinen mittleren Sohn dachte. Natürlich würde Hinrick ihm diesen Wunsch nicht verwehren, sollte er je an ihn herangetragen werden. Er verweigerte sich niemals einer Bitte seiner Eltern. Nur würde Jorge ihn nicht fragen.

Der Achtzehnjährige war einfach kein Händler. Er war klug, sicher. Schon früh hatte er lesen gelernt. Er verschlang jedes Buch, das er finden konnte. Nur eins hatte er nach wenigen Stunden beiseitegelegt: Jorges abgegriffenes Lehrbuch der Mathematik, verfasst von Fibonacci.

Hinrick grauste vor Zahlen. Er tat sich selbst mit den einfachsten Rechenoperationen schwer. Eine schlechte Voraussetzung für ein Leben als Kaufmann. Ihr Geschäft wäre in wenigen Jahren ruiniert, müsste Hinrick die Rechnungen ausstellen.

Dafür sprach er recht ordentlich Latein, konnte eine Unterhaltung auf Italienisch und Französisch führen und verstand sogar einige Brocken der englischen Sprache. All das hatte er sich durch die Lektüre einschlägiger Bücher selbst beigebracht. Wie sein Vater vor Jahrzehnten auch. Jorge hatte Hinrick mehrmals mit auf Reisen genommen, damit er ihm als Übersetzer zur Seite stand. Sprachen und die Schriften von Philosophen, deren Namen Jorge, kaum gehört, schon wieder vergaß, waren Hinricks Welt.

Natürlich arbeitete auch der mittlere Sohn im Hattinger Kontor. Er war ein geschickter Verhandler, verstand es, Menschen für sich einzunehmen und zu überzeugen. Mehr als einmal war durch seine Vermittlung ein Auftrag gerettet worden, den Jorge schon verloren glaubte. Aber Hinrick brauchte jemanden an seiner Seite, der etwas von Finanzen verstand. Er bemühte sich nach Kräften, würde aber niemals einen guten Kaufmann abgeben.

Wann immer es seine Zeit erlaubte, ritt Hinrick nach Werden, um im dortigen Benediktinerkloster alte Schriften zu studieren. Wie sein Sohn die Mönche überredet hatte, ihm Zugang in die ansonsten verschlossene Welt eines Klosters zu gewähren, war Jorge ein Rätsel. Gläubig war Hinrick allerdings nicht, im Gegenteil. Wenn er sich überhaupt mit religiösen Dingen beschäftigte, dann nur mit der Diskussion über diesen Reformator Luther, von dem alle Welt sprach. An eine Mönchsgemeinschaft würde die Familie Hinrick jedenfalls nie verlieren, dessen war Jorge sich sicher. Aber ebenso wenig konnte sein mittlerer Sohn ein Geschäft allein führen. Nein, es blieb nur Lukas.

»Du wirst meinem Wunsch folgen.« Jorges Stimme klang strenger als beabsichtigt. »Ab morgen wirst du dich jeden Tag im Kontor einfinden und lernen, wie ein Kaufmann zu handeln. Du wirst sehen, es kommt der Tag, da wird dir diese Arbeit Spaß machen.« Er sah Unwillen in den Augen seines Sohnes aufblitzen. »Hast du mich verstanden?«

Lukas wagte keinen offenen Widerspruch und senkte gehorsam den Kopf. »Ja, Vater.«

Was wäre wohl gewesen, dachte Jorge, wenn die anderen drei Kinder, die Marlein ihm geschenkt hatte, nicht so früh verstorben wären? Hätte er den Wunsch seines Jüngsten dann erfüllt? Oder hätte er sich noch immer verweigert? Er wusste es nicht. »Gut. Du kannst gehen.«

Lukas trottete zur Tür und wäre dort beinahe mit seiner Mutter zusammengestoßen, die die Stube betrat und ihm im Vorbeigehen zärtlich über das Haar strich. Mit einer schnellen Kopfbewegung wehrte Lukas diese Geste ab. Jorge erkannte daran, wie sehr es in ihm brodelte.

Marlein schloss die Tür hinter ihrem Jüngsten. »Ich sehe, du hast mit ihm gesprochen?«

Jorge lächelte. »Hast du nicht hinter der Tür gestanden und jedes Wort der Unterhaltung verfolgt?«

Seine Frau senkte ertappt den Kopf.

»Also hast du«, stellte Jorge belustigt fest.

Er konnte Marlein nicht böse sein. Schon als Kinder spielten sie miteinander, später vermittelte er ihr das Wissen, das ihm Dominikanermönche beigebracht hatten. Dann verloren sie sich aus den Augen, vergaßen einander aber nicht. Und als sie sich in Lübeck wiedertrafen, war es, als ob sie nie getrennt gewesen wären. Aus ihrer kindlichen Zuneigung wuchs Liebe und sie heirateten. Selbstverständlich gab es in ihrem Leben auch Streit. Jedoch überdauerten ihre Auseinandersetzungen keinen Tag und hatten nie wirklich verletzt. So war es bis heute geblieben.

»Natürlich. Schließlich liegt mir das Wohlergehen unserer Kinder am Herzen.«

»Höre ich da Missfallen in deiner Stimme?«

Sie sah ihn an. Es war dieser Blick, der Jorge als unreifen Knaben vor fast drei Jahrzehnten in den Bann gezogen hatte und der ihn auch als Mann immer wieder schwach werden ließ. Marlein war trotz ihrer fast vierzig Jahre eine schöne Frau. Ihr feuerrotes Haar fiel wallend auf ihre Schulter, ihre sommersprossige Haut schien fast durchsichtig. Jorge hätte sie auch heute vom Stand weg geheiratet.

»Nein, kein Missfallen. Ich weiß, dass du an die Zukunft denken musst. Und es bleibt auch keine andere Wahl. Aber Lukas tut mir leid. Er wünscht sich nichts sehnlicher, als Musikinstrumente zu bauen.«

»Vieles von dem, was ich mir in meinem Leben gewünscht habe, ist auch nicht eingetreten«, erwiderte Jorge. »Er muss lernen, mit Niederlagen umzugehen.«

»Sicher. Aber hast du auch so gedacht, als du vor Jahren aus Hattingen fortmusstest?«

Jorge wusste, dass sie recht hatte. Nachdem die Dominikaner, bei denen er erzogen worden war, ihr Haus unweit der Kirche Sankt Georg nicht ganz freiwillig aufgegeben hatten, musste auch Jorge als knapp Vierzehnjähriger Hattingen verlassen und war, völlig auf sich allein gestellt, auf eine lange Wanderung gegangen. Er spürte seine damalige Verzweiflung auch heute noch so, als ob seine Vertreibung gestern gewesen wäre.

»Lukas geht es genauso. Also sei nicht zu streng mit ihm. Er wird sich in sein neues Leben schon einfinden.«

»Hoffentlich.«

2

Kleve, 5. April 1531

Heftiger Regen prasselte gegen die Butzenglasscheiben des Rittersaals im herzoglichen Schloss Schwanenburg bei Kleve. Der kräftige Wind, der draußen um das Backsteingebäude wehte, ließ das Feuer im Kamin in einem Moment hell auflodern, kurz darauf fast erlöschen. Trotz der schweren Teppiche, mit denen die kalten Mauern behängt waren, lag klamme Feuchtigkeit in der Luft, die auch die Flammen, welche von Bediensteten immer wieder angefacht wurden, nicht vertreiben konnten.

Herzog Johann III. von Jülich-Kleve-Berg hielt nur noch selten Hof in dem Schloss, das auf einer Anhöhe über dem Ort thronte, meistens residierte er in Jülich oder Düsseldorf. Heute jedoch hatte er sich mit seinen wichtigsten Beratern in Kleve getroffen und diesen Entschluss angesichts der Kälte, die den Raum durchzog, schon längst bereut.

Der Herzog schaute in die prasselnden Flammen und rieb sich die Hände, um sie zu erwärmen. Hinter seinem Rücken stand ein schwerer Eichentisch, an dem drei Männer, keiner von ihnen älter als vierzig, saßen und schweigend warteten.

Endlich drehte sich der Regent um, ging die wenigen Schritte zu seinen Ratgebern und stützte sich mit beiden Händen auf die Tischplatte. »Und sie lehnen die Kindstaufe ab?«, fragte er mit sorgenvoller Miene.

Ein Mann mit spitzem Bart und halblangem Haar beugte sich vor und ergriff das Wort. »Ja, Durchlaucht. Sie berufen sich dabei auf Jesus, der ihre Form der Taufe am Jordan praktiziert habe. Aber nicht nur das. Sie behaupten, dass jeder, der des Lesens mächtig ist, deshalb die Bibel verstehen und nach seinem Gutdünken auslegen kann. Deshalb fühlen sie sich auch zu Predigern berufen, ziehen durchs Land und setzen dem einfachen Volk Flausen in den Kopf.« Johann von Vlatten lehnte sich zurück und strich mit der rechten Hand durch seinen Bart. Dann griff er zum Weinkrug, warf den anderen beiden Männern am Tisch einen fragenden Blick zu und schenkte sich, nachdem diese dankend abgelehnt hatten, ein.

Der Herzog wandte sich dem Mann zu, der zu seiner Linken saß. »Was meint Ihr, Kanzler?«

Johann Ghogreff zögerte ein wenig mit der Antwort. Dann erwiderte er bedächtig: »Nun, wenn die Wiedertäufer nur dieses Ziel hätten, könnte man sie als ungefährliche Wirrköpfe betrachten. Aber immer lauter werden ihre Forderungen nach Abschaffung des Eigentums. Zins und Zehnter seien ebenso wie kirchlicher Besitz gegen Gottes Gebot. Kein Mönch und keine Nonne sollten Handel treiben, Vieh züchten, Korn anbauen.«

»Wovon sollen die Klöster dann leben?«, wunderte sich der Herzog.

»Von Spenden. Solche Einnahmen sollen allerdings nach deren Vorstellungen durch Bürgerausschüsse verwaltet werden, die den Mönchen und Nonnen nur das zubilligen, was diese benötigen, um nicht zu verhungern.«

»Und die Kirchenherren?«

»Dürften wohl leer ausgehen.«

Herzog Johann schüttelte entgeistert den Kopf.

»Es gibt unter diesen selbst ernannten Prädikanten sogar einige, die die Bibel als nicht von Gott kommend anerkennen. Sie erklären sie zum Menschenwerk, dem man nicht folgen müsse, sondern nur seinem eigenen Gewissen.«

Der Herzog schlug mit der Faust so heftig auf den Tisch, dass die Becher erzitterten. »Das ist Häresie! Und diese Leute treiben an unseren Landesgrenzen ihr Unwesen?«

Kanzler Ghogreff nickte. »Nur wenige Meilen westlich von Jülich gewährt ihnen der Droste von Wassenberg Schutz und Unterkunft. Von dort ziehen sie ins Westfälische, um ihre Lehren zu verbreiten, aber auch in Euer Herzogtum.«

»Wie reagiert das Volk?«

»Viele Bürger lassen sich in die Irre führen.«

Herzog Johann zog seinen Stuhl an den Tisch heran und setzte sich. Mit einer schnellen Handbewegung gab er zu verstehen, dass er zu trinken wünsche. Ein Diener sprang herbei und kredenzte seinem Herrn den roten Wein. Als der Herzog den Becher abgesetzt und sich mit dem Handrücken den Mund trocken gewischt hatte, fragte er: »Wir haben doch in unserem Edikt den Klerus zur Mäßigung aufgefordert, Reformen angemahnt und die Gläubigen zur Einheit aufgerufen. Reicht das den Leuten nicht?«

»Ich fürchte nein, Durchlaucht.« Konrad Heresbach, der dem Gespräch bisher schweigend gefolgt war, erhob seine Stimme. Er war schlank, trug ebenfalls einen Bart und war wie die anderen beiden Berater ganz in Schwarz gekleidet. »Vielleicht wäre es klüger, Euch eindeutig für eine der Seiten zu entscheiden. Das Volk erwartet von seinem Herrscher Führung.«

Johann griff erneut zum Becher. »Ich weiß schon, was Ihr meint, Heresbach. Ich soll mich Eurem Luther zuwenden und einen Konflikt mit dem Kaiser riskieren. Wir haben das schon Dutzende Male besprochen. Ich kann mich nicht gegen ihn und die anderen Landesfürsten stellen.«

»Ihr habt mich falsch verstanden, Durchlaucht. Ich bin keineswegs ein Lutheraner. Auch wenn ich nicht verhehlen möchte, dass mir manches an seinen Schriften gefällt.«

»Mir etwa nicht?«, unterbrach ihn der Herzog. »Aber es geht hier nicht um Gefallen, sondern um das Herzogtum. Wir sind nicht nur von Freunden umgeben. Gerade Ihr solltet das wissen.«

Demütig senkte Heresbach den Kopf. Aber als er weitersprach, klang seine Stimme keinesfalls unterwürfig. »Das ist mir wohl bewusst. Gerade deshalb ist der innere Friede in Eurem Reich so wichtig. Das Volk muss in solch gefährlichen Zeiten hinter seinem Herrscher stehen.«

»Und wie erreiche ich das?«, wollte der Herzog wissen. »Ich werde mich nicht bedingungslos auf die Seite der Lutheraner schlagen.«

»Das kann ich verstehen«, erwiderte Heresbach. »Ich rate Euch deshalb: Präzisiert Eure Vorstellungen vom Vollzug der religiösen Praxis und kritisiert erneut den Missbrauch, der im Namen des Herrn getrieben wird. Dann wird das Volk Euch folgen.«

»Euer Wort in Gottes Ohr«, knurrte Johann und nahm einen großen Schluck Wein. »Und wie soll ich das machen?«

»In einem Erlass, der neue Regeln für die Religionsausübung festschreibt. Eine Reformordnung.«

»Die Ihr zu verfassen gedenkt, nehme ich an?«

»Wenn Ihr es wünscht, Durchlaucht.«

Mit einem Ruck stellte der Herzog den Becher auf dem Tisch ab. »Gut. Verfasst mir ein solches Dokument, meine Herren. Gemeinsam.« Er warf Heresbach einen schnellen Blick zu. »Aber ich will keine strittigen Fragen in meiner Ordnung finden. Klammert diese Punkte aus. Ich möchte mir weder die Lutheraner noch den Papst zum Feind machen. Verweist meinetwegen auf ein Konzil, das berufener ist als ich, solche Fragen zu entscheiden. Aber nehmt eindeutig Stellung gegen diese Wiedertäufer. Ich dulde in meinen Grenzen niemanden, der das Volk aufwiegelt. Das wäre alles.«

Die Herren erhoben sich, um den Rittersaal zu verlassen.

»Ihr nicht, Heresbach«, befahl der Herzog. »Ich habe noch etwas mit Euch zu besprechen.«

Als Ghogreff und von Vlatten gegangen waren, meinte Johann: »Setzt Euch wieder, Heresbach. Was macht mein Sohn für Fortschritte in der französischen Sprache?«

»Es würde nicht schaden, Durchlaucht, wenn er mehr Zeit für das Lernen seiner Vokabeln aufbrächte als für die Ausritte mit den Offizieren Eurer Garde.«

»Höre ich etwa Kritik in Euren Worten?«

»Ich weiß, dass Ihr diese Ausflüge unterstützt, aber …«

»Mein Sohn wird einmal Herzog sein«, unterbrach ihn Johann. »Soll er etwa vom Pferde fallen, wenn er sich seinen Untergebenen zeigt?«

»Natürlich nicht. Aber er hält sich im Sattel schon besser als die meisten seiner Begleiter. Er springt mit dem Pferd über Mauern und Gräben, wie ich es nicht wagen würde. Ich glaube nicht, dass ernsthaft die Gefahr besteht, er könne vom Pferderücken stürzen.«

»Ihr widersprecht Eurem Herzog?«

»Habt Ihr mich an Euren Hof geholt, um die Riege der Bücklinge um einen Kopf zu erweitern? Dann bin ich fehl am Platze und Ihr solltet mich schleunigst aus Eurem Dienst entlassen.«

Der Herzog seufzte. »Immer diese Drohungen. Warum nur müsst Ihr mich ständig zum Rückzug zwingen, Heresbach?«

»Das ist nicht meine Absicht, Durchlaucht.«

»Mag sein. Aber immer wieder enden unsere Dispute damit, dass Ihr mich entweder um Entlassung bittet oder mit Eurer Abreise droht. Und immer tue ich weder das eine, noch akzeptiere ich das andere. Ihr seid der Erzieher des Prinzen. Ich kann auf Euch nicht verzichten.« Er machte eine Pause. »Und das gilt auch für Eure Funktion als Berater. Also gut. Wie oft finden diese Ausritte statt?«

»Jeden Nachmittag.«

»Und was haltet Ihr stattdessen für sinnvoll?«

»Jeden zweiten Nachmittag.«

Wieder ließ der Herzog einen tiefen Seufzer hören. »Und in der frei gewordenen Zeit soll Wilhelm Französisch lernen?«

»Und Latein.«

»Ich befürchte, das wird ihm nicht besonders gefallen.«

»Da bin ich Eurer Meinung. Aber wie soll er die Allianz mit Frankreich, die Ihr anstrebt, nach Eurem Tod festigen, wenn er die Sprache seines Verbündeten nur unvollständig spricht?«

»Einverstanden«, stimmte Johann zu. »Aber der Verkünder der schlechten Nachrichten seid Ihr.«

Konrad Heresbach nickte.

Der Herzog stand auf und brummte beim Verlassen des Saales halblaut: »Manchmal sind Arschkriecher die angenehmeren Zeitgenossen. Vor ihnen kann man wenigstens das Gesicht wahren.«

Konrad Heresbach lachte laut auf. »Das habe ich gehört, Durchlaucht.«

»Das solltet Ihr auch, elender Erpresser.«

3

Lübeck, 6. April 1531

Obwohl gerade erst neunzehn geworden, führte Linhardt von Linden das Geschäft in Lübeck nun schon seit fast einem Jahr. Die Familie handelte mit allem, was sich transportieren ließ und Gewinn versprach: gesalzener Hering und Honig aus dem Norden, Holz und Pelze aus dem Osten, Wein und Bier aus dem Süden. Und Tuchwaren natürlich, die Linhardts Vater aus der Tuchstadt Hattingen schickte und die sich in Lübeck und auf anderen Märkten der Region gut verkaufen ließen.

Linhardt hockte in seiner Dornse im elterlichen Haus in der Fischergrube und studierte die Frachtlisten der *Irmla.* Die Kogge war einige Jahrzehnte alt und in die Jahre gekommen – immer häufiger fielen Reparaturen an. Der Kapitän lag Linhardt seit Monaten mit der Forderung in den Ohren, endlich ein neues Schiff zu kaufen. Aber dafür fehlte das Geld. Zu große Löcher hatte die Misswirtschaft der vergangenen Jahre in das Budget des Unternehmens gerissen. Löcher, die Linhardt nur langsam stopfen konnte.

Die Schläge des Türklopfers schallten durch das Haus. Da

beide Mägde zum Markt gegangen waren, musste er sich selbst bemühen. Mit einem Seufzer legte er Papier und Feder beiseite und stand auf. Er hasste es, bei der Arbeit gestört zu werden.

Sein Freund Martin Wibbeking wartete im strömenden Regen vor der Tür und schüttelte das Barett und seinen Mantel aus, nachdem er sich an Linhardt vorbei in die Diele des Hauses gedrängt hatte.

Einige der Wassertropfen trafen Linhardt auf der Stirn. Unwillig wischte er sie ab. »Wir waren doch erst für morgen verabredet oder irre ich mich?«, fragte er Martin.

Der lachte. »Wenn du dein Gesicht sehen könntest. Was hat dir den Tag verhagelt? Um deine Frage zu beantworten: Ja, wir wollten uns morgen treffen. Und um einer weiteren zuvorzukommen: Nein, mein Vater ist noch nicht wieder zurück.«

Martin war nur zwei Monate jünger als Linhardt. Ihre Väter und Mütter waren in ihrer Jugend eng miteinander befreundet gewesen. Auch heute trafen sie sich noch dann und wann, allerdings kam es immer seltener vor, dass Linhardts Eltern die beschwerliche Reise nach Lübeck auf sich nahmen. Die beiden Söhne hingegen setzten die Familienfreundschaft fort und waren mittlerweile unzertrennlich geworden. Nur jetzt konnte Linhardt diesen überraschenden Besuch nicht gebrauchen und sagte das auch.

»Hast du mir eben nicht zugehört? Vater ist noch nicht von seiner Reise nach Riga zurückgekehrt. Du kannst dir also Zeit lassen mit der Kostenaufstellung.«

Natürlich hatte Linhardt die erforderlichen Daten, die er für das geplante Gespräch mit Martins Vater Clas benötigte, schon längst erstellt. Er wollte den anderen Kaufmann davon überzeugen, dass es sinnvoll sei, gemeinsam ein neues Schiff zu kaufen und auszurüsten. Das wäre für beide Seiten günstiger.

Die außenpolitische Situation der größten der Hansestädte hatte sich in den vergangenen Jahren weiter zugespitzt. Lübeck befand sich seit Längerem in einem unerklärten Krieg mit dem Dänenkönig Johann, der der Hanse den Handel mit Schweden untersagte und die Niederländer bei seinen Geschäften bevorzugte. Hinzu kamen innenpolitische Auseinandersetzungen zwischen den Anhängern des alten und des neuen Glaubens, die das Leben in der Stadt lähmten. All das erschwerte den Handel, was die Lübecker Kaufleute in ihren Geldkatzen spürten.

Linhardt interessierte weder Politik noch Religion. Er ging sonntags zur Kirche, gewiss. Und auch die Beichte legte er regelmäßig ab. Doch er besuchte die katholische Messe mehr aus Gewohnheit denn aus Überzeugung. Die heftigen Auseinandersetzungen in der Stadt um den wahren Glauben ließen ihn kalt, die Heftigkeit, mit der der Glaubenskrieg ausgefochten wurde, stieß ihn ab.

Die Stadt war in Fragen der Religion gespalten. Keine der Seiten konnte die Oberhand gewinnen. Zwar hatte der Rat durch die Annahme der neuen Kirchenordnung bereits Anfang des Jahres die Einführung der Reformation auch in Lübeck beschlossen, aber Beschlüsse zu fällen war die eine Seite, die Herzen und Köpfe der Bürger für den neuen Glauben zu gewinnen, eine andere.

Den jungen Händler beschäftigten nur die Erlöse, die ihm der Verkauf seiner Waren einbrachte. Und alles, was die Gewinne schmälerte, war ihm zuwider. Er hatte seinem Vater versprochen, die Lübecker Niederlassung zu alter Stärke zurückzuführen. Und genau das gedachte er mit Wibbekings Hilfe zu tun. Ein Schiff und zwei Eigner bedeuteten zwar nur den halben Gewinn, aber eben auch nur die halben Kosten und das hälftige Risiko. Den Preis für eine neue Kogge konnte Linhardt allein nicht aufbringen, ebenso wenig wie den für eine grundlegende Überholung der *Irmla.* Und ohne ein seetüchtiges Schiff mit großen Laderäumen musste seine Familie über kurz oder lang die Niederlassung in Lübeck schließen.

»Was ist so wichtig, dass du mich beim Arbeiten störst? Die *Irmla* läuft in zwei Tagen nach Riga aus und ich muss noch die Frachtlisten überprüfen.«

»Ein Glas Wein mit einem Freund?«

Linhardt schluckte seinen Ärger über die Störung hinunter. Martin hatte ja recht. Die Arbeit lief ihm nicht weg. Außerdem hatte er seine Kontrollen fast beendet. Den Rest konnte er auch später erledigen. Also bat er seinen Freund in die Stube.

Der Raum hatte sich seit den Tagen, als Linhardts Mutter hier gelebt hatte, kaum verändert. Die Ledertapeten aus Flandern zierten noch immer die Wände, auch wenn sie in den vergangenen dreißig Jahren rissig geworden waren. Der übermannshohe Schrank stand wie eh an seinem Platz neben der Tür. Nur die Bank vor dem ausladenden Tisch war durch einige Stühle ersetzt worden.

Die Holzdielen knarrten, als Linhardt mit dem Weinkrug und zwei Zinnbechern in der Hand aus der Küche zurückkehrte und einschenkte. Dann tranken die beiden jungen Männer.

»Du bist nicht nur wegen des Weines gekommen, habe ich recht?«, fragte Linhardt. »Du siehst aus, als würdest du jeden Moment platzen. Also, was gibt es Neues?«

»Eine Schönheit in unserer Stadt.«

»Da gibt es einige«, meinte Linhardt grinsend.

»Aber keine wie Madlen.«

»Madlen? Sollte ich sie kennen?«

Martin ignorierte die Frage. »Siebzehn Jahre alt. Schlank, fast so groß wie ich, braune Augen ... Also, ich sage dir, diese Augen … Dunkle Haare und eine Stimme wie der Gesang einer Nachtigall. Und dann erst ihre Figur.« Er fuchtelte mit den Händen in der Luft herum und verdrehte dabei die Augen.

Linhardt musste lachen. »Du führst dich auf wie ein Gockel. Wer ist diese Madlen?«

»Die Tochter von Jürgen Richolff.«

»Und wer zum Teufel ist das?«

Martin machte ein überraschtes Gesicht. »Du kennst den Drucker Richolff nicht?«

Linhardt schüttelte den Kopf.

»Die ganze Stadt spricht von ihm. Sein Haus steht in Fünfhausen, unweit Sankt Mariens. Dort wohnte schon sein Vater. Richolff ist erst vor knapp einem Jahr nach Lübeck zurückgekehrt. Davor lebte er in Schweden und Hamburg. Er druckt Bücher, die den neuen Glauben propagieren, sehr zum Unwillen einiger Ratsmitglieder.«

»Gehört dein Vater dazu? Er ist doch katholisch, oder?«

»Das schon. Aber er sympathisiert mit Bürgermeister Wullenwever und hat auf einer Versammlung auch Richolff kennengelernt. Er und mein Vater sind sich wohl sympathisch, denn die Richolffs haben uns zu sich nach Hause eingeladen. Da habe ich Madlen kennengelernt.« Er machte eine Pause. »Das heißt, ich habe sie nur kurz gesehen, aber mich sofort in sie verliebt.«

»Und sie sich in dich, nehme ich an?«

Martin zuckte nur mit den Schultern. »Ich konnte sie natürlich noch nicht fragen.«

»Ich verstehe.«

Es schien, als ob seinem Freund das Thema unangenehm war, denn er erkundigte sich: »Hast du dich schon entschieden?«

»Wofür?«

»Das fragst du? Welcher Religion du dich anschließen wirst. Die ganze Stadt spricht seit Monaten über nichts anderes und du tust so, als ob dich das nichts anginge.«

»Du weißt doch, dass mich Religion nicht interessiert.«

»Natürlich.« Martin griff zum Glas. »Dich beschäftigen nur Einnahmen, Ausgaben, Gewinne. Linhardt, das Leben besteht doch noch aus etwas anderem als Zahlen«, meinte er lachend.

»Für dich vielleicht«, knurrte sein Freund. »Aber ich habe einen Auftrag meiner Familie zu erfüllen.«

»Ich etwa nicht? Mein Vater erwartet ebenfalls, dass ich die Geschäfte weiterführe. Was ich auch tun werde. Aber deshalb muss ich doch nicht die Augen vor den schönen Dingen des Lebens verschließen. Wie hübschen Mädchen zum Beispiel.« Er zwinkerte Linhardt zu. »Du solltest Madlen kennenlernen. Sie wird dir gefallen.«

»Na gut. Wann stellst du sie mir vor?«

Etwas verlegen rutschte Martin auf seinem Stuhl herum. »So habe ich das nicht gemeint.«

»Nein? Wie dann?«

Sein Freund wand sich wie ein Aal. »Ich hatte noch keine Gelegenheit, mit ihr zu sprechen.«

Jetzt war es an Linhardt, laut aufzulachen. »›Eine Stimme wie eine Nachtigall‹, das waren doch deine Worte?«

»Ich habe sie beobachtet, als sie mit Freundinnen sprach«, druckste Martin herum. »Ich kann doch nicht einfach so auf sie zugehen. Was soll sie von mir denken!«

»Dass du ein ungehobelter Kerl bist, was sonst?«

»Linhardt!«, rief Martin. »Das nimmst du zurück.«

»Warum? Es ist die Wahrheit.«

Martin sprang in gespielter Empörung auf. »Ich werde dich ...«

Das Eintreten der Magd beendete ihre Kabbelei. Martin

stellte den Becher ab und lächelte seinem Freund zu. »Kein Wort zu Dritten. Versprich es mir.«

»Du kannst dich auf mich verlassen«, erwiderte Linhardt und begleitete seinen Gast in die Diele.

4

Münster, 7. April 1531

In Münster brodelte es. Schon lange schwelte der Streit zwischen den alteingesessenen Patrizierfamilien und den aufstrebenden Handwerkern. Die Patrizier hielten an ihrer Herrschaft fest, heirateten nur untereinander und sicherten so in Verbindung mit dem Klerus ihre Pfründe. Die Handwerker hingegen forderten ihren Anteil an der Macht. Als die Patrizier dieses Ansinnen zurückwiesen, kam es zu einem Aufstand, der mit Gewalt niedergeschlagen wurde. Aber auf Dauer ließ sich der Unmut nicht unterdrücken.

Ein Ventil lieferte ein Mönch im fernen Wittenberg. Vierzehn Jahre war es her, dass Martin Luther seine Thesen an das Hauptportal der Schlosskirche geschlagen hatte. Fünfundneunzig Thesen, die das Fundament der katholischen Kirche ins Schwanken brachten.

Die benachteiligten Handwerker griffen nach der neuen Lehre wie Ertrinkende nach einem Strohhalm. Einige Jahre war es den Münsteraner Herrscherfamilien gelungen, die Bewegung unter Kontrolle zu halten. Als aber der Konflikt zwischen Klerus und Patriziern auf der einen Seite und den Handwerkergilden auf der anderen Seite offen ausbrach, fanden Letztere Unterstützung bei den Vertretern des neuen Glaubens.

In der Nacht vor Karfreitag versammelten sich auf dem

Münsteraner Domplatz wenige Dutzend Menschen. Sie folgten einem Aufruf des Kaplans von Sankt Mauritz, Bernd Rothmann, der sich als charismatischer Prediger im Sinne der Ideen Luthers einen Namen in der Stadt und ihrer Umgebung gemacht hatte.

Rothmann ging weiter als Luther. Er prangerte die Zahl der Feiertage an, die zu groß sei, verkündete, der Gottesdienst sei vom Teufel, ebenso wie der Reichtum der Kirchen. Und als er auch noch erklärte, Kirchengut sei herrenlos und leicht zu gewinnen, liefen ihm die armen Leute in Scharen zu, in der Hoffnung, sich so ihrer Schulden zu entledigen. Aber auch bei einigen der wohlhabenderen Bürgern Münsters fielen seine Predigten auf fruchtbaren Boden. Zu faszinierend erschien das, was ein Mönch in Wittenberg losgetreten und Rothmann weitergedacht hatte.

Schon bald lief ein Gerücht durch die Menge: Bernd Rothmann habe gefordert, die Mauritzkirche, in der er selbst predigte, aufzusuchen und von den teuflischen Götzenbildern und dem eitlen Tand zu befreien. Rothmann warte dort bereits auf die Gläubigen. Deshalb sei er auch nicht auf dem Domplatz erschienen.

Mittlerweile war die Menschenansammlung weiter angewachsen. Zahlreiche Fackeln brannten. Lieder wurden gesungen.

Einige Hundert Gläubige machten sich schließlich, laut betend, auf den Marsch nach Osten, um der vermeintlichen Aufforderung ihres Kaplans zu folgen. Unter ihnen befanden sich viele jüngere Menschen wie der knapp zwanzigjährige Jobst, Sohn des Heinrich Xantus.

Jobst war wie sein Vater Schmied. Dementsprechend kräftig waren seine Muskeln. Fast immer ging er als Sieger aus den zahlreichen Streitereien mit anderen Männern hervor, in die er aufgrund seines aufbrausenden Wesens verwickelt wurde.

Alles Zureden seines Vaters half nicht: Jobst liebte kaltes Bier, schweren Wein, das Würfelspiel und die Rauferei.

Schon mehrmals hatte sein Vater ihn davor bewahrt, wegen seiner Schlägereien vor Gericht gezerrt zu werden. Einige Groschen, die er den Opfern zahlte, ließen diese die Angriffe Jobsts schnell vergessen. Auch die Spielschulden seines Sohnes hatte der Schmied schon häufiger beglichen, damit sein Sprössling nicht im Schuldturm landete.

Jobst waren die theologischen Dispute, die die Münsteraner Gläubigen umtrieben, ziemlich egal. Er war mit seinen Freunden nur deshalb dem Aufruf Rothmanns gefolgt, weil ihn jedwede Auseinandersetzung magisch anzog. Und dass es zu einer solchen kommen würde, stand für ihn fest. Wenn er sich dann noch etwas aneignen konnte, was sich zu Geld machen ließ – umso besser. Darum hatte er sich auch an die Spitze des Zuges gestellt.

»Macht auf«, rief er der Stadtwache zu, als die Menge in den frühen Morgenstunden vor dem verschlossenen Mauritztor stand. »Wir wollen hinaus.«

Einer der Soldaten verließ das Wachhaus und hob die Laterne, um besser sehen zu können. »Wer will die Stadt verlassen?«, fragte er.

»Wir natürlich«, plusterte sich Jobst auf. »Oder siehst du hier noch andere?«

Seine Freunde quittierten diese Antwort mit Gelächter.

Jobst grinste ihnen zu. »Wird's bald?«, blaffte er dann den Soldaten an, der angesichts der Menge, die ihm gegenüberstand, weiche Knie bekam.

»Wir dürfen das Tor nicht zwischen Sonnenuntergang und Sonnenaufgang öffnen. So hat's der Rat beschlossen«, versuchte der Wächter, die Situation zu retten.

»Was schert uns der Rat?«, rief Jobst fröhlich. Solche Auseinandersetzungen waren nach seinem Geschmack. »Öffne endlich das Tor.« Er machte einen Schritt auf den Soldaten zu. »Wir können auch anders«, drohte er mit leiser Stimme.

Eingeschüchtert trat der Wachhabende zur Seite, rief seinen Kameraden zu Hilfe und die beiden Männer schoben den schweren Riegel beiseite, der das Tor sicherte. Dann drückten sie die Flügel auf und die Menge flutete aus der Stadt.

Es war nicht weit bis Sankt Mauritz. Wäre es nicht so dunkel gewesen, hätten die Menschen den mächtigen Westturm ausmachen können, der das Stift beschützte.

Jobst schritt zügig aus, bis sie vor der Kirche standen. Von hinten drängten die anderen nach. Rufe nach Rothmann wurden laut, den alle hier erwartet hatten. Aber ihr Prediger glänzte durch Abwesenheit. Die Enttäuschung der Menge war spürbar.

Wieder war es Jobst, der das Heft des Handelns in die Hand nahm. »Kaplan Rothmann hat uns aufgefordert, dem wahren Glauben in seiner Kirche zum Durchbruch zu verhelfen. Stimmt das?«, rief er.

»Ja«, brüllte es aus zahlreichen Kehlen.

»Sieht Gott auf das, was wir vorhaben, mit Wohlgefallen?«

»Das tut er«, antwortete die Menge.

»Dann sollten wir seinem Befehl folgen.« Jobst marschierte zu einem der Eingänge am Seitenschiff der Kirche. Er rüttelte an der Tür. Sie war natürlich verschlossen. »Weiß einer von euch, wo der Dechant wohnt?«

Er bekam keine Antwort.

»Auch gut. Dann müssen wir uns eben ohne Schlüssel Zutritt verschaffen.« Er zog zwei seiner Freunde zu sich heran. »Nehmt noch ein paar andere Leute und sucht Steine, die wir als Hammer benutzen können. Wir sind doch eben an einer Mauer vorbeigekommen. Dort werdet ihr sicher fündig.«

Es dauerte nicht lange, da störte der Knall heftiger Schläge die Nachtruhe. Und noch ehe der mittlerweile herbeigeeilte

Dechant beruhigend auf die Menschen einwirken konnte, hatten Jobst und seine Kumpane die Tür zur Kirche aufgesprengt.

»Für Gott und Rothmann«, brüllte der Schmied, schnappte sich eine Fackel und stürmte ins Kircheninnere. Den Dechanten, der sich in den Weg stellen wollte, stieß er barsch beiseite.

Jobst lief zum Altar, um sich die Silberleuchter zu schnappen, die dort üblicherweise standen. Aber da waren keine Leuchter. Auch die silbernen Teller, auf denen die Hostien gereicht wurden, waren verschwunden. Keine edelsteinverzierten Kreuze, einfach nichts, was einen gewissen Wert besaß.

»Wo sind die Leuchter und das ganze Zeug?«, fuhr er den verschreckten Dechanten an, der ihm ins Kircheninnere gefolgt war.

Der schwieg.

Jobst griff den Geistlichen bei den Schultern, schüttelte ihn und hob drohend die Faust: »Antworte, sonst ...«

»Jobst, lass.« Einer seiner Freunde war hinzugetreten und zog den jungen Schmied mit sich. »Er wird es dir ohnehin nicht sagen.«

Wütend riss sich Jobst los. Für einen Moment sah es so aus, als ob er sich erneut auf den Dechanten stürzen wollte. Dann besann er sich eines anderen. »Schlagt alles kurz und klein«, brüllte er. »Die Altäre, die Bilder, einfach alles. Es ist vom Teufel.«

Johlend folgte ihm die Menge, zog die alten Bilder von den Wänden, schlitzte die Leinwände auf, riss die Bänke aus ihren Verankerungen. Auch vor dem Altar machte der Mob nicht halt. Nur das hölzerne Kreuz mit dem leidenden Christus ließen sie an seinem Platz.

Mit Tränen in den Augen musste der Dechant zusehen, wie seine Kirche verwüstet wurde.

5

Hattingen, 9. April 1531

Die Messe zog sich hin, schließlich war Ostersonntag. Nur unter Anstrengungen gelang es Jorge, wach zu bleiben. Immer wieder fielen seine Augen zu und nur Marleins diskrete Knüffe verhinderten, dass er vollends einschlief.

Der gestrige Abend hatte länger gedauert. Konrad Kielmann war zu Besuch gekommen. Kaum älter als Linhardt, war er trotz seiner jungen Jahre einer der reichsten Kaufleute der Stadt.

Jorge erinnerte sich gut an Johann Kielmann, den Vater Konrads. Dieser war in seinem Alter gewesen und sie hatten häufiger erfolgreich Geschäfte miteinander gemacht. Kielmann war schon vor Jahren verstorben, seine Frau folgte ihm nur kurze Zeit später ins Grab.

Der einzige Sohn der Eheleute schien das Talent seines Vaters geerbt zu haben, denn was er auch anpackte, gelang ihm. So war es nicht verwunderlich, dass sein Elternhaus, in dem er südlich des Marktes allein wohnte, noch beeindruckender war als das der von Lindens.

Kielmann hatte Jorge eine Partnerschaft vorgeschlagen. Er wolle mit ihm in den Getreidehandel einsteigen, hatte er in dem Gespräch eröffnet. Dort seien zukünftig hohe Gewinne zu erwarten. Jorge hatte selbst schon mit dem Gedanken gespielt, sich auf diesem Markt zu engagieren, und deshalb interessiert zugehört.

Allerdings war Kielmann solventer als er und als unbarmherziger Geschäftsmann bekannt. Erst kürzlich hatte er einen

Bochumer Händler, mit dem er zusammengearbeitet hatte, aus dem gemeinsamen Geschäft gedrängt. Der Bochumer hatte den Fehler begangen, den einschmeichelnden Worten des Kaufmanns zu glauben, und einen für ihn unvorteilhaften Vertrag unterzeichnet. Das war ihm schließlich zum Verhängnis geworden.

Insgeheim bewunderte Jorge die Geschäftstüchtigkeit des jungen Kielmanns. Aber dessen Juniorpartner wollte er nicht sein. Das Risiko, wie der Bochumer ausgebootet zu werden, erschien ihm zu hoch. Deshalb hatte er nach kurzem Überlegen abgelehnt.

Nach einigen gezwungen freundlichen Worten hatte sich Kielmann daraufhin schnell verabschiedet. Als Jorge ihm nachsah, ahnte er, dass er den Kaufmann mit seiner Ablehnung gegen sich aufgebracht hatte. Noch schwerer würde bald aber vermutlich wiegen, dass Jorge den Getreidehandel selbst übernehmen wollte und Kielmann darüber im Unklaren gelassen hatte.

Den Rest des Abends hatte er kalkuliert, Pläne geschmiedet und verworfen, nachgedacht. Aber wie immer er auch rechnete, schnell war klar, dass Kielmann in einem Punkt recht hatte: Allein konnte ein Händler die finanziellen Belastungen nur schwer stemmen, die ein Engagement in dem neuen Geschäftszweig mit sich bringen würde. Obwohl Jorges Haus eines der größten der Stadt war, verfügte es nicht über ausreichende Lagermöglichkeit, um die Mengen an Getreide und Mehl unterzubringen, die kurz nach der Ernte anfielen. Es musste also ein Speicherhaus gebaut werden, was ein kleines Vermögen kosten dürfte. Jorge hatte eine Liste möglicher Partner erstellt, jede Person eingeschätzt und am Ende war nur ein Name infrage gekommen: Hermann Offerhues.

Wieder knuffte ihn Marlein. Jorge schreckte hoch. Er war

so in Gedanken versunken gewesen, dass er nicht bemerkt hatte, dass die Messe beendet war. Er erhob sich und folgte seiner Frau ins Freie.

Vor Sankt Georg standen die Gläubigen wie immer in kleinen Gruppen zusammen. Man sprach über das Wetter, tauschte den neuesten Tratsch aus, kommentierte Entscheidungen der Obrigkeit.

Jorge schaute sich um. Offerhues und Bürgermeister Werner Koitgen waren im Gespräch vertieft. Er gab Marlein mit einer Geste zu verstehen, dass er sie einen Moment allein lassen würde, und näherte sich den beiden Männern. Die Honoratioren unterbrachen ihre Unterhaltung, als er sich zu ihnen gesellte.

»Ich hoffe, ich störe nicht«, begann Jorge. »Aber ich möchte gerne etwas Geschäftliches mit Euch besprechen, Herr Offerhues.«

»Jetzt?«, erwiderte der Angesprochene erstaunt.

»Nein. Wie wäre es, wenn wir uns am Nachmittag im Weinhaus treffen?«

Offerhues nickte. »Warum nicht? Es wäre allerdings hilfreich, wenn Ihr mir Euer Anliegen verraten könntet.«

Jorge warf einen schnellen Blick zum Bürgermeister. Der tat höflicherweise so, als ob ihn diese Unterhaltung nicht interessierte, aber natürlich war er gespannte Aufmerksamkeit und ließ sich kein Wort entgehen.

Deshalb antwortete Jorge: »Ach, nichts Besonderes. Dies und das.«

Offerhues, dem der Blick ebenfalls nicht verborgen geblieben war, verstand. Auch Koitgen war Kaufmann und damit Konkurrent. »Gut. Gegen drei Uhr?«

Marleins Vater hatte das Weinhaus vor Jahrzehnten von Reinhard von Krekenbeck, dem damaligen Erbhofschultheiß des Hofs Hattingen, gepachtet. Später dann hatten Marlein und Jorge den Pachtvertrag auf einen Vetter Marleins übertragen lassen. Heutiger Pächter war dessen Sohn, mit dem das Ehepaar von Linden gute verwandtschaftliche Beziehungen pflegte.

Entsprechend herzlich wurde Jorge begrüßt, als er kurz vor dem vereinbarten Termin die Schenke betrat. Er bat um einen Tisch hinten im Raum, etwas abseits des Kamins und der anderen Gäste.

Offerhues war pünktlich. Jorge spendierte einen Becher Rotwein und begann das Gespräch. »Bevor ich Euch erkläre, was ich mir vorstelle, muss ich Euch darüber in Kenntnis setzen, dass ich eine ähnliche Unterhaltung bereits mit Konrad Kielmann geführt habe.«

»Wann war das?«, wollte sein Gegenüber wissen.

»Gestern.«

Der Kaufmann lachte auf. »Lasst mich raten: Es ging um den Getreidehandel.«

»Richtig. Aber wie …«

»Kielmann hat auch mit mir geredet«, unterbrach Offerhues ihn. »Am Gründonnerstag, um genau zu sein.« Er schaute Jorge prüfend an. »Ich nehme an, Ihr habt eine Zusammenarbeit abgelehnt?«

»Wie kommt Ihr darauf?«

»Würdet Ihr Euch sonst mit mir treffen?«

Jorge grinste. »Richtig vermutet. Und Ihr?«

»Ich habe ebenfalls kein Interesse gezeigt. Der junge Kielmann ist mir zu forsch in seinen Methoden. Mag sein, dass ich für seine Art, Geschäfte zu machen, zu alt bin. Aber ich bevorzuge es, Verträge noch mit Handschlag und einem Viertel Wein zu besiegeln. Und mich dann daran zu halten.«

»Da stimme ich Euch zu. Ich würde Euch gerne meine Ideen mitteilen, wenn Ihr erlaubt.«

»Nur zu. Deshalb bin ich ja gekommen.«

Jorge schätzte die offene Art seines Gesprächspartners. Offerhues war wie er Mitglied der Kaufmannsgilde, hatte ihr sogar einige Jahre vorgestanden. Er handelte überwiegend mit Eisen, das er aus dem Bergischen bezog und gegen Aufschlag an die ortsansässigen Schmiede verkaufte. Dann nahm er den Handwerkern die Messer und Scheren, die diese fertigten, wieder ab und vertrieb sie auf den Märkten der umliegenden Städte.

Der Handel ernährte ihn und seine Familie, warf aber nicht so viel ab, dass er Reichtümer anhäufen konnte. Dafür waren die Eisenmengen, die er aus dem Bergischen bezog, zu gering. Trotzdem galt die Familie als gut situiert. Jorge hatte sich vor Jahren ebenfalls in diesem Geschäft engagiert, es dann aber wegen der geringen Gewinnmargen wieder aufgegeben.

»Ihr wisst, dass Roggen, Gerste und Hafer sowohl aus den Grundherrschaften der Häuser Bruch und Cliff als auch aus Altendorf und von den Hügellandbauern aus dem Bergischen stammen. Auch aus der Soester Börde über den Hellweg wird Getreide nach Hattingen geliefert. Ein geringerer Teil kommt von Feldern, die Hattinger Bürger auf Land bewirtschaften, das Herzog Johann gehört. Dieses Getreide muss ausnahmslos in der Bannmühle an der Ruhrbrücke gemahlen werden.«

»Genau. Und das Mehl geht an die Bäcker in der Stadt.«

»Das Mehl der Landpächter allerdings wird häufig gegen Bezahlung von unseren Bäckern verarbeitet, die das fertige Brot zurück an die Pächter geben. Ein weiterer Teil wird ins Sauerland verbracht, um dort gebacken zu werden.«

»Das ist mir alles bekannt.«

»Natürlich. Ich schlage nun Folgendes vor: Wir beide tun uns zusammen und bieten den Getreidebauern an, ihre gesamten Erträge zu einem Festpreis zu übernehmen, den wir am Jahresende für das folgende Jahr vereinbaren.«

»Das ist ein Risiko. Was, wenn die Ernten außergewöhnlich hoch sind? Üblicherweise sinkt dann der Preis. Verkalkulieren wir uns, sind wir an den vereinbarten höheren Preis gebunden.«

»Richtig. Das gilt aber auch dann, wenn die Ernten schlecht ausfallen. Dann kaufen wir günstiger ein.«

Offerhues machte ein skeptisches Gesicht.

»Außerdem können wir in den Jahren guter Ernten das Getreide für schlechte Zeiten lagern und so die Nachfrage und damit den Preis bestimmen.«

»Und wo sollen wir lagern? Euer Haus und noch weniger meins verfügen über genügend Platz.«

»Wir müssen ein Speicherhaus bauen.«

»Das kostet viel Geld.«

Jorge nickte. »Ihr solltet aber eines bedenken: Von Jahr zu Jahr nimmt die Bevölkerung in Hattingen und damit der Bedarf an Brot zu. Als ich vor dreißig Jahren in die Stadt kam, lebten wesentlich weniger Menschen in unseren Mauern als heute. Das verspricht zukünftig gute Geschäfte. Und je mehr Bauern wir dazu bewegen können, uns ihr Getreide zu liefern, umso flexibler können wir die Preise gestalten. Wenn wir die Hauptmenge an Getreide zum Mahlen anbieten, könnte ich mir vorstellen, dass der Schultheiß uns auch bei der Multer entgegenkommt.«

»Warum sollte er das tun? Wir können das Getreide nicht woanders mahlen lassen.«

»Weshalb eigentlich nicht? Bochum und Werden verfügen über eigene Mühlen.«

»Das wird der Schultheiß nicht akzeptieren.«

»Was will er machen? Soldaten schicken?«

»Er könnte das Mehl besteuern.«

»Gut. Backen wir eben in Bochum oder Werden.«

»Dann wird er das Brot besteuern.«

»Das kann er nur, wenn wir es auch auf dem Markt in Hattingen verkaufen. Beruhigt Euch, ich will ja nicht wirklich auf die anderen Mühlen ausweichen. Das gäbe nur Ärger mit dem Schultheiß und dem Herzog. In den Verhandlungen über die Multer könnten wir aber etwas in dieser Art vortragen. Als einen Denkanstoß für die Herren.«

»Verstehe.«

»Was ist? Seid Ihr dabei?«

»Der Gewinn wird geteilt?«

»So wie die Kosten. Und wer von uns höhere Kosten trägt, erhält auch anteilig mehr Gewinn.«

Offerhues streckte ihm die Hand hin. »Einverstanden.«

Jorge lächelte. »Das freut mich. Lasst uns die Übereinkunft begießen. Und dann gehen wir in mein Haus und ich zeige Euch anhand meiner Berechnungen, welche Kosten auf uns zukommen können.«

Die beiden Männer hoben ihre Gläser.

6

Werden, 15. April 1531

Bei Sonnenaufgang war Hinrick von Linden losmarschiert. Er hatte die Stadt durch das Bruchtor verlassen und die Straße nach Bonsfeld genommen. An der Ruhrschleife war er zwischen dem Isenberg und dem Fluss entlanggegangen, bis er den Weg erreichte, der am Deilbach vorbei nach Werden führte. Heute war Samstag, sein freier Tag. Er wollte zum Benediktinerkloster, um in der dortigen Bibliothek zu lesen.

Auf der Hälfte der Strecke legte er im Deilbachtal eine Rast ein. Die Sonnenstrahlen wärmten schon kräftig. Hinrick suchte sich einen Platz am Bach. Dort setzte er sich auf einen Stein, zog seine Schuhe aus, hielt die Füße ins kalte Wasser, lehnte sich zurück und schloss die Augen. Was für eine Wohltat!

»Heh, du!«

Hinrick schreckte hoch und sah in die Richtung, aus der die Stimme gekommen war. Einen Steinwurf entfernt füllte ein Mann seinen Trinkschlauch.

»Findest du es richtig, deine stinkenden Haxen ins Wasser zu halten, während ich mit demselben Wasser meinen Durst stillen will?«

Erschrocken zog der junge Hattinger seine Füße aus dem Bach und stand auf. »Entschuldigung«, antwortete er. »Ich habe Euch nicht gesehen.«

Der Fremde brummte etwas Unverständliches und beugte sich wieder zum Bach hinunter, um seine Arbeit fortzusetzen. Als er mit dem Befüllen fertig war, knotete er sorgfältig ein Lederband um die Öffnung des Schlauches, prüfte, ob dieser tatsächlich dicht war, nickte befriedigt, erhob sich dann und kam langsam näher.

Der Unbekannte schien deutlich älter als Hinrick zu sein. Er hatte langes, strähniges Haar, einen wilden Bart und trug Kleidung, die ihm am Körper schlackerte. Neben dem Trinkschlauch hatte er sich sein Bündel über die Schulter geworfen. Beim Gehen stützte er sich auf einen langen Stecken.

»Ich bin Wilbolt aus Neustadt.«

»Hinrick von Linden.«

»Du hast nicht zufällig ein Stück Brot bei dir, welches du mit einem hungrigen Wanderer teilen möchtest?« Wilbolt warf einen begehrlichen Blick auf Hinricks ausgebeulte Tasche.

Der drückte seinen Besitz enger an den Körper.

»Du brauchst keine Angst zu haben. Ich bin ein ehrbarer Mann und kein Räuber. Ich habe nur seit zwei Tagen nichts mehr gegessen. Hast du Brot in deinem Beutel?«

Hinrick nickte. Wie immer, wenn er zu seinen Besuchen ins Kloster aufbrach, hatte ihm seine Mutter auch heute Morgen reichlich Verpflegung eingepackt. Schon häufiger hatte Hinrick sie wegen der Mengen, die sie ihm zusteckte, geneckt. Er sei in wenigen Stunden in Werden, hatte er gescherzt. Das, was sie ihm als Essen aufdrängte, würde für eine Reise bis Frankfurt reichen. Und selbst dann müsse er dort noch die Hälfte davon wegwerfen. Wolle sie ihn mästen? Aber seine Mutter hatte nur gelächelt und noch ein Stück gesottenes Fleisch dazugelegt.

»Ich denke,« erwiderte er deshalb, »es reicht für uns beide.«

Eine halbe Stunde später wischte sich Wilbolt den Mund ab, rülpste kräftig und strich sich zufrieden über den Bauch. »Danke. Du hast mir das Leben gerettet.«

Hinrick schaute amüsiert auf das Wenige, was der Wanderer verschmäht hatte. Heute dürfte er den Tag in der Bibliothek zum ersten Mal mit knurrendem Magen verbringen.

»Du kommst also aus Hattingen?«

»Ja.«

»Die Wachen wollten mich gestern nach Sonnenuntergang nicht mehr in die Stadt lassen. Also habe ich im Freien übernachtet. Glücklicherweise hat es nicht geregnet. Wohin willst du?«

»Nach Werden.«

»Da will ich auch hin. Und dann weiter nach Düsseldorf. Was machst du in Werden?«

»Das Benediktinerkloster besuchen.«

Wilbolts Gesicht verfinsterte sich. »Du bist doch nicht etwa ein Pfaffe?«

»Nein.«

»Ein Bediensteter der Mönche etwa?«

»Nein.«

»Ein Händler bist du auch nicht. Was willst du dann im Kloster?«

»Ich möchte in die Bibliothek. Lesen und studieren.«

Wilbolt spuckte aus. »Pah! Was kann ein junger Mann wie du schon von Mönchen lernen? Sie sind fett und faul. Papisten eben.« Er musterte sein Gegenüber. »Bist du einer von ihnen?«

»Ihr meint, ob ich an Gott glaube?«

»Nein. Ich meine, ob du an den Papst glaubst.«

Hinrick machte ein nachdenkliches Gesicht. »Wenn ich ehrlich bin, weiß ich das nicht genau.«

Die Miene des anderen hellte sich auf. »Das ist doch ein Anfang. Hast du schon etwas von Martin Luther gehört?«

»Ja.«

»Und was hältst du von ihm?«

»Es ist interessant, was er scheibt.«

Wilbolt sprang auf. »›Interessant‹? Er hat zwar unsereins verdammt, sich aber als Erster gegen den Papst gestellt. Das rechne ich ihm trotz allem hoch an.« Als Wilbolt Hinricks fragendes Gesicht bemerkte, erklärte er: »Luther hat sich gegen den Ablass gewandt. Aber nicht nur das. Er hat den verfluchten Papst als das bezeichnet, was er ist: ein Diener des Teufels.« Der Wanderer nahm einen großen Schluck aus seinem Schlauch. »Allerdings hat er uns später hintergangen. Hat sich gegen die aufständischen Bauern gewandt, sie als räudige Hunde bezeichnet und gefordert, sie zu erschlagen. Pfui Teufel!« Wieder spuckte er verächtlich aus. »Sei's drum. Dem Papst jedenfalls hat er die Stirn geboten.«

Hinrick stand auf. »Tut mir leid, aber ich muss weiter. Die Bibliothek, Ihr versteht …«

»Nun lass das vornehme Getue.« Der Fremde streckte ihm die Hand hin. »Ich bin Wilbolt.«

Hinrick nickte.

»Ich begleite dich bis zu deinen Pfaffen. Auf dem Weg dorthin erzähle ich dir etwas über mich und den Baltringer Haufen. Da lernst du mehr über das Leben als aus den Büchern dieser verdammten Klosterbibliothek.«

Neustadt, so begann Wilbolt, liege im Thüringischen an der Orla. Dort habe er noch vor sechs Jahren gelebt. Er sei Schneider gewesen und habe kurz davor gestanden, Meister zu werden und der Gilde beizutreten. Aber dann sei alles ganz anders gekommen. »Die Herren von Beulwitz residierten damals wie heute auf Schloss Eichicht. Sie plünderten das Volk aus, wo sie nur konnten. Irgendwann hatten wir die Nase voll. Es war Ende April vor sechs Jahren. Ein ebenso milder Tag wie der heutige. Eine Abordnung der Neustädter zog zum Schloss, um den Herren eine Lehre zu erteilen. Ich war einer von ihnen.«

Er erzählte, wie sie begonnen hatten, den Schlossteich leer zu fischen. Als der empörte Besitzer sie zur Rede stellte, nahmen sie ihm sein Pferd und zwangen ihn, zu Fuß zurück zu seinem Schloss zu laufen – für einen Adeligen eine große Schmach.

Die erbeuteten Fische banden sie auf Stangen und trugen sie in einem Triumphzug zurück in die Stadt, begleitet von der Musik der städtischen Pfeifer und Trommler. Dort brieten sie ihre Beute auf dem Marktplatz und verspeisten sie im Haus eines Ratsherrn.

Dummerweise verspürte einer der Fischer noch Hunger und kehrte allein zum Teich zurück. Dort wurde er verhaftet und in einer nahe gelegenen Festung inhaftiert.

Am nächsten Tag hatte sich die Festnahme herumgesprochen. Der Stadttrommler rief die Bevölkerung an der Kapelle zusammen. Auch der Magistrat erhob keine Einwände gegen die Versammlung, im Gegenteil: Er überließ den wütenden Bürgern Waffen und Pferde.

»Dann hieß es, der Häftling sei getötet worden«, berichtete Wilbolt. »Da gab es für uns kein Halten mehr. Wir haben Schloss Eichicht gestürmt, den Bewohnern aber kein Haar gekrümmt. Das schwöre ich!« Er hielt demonstrativ drei Finger in die Höhe. »Die Schlossherrin hat uns sogar ihre Küche geöffnet. Mann, was haben wir geschmaust. So besoffen wie an diesem Tag war ich schon lange nicht mehr. Mittlerweile hatten sich uns auch die Bauern der Umgebung angeschlossen. Die waren arm und hatten noch mehr Hunger als wir. Tja, und dann sind wir doch in die Wohnräume der hohen Herren und haben dort das eine oder andere mitgenommen.«

Zurück in Neustadt, so Wilbolt weiter, hätte sich der Stadtrat gegen sie verschworen. Er habe insgeheim mit dem Landesfürsten Kontakt aufgenommen und sie verraten. Der bewaffnete Haufen solle vor den Toren bleiben, baten die Räte, um der Stadt mögliche Repressalien zu ersparen. Noch während sie verhandelten, um ihren Protest niederzuschreiben, wurden die Aufständischen von Stadtsoldaten entwaffnet und interniert. Die Erhebung war in sich zusammengebrochen, bevor sie richtig angefangen hatte.

»Viele von uns wurden in den Kerker geworfen, gefoltert oder verstümmelt. Mir gelang die Flucht. Die Stadt musste ihre Waffen abgeben und eine Strafsteuer bezahlen.« Wilbolt schüttelte den Kopf. »Wie dumm wir waren. Aber warum sollte es uns besser ergehen als den anderen.«

»Welchen anderen?«, wollte Hinrick wissen.

»Na, dem Baltringer Haufen«, erläuterte Wilbolt. »Er hat in Memmingen die *Zwölf Artikel* verfasst.« Der Vertriebene kramte in seiner Hosentasche und zog ein zerknittertes Stück Papier hervor. Er strich es mit den Händen glatt. »Darin steht, dass wir unsere Pfarrer selbst wählen, keinen Zehnten mehr bezahlen, weniger Frondienst leisten und keine Todesfallsteuer mehr zahlen wollen. Auch weniger Pacht wird gefordert. Außerdem sollen die Leibeigenschaft abgeschafft, Jagd- und Fischereifreiheit gewährt und die dem Adel gehörenden und von den Städten geraubten Wälder zurückgegeben werden. Waren das jetzt zwölf Forderungen?« Er zählte leise nach. »Nein, nur acht.« Wilbolt lachte und reichte Hinrick das Flugblatt. »Du kannst ja lesen. Also lies.«

Die Kirchtürme Werdens erschienen über den Baumspitzen. Sie erreichten eine Weggabelung. Wilbolt blieb stehen. »Jetzt hast du dein Ziel fast erreicht. Ich werde dich nicht länger begleiten, sondern die Stadt rechts liegen lassen. Sicher schaffe ich den Weg bis Sonnenuntergang.«

»Was willst du in Düsseldorf?«

»Ich kenne dort einige Leute. Vielleicht gelingt es mir, wieder als Schneider zu arbeiten und mich dort niederzulassen. Zu lange war ich auf der Flucht vor den Schergen des Adels, die wahrscheinlich immer noch nach mir suchen.« Er klopfte seinem Begleiter auf die Schulter. »Mach's gut, mein junger Freund. Und danke für das Essen.« Dann wandte er sich nach links.

Nachdenklich sah der junge Hattinger ihm hinterher.

Wenig später grüßte Hinrick freundlich den alten Mönch, der an der Pforte seinen Dienst tat, meldete sich an und betrat nach Genehmigung das Innere des Klosters. Er musste nicht weit bis zur Bibliothek laufen. Sie lag im Obergeschoss des nördlichen Kreuzgangflügels, direkt bei der kleinen Kapelle des Abtes, die wiederum an die mächtige Basilika Sankt Ludgerus grenzte.

Hinrick stieg die ausgetretenen Stufen hinauf und klopfte an die schwere Eichentür. Bruder Gregor, dem die Bibliothek unterstand, öffnete. Er lächelte, als er den Besucher erkannte.

Vor etwa einem Jahr waren sie sich das erste Mal begegnet. Gregor war im Auftrag seines Ordens unterwegs gewesen, um Federkiele und anderes Schreibmaterial zu kaufen. Hinrick sollte nach dem Wunsch seiner Mutter auf dem Markt in Werden nach seltenen Kräutern suchen.

Für den Mönch war es der erste Aufenthalt außerhalb der Klostermauern seit mehr als dreißig Jahren. Ein Händler versuchte, seine Unwissenheit auszunutzen und ihm die Waren zu völlig überteuerten Preisen zu verkaufen.

Hinrick hatte eingegriffen und Bruder Georg so davor bewahrt, über den Tisch gezogen zu werden. Im anschließenden Gespräch hatte er von seiner Sehnsucht nach Büchern erzählt. Seitdem genoss der junge Mann die Gunst des Bibliothekars.

»Ist schon wieder Samstag?«, erkundigte sich der Mönch im Scherz. »Gott lässt die Tage so schnell vergehen, dass wir armen Sünder kaum mitbekommen, wie wir altern. Aber einen so jungen Spund wie dich muss das ja nicht interessieren.«

Hinrick beugte ehrerbietig den Kopf zum Gruß.

»Heute musst du dich besonders ruhig verhalten«, schärfte Bruder Georg ihm ein. »Unser Abt ist im Bibliothekssaal. Er hat einen Gast mitgebracht. Ein Berater unseres Landesfürsten. Also störe die Herren nicht.«

Hinrick nickte. Er würde niemals etwas tun, was ihm den Zugang zu den Büchern verwehren könnte.

Der Mönch ließ ihn eintreten und schloss vorsichtig die Tür. Hinrick erkannte an einem der Tische, an denen üblicherweise die beiden Schreiber arbeiteten, den Abt und einen ihm unbekannten Mann. Der Fremde trug eine schwarze Schaube mit großem Pelzkragen, seinen dunklen Filzhut hatte er auf dem Schreibtisch neben sich abgelegt. Beide Männer beugten sich über eine Karte und schenkten Hinrick keine Beachtung.

Bruder Gregor führte seinen Gast zu einem Fensterplatz. »Möchtest du wieder das Werk des Professors Eck studieren?«

Hinrick nickte. Ihn interessierte die Kampfschrift des Theologen aus Ingolstadt, die dieser gegen Luther verfasst hatte. Bruder Gregor holte das Buch aus einem der Schränke und schon bald war Hinrick dermaßen in den Text versunken, dass er seine Umgebung nicht mehr wahrnahm.

»Ein junger Mann Eures Alters, der seine Freizeit in der Bibliothek und nicht in Schenken verbringt. Wirklich sehr lobenswert.«

Unbemerkt war der Unbekannte an Hinricks Lesepult getreten. Der schreckte hoch. Hektisch sah er sich um. Hatte er den anderen Besucher etwa gestört? Aber der Mann vor ihm schien nicht verärgert zu sein, im Gegenteil. Seine Stimme klang freundlich und er lächelte fein. Allerdings waren der Abt und Bruder Gregor nicht mehr in der Bibliothek.

»Was lest Ihr da?«, erkundigte sich der Fremde.

»Ecks Kampfschrift gegen Luther.«

»Und? Was haltet Ihr davon?«

»Ich weiß nicht so recht.«

Der Mann zog erstaunt die Augenbrauen hoch. »Versteht Ihr womöglich Ecks Argumentation nicht?«

»Doch. Das ist es nicht. Wenngleich ...«

»Ja?«

»Es fällt mir immer noch recht schwer, Latein zu lesen. Trotz der Grammatik und des Wörterbuches, die mir mein Vater gab. Mein Problem liegt an anderer Stelle.«

»Und die wäre?«

»Ich habe nur über diesen Luther gelesen, nie eines seiner Bücher. Und so kann ich nicht überprüfen, ob Ecks Argumente, die er gegen ihn ins Feld führt, richtig sind.«

»Hoho. Ihr traut Euch zu, die Argumentation eines Theologieprofessors infrage zu stellen?«

»Das habe ich nicht gesagt«, erwiderte Hinrick. Er war entschlossen, sich nicht einschüchtern zu lassen. »Ich kann sie nur nicht überprüfen. Wenn Eck behauptet, Luther habe dieses oder jenes gesagt, muss ich das glauben. Hätte ich Luthers Schriften zur Verfügung ...«

Der Mann lachte laut auf. »Luther in einer Bibliothek der Benediktiner? Das wäre ein gelungener Scherz.«

»Warum denn nicht?«, erwiderte Hinrick. »Die besseren Argumente sollten sich durchsetzen. Wie sonst soll man wissen, was wahr oder falsch ist?«

»Große Worte für einen jungen Mann. Aber Ihr habt nicht unrecht. Nur dürfte eine Klosterbibliothek aus Sicht der Mönche nicht der richtige Ort für solche Disputationen sein. Ihr stammt aus Hattingen, habe ich gehört?«

»Ja. Ich heiße Hinrick von Linden.«

»Und ich bin Konrad Heresbach. Es hat mich gefreut, Eure Bekanntschaft zu machen.«

7

Lübeck, 22. und 23. April 1531

Wieder und wieder rechnete Linhardt nach. Aber wie er es auch drehte und wendete, das Ergebnis blieb dasselbe. Das Lübecker Geschäft stand vor dem Bankrott.

Seine letzte Hoffnung war der Kontrakt mit dem Londoner Tuchhändler. Aber um die Stoffe dorthin liefern zu können, benötigte er den unterschriebenen Vertrag, auf den er schon seit Wochen wartete. Erst dann konnte er seinem

Vater in Hattingen den Vollzug melden und dieser die Waren auf den Weg bringen.

Die Stoffe waren bisher im Westfälischen verblieben, denn Jorge von Linden hatte einen weiteren Interessenten in Süddeutschland, der allerdings weniger zahlen wollte und den er bisher hingehalten hatte. Aber wenn Linhardt nicht bald gute Nachrichten überbrachte, würde Jorge nach Augsburg liefern und die Niederlassung in Lübeck wäre das lukrative Geschäft los. Dann müsste Linhardt seinem Vater gestehen, dass er pleite war.

Heftig schlug er mit der flachen Hand auf den Tisch. Nein, das durfte nicht geschehen! Unter keinen Umständen!

Linhardt sprang auf und verließ schon zum dritten Mal an diesem Tag sein Kontor im Lagerhaus an der Untertrave, um unruhig wie ein Wolf am Ufer des Flusses auf und ab zu laufen.

Er schaute nach Norden, Richtung Burgtor, wo die Schiffe von See herkamen. Aber auch jetzt tauchte das Segel der *Maria* nicht auf, so sehr er auch in das tief hängende Grau des Himmels starrte.

Die *Maria* gehörte einem anderen Lübecker Kaufmann, mit dem Linhardt von Zeit zu Zeit zusammenarbeitete. Sie wurde von Heinrich Bomhover befehligt, einem erfahrenen Kapitän und Händler. Bomhover war es gewesen, der Linhardt zugesagt hatte, den Londoner Stoffhändler zu kontaktieren und den Vertrag mitzubringen. Doch die *Maria* war schon seit Tagen überfällig.

Linhardt ärgerte sich schwarz, dass er nicht dem Rat seines Vaters gefolgt war. Dieser hatte ihm immer wieder gepredigt, sich in wirklich wichtigen Angelegenheiten nicht auf andere, sondern nur auf Mitglieder der eigenen Familie zu verlassen. Er hätte selbst nach London reisen müssen, aber er hatte geglaubt, die Zeit in Lübeck sinnvoller verbringen zu können. Nun stand er hier herum und konnte nichts anderes tun als warten.

Wütend auf sich selbst, stapfte er zurück ins Kontor, hielt es dort aber nicht lange aus. »Wenn die *Maria* einläuft, gibst du mir sofort Bescheid. Hast du verstanden?«, schärfte er Peter, seinem Schreiber und engsten Gehilfen, ein.

Der grinste zunächst, nickte dann aber gehorsam.

»Das habe ich dir schon dutzendmal gesagt, oder?«

»So ist es«, erwiderte der Schreiber.

»Entschuldige. Aber ich erwarte eine wichtige Nachricht.«

»Auch das habt Ihr mir bereits erzählt.«

»Tatsächlich?« Linhardt schüttelte irritiert den Kopf. »Wenn du es sagst ...« Mit diesen Worten verließ er das Kontor, um in einer der nahe gelegenen Schenken auf andere Gedanken zu kommen.

Unweit des Marktes stand ein Gasthaus, welches Linhardt öfter aufsuchte. Die Gäste, die dort verkehrten, gehörten nicht zu den ersten Lübecker Familien und entsprechend ungezwungen ging es zu. Trotzdem waren die Getränke kühl, das Essen schmackhaft und die Holztische blank gescheuert. Auf den Bodendielen lag, wie es sich gehörte, Sand und Stroh und das Feuer im Kamin brannte auch im Sommer, denn auf den Flammen bereitete der Wirt auch die Speisen zu.

Elsbeth, die Tochter des Hauses, bediente die Gäste. Sie war blond, von geringer Körpergröße und trug für Linhardts Geschmack ein paar Pfund zu viel mit sich herum. Sie hatte immer ein freundliches Wort für jeden Gast, egal wie hoch seine Zeche war, scherzte, war stets guter Laune und trug so maßgeblich dazu bei, dass der *Silberne Krug* beliebt bei den Schankgästen war.

Linhardt orderte einen Krug Bier und nahm einen großen Schluck. Ihm blieben nicht mehr als ein paar Tage. Dann würde er sein Versagen eingestehen müssen und das Vertrauen, welches sein Vater in ihn gesetzt hatte, enttäuschen. Miserable Aussichten.

»Was ist dir denn für eine Laus über die Leber gelaufen?«

Linhardt schreckte hoch. Vor ihm stand Clas Wibbeking. Er machte Anstalten, sich zu erheben, um den Älteren angemessen zu begrüßen, aber Martins Vater gab ihm mit einer Handbewegung zu verstehen, dass er keinen Wert auf diese Formalitäten legte.

»Darf ich mich zu dir setzen?«

Clas Wibbeking kannte ihn bereits sein ganzes Leben und sprach ihn deshalb immer noch mit dem vertrauten ›Du‹ an, was Linhardt sich umgekehrt nie herausnehmen würde.

»Selbstverständlich. Nehmt Platz.«

»Probleme mit dem Geschäft?«, erkundigte sich Wibbeking und bestellte bei der herbeigeeilten Elsbeth einen roten Wein.

Kurz erwog Linhardt, seinen väterlichen Freund anzulügen, entschloss sich dann aber doch für die Wahrheit. »Ich warte schon seit Wochen auf den Kontrakt aus London.«

»Es geht um die Stoffe, die dein Vater liefern soll?«

»Ja.«

»Wie groß ist das Volumen des Auftrags?«

»Über fünfzig Ballen.«

»Das sind mehrere Schiffspfund.«

»Fast zehn, um genau zu sein.«

»Und ist dein Gewinn entsprechend?«

»Ja.«

»Warum machst du dir dann Sorgen?«

»Weil ich das Geld dringend brauche. Vater wird die Stoffe ohne Kontrakt nicht nach Lübeck liefern und ohne den Verkauf der Ballen bin ich …« Er zögerte, holte dann aber tief Luft. »Dann ist die hiesige Niederlassung bankrott. Ich habe nicht mehr viel Zeit. Außerdem soll die *Maria* überholt werden. Das wird etwa vier Wochen dauern. Dann läuft sie wieder nach London aus. Bis dahin muss der Stoff in Lübeck sein, damit ich ihn rechtzeitig an Bord bringen lassen kann.«

Clas Wibbeking griff zu seinem Becher. »Und die *Irmla* ist in Riga?«

»Ja. Von dort wird sie weiter nach Tallinn und Stockholm segeln. Erst dann kommt sie wieder nach Lübeck. Sie kann niemals rechtzeitig zurück sein. Nein, ich brauche die *Maria.*«

»Verstehe. Soll ich dir Geld leihen?«

Das war das Letzte, was Linhardt wollte. Seit Jahrzehnten waren ihre Familien befreundet, nie hatte die eine der anderen Konkurrenz gemacht und niemals hatten sich Clas und Jorge Geld voneinander geliehen.

»Geld unter Freunden zu leihen, ist der schnellste Weg, die Freundschaft zu beenden«, hatte Linhardts Vater ihm eingeschärft. »Die von Linden leihen sich kein Geld. Unter keinen Umständen!«

Daran hatte Linhardt sich in seinem ersten Jahr in Lübeck gehalten, und das sollte auch so bleiben. Deshalb antwortete er: »Ich danke Euch für Euer Angebot, aber ich lehne es ab.«

Clas Wibbeking lachte auf. »Genau wie dein Vater, als er damals nach Lübeck kam. Wenn du wüsstest, wie ähnlich du ihm bist.« Dann wurde er wieder ernst. »Aber du solltest dich auf das Schlimmste einstellen.«

»Wieso?«

»Gestern kam ein Bote aus Hamburg. Dort ist der Englische Schweiß ausgebrochen. Ein Schiff aus London habe die Krankheit mitgebracht, heißt es.«

»Der Englische Schweiß? Was ist das?«

»Eine üble Sache. Wer daran erkrankt, überlebt meistens nicht.«

»So wie beim Schwarzen Tod?«

»Anscheinend. Der Rat erwägt, alle aus London einlaufenden Schiffe unter Quarantäne zu stellen. In dem Fall darf niemand hinauf und niemand hinunter, bis feststeht, dass die Krankheit nicht mit an Bord ist.«

»O Gott. Dann ist alles aus.«

Clas Wibbeking legte die Hand auf die Schulter seines jugendlichen Freundes. »Es muss ja nicht so weit kommen. Eine Entscheidung fällt erst in der nächsten Ratssitzung. Ich …«

Die Tür wurde aufgerissen und völlig außer Atem stürmte Peter in die Schenke. »Die *Maria* ist eingelaufen. Ich habe schon mit dem Kapitän gesprochen.« Er strahlte, während er unter sein Hemd griff. »Und einen Becher geleert. Hier. Der unterschriebene Vertrag.«

Linhardt atmete hörbar aus, nahm das Schriftstück an sich und studierte es sorgfältig. Dann nickte er Peter befriedigt zu und lächelte Clas Wibbeking an. »Jetzt wird alles gut.« Er hieß Peter, sich zu ihnen zu setzen, und rief nach Elsbeth. »Diese gute Nachricht muss gefeiert werden!«

Obwohl es Sonntag war, trug Linhardt Peter am nächsten Morgen auf, direkt nach der Messe nach Hattingen aufzubrechen, um seinem Vater die gute Nachricht zu überbringen. Er solle Jorge bitten, die Stoffe nach Lübeck zu schaffen. Linhardt überließ seinem Gehilfen dafür das eigene Pferd. In etwa einer Woche würde Peter in Westfalen sein.

Zufrieden ging der junge Kaufmann an diesem Abend ins Bett. Alles hatte sich zum Besten gewendet. Der Gewinn, den er aus dem Verkauf der Stoffe in London erzielen würde, war so hoch, dass er sich für das nächste Jahr keine Gedanken um die Zukunft der Niederlassung machen musste. Auch der Kauf eines Schiffs – ohne die Unterstützung der Wibbekings – erschien nun im Bereich des Möglichen. Und Linhardt hatte noch weitere Pläne, die er jetzt realisieren konnte …

In dieser Nacht verstarben die ersten drei Seeleute der *Maria*, darunter Kapitän Bomhover, am Englischen Schweiß.

8

Münster, 24. April 1531

Cuntz Muntzer stammte aus Würzburg. Er war mit seiner Frau Neslin und seiner sechszehnjährigen Tochter Anna vor knapp einem Jahr nach Münster gekommen. Er versprach sich von dem Umzug gute Geschäfte, da es in dieser Stadt keine anderen Lautenmacher gab.

Von einem Teil des Vermögens, welches er mit harter Arbeit in Würzburg verdient hatte, kaufte er sich ein Haus im Süden der Stadt, unweit des Ludgeritores. Die Familie bewohnte die oberen zwei Geschosse, die Werkstatt, das Kontor und Lager waren im Erdgeschoss untergebracht.

Wie erwartet, hatte sich sein Geschäft schon in den ersten Monaten glänzend entwickelt. Musikanten aus der näheren und weiteren Umgebung rissen sich um seine Waren, war er doch der einzige Instrumentenbauer weit und breit.

Fast jeden Tag stand mindestens ein neuer Kunde vor seiner Tür, um eine Laute oder Fidel in Auftrag zu geben. Denn die Dienste der Spielleute waren gefragt und sie verdienten gut. Bei jeder Hochzeit unterhielten sie das Volk, bei den großen Prozessionen, bei den Volksfesten. Und das, obwohl ihr Ruf nicht der beste war.

Ihre Kunst sei des Teufels, raunten einige besonders Fromme. Andere befürchteten, mit den Musikanten kämen die Gaukler und Beutelzieher. Teile des Rates der Stadt versuchten deshalb immer wieder, einige von ihnen dazu zu bewegen, sich dauerhaft in Münster niederzulassen. So habe man sie einerseits unter Kontrolle, könne sich andererseits ihrer Dienste bedienen und Fremde fernhalten.

Aber Spielleute waren unstete Wanderer. Selbst wenn sich jemand entschloss, in der Stadt zu bleiben, war das nur selten von Dauer. Schon bald verschwanden sie wieder, zogen die Wanderschaft dem Stadtleben vor, denn als zugereiste Musiker wurden sie von den Einheimischen kritisch beäugt und für jedes Unheil, welches sich ereignete, verantwortlich gemacht.

Dumpfe Schläge schallten durch das Haus. Jemand stand draußen und ließ den gusseisernen Löwenkopf gegen das Türblatt fallen. Cuntz Muntzer hörte die eiligen Schritte der Magd auf der Treppe.

Kurz darauf streckte das Mädchen den Kopf durch die Tür seiner Werkstatt. »Der ehrenwerte Herr Westenbrinck möchte Euch sprechen.«

Muntzer zuckte mit den Achseln. »Wer ist das?«

»Einer der beiden Schöffen der Bruderschaft der Tischler.«

»Ah ja. Danke.«

Cuntz Muntzer erinnerte sich. Als er nach Münster kam, hatte er sich einer der Zünfte anschließen müssen, sonst hätte er sein Handwerk nicht ausüben dürfen. Nach langem Hin und Her hatten ihn die Tischler – denen er erst klarmachen musste, dass er mit dem Bau von Lauten und Fideln keine Konkurrenz darstellte – in ihren Reihen aufgenommen. Das hatte einiges an Überzeugungsarbeit erfordert, aber auch einer großzügigen Spende in die Kasse der Bruderschaft bedurft.

Als Verhandlungsführer für die ortsansässigen Handwerker war damals Max Ostenloe aufgetreten. Den zweiten der Schöffen, Westenbrinck, hatte Cuntz nur einmal auf der Feier anlässlich seiner Aufnahme in die Bruderschaft getroffen. Der Tischler hatte – man konnte es nicht anders sagen –

bei dieser Gelegenheit unbotmäßig gesoffen. Was er wohl von ihm wollte?

»Bitte ihn in die Stube. Und hole kühlen Wein.« Muntzer wartete noch ein wenig. Er war selbstständiger Handwerker wie sein Besucher und musste nicht springen, wenn dieser erschien.

Als genug Zeit vergangen war, um das deutlich zu machen, aber nicht so viel, um unhöflich zu erscheinen, verließ auch er die Werkstatt.

»Herr Westenbrinck«, grüßte Muntzer, nachdem er die Stube im Obergeschoss betreten hatte. »Was führt Euch zu mir?«

Der Angesprochene erhob sich von der Eichenbank, die an einer der Längsseiten des Raumes stand, und reichte Muntzer die Hand. Auf seiner Stirn perlten trotz des kühlen Wetters Schweißtropfen. Das Gesicht war mit rötlichen Flecken überzogen, die Nasenspitze sogar knallrot. Der Handwerksmeister war von untersetzter Gestalt und atmete hörbar, als er erwiderte: »Es gibt seit einigen Tagen Gerede unter den Ratsmitgliedern.«

Westenbrinck warf einen begehrlichen Blick auf den Weinkrug, den die Magd hielt, die hinter ihrem Herrn stand.

Muntzer bedeutete dem Mädchen mit einer Kopfbewegung, den Wein zu servieren.

Als die Magd das Zimmer verlassen hatte, erkundigte sich der Lautenbauer: »Wie habe ich das zu verstehen?«

Der Tischler führte den Becher zum Mund und nahm einen großen Schluck. »Einige der Ratsmitglieder machen Stimmung gegen Euch. Sie behaupten, Ihr würdet mit Eurem Handwerk unehrliches Volk in die Stadt locken, so wie die Motten in der Nacht vom Licht der Kerzen angezogen werden. Und mit den Pfeifern, Trommlern und Lautenschlägern kämen noch andere zwielichtige Elemente, heißt es.«

Muntzer dachte nach. »Und was sagt der Rat in seiner Gesamtheit zu den Vorwürfen?«

»Eure Kritiker sind in der Minderheit« entgegnete Westenbrinck. »Noch.«

»Und die Meinung der Bruderschaft?«

»Ihr seid einer von uns, ein ehrbarer Handwerker, und wir stehen an Eurer Seite.«

Muntzer nickte zum Dank, gab aber nicht allzu viel auf diese Worte. Es wäre nicht das erste Mal, dass Lautenbauer genau wegen solcher Gerüchte aus einer Stadt vertrieben wurden. »Was rät mir die Bruderschaft?«

»Macht Euch nicht mit den Spielleuten gemein.«

Der Instrumentenbauer lachte auf. »Sie sind meine Kunden. Und einige von ihnen stehen sogar im Sold der Stadt.«

»Das wissen wir. Ihr solltet sie nur nicht auch noch ermuntern, nach Münster zu ziehen.«

Muntzer schüttelte den Kopf. »Aber ich ermuntere sie doch nicht. Die Musikanten kommen, weil ich gute Arbeit liefere, die weit und breit niemand sonst anbietet. Soll ich etwa meine Kunden dadurch vergraulen, dass ich minderwertige Instrumente herstelle?« Der Lautenbauer hob seine Stimme. »Ich bin Handwerksmeister wie Ihr. Und ich habe mich wie Ihr verpflichtet, ehrliche Arbeit abzuliefern.«

Sein Gast hob abwehrend die Hände. »So wollte ich das nicht verstanden wissen. Ihr solltet nur vorsichtig sein mit dem, was Ihr den Spielleuten sagt.«

»Ich lade sie nicht in mein Haus ein, gebe ihnen kein Obdach, versorge sie nicht mit Essen. Nur einen Schluck Wasser bekommen sie bei mir, wenn sie es wünschen. Das verlangt die Gastfreundschaft. Handelt Ihr anders?« Muntzers Stimme klang ärgerlich.

»Natürlich nicht.«

»Seht Ihr. Was also soll ich vermeiden?«

Westenbrinck wurde die Unterhaltung sichtlich unangenehm. Er trank den Inhalt seines Bechers aus. »Ich wollte Euch nur warnen.«

»Und dafür danke ich Euch und der Bruderschaft«, erwiderte Muntzer. »Ich werde Euren Rat befolgen, soweit es mir möglich ist.«

»Eine Frage habe ich noch: Wie haltet Ihr es mit dem neuen Glauben?«

Der Lautenbauer zögerte. Er wusste, dass es innerhalb der Handwerkerzünfte Bestrebungen gab, sich mit den Evangelikalen gegen den Rat und die Erbmännerfamilien zu verbünden. Die Handwerker wollten so den Einfluss der Patrizier zurückdrängen und selbst die Geschicke der Stadt lenken, um vor allem die Ungerechtigkeiten bei der Steuererhebung abzuschaffen. Das war ihnen aber bisher nicht gelungen. Die Gilden und Zünfte sahen jetzt in den Reformatoren natürliche Verbündete.

Muntzer glaubte zwar an Gott und das Paradies, die theologischen Auseinandersetzungen jedoch, die in diesen Tagen tobten, waren ihm ziemlich egal. Deswegen antwortete er vorsichtig: »Ich weiß nicht so recht. Ich habe mich, wenn ich ehrlich bin, noch nicht eingehend mit diesen Fragen beschäftigt.«

»Das solltet Ihr aber. Fast alle unsere Brüder haben sich den Auffassungen Luthers angeschlossen. Wenn Ihr die Unterstützung der Bruderschaft nicht verlieren möchtet, solltet auch Ihr Euch dem neuen Glauben verschreiben.«

Das war eine offene Drohung.

»Ich werde darüber nachdenken. Noch etwas Wein?«

»Nein. Ich muss wieder in meine Werkstatt. Kommt Ihr zu unserem nächsten Treffen?«

»Selbstverständlich.«

9

Hattingen, 24. April 1531

Hinrick und Lukas brüteten über der Aufgabe, die ihnen ihr Vater aufgetragen hatte. Sie sollten lange Listen addieren, auf denen der Bestand der verschiedenen Waren festgehalten war, die in den ersten Monaten des Jahres im Lager des Händlers eingegangen und noch nicht wieder verkauft worden waren. Inventur nannte das ihr Vater. Immer dann, wenn das Lager überquoll, mussten alle mithelfen, die Vorräte zu zählen und zu bewerten. Nur so, predigte Jorge immer wieder, gelänge es, den Überblick zu behalten.

Für diese Arbeit entlohnte ihr Vater seine Söhne. Zwar erhielten sie nicht so viel wie die beiden Gehilfen, die das Handelshaus beschäftigte, trotzdem hatten die Brüder mittlerweile einen für ihre Verhältnisse ordentlichen Batzen angespart.

Mit einem Seufzer ließ der Jüngere den Federkiel fallen. »Geschafft. Alles addiert und in die Listen übertragen.«

Hinrick warf einen neidischen Blick auf seinen Bruder, der sich entspannt auf der Bank zurücklehnte. »Ich lerne das Addieren nie. Immer wieder verrechne ich mich, vergesse die Zahlen, die ich bis dahin im Kopf zusammengezählt habe, und muss wieder von vorn anfangen.« Er warf verärgert seine Feder auf das Pult, sodass die noch daran haftende Tinte sich in kleinen Klecksen auf seinem Rechenblatt verteilte. »Auch das noch«, stöhnte Hinrick. »Vater wird mich schelten. Ach was, noch Schlimmer, er wird mir die Kosten für das Papier von meinem Lohn abziehen.« Er stützte seinen Kopf in beide Hände. »Warum fällt mir das Rechnen nicht so leicht wie dir?«

»Dafür tue ich mich schwer mit Latein und dem Lesen. Da bist du mir um Längen voraus. Und ich finde, Lesen ist ohnehin viel schwieriger als Rechnen.«

Obwohl Hinrick wusste, dass Lukas ihn nur aufmuntern wollte, war er dankbar für diesen Zuspruch. Er seufzte erneut und griff wieder zur Feder. »Alles Jammern nützt ja nichts.«

»Soll ich dir helfen?« Lukas war näher zu seinem Bruder gerutscht.

»Würdest du das tun?«

»Sagen wir, ich könnte ernsthaft darüber nachdenken, wenn du mir einen Groschen deines Lohns abgibst«, meinte der Jüngere grinsend.

»Das ist ein Viertel dessen, was wir erhalten.«

»Ich weiß. Aber wenn du nicht fertig wirst, bekommst du nichts. Das ist dir ja klar.«

»Du bist ein Halsabschneider.«

»Nein, ein Kaufmann.«

»Ich denke, du willst kein Kaufmann sein.«

Lukas wurde ernst. »Will ich auch nicht. Darüber wollte ich nachher noch mit dir reden. Also gut, einen halben Groschen.«

Hinrick nickte zum Einverständnis.

Gemeinsam bewältigten sie die Arbeit in weniger als zwei Stunden und da sie sonst keine Verpflichtungen hatten, standen sie kurz darauf in der schon warmen Nachmittagssonne.

»Lass uns zum Fluss laufen«, schlug Lukas vor. »Da waren wir schon lange nicht mehr.«

Die Schäden an der Ruhrbrücke, die das Frühjahrshochwasser ausgelöst hatte, waren mittlerweile beseitigt. Nur die am gegenüberliegenden Ufer angeschwemmten und in sich verkeilten kleineren Holzstämme, Äste und Zweige zeugten noch davon, dass die Überflutungen in diesem Jahr stärker ausgefallen waren als in der Vergangenheit. Lukas schlug vor, sich nach Westen zu wenden. Da lagen die Wiesen, die ihrer Familie gehörten. Es würde ihren Vater freuen, wenn sie ihren kurzen Ausflug dazu nutzten, dort nach dem Rechten zu schauen.

Später saßen sie auf einem großen Stein am Ufer, zogen die Schuhe aus und ließen ihre Füße im kalten Wasser baumeln.

»Was ich dir jetzt sagen werde«, begann Lukas, »muss unter allen Umständen unter uns bleiben.«

»Natürlich.«

Lukas zog das kleine Silberkreuz, welches er immer trug, über den Kopf und hielt es Hinrick hin. »Schwöre es.«

Sein Bruder zögerte. »Was, zum Teufel, ist so wichtig, dass ich mein Schweigen auf dein Kreuz beeiden soll?«

»Schwöre oder du wirst es nie erfahren.«

Hinrick war hin- und hergerissen. Einerseits interessierte ihn unbändig, in welches Geheimnis ihn sein Bruder einweihen wollte. Andererseits scheute er die Last der Verantwortung, die ein heiliger Schwur mit sich brachte. Erst als Lukas das Kreuz zurückzog und es sich wieder um den Hals legen wollte, fasste er einen Entschluss. »Gib schon her«, knurrte Hinrick und legte den gewünschten Eid ab. Als er dem Jüngeren das Kreuz zurückgab, meinte er breit grinsend: »Jetzt bin ich aber gespannt, ob sich der ganze Aufwand gelohnt hat.«

Lukas blieb ernst. »Du weißt, dass Vater meinen Wunsch, Instrumentenbauer zu werden, abgelehnt hat.«

»Natürlich.«

»Er will mich zu einem Kaufmann machen. Aber diesen Gefallen werde ich ihm nicht tun.«

»Ich glaube nicht, dass du eine Wahl hast.«

»Wenn ich in Hattingen bleibe, nicht. Da hast du recht. Aber ich werde nicht hier hinter einem Schreibpult versauern.«

»Vater wird dir nie erlauben, die Stadt zu verlassen.«

»Eben. Deshalb werde ich ihn auch nicht um Erlaubnis fragen.«

Hinrick klappte der Unterkiefer herunter. »Du willst weglaufen?«

Lukas nickte.

»Das wird Mutter das Herz brechen.«

»Ich werde ihr einen Brief hinterlassen.«

Hinrick lachte auf, doch es klang hilflos. »Ein Brief wird sie wohl kaum über den Verlust ihres Lieblings hinwegtrösten. Das kannst du nicht machen, Lukas.«

»Ich muss.«

Hinrick schwieg. Er wog das Für und Wider eines Eidbruchs ab.

Als ob Lukas die Gedanken seines Bruders erriet, stieß er hervor: »Du hast es geschworen, Hinrick! Solltest du mich verraten, werde ich trotzdem versuchen, meinen Plan in die Tat umzusetzen. Nur dass ich dann nie wieder im Leben auch nur ein Wort mit dir wechseln werde. Es wird sein, als wäre ich tot. Zumindest für dich.«

Diese Sätze waren mit einer solchen Heftigkeit vorgebracht worden, dass Hinrick klar wurde, wie ernst es seinem Bruder war. Also atmete er tief durch und meinte: »Mein Eid gilt. Obwohl ich einen Moment überlegte, ob es besser wäre, Mutter einzuweihen. Aber sie wird sich nicht gegen Vater stellen.«

Lukas atmete hörbar aus. »Danke.«

»Du wirst Geld brauchen.«

»Ich habe den Lohn, den uns Vater gezahlt hat, gespart.«

»Das wird nicht reichen.«

»Dann werde ich arbeiten.«

»Auch dann hast du nicht genug Geld. Ich werde dir meine Ersparnisse geben.«

Lukas strahlte den Älteren an. »Das würdest du tun?«

»Ich meinte natürlich: leihen.«

»Nichts anderes habe ich angenommen.«

Beide lachten. Schließlich fragte Hinrick: »Verrätst du mir, wohin du gehen willst?«

»In eine Stadt im Westfälischen. Mehr musst du nicht wissen. So kannst du dich nicht verplappern, wenn unsere Eltern dich unter Druck setzen. Dort hat sich vor etwa einem Jahr ein Instrumentenbauer niedergelassen. Er hat noch keinen Lehrling.«

»Woher weißt du das?«

»Du erinnerst dich an die Musikanten, die über Ostern in Hattingen gewesen sind?«

Hinrick nickte.

»Ich habe mit ihnen gesprochen. Sie haben es mir erzählt.«

»Und wann willst du aufbrechen?«

»An Christi Himmelfahrt. Du weißt ja, unsere Eltern wollen nach Schwelm, das Grab besuchen. Das verschafft mir einen gehörigen Vorsprung.«

Der Pflegevater ihres Vaters war dort beerdigt. Und immer an diesem Feiertag gedachten ihre Eltern seiner am Grab.

Eine Frage brannte Hinrick noch auf der Zunge: »Kommst du wieder zu uns zurück?«

Lukas schaute ihn erstaunt an. »Natürlich. Was für eine Frage. In Hattingen gibt es doch keinen Instrumentenbauer, oder?«

Hinrick schwieg.

Sein Bruder, der dies missdeutete, sagte: »Nun mach nicht so ein Gesicht. Es ist ja nicht für ewig.«

»Ich erinnere mich nur gerade an etwas. In der Bibliothek in Werden habe ich einmal in einem Buch geblättert, das die Zünfte der Handwerker beschrieb. Du willst doch eine Lehre machen, oder?«

»Natürlich.«

»Dann wirst du deine Herkunft nachweisen müssen.«

»Warum?«

»Wegen des Aufdingens. Ich meine jedenfalls, dass das so hieß. Der neue Lehrling wird vor allen Meistern der Zunft geprüft. Und dabei wird hinterfragt, ob dessen Geburt ehrlich gewesen ist.«

»Was heißt das?«

»Das stand da nicht. Ich denke, damit ist gemeint, ob die Eltern des Lehrlings verheiratet gewesen sind.«

»Das sind unsere Eltern ja.«

»Sicher. Aber wie willst du das beweisen?«

Jetzt schwieg auch Lukas. Schließlich meinte er: »Mir wird schon etwas einfallen.«

10

Kleve, 24. April 1531

Herzog Johann stand mit seinem Berater Konrad Heresbach im Archiv des Spiegelturms und warf einen skeptischen Blick auf die Gewölbedecke. »Mir wurde zugetragen, Mauerwerk riesele herunter. Nicht, dass uns das Gemäuer auf den Kopf fällt wie einst der alte Donjon.«

»Das glaube ich nicht, Durchlaucht. Ich habe mit Eurem Baumeister gesprochen, der zusätzlich Rat bei einem erfahrenen Kölner Kollegen eingeholt hat. Er kennt den Mann von früher. Es handele sich nicht um Mauerwerk, sondern lediglich um etwas Putz, haben die Herren übereinstimmend festgestellt. Der sei damals zu früh mit Kalk gestrichen worden und nicht richtig durchgetrocknet. Jetzt, wo die Bindung des Kalks nachlasse, komme es an manchen Stellen zu einem Herausbröckeln kleiner Putzteile. Das Schlimmste, was passieren könne, sei, dass jemandem ein Stückchen Putz auf den Kopf fällt und alles abgeschlagen und neu aufgebracht werden müsse. Das Tonnengewölbe, hat Euer Baumeister versichert, sei von überragender Festigkeit.«

Der Herzog schien nicht überzeugt. »Euer Wort in Gottes Ohr. Und ich hoffe, dass nicht gerade ich dort stehe, wo der Putz herunterplumpst.«

»Das hoffe ich auch, Durchlaucht.«

»Nett von Euch.«

Die beiden Männer verließen das Archiv und traten unter die Arkaden im Innenhof. Es hatte zu regnen begonnen und ein stürmischer Westwind versetzte den vergoldeten Schwan, der auf dem Schwanenturm als Wetterfahne prangte, in heftige Drehbewegungen. Ein Geräusch erklang, das sich wie das entfernte Heulen eines wilden Tieres anhörte.

»Der Schwan ruft«, meinte der Herzog lächelnd. »Hoffen wir auf besseres Wetter.«

»Das sind nur die letzten Zuckungen des Winters«, erwiderte Konrad Heresbach. »Man kann den Frühling schon riechen.«

»Tatsächlich?« Der Herzog sog lautstark die Luft durch die Nase ein. »Das Einzige, was ich rieche, sind die Kochschwaden der Küche.« Er drehte sich um. »Kommt, lasst uns den Saal aufsuchen. Da ist es zwar auch nicht viel wärmer als hier, aber wenigstens nicht so stürmisch.«

Wie immer brannte im Palas ein heftig flackerndes Kaminfeuer. Bedienstete brachten gewürzten Wein und kandiertes Obst und der Herzog nahm auf einem der Stühle Platz, die vor dem Tisch standen.

»Was macht mein Sohn für Fortschritte?«

»Beim Reiten oder im Lateinunterricht?«, fragte Heresbach zurück.

Der Landesherr schmunzelte. »Ihr wisst, was ich meine.«

»Wenn ich ehrlich bin, keine. Wilhelm ist mit seinen Gedanken nicht recht bei der Sache, hat mir sein Lehrer berichtet. Und die Offiziere, mit denen er in seiner Freizeit verkehrt, sind nicht gerade das, was ich als gute Vorbilder bezeichnen würde.«

Johann hob, spielerisch drohend, den Zeigefinger. »Vorsicht, Heresbach. Ihr bewegt Euch auf dünnem Eis. Lasst sie das bloß nicht hören. Die Armee ist nur so gut wie ihre Offiziere und mein Herzogtum so bedeutend wie meine Armee.«

»So habe ich das nicht gemeint, Durchlaucht.«

»Ich weiß ja.«

»Euer Sohn braucht anderen Umgang. Wenigstens einige Stunden am Tag.«

Der Herzog seufzte. »Wenn ich Euer Gesicht sehe, ahne ich bereits, dass Ihr mir gleich einen entsprechenden Vorschlag unterbreiten werdet. Nun raus damit. Wen von Euren verknöcherten Gelehrtenkollegen habt Ihr zum Vorbild meines Sohnes auserkoren?«

»Keinen Gelehrten, Euer Durchlaucht. Einen annähernd Gleichaltrigen.«

»Ich höre wohl nicht recht. Welcher Adelssprössling im Umkreis von einhundert Meilen taugt für diese Rolle?«

»Der junge Mann, den ich im Auge habe, ist nicht von Adel. Er stammt aus einer angesehenen Kaufmannsfamilie aus Hattingen und ist rund drei Jahre älter als Euer Sohn. Sein Vater ist Jorge von Linden, seine Mutter die Tochter eines ehemaligen Bürgermeisters der Stadt. Hinrick, so heißt er, ist gut erzogen, äußerst belesen für sein Alter und spricht mehrere Sprachen. Er wäre der geeignete Begleiter für Euren Sohn. Sein Vater hat übrigens vor gut zwanzig Jahren damit gedroht, den Euren vor das Femegericht zu zerren.«

Die Verblüffung stand dem Herzog ins Gesicht geschrieben. Dann lachte er los. »Er wollte meinen Vater verklagen?«

»So heißt es.«

»Weshalb?«

»Es ging um eine Wiese in Linden. Aber er hat seine Drohung nicht wahr gemacht. Mehr konnte ich nicht in Erfahrung bringen.«

»Ihr haltet also den Sohn eines Mannes, der meinen Vater der Feme ausliefern wollte, für geeignet, Wilhelm zum Lernen zu bewegen?«

»So ist es.«

»Ich nehme an, wenn ich nicht zustimme, droht Ihr wieder mit Demission oder Ähnlichem?«

Heresbach senkte nur den Kopf.

»Einen Versuch ist es wert. Auf jeden Fall ist es ein amüsanter Gedanke.« Der Herzog schüttelte den Kopf. »Auf so einen Vorschlag könnt wohl nur Ihr kommen, Heresbach.«

»Kann ich also mit dem Vater des Jungen sprechen?«

»Tut das. Aber sagt ihm unmissverständlich, dass er mir weder die Feme noch den Kölner Erzbischof auf den Hals hetzen soll.« Johanns breites Grinsen verdeutlichte, dass er seine Worte selbst nicht ernst nahm. »Ihr werdet den Auserwählten bezahlen müssen.«

»Natürlich, Durchlaucht.«

»An was hattet Ihr gedacht?«

»Dreißig Gulden im Jahr.«

»Der Sold eines einfachen Soldaten«, stellte Herzog Johann fest. »Sei's drum. Tut, was Ihr nicht lassen könnt. Eins noch.«

»Ja, Euer Durchlaucht?«

»Was ist mit dem Entwurf der Kirchenreform?«

»Wir arbeiten daran.«

»Und wie lange wollt Ihr mich noch warten lassen?«

»Bis zum Ende des Jahres werdet Ihr Euch noch gedulden müssen.«

Der Herzog griff zum Weinbecher. »Wenn uns die Prädikanten bis dahin nicht die Butter vom Brot genommen haben«, erwiderte er nachdenklich.

11

Lübeck, 25. April 1531

Linhardt hatte am gestrigen Tag lange geschlafen und sich dann in die Dornse in seinem Haus zurückgezogen, um noch einmal die geplante Stofflieferung an den Londoner Kunden zu kalkulieren. Der Magd hatte er freigegeben, damit diese nach ihrem kranken Vater sehen konnte. Und da sich Peter auf dem Weg nach Hattingen befand, war er Montag allein gewesen. Sein Abendessen hatte aus etwas Dörrfleisch und trockenem Brot bestanden und er war zeitig zu Bett gegangen.

Als er am Morgen seine Schlafkammer verließ, überfiel ihn die Magd noch im Flur mit den neuesten Nachrichten.

»Habt Ihr gehört, Herr?«, stieß sie hervor. »Die *Maria* hat den Englischen Schweiß nach Lübeck gebracht.« Sie schluchzte auf. »Wir werden alle sterben.«

Linhardt war wie erstarrt. »Was sagst du da?«

»Der Rat hat das Schiff gestern unter Quarantäne gestellt. Aber es war zu spät.« Ihre Stimme überschlug sich. »Die Hälfte der Besatzung und auch der Kapitän sind bereits tot. Viele der Seeleute, darunter auch einige der Verstorbenen, waren schon an Land. Sie saßen in den Schenken, haben die Frauenhäuser besucht, auf dem Markt eingekauft und so die Krankheit in der Stadt verteilt.« Das Mädchen bekreuzigte sich. »Gott sei uns gnädig.« Dann schaute sie Linhardt aus verweinten Augen an. »Ich möchte jetzt zu meiner Familie, wenn Ihr erlaubt. Natürlich braucht Ihr mir keinen Lohn zahlen, ich …«

»Schon gut. Geh. Ich komme allein zurecht.«

»Ich habe heute Morgen noch schnell eingekauft. Für eine Woche werden die Vorräte reichen. Ich bitte Euch, Herr, bleibt im Haus. Es heißt, der Englische Schweiß springt durch die Luft. Es sind die faulen Dämpfe, die krank machen.« Sie zog ein Tüchlein über Mund und Nase, welches sie sich um den Hals gebunden hatte. »Ich habe es in geweihtes Wasser getaucht und mit gestampften Gewürzen bestreut. Die Leute erzählen, dass der Duft der Kräuter die teuflischen Dämpfe vertreibt. Auf dem Kaminsims liegt noch ein Tuch. Es ist für Euch. Ich habe es wie meines behandelt. Gott möge Euch schützen.«

Als das Mädchen fort war, lehnte sich Linhardt für einen Moment an die Flurwand. Dann ging er in die Stube und ließ sich erschöpft auf die Bank fallen. Ein Gedanke schoss ihm durch den Kopf. Ihn fröstelte trotz des Kaminfeuers. Seine Nackenhaare richteten sich auf. Was hatte die Magd eben gesagt? Der Kapitän sei gestorben? Hatte Peter nicht den Kaufvertrag von ihm erhalten? Was, wenn er die Krankheit nun auch mit sich trug? Und sie auf schnellstem Weg nach Hattingen brachte? Zu seinen Eltern, seinen Brüdern?

Einem ersten Impuls folgend, wollte Linhardt das Pferd satteln und Peter folgen. Er war schon auf dem Weg zum Stall, als ihm einfiel, dass sein Gehilfe mit dem Tier unterwegs war. Sollte er sich eins leihen?

Doch wie sollte er Peter einholen? Der war vor zwei Tagen aufgebrochen und vermutlich schon weit hinter der Elbe. Und welchen Weg würde sein Schreiber nehmen? Es gab mehrere Möglichkeiten, hatte man den Elbfluss erst überquert. Aber selbst wenn Linhardt den richtigen Weg erriet: Er hatte Peter aufgetragen, sich zu sputen. Und genau das würde sein Gehilfe auch tun. Nein, er würde ihn niemals einholen.

Den Gedanken, seinen Eltern einen Brief zu schreiben, verwarf Linhardt schnell wieder. Auch ein Bote wäre nicht vor dem Schreiber in Hattingen.

Sein Blick fiel auf den Kaminsims. Dort lag das Tüchlein, von dem die Magd gesprochen hatte. Kurz entschlossen stand Linhardt auf und ging zum Kamin. Seine Hände zitterten, als er sich das Leinentuch vor den Mund band. Dann griff er sein Barett und verließ das Haus.

Er wollte den Medikus Claus Upberge aufsuchen, um von ihm mehr über diese Krankheit zu erfahren. Vielleicht gab es ja eine Tinktur dagegen oder es half, wenn der Erkrankte zur Ader gelassen wurde. Der Medikus kannte sich mit Krankheiten aus und konnte ihn beraten.

Und mit diesem Wissen würde Linhardt dann nach Hattingen aufbrechen. Ein Pferd würde er sicher bekommen. Wenn er keines leihen konnte, würde er eines kaufen. Zur Not würde er sich zu Fuß auf den Weg in seine Heimatstadt machen. Seine Familie durfte nicht wegen ihm an der teuflischen Krankheit sterben.

Die wenigen Menschen, die sich nach draußen trauten, hasteten grußlos und mit weit ins Gesicht gezogenen Kopfbedeckungen durch die Straßen. Viele von ihnen trugen ebenfalls Tücher vor dem Mund.

Das Haus des Medikus lag an der Wakenitz, östlich Sankt Katharinens. Es duckte sich hinter die Stadtmauer und war niedriger als die Bürgerhäuser im Stadtinneren.

Linhardt ließ den Eisenschlägel gegen das Türblatt fallen. Der Schlag ließ die Pforte erzittern. Es dauerte eine Weile, bis sich Schritte näherten. Eine Klappe, die in das Holz eingelassen war, öffnete sich einen Spalt. Linhardt hörte die Stimme einer Frau, die nach seinem Begehr fragte.

»Ich bin Linhardt von Linden. Ich möchte den Medikus sprechen. Sagt ihm, es ist dringend.«

Vor einigen Monaten war Claus Upberge überraschend in Linhardts Kontor erschienen und hatte um Hilfe gebeten.

Zwischen ihm und Clas Wibbeking war es zu einer Auseinandersetzung wegen nicht bezahlter Rechnungen gekommen. Clas, der schon mehrmals von dem Medikus vertröstet worden war, hatte damit gedroht, das städtische Gericht anzurufen. Und da die Forderungen zu Recht bestanden, hätte das Verfahren übel für den Arzt ausgehen können.

Dieser hatte Linhardt aufgesucht, weil er um dessen freundschaftliches Verhältnis zur Familie Wibbeking wusste und ihn als Fürsprecher und Vermittler benötigte. Er wolle ja zahlen, versicherte der Medikus, säße aber auf einem Stapel unbezahlter Rechnungen. Die Zahlungsmoral seiner Patienten sei, sobald sie geheilt worden wären, nicht die beste. Er hoffe aber, in zwei, drei Wochen seine Schuld begleichen zu können.

Linhardt hatte Upberge geholfen, sich bei Clas für den Medikus eingesetzt und einen letzten Zahlungsaufschub erwirkt. Tatsächlich konnte Upberge Clas' Forderung kurz darauf befriedigen. Als sich der Mediziner bei Linhardt für dessen Unterstützung bedankte, sicherte er ihm seine Hilfe zu, wann immer Linhardt diese benötige. Und jetzt war der Zeitpunkt gekommen, die Schuld einzufordern.

Die Magd schloss die Klappe. Es dauerte einige Zeit, bis sich die Tür öffnete und der Medikus erschien.

»Haltet bitte Abstand«, bat der Heilkundige. »Es ist nicht die Zeit für Höflichkeiten.«

Die beiden Männer gingen in die Stube.

»Was kann ich für Euch tun?«

»Sagt mir, was Ihr über den Englischen Schweiß wisst.«

»Leider nicht genug. Es gibt keine Heilung. Wer erkrankt, stirbt in der Regel. Nur wenige haben die Krankheit besiegt. Erst bringen Dämonen schlimme Visionen, dann kommt das Fieber, dann übel riechender Schweiß. Schließlich schlafen die Kranken ein und sterben.«

»Was, wenn man das Einschlafen verhindert?«

»Vielleicht hilft das. Nur ...« Upberge sprach nicht weiter.

»Was?«

»Es gelingt nicht. In den Berichten aus England steht, dass die dortigen Mediziner versucht haben, die Menschen am Einschlafen zu hindern, allerdings ohne Erfolg.«

»Und wie bekommt man die Krankheit?«

Claus Upberge zuckte mit den Schultern. »Vielleicht wird sie über fauligen Atem übertragen. Oder die Ausdünstungen. Ich habe keine Ahnung.«

»Und wer Kontakt zu einem Erkrankten hat, bekommt den Englischen Schweiß?«

»Nicht jeder. Das ist die einzig gute Nachricht.«

»Wie schnell holt einen der Tod?«

»Spätestens einen Tag nachdem die bösen Träume aufgetreten sind.«

Linhardt hielt entsetzt die Hand vor den Mund.

Der Medikus deutete diese Geste richtig. »Ja, wir haben allen Grund, erschrocken zu sein. Der Englische Schweiß tötet fast jeden. Es gibt kein Kraut, das gegen diese Seuche gewachsen ist. Euer Tüchlein nutzt nur wenig, soweit ich weiß. Allein Gott der Herr kann uns von der Bürde befreien. Er hat uns diese Prüfung gesandt, er wird sie wieder nehmen. Das ist alles, was ich Euch sagen kann. Und nun seid so gut und lasst uns allein. Ich jedenfalls kann niemandem helfen, der vom Englischen Schweiß heimgesucht wird.«

»Eine Frage habe ich noch: Wie lange dauert es, bis die Krankheit ausbricht?«

Upberge hob die Hände in die Höhe, so als ob er Gott um Beistand anflehen wollte. »Ich weiß es nicht.«

Als Linhardt kurz darauf Upberges Haus verließ, zitterte er am ganzen Körper. Da es kein Heilmittel gab, war eine Reise nach Hattingen zwecklos. Er würde Peter nicht einholen können und wer sich einmal infizierte, für den könnte er eh nichts mehr tun. Linhardt zuckte zusammen. Was, wenn er sich bei seinem Gehilfen angesteckt hatte? Aber möglicherweise war Peter ja gar nicht krank. Er hatte den Kapitän schließlich nur kurz aufgesucht. Linhardt klammerte sich an diesen Gedanken. Was blieb ihm auch sonst übrig?

12

Hattingen, 3. Mai 1531

Die Familie frühstückte, als der dumpfe Schlag des Türklopfers durch das Haus hallte. Eine der Mägde sprang auf, um nach dem frühen Besuch zu sehen. Kurz darauf kehrte sie wieder in die Stube zurück.

»Ein Bote des Herzogs«, verkündete sie aufgeregt. »Ich habe ihn in das Kontor gebeten.«

Jorge legte den Löffel in seine Schale. »Hast du ihm etwas zu trinken angeboten?«

»Sicher. Aber er wollte nichts. Er sei in Eile, hat er mich wissen lassen.«

Jorge verstand und erhob sich. Einen Beauftragten des Landesherrn ließ man nicht warten.

Der Bote war ein Offizier der Klever Garnison. Nach einer kurzen Begrüßung kam der Mann sofort zur Sache. »Ich habe eine wichtige Nachricht für Euch.« Er griff in seine Tasche und zog einen Brief hervor, der mit dem Siegel des herzoglichen Hofes verschlossen war. »Er stammt von Professor Konrad Heresbach, Berater am Hof unseres gnädigen Herzogs.«

Natürlich wusste Jorge, wer Heresbach war. Er hatte den Mann zwar noch nie getroffen, aber schon viel von ihm gehört. Heresbach galt als einflussreichster der herzoglichen Einflüsterer, als tolerant und gerecht. Was der Mann wohl von ihm wollte?

Jorge brach das Siegel und las den Brief. Darin teilte ihm Heresbach mit, dass er sich heute in Werden aufhalte und er sich freuen würde, wenn Jorge das Mittagsmahl mit ihm gemeinsam einnähme, damit sie Zeit fänden, sich in Ruhe zu unterhalten. Worüber der Berater mit ihm sprechen wollte, war nicht erwähnt.

»Ich habe Order, auf Eure Antwort zu warten«, erklärte der Bote.

Auch wenn der Brief sehr höflich formuliert war, handelte es sich doch weniger um eine Bitte als um eine Aufforderung, die Jorge nicht ablehnen konnte, selbst wenn er das gewollt hätte.

»Sagt Herrn Heresbach, dass ich seiner Einladung mit Freuden folge.«

Der Bote nickte und verschwand. Jorge überlegte kurz. Mit dem Pferd brauchte er keine Stunde nach Werden. Es blieb ihm also noch genug Zeit, um sich angemessen zu kleiden und die notwendigen Reisevorbereitungen zu treffen.

»Was meinst du, was ein Berater des Herzogs von dir will?«, erkundigte sich Marlein, nachdem er ihr den Brief gezeigt hatte.

»Keine Ahnung«, antwortete Jorge.

»Kann es etwas Geschäftliches sein?«

Daran hatte er auch schon gedacht. »Was könnte der Herzog sonst von mir wollen?«

»Sagtest du nicht gerade, Herr Heresbach habe dich um das Gespräch gebeten und nicht der Herzog?«, warf Hinrick ein.

»Ist das nicht dasselbe?«, erwiderte sein Vater.

»Ich denke nicht. Es heißt, Konrad Heresbach sei ein unabhängiger Kopf, der sich auch anders als unser Landesherr äußere.«

Jorge sah seinen Zweitältesten erstaunt an. »Woher weißt du das?«

»Ich habe mit dem Bibliothekar in Werden über Heresbach gesprochen, nachdem ich ihn kennengelernt hatte.«

»Du kennst den Berater des Herzogs?«

»Flüchtig. Wir haben uns über Luther und seinen Widersacher Eck unterhalten.«

Jorge wunderte sich immer mehr über seinen Sohn. Ihn beschlich ein ungutes Gefühl. »Hast du etwa Partei für den Reformer genommen?«

Es erschien ihm nicht opportun, sich in Glaubensdingen zu weit aus dem Fenster zu lehnen, solange nicht eindeutig klar war, welche Position der Landesherr in dieser Frage zukünftig einnehmen würde. Dieser Luther war geächtet und seinen Anhängern drohte ein ähnliches Schicksal, auch wenn sich einige Fürsten und Städte bereits auf die Seite der sogenannten Protestanten gestellt hatten. Aber Herzog Johann hatte sich noch nicht festgelegt.

»Wie ist das Gespräch verlaufen?«

Hinrick berichtete.

Jorge dachte nach. Konnte diese Unterhaltung der Grund für die Einladung sein? Er verwarf diesen Gedanken schnell. Ein so wichtiger Mann würde einem Gespräch mit einem Jugendlichen keine große Bedeutung beimessen, da war er sicher. Nein, es musste einen anderen Anlass geben. Nur welchen? Nun, es brachte nichts, sich den Kopf zu zerbrechen. Er würde es in wenigen Stunden erfahren.

Peter hatte sich an die Anweisungen seines Herrn gehalten und war so schnell geritten, wie er konnte. Die Sonne war schon lange untergegangen, als er Bochum erreichte. Die Tore Hattingens waren sicher schon verschlossen. Er konnte sich glücklich schätzen, dass ihm die Bochumer Stadtsoldaten noch den Zutritt gewährten. Er suchte eine billige Unterkunft, um endlich wieder in einem Bett zu schlafen.

Als er am nächsten Morgen die Herberge verließ, fühlte er sich den Umständen entsprechend gut. Er hatte einige Humpen Bier getrunken und sich in der Nacht mit einer Hübschlerin vergnügt, die ihre Dienste in dem Gasthof angeboten hatte.

Er führte den pochenden Schmerz in seinem Schädel auf das viele Bier und den mangelnden Schlaf zurück. Die frische Luft würde seine Beschwerden lindern, daran hatte er keinen Zweifel. Das Frau, die er in seinen Armen gehalten hatte, war äußerst geschickt mit ihrer Zunge und ihren Fingern gewesen, und er gedachte, sich am heutigen Abend dieses Vergnügen noch einmal zu gönnen.

Er würde Jorge von Linden seine Aufwartung machen, den Kontrakt übergeben, auf weitere Anordnungen warten und dann so schnell wie möglich nach Bochum zurückkehren, um dort erneut die Nacht mit diesem Teufelsweib zu verbringen. Erst dann wollte er gemächlich in die Hansestadt reisen.

Zu den Kopfschmerzen gesellten sich im Laufe des Tages allerdings Gliederschmerzen. Peter fühlte sich schlapp und matt, als er sich über die Ruhrbrücke Hattingen näherte.

Vielleicht sollte er heute Abend doch auf das Bier in der Bochumer Schenke verzichten. Aber die erneuten Dienste der Hübschlerin wollte er sich unter keinen Umständen entgehen lassen.

Endlich erreichte er das Haus der von Lindens am Untermarkt. Er band sein Reittier an einen in die Hauswand eingelassenen Ring, schnappte sein Bündel und schlurfte zur Tür.

Es war Marlein von Linden selbst, die auf sein Klopfen öffnete.

»Herrin, ich habe gute Nachrichten von Eurem Sohn«, begrüßte Peter sie.

Die Kaufmannsfrau führte ihn in die Stube. »Du siehst furchtbar aus«, sagte sie mitfühlend, nachdem er sich auf eine der Bänke hatte fallen lassen. »Das Mädchen bringt dir etwas Bier.«

»Kein Bier«, wehrte Peter ab. »Ist Euer Wasser kühl und trinkbar?«

»Sicher.«

»Dann nur davon. Es muss die Reise sein, die mich so erschöpft hat.«

Die Hausherrin rief nach der Magd. Als diese den Raum betreten hatte, fragte sie Peter: »Hast du Hunger? Etwas Brot vielleicht? Oder Suppe?«

Er schüttelte nur den Kopf. »Wasser reicht. Ist der Herr zu sprechen?«

»Da bist du um gut eine Stunde zu spät gekommen. Er hat auswärts etwas zu tun und wird sicher nicht vor dem Abend zurück sein. Du wartest einfach so lange und ruhst dich aus«, schlug Marlein von Linden vor.

Das Angebot, sich in einem Bett auszustrecken und zu schlafen, war verlockend. Trotzdem entschied Peter sich dagegen. Denn die Reize der Hübschlerin, die in Bochum wartete, zogen ihn noch stärker an.

»Nein, lieber nicht. Wenn es Euch recht ist, lasse ich das Schriftstück, welches ich überbringen soll, einfach hier und komme morgen zurück, um die Aufträge des Herrn entgegenzunehmen. Ich bin mit einem Lübecker gereist, der in Dortmund und Bochum Geschäfte machen will«, schwindelte Peter. »Er wollte morgen früh wieder in die Heimat aufbrechen und wir hatten verabredet, dass ich ihn auch auf dem Rückweg begleite. Wenn ich nicht in der Herberge bin, macht er sich womöglich Sorgen und lässt nach mir suchen. Aber ich will ihn nicht aufhalten.« Die Lüge ging ihm leicht über die Lippen.

»Wie du meinst. Hat Linhardt dir ausreichend Geld für die Übernachtung gegeben?«

»Ja, das hat er. Danke.« Peter zog nun den Vertrag mit dem Londoner Händler aus der Tasche und übergab seiner Herrin das Schriftstück. »Hier. Fünfzig Ballen Stoff zu vorzüglichen Konditionen. Euer Sohn hat erstklassige Arbeit geleistet, wenn ich das sagen darf. Ihr könnt stolz auf ihn sein.« Peter hustete und ihm wurde kalt. Er trank den Rest des Wassers und erhob sich schwerfällig. »Wenn Ihr nichts dagegen habt, reite ich jetzt los. Ich muss wirklich etwas schlafen.«

Marlein von Linden nickte, sagte dann aber: »Nur noch einen kleinen Moment. Ich hatte ohnehin vor, nach Bochum zu fahren. Ein Schreiner dort fertigt wunderbar verarbeitete Stühle an. Ich wollte meinem Gatten einen für sein Kontor schenken. Er darf nichts davon erfahren. Ich gebe dir ein Schreiben mit den Maßen des Stuhls mit, das du dem Meister übergeben wirst. So spare ich mir den Weg, du musst morgen nicht erneut in die Stadt hinein und es besteht keine Gefahr, dass Jorge etwas von meinem Plan erfährt.« Sie schaute Peter verschwörerisch an. »Vorausgesetzt natürlich, dass du mich nicht verrätst.«

»Kein Wort kommt über meine Lippen, Herrin.«

Eine halbe Stunde später saß Peter erneut im Sattel. Es gelang ihm nur mit Mühe, wach zu bleiben. Die Gliederschmerzen wurden heftiger und sein Schädel schien zu bersten. Immer wieder nickte der Bote ein und drohte vom Pferd zu fallen.

Er schaffte es bis zum Hilinciweg. Kurz vor Linden konnte er nicht mehr weiterreiten. Schweiß rann aus allen Poren, sein Hemd war bereits klatschnass. Den Geruch, der von ihm ausging, nahm er nicht wahr. Er musste schlafen. Jetzt!

Mit letzter Kraft schleppte er sich über einen Waldweg auf eine kleine Lichtung unweit des Dorfes. Dort band er das Pferd locker an, legte sich ins frische Gras und murmelte mit matter Stimme: »Nur eine Stunde. Dann geht es mir bestimmt besser.« Und Peter sank in den Schlaf, aus dem er nie mehr erwachen sollte.

13

Werden und Hattingen, 3. Mai 1531

Jorge von Linden meldete sich an der Pforte und der diensthabende Mönch brachte ihn in die Bibliothek. Dort warteten ein weiterer Benediktiner und ein hochgewachsener Mann, ganz in Schwarz gekleidet, dessen schlankes Gesicht ein sauber gestutzter Backenbart zierte.

Jorges Führer verbeugte sich still und ließ ihn mit den Männern allein.

Neugierig schaute Jorge sich um. An den Wänden standen raumhohe Regale voller Bücher und Schriftrollen, vor den Fenstern Stehpulte, Tische und Bänke. Es mussten Hunderte Bücher sein, die hier aufbewahrt wurden.

»Seht Euch nur um.« Der Benediktiner kam auf ihn zu und

streckte ihm seine Hand entgegen. »Ich bin Johannes von Groningen, der Abt des Klosters. Und der Herr hinter mir ist Professor Konrad Heresbach, Berater des Herzogs von Kleve. Aber das wisst Ihr ja sicherlich.«

Jorge nickte.

»Ich lasse Euch gleich mit dem Professor allein. Meine Brüder werden euch etwas zum Essen und Trinken bringen. Aber zuvor möchte ich Euch zu Eurem Sohn Hinrick gratulieren.«

Jorge zog die Augenbrauen hoch.

»Er ist einer der gelehrigsten Schüler, die ich in dieser Bibliothek habe studieren sehen. Und das, obwohl er kein Novize oder Student ist. Ihr könnt stolz auf ihn sein.«

Jorge senkte beschämt den Kopf. »Danke, Vater.«

»Ihr braucht mir nicht zu danken. Ich hätte Euren Sohn gern in unserer Gemeinschaft gesehen, aber er hat dem Bruder Bibliothekar mehrmals zu verstehen gegeben, dass ein Leben als Mönch für ihn nicht infrage kommt. Nun, Gottes Fügung hat eben anderes mit ihm vor.«

Der Mönch sprach in Rätseln. Was, verdammt, war der Sinn dieses Treffens? Und was hatte Hinrick damit zu tun?

»Nun lasse ich Euch allein. Das Essen wird in der Kammer dort hinten angerichtet.« Der Abt zeigte auf eine Tür am Ende des Saales. »Da seid ihr ungestört.« Er nickte Heresbach zu und verließ gemessenen Schrittes die Bibliothek.

»Kommt«, bat der Berater des Herzogs und legte einen Arm um Jorges Schultern. »Folgen wir dem Hinweis und setzen uns in den Leseraum.« Auf dem Weg dorthin erklärte Heresbach: »Danke, dass Ihr meiner Einladung folgen konntet. Ich bin im Morgengrauen in Kleve aufgebrochen und muss heute noch nach Düsseldorf, in meinem Haus nach dem Rechten sehen und einige Geschäfte vorbereiten. Hätte ich Euch, wie es sich eigentlich gehört, in Hattingen aufgesucht, wäre mir zu wenig Zeit für meine Gespräche in Düsseldorf geblieben.«

Jorge, den die vertrauliche Geste des herzoglichen Beraters überraschte, erwiderte: »Keine Ursache. Euer Wunsch war für mich wie ein Befehl.«

Heresbach lachte auf. »Das dachte ich mir. Auch wenn es sich wirklich nur um einen Wunsch gehandelt hat.«

Sie betraten den Leseraum, der deutlich kleiner als die Bibliothek und mit einem schweren Eichentisch samt zwei Bänken möbliert war. Wein und Wasser, frisches Obst, Brot und eine Terrine gesottenes Fleisch, das verführerisch duftete, standen bereit.

»Kommt, setzen wir uns. Und dann greift zu.«

Nach nur wenigen Bissen legte Heresbach seinen Löffel und das Messer jedoch beiseite. »Sicher fragt Ihr Euch, warum ich um diese Unterredung gebeten habe.«

»Natürlich.«

»Es geht um Euren Sohn.«

Jorge antwortete nicht, sondern wartete darauf, dass Heresbach weitersprach.

»Ich habe Hinrick vor etwa zwei Wochen hier im Kloster kennengelernt. Er scheint mir ein aufgeweckter und zugleich ernsthafter junger Mann zu sein.«

»Das ist er«, bestätigte Jorge.

»Ich habe die Mönche zu ihm befragt. Sie bestätigten meine erste Einschätzung. Kurz: Hinrick wäre in meinen Augen der ideale Begleiter für den Sohn unseres Herzogs.«

Jorge verschluckte sich fast an dem Brotstück, welches er sich gerade in den Mund gesteckt hatte. »Mein Sohn an der Seite Prinz Wilhelms?«

»Was erschreckt Euch an diesem Gedanken?«

»Zunächst alles.«

»Es ist der Wunsch Eures Landesherrn.«

»Was mir, mit Verlaub, ziemlich egal ist.«

Wieder lachte Heresbach. »Jetzt glaube ich tatsächlich, dass die Gerüchte über Euch stimmen.«

»Welche Gerüchte?«, wollte Jorge wissen.

»Dass Ihr vorhattet, Herzog Johann den Zweiten zu verklagen.«

»Das ist kein Gerücht, sondern die Wahrheit. Aber glücklicherweise kam es nicht dazu.«

»Warum habt Ihr Euer Vorhaben aufgegeben, wenn ich fragen darf?«

»Der Herzog und ich haben uns, sagen wir, gütlich geeinigt.«

»Verstehe.« Das Grinsen Heresbachs wurde noch breiter. »Nun, der Herzog wird sich in keinem Falle über Eure Wünsche hinwegsetzen. Wenn Ihr nicht wollt, dass Euer Sohn in seine Dienste tritt, wird das auch nicht passieren. Es versteht sich, dass Ihr bei einer ablehnenden Entscheidung keinerlei Nachteile zu befürchten habt.«

»Was soll mein Sohn genau tun?«

»In erster Linie ein gutes Beispiel geben. Wissbegierig sein, lernen, Wilhelms Freundschaft erlangen und ihm so helfen, weniger an die Jagd und mehr an französische Grammatik zu denken.«

»Lernen wird Hinrick, da habe ich keinen Zweifel. Aber ob die beiden jungen Männer Freundschaft schließen würden? Wer weiß das schon.«

»Da gebe ich Euch recht. Aber wir könnten es ja versuchen, wenn Ihr einverstanden seid. Euer Sohn erhielte eine exzellente Ausbildung ...«

»Wer wären seine Lehrer?«, unterbrach Jorge ihn.

»In erster Linie bin ich das. Natürlich stehen ausgewiesene Gelehrte an meiner Seite. Der Mensch kann nicht alles wissen. Mathematik zum Beispiel ist mir ein Gräuel. Hinrick wird selbstverständlich für seine Dienste bezahlt. Er erhält dreißig Gulden im Jahr.«

»Eine stolze Summe für einen Achtzehnjährigen.«

»Nun, was sagt Ihr?« Heresbach blickte Jorge aufmunternd an.

Der antwortete nicht sofort, sondern dachte nach. Dann meinte er: »Es ist nicht an mir allein, das zu entscheiden. Ich möchte den Rat meiner Frau einholen. Und natürlich mit Hinrick das Für und Wider abwägen. Lehnt er Euer Angebot ab, bleibt es dabei.«

»Das akzeptiere ich. Ich mache Euch folgenden Vorschlag: Ich schicke in einer Woche eine Eskorte nach Hattingen, um Euren Sohn abzuholen. Kommt er mit nach Kleve, gut. Wenn nicht, sind die Soldaten eben umsonst geritten. Stimmt Ihr dem zu?«

Jorge nickte.

Heresbach griff zu seinem Becher. »Dann lasst uns dieses Ergebnis begießen.«

Sie leerten die Becher und setzten die Unterhaltung noch einige Zeit fort.

Drei Stunden später traf Jorge in Hattingen ein.

»Es gibt gute Nachrichten«, begrüßte ihn Marlein in der Stube. »Wie war es bei dir?«

»Ich habe auch einiges zu berichten. Wobei ich nicht so genau weiß, ob meine Nachricht gut oder schlecht ist.«

»Wie das?«

»Das erzähle ich dir später. Holst du mir bitte etwas Wasser und Wein? Mir tut der Allerwerteste weh. Ich bin das Reiten nicht mehr gewohnt. Meine Oberschenkel spüre ich auch.«

Marlein lachte und meinte schelmisch: »Da will ich hoffen, dass dich diese Beschwerden heute Nacht nicht behindern, wenn wir im Bett liegen.«

»Wie meinst du das?«, erwiderte Jorge mit todernstem Gesicht.

Marlein sprang zu ihrem Mann und knuffte ihn in die Seite. »Wovon rede ich wohl?«, gurrte sie.

Jetzt grinste auch Jorge. »Ich glaube, ich kann meine ehelichen Pflichten auch mit Muskelkater bewältigen. Wenn ich mir aber die Getränke nun doch selbst holen muss, verschlimmert er sich möglicherweise und dann …«

»Ich gehe ja schon.«

Wenig später saßen sich die Eheleute am Tisch gegenüber.

»Du zuerst«, bat Jorge.

Marlein faltete Linhardts Brief und den Vertrag mit dem Londoner Kaufmann auseinander, strich beides mit der rechten Hand glatt und präsentierte sie ihrem Mann.

Der las und ein Strahlen erschien auf seinem Gesicht. »Das rettet unsere Lübecker Niederlassung für mindestens ein Jahr. Das hat der Junge gut gemacht!« Seine Gedanken überschlugen sich und er plapperte drauflos: »Uns bleiben nur zwei bis drei Wochen. Dann muss die Lieferung in Lübeck sein. Fünfzig Ballen. Das sind bestimmt zwei Wagenladungen.« Er sprach nun mit sich selbst. »Ich muss Pferde leihen und eine bewaffnete Eskorte anheuern. Ginge es mit dem Schiff direkt nach London nicht schneller? Sicher. Nur habe ich kein Schiff. Vielleicht kann ich Laderaum auf einer fremden Kogge mieten? Falls das aber scheitert, dauert der Landweg zu lang. Nein, ich muss es mit den Karren wagen. Und die sollten spätestens in drei Tagen abfahren. Trotzdem muss ich überlegen, ob es zukünftig nicht sinnvoll wäre, eine Niederlassung am Rhein zu gründen. In Duisburg vielleicht. Da könnte ich …«

»Jorge«, unterbrach ihn Marlein.

Ihr Mann sah irritiert auf. »Was ist?«

»Der Stoff kann doch sicher noch eine Stunde warten.«

»Wieso?«

»Du wolltest mir von deinem Gespräch in Werden erzählen.«

Jorge sah seine Frau verdutzt an. »Das hätte ich doch glatt vergessen. Entschuldige. Ich komme gleich darauf zurück. Wer hat die Nachricht überbracht?«

»Peter.«

»Das ist ja großartig! Da kann er den Transport begleiten. Wo ist er?«

»In Bochum. Er will morgen wiederkommen.«

»Warum ist er nicht hiergeblieben?«

»Er hat irgendetwas von einem anderen Händler erzählt, den er in Bochum treffen wollte. Ganz schlau bin ich nicht aus seinen Äußerungen geworden. Sie klangen etwas wirr. Außerdem sah er krank aus. Seine Haut war fahl, sein Gesicht eingefallen. Er schwitzte sehr stark und roch auch nicht besonders. Na ja, nach der langen Reise ist das nicht verwunderlich. Aber jetzt erzähle«, bat sie ihn.

Jorge berichtete von dem Angebot Heresbachs. »Natürlich ist das eine einmalige Möglichkeit für Hinrick. Er wird nie ein guter Kaufmann werden. Ein Gelehrter vielleicht schon. Auf jeden Fall wird er dort lesen und lernen können. Und Kontakte knüpfen, die uns zukünftig von Nutzen sein könnten.«

»Du denkst immer nur ans Geschäft«, beschwerte sich Marlein. »Der Junge wäre fort von uns.«

»Kleve ist nur eine Tagesreise entfernt.«

»Das ist weit genug.« Marlein hatte Tränen in den Augen. »Erst Linhardt, dann Hinrick. Wer weiß, was mit Lukas passiert.«

Jorge nahm sie in den Arm. »Was soll denn schon passieren? Er wird Kaufmann und bleibt bei dir in Hattingen.«

»Versprichst du mir das?«

»Selbstverständlich. Ich mache dir einen Vorschlag: Wir

lassen Hinrick entscheiden. Es ist schließlich sein Leben. Was denkst du?«

Marlein wischte sich mit dem Handrücken die Augen trocken. »Gut. Überlassen wir es ihm. Ich möchte nur, dass er glücklich wird.«

Hinrick strahlte über beide Backen, als er von dem Angebot hörte. »Natürlich will ich«, antwortete er freudig erregt, noch bevor sein Vater geendet hatte. Dann aber fiel ein Schatten auf sein Gesicht. »Was ist mit unserem Geschäft? Stellst du einen weiteren Gehilfen ein?«

»Warum sollte ich das tun?«, fragte Jorge zurück. »Lukas ist ja noch da. Er ist ohnehin ein besserer Kaufmann als du. Er wird mich unterstützen. Später kann er das Kontor in Hattingen allein führen. Aber noch erfreue ich mich bester Gesundheit und hoffe, dass Gott uns noch viele gemeinsame Jahre schenkt.« Er schaute seine Frau zärtlich an.

Marlein schenkte ihm dafür ein Lächeln.

Hinrick biss sich auf die Lippen. Jetzt wäre die Gelegenheit, den Eltern von Lukas' Plänen zu berichten. Aber der Schwur auf das Kreuz! Der Eid band ihn wie Ketten. Er würde schweigen, aber mit Lukas sprechen. Sein Bruder durfte nicht weglaufen, jetzt, wo schon er das elterliche Haus verließ. »Darf ich es Lukas sagen?«, fragte er.

»Wenn deine Mutter das nicht tun möchte. Ich muss mich ohnehin um die Lieferung nach Lübeck kümmern.«

»Mach ruhig«, meinte Marlein und strich ihrem Sohn zärtlich über den Kopf. »Schließlich ist es deine Entscheidung.«

Erleichtert stürmte Hinrick aus dem Raum.

Er traf seinen Bruder im Stall, wo Lukas der Magd beim Füttern der Schweine half. Er zog ihn mit sich ins Freie. »Ich muss mit dir reden.«

»Mutter hat mir aber aufgetragen, mich nützlich zu machen.«

»Sie weiß Bescheid.«

»Was ist so dringend?«

»Komm, wir gehen zum Weingarten. Da sind wir ungestört.«

Vor Jahren hatte ihre Mutter ihnen erzählt, dass Jorge und sie sich häufiger im Weingarten getroffen hatten. Seitdem hatten auch die Brüder diesen Platz zu dem ihren gemacht. Die verwitterte Bank hinter der Hecke, auf der schon ihre Eltern als Kinder gesessen hatten, diente fortan als eine Art Beichtstuhl, auf dem sie sich ihre Probleme von der Seele redeten. Wie meistens war kein Mensch in der Nähe, als sie sich setzten. Hinrick erzählte von dem Angebot, als Begleiter Wilhelms zu dienen.

»Und du würdest es gerne machen«, stellte Lukas fest. »Du strahlst über beide Backen.«

»Aber es gibt ein Problem.«

»Welches?«

»Du willst fortlaufen.«

»Was hat das mit dir zu tun?«

»Vater wäre alleine.«

»Na und? Dann soll er sich noch einen Gehilfen nehmen.«

»Er setzt seine Hoffnungen auf dich.«

Lukas schwieg.

»Du musst bei den Eltern bleiben«, forderte Hinrick.

»Warum ich? Warum nicht du?«

»Weil ich niemals ein guter Kaufmann werde. Und weil es des Herzogs Wunsch ist, dass ich nach Kleve komme.«

»Was kümmert mich der Wunsch des Herzogs?«, blaffte Lukas.

»Vielleicht sollte dich meiner interessieren.«

»Ach ja? Interessieren dich denn meine Wünsche?«

Hinrick legte den Arm um die Schultern seines Bruders. »Lukas, versteh doch, ich …«

Doch der Jüngere wehrte die Versöhnungsgeste ab. »Ich verstehe sehr gut. Du bekommst, was du willst. Und ich muss deshalb in Hattingen bleiben und Zahlen addieren.« Er sprang auf. »So war es immer schon. Du bist ohnehin Mutters Liebling. Sie hat dich uns anderen vorgezogen.« Er schlug mit der flachen Hand auf das Brett, auf dem sie saßen.

»Das stimmt doch nicht. Du bist ungerecht.«

Lukas sprang wütend auf. »Egal. Gibst du mir trotzdem das Geld, das du mir versprochen hast?«

Nun schob Hinrick trotzig die Unterlippe vor. »Nein.«

»Du hast es versprochen.«

»Das ja. Aber nicht geschworen.«

»Du wirst mich verraten«, stellte Lukas fest.

»Nein, das werde ich nicht tun. Aber wenn du wirklich fortgehst, werde ich unseren Eltern danach alles erzählen, was ich weiß. Vater wird dich suchen und finden. Und dann möchte ich nicht in deiner Haut stecken.«

Lukas sprang auf. »Das lass meine Sorge sein.« Mit diesen Worten ließ er seinen Bruder auf ihrem Lieblingsplatz allein.

14

Lübeck, 4. Mai 1531

Das öffentliche Leben in der Stadt war weitgehend zum Erliegen gekommen. Einige der Bewohner hatten Lübeck fluchtartig verlassen, die meisten aber waren geblieben.

Wo sollten sie auch hin? Die Krankheit machte vor Stadtmauern nicht halt. Und auch in den anderen Orten der Umgebung grassierte die Seuche, wie sich herumgesprochen hatte.

Nur wer unbedingt sein Haus verlassen musste, zeigte sich auf den Straßen und Plätzen der Hansestadt. Und die wenigen Menschen, die unterwegs waren, beeilten sich, so schnell wie möglich in die vermeintliche Sicherheit ihrer Häuser zurückzukehren.

Die Märkte waren geschlossen, die Läden der Bäcker und Fleischhauer verwaist. Wer sich nicht rechtzeitig mit Nahrung versorgt hatte, musste hungern – oder bei besonders mutigen Händlern einen Risikoaufschlag zahlen, der die Preise explodieren ließ.

Es dürften einige Hundert sein, die in den letzten zehn Tagen ihr Leben gelassen hatten. Die wenigen Mediziner, die versuchten, sich tapfer der Krankheit entgegenzustellen, konnten keine Systematik in ihrer Ausbreitung erkennen: Manche Menschen, die Kontakt mit einem Infizierten hatten, erkrankten und starben ein oder zwei Tage später, bei anderen dauerte es eine Woche oder länger bis zum Ausbruch der Seuche. Und wenige Glückliche blieben verschont oder überstanden sogar den tödlichen Schlaf, der die meisten Opfer dahinraffte. Da sich aber auch fast jeder Medikus ansteckte, machte sich schon bald keiner mehr Gedanken über solche Fragen.

Die Leichen wurden hastig in weiße Tücher gepackt und von den Totengräbern auf Karren gestapelt, zu großen Gruben außerhalb der Stadt gebracht und dort verscharrt. Die Geistlichen der Stadt glänzten bei diesen Beerdigungen in der Regel durch Abwesenheit. Die Toten wurden ohne christlichen Segen unter die Erde gebracht. Die Priester und Pastoren verletzten damit eigentlich ihre heiligen Pflichten. Sie verstießen gegen den Eid, den sie Gott geleistet hatten. Aber wer wollte es ihnen verdenken? Ihre Angst vor dem Englischen Schweiß war größer als die Furcht vor dem Zorn Gottes ob dieses Frevels.

Auch Linhardt hatte seine Vorräte aufgestockt. Frisches Wasser konnte er glücklicherweise aus dem Brunnen schöpfen, der hinter seinem Haus lag. Der Schacht war tiefer als die seiner meisten Nachbarn und befand sich in ausreichender Entfernung von der Latrine. Das Wasser war also relativ frisch und sauber.

Verdursten musste Linhardt nicht, jedoch würden seine Nahrungsmittel nicht ewig vorhalten. Wenn die Seuche noch länger wütete, würde er sich über kurz oder lang doch erneut auf die Straße trauen müssen.

Um das so lange wie möglich hinauszuzögern, rationierte er seine Vorräte. Zwar war er nun ständig hungrig und sein Magen knurrte ohne Unterlass, aber dafür vermied er den Kontakt mit anderen Menschen. So blieb ihm viel Zeit zum Nachdenken.

Linhardt machte sich Vorwürfe, Peter so überhastet nach Hattingen geschickt zu haben. Hätte er doch nur zwei Tage gewartet! Oder wäre selbst geritten.

Dann wieder zwang er sich zur Ruhe. Vielleicht hatte der Schreiber sich ja gar nicht angesteckt, erfreute sich bester Gesundheit und Linhardts Sorgen waren gegenstandslos. Nur was, wenn nicht?

Und wie stand es um ihn? Jedes Frösteln, welches ihn überkam, ließ Linhardt erzittern, jeder Schweißtropfen erschaudern. Ging er abends zu Bett, fragte er sich, ob er am nächsten Morgen wieder aufwachen würde. Und am Morgen befürchtete er, den Abend nicht mehr zu erleben. Die Angst raubte ihm in manchen Momenten fast den Atem.

Aber nicht heute. Heute würde er seine Befürchtungen in Wein ertränken.

Seine Welt war schon etwas verschwommen, als lautes Klopfen durch das Haus hallte. Linhardt erhob sich schwerfällig und wankte zur Eingangstür. »Wer ist da?«, rief er.

»Ich bin's, Martin.«

»Kein besonders guter Zeitpunkt für einen Besuch, mein Freund.«

»Ich weiß. Aber ich muss mit jemandem reden.«

»Sprich mit deinen Eltern.«

»Mutter hat sich in einer Kammer eingeschlossen, Vater in seinem Kontor. Die Mägde und Gehilfen sind, soweit sie sich nicht irgendwo verkrochen haben, bei ihren Familien. Außerdem benötige ich den Beistand eines Freundes.«

Martins Stimme hörte sich so verzweifelt an, dass ein schrecklicher Verdacht durch Linhardts Alkoholnebel kroch. »Bist du etwa krank?«, fragte er heiser.

»Nicht, dass ich wüsste. Ich fühle mich gesund.«

»Was treibt dich dann zu mir?«

Für einen langen Moment schwieg Martin. Dann murmelte er etwas Unverständliches.

»Sprich lauter. Die Tür ist aus massiver Eiche. Ich kann dich kaum verstehen.«

»Es geht um Madlen«, antwortete Martin. »Sie ist an der Seuche erkrankt, verdammt noch mal«, brüllte er dann los. »Ich darf nicht zu ihr. Und jetzt mach endlich die Tür auf!«

Linhardt atmete tief durch. Dann nahm er seinen ganzen Mut zusammen, hob den schweren Balken, der den Eingang sicherte, aus seiner Halterung, ließ ihn fast auf seinen Fuß fallen, fluchte leise, schob endlich den Riegel beiseite und öffnete.

Schnell schlüpfte Martin durch den entstandenen Spalt. »Danke«, stammelte er. »Du bist ein wahrer Freund.«

»Ich bin ein Vollidiot«, stellte Linhardt mit schwerer Zunge fest. »Du verstehst, dass wir darauf verzichten sollten, uns zur Begrüßung zu umarmen?«

Martin verzog das Gesicht zu einem gequälten Grinsen. »Natürlich. Hast du Wein?« Er sah seinen Freund prüfend an. »Natürlich hast du. Was soll man in diesen Zeiten auch anderes tun, als sich zu besaufen?«

»Sicher. Es reicht für uns beide.«

Die Freunde gingen in die Stube, in der trotz der milden Witterung der Kamin brannte.

Martin deutete auf die knisternden Flammen. »Ist dir etwa kalt?«

»Nein. Ich habe versäumt, Zunder zu besorgen, und weiß nicht, wo die Magd ihn aufbewahrt. Ich habe schon alles auf den Kopf gestellt – leider erfolglos. Geht das Feuer aus, kann ich mir keinen Brei mehr kochen und muss mit kalter Kost vorliebnehmen.«

»Verstehe.«

»Willst du nun Wein?«

Martin nickte dankbar und Linhardt schlurfte zum Tisch, wo der nur noch halb volle Weinkrug wartete. Er goss ein und drückte Martin einen Becher in die Hand. Dann meinte er: »Ich setze mich an die gegenüberliegende Ecke des Tisches. Obwohl du wirklich gesund aussiehst, ziehe ich es vor, etwas Abstand zu halten.«

»Das ist mir ebenfalls recht, wie du dir denken kannst.« Martin hob den Becher.

Linhardt tat es ihm nach. »Warum bist du gekommen?«

»Ich habe auf der Sonntagsmesse von Madlens Erkrankung erfahren. Tagelang habe ich mit mir gerungen. Aber jetzt habe ich es nicht mehr ausgehalten. Ich musste mit jemandem reden.«

»Du gehst in diesen Tagen in die Kirche?«, wunderte sich Linhardt.

»Ja. Ich wollte Madlen treffen. Aber sie war nicht da.«

»Das wundert mich nicht. Ist sie nicht Protestantin?« Linhardt bemühte sich, einen klaren Gedanken zu fassen.

»Sie hat sich noch nicht für eine Religion entschieden.«

»Sie darf auswählen? Das erledigt nicht ihr Vater für sie?«, wunderte sich Linhardt.

Martin lachte auf. »Wenn du sie erst kennenlerntest, würdest du eine solche Frage nicht stellen.«

»Aha. Vielleicht hast du Madlen einfach verpasst?«

Martin lachte bitter auf. »Die Kirche war fast leer. Ich hätte sie niemals übersehen können. Deshalb bin ich zum Haus ihrer Eltern gegangen und habe geklopft. Im Gegensatz zu dir hat mir dort niemand geöffnet.«

»Wenig verwunderlich. Ich frage mich auch die ganze Zeit, warum ich so dämlich gewesen bin, dich hereinzulassen.« Linhardt trank einen Schluck. Der schwere Rotwein wärmte seinen Bauch und, was noch wichtiger war, seine Seele.

»Weil du mein Freund bist«, stellte Martin fest.

»Freunde über den Tod hinaus«, sinnierte Linhardt. »Das sind wirklich schöne Aussichten.« Er kippte den Wein in mehreren großen Schlucken, hob den Becher und sah Martin fragend an. Der schüttelte den Kopf. Linhardt zuckte mit den Schultern und goss sich nach.

»Zumindest hat mir eine Bedienstete erzählt, dass Madlen am Englischen Schweiß erkrankt ist. Das war vor vier Tagen.« Martins Augen wurden feucht. »Die meisten sterben innerhalb der ersten Stunden, heißt es. Stimmt das?«

Linhardt versuchte, sich an das zu erinnern, was er von Medikus Upberge erfahren hatte, und widerstand dem Bedürfnis, seinen verzweifelten Freund in den Arm zu nehmen. Dann berichtete er.

Martin wahrte nur mühsam die Fassung. »Dann ist sie bestimmt schon tot. Wir wollten heiraten.«

Linhardt glotzte erst seinen Freund, dann den Weinkrug an. Schließlich meinte er mit schwerer Stimme: »Das überrascht mich tatsächlich, wo du doch vor einem Monat noch nicht einmal mit ihr gesprochen hattest.«

»Das war damals.«

»Wirklich lange her, stimmt.«

»Wir haben uns mehrmals getroffen. Schließlich haben wir uns geküsst.«

Linhardt schenkte sich einen weiteren Becher ein. »Deshalb muss man ja nicht gleich heiraten«, meinte er. Als er den bestürzten Blick Martins sah, fragte er sich, was er da eigentlich gerade von sich gegeben hatte. Es fiel ihm nicht mehr ein.

»Natürlich nicht. Aber wir wollten.«

»Und was sagen eure Eltern dazu?«

»Noch wissen sie von nichts. Madlen befürchtet, dass sich ihr Vater einer Eheschließung widersetzen wird. Sie hat zwar ihren eigenen Kopf und weiß ihn auch durchzusetzen, aber gegen ihre Familie möchte sie sich nicht stellen. Ihre Eltern hängen dem neuen Glauben an, meine schwanken zwischen dem alten und dem neuen.«

Die Wolken in Linhardts Kopf ballten sich weiter zusammen. Er versuchte, sich zu konzentrieren. Als er glaubte, die Lösung gefunden zu haben, nuschelte er: »Dann sind es weniger eure Eltern als ihr selbst, die nicht zusammenkommen können?«

»Wenn du das so sehen willst. Jetzt ist ohnehin alles egal.« Martin machte eine Pause. »Vielleicht sollte ich mich freiwillig als Totengräber melden.«

Für einen kurzen Moment wurde Linhardt nüchtern. Sein Freund war impulsiv und schoss häufig über das Ziel hinaus. Und so tragisch die Erkrankung Madlens auch war, ging er wieder einmal zu weit. »Martin! Bist du jetzt völlig übergeschnappt?«

Obwohl gut bezahlt, fanden sich nur wenige Lübecker, die diese Arbeit erledigen wollten. Kein Wunder, starben doch auffällig viele von ihnen denselben Tod wie die Opfer, die sie begruben. Nur die ärmsten der Armen oder verurteilte Verbrecher, denen man im Gegenzug für diese Arbeit die Freiheit versprach, meldeten sich.

»Das ist der reine Selbstmord.«

»Ich weiß«, jammerte Martin. »Deshalb ja.«

Linhardt griff wieder zum Becher. Sein Verstand versank immer tiefer in einem gnädigen Rausch. »Nicht jeder stirbt an der Seuche«, stammelte er. »Einige überleben.«

»Hast du schon einen von ihnen getroffen?«, wollte Martin wissen.

»Getroffen? Ich?« Linhardt stierte in seinen Wein. »Nein. Wie denn? Ich verlasse das Haus ja nicht mehr.«

»Siehst du.« Martin zeigte auf den Tonkrug. »Ist da noch etwas drin?«

»Bedien dich. Ich gehe derweil in den Keller und hole Nachschub.«

Drei Stunden später verließ Martin das Haus in der Fischergrube. Linhardt gelang es nur mit Mühe, die Tür wieder ordnungsgemäß zu verriegeln. Auf der Treppe schlug er lang hin. Etwas Gutes hatte der Besuch seines Freundes bei allen Risiken, die sie eingegangen waren, allerdings gehabt: In dieser Nacht quälten Linhardt keine Dämonen des schlechten Gewissens und der Angst, im Gegenteil. Trotz des aufgeschürften Knies schlief er wie ein Stein.

15

Hattingen, 4. Mai 1531

Verdammt, wo bleibt der Kerl?« Jorge lief in der Stube hin und her. »Die Stoffe müssen in drei Wochen in Lübeck ankommen. Spätestens übermorgen sollten die

Karren auf dem Weg sein. Und du hast dich bestimmt nicht verhört?«

Marlein schüttelte stumm den Kopf.

»Was hat Peter denn genau gesagt?«

»Das habe ich dir doch schon mehrfach erzählt. Aber wenn du dich dann besser fühlst, wiederhole ich es gerne noch ein weiteres Mal.«

Jorge holte tief Luft. »Entschuldige. Aber es hängt so viel von dem Geschäft ab.«

»Ich weiß. Kann Seitz die Wagen nicht begleiten?«

Der Gehilfe diente ihrer Familie schon seit Jahren.

»Natürlich ginge das. Aber er kennt die Route nicht, war noch nie in Lübeck. Womöglich verirrt er sich. Nein, das Risiko ist mir zu groß.« Kurz entschlossen griff Jorge zu seinem Umhang. »Ich werde nach Bochum reiten. Vermutlich liegt Peter in irgendeiner Schenke und schläft seinen Rausch aus. Der kann was erleben.«

Doch seine Suche blieb erfolglos. In keiner der Herbergen Hattingens oder Bochums war der Lübecker gesehen worden. Der Gehilfe blieb verschwunden.

Wütend und enttäuscht kehrte Jorge nach Hause zurück. Aber auf dem Heimweg hatte er einen Entschluss gefasst. Was er vorhatte, würde ihm zwar nicht leichtfallen, aber es war notwendig.

Er führte sein Pferd hinter das Haus und hieß Seitz, es abzureiben und zu tränken. Dann ging er die wenigen Schritte zum Wohnhaus der Kielmanns.

Konrad Kielmann empfing ihn in seiner Stube. Verstohlen schaute Jorge sich um. Er war seit dem Tod des alten Kielmanns nicht mehr in dessen Haus gewesen.

An den Wänden hingen Ledertapeten, die Möbel waren mit kunstvollen Schnitzereien versehen und in der Ecke befand sich kein offener Kamin, sondern einer dieser sündhaft teuren Kachelöfen. Und die Becher, in denen die Magd den Wein servierte, schienen aus Silber und nicht aus Zinn zu sein. Der junge Mann hatte es tatsächlich zu beachtlichem Wohlstand gebracht.

»Was führt Euch zu mir, Herr von Linden?«, eröffnete Kielmann das Gespräch. »Habt Ihr Eure Meinung über mein Angebot geändert?«

»Das nicht. Aber ich möchte Euch trotzdem ein Geschäft vorschlagen.«

Kielmann stellte den Silberbecher ab. »Ich höre.«

»Es ist allgemein bekannt, dass Ihr Geschäftskontakte in Hamburg habt und an jedem Monatsanfang Eisenwaren und Stoffe in die Hansestadt liefert.«

Kielmann nickte.

»Eure Lieferung in diesem Monat ist, so heißt es, noch nicht erfolgt, oder?«

»Ihr seid gut informiert. Ich wollte sie in den nächsten Tagen auf den Weg bringen.«

»Und ich will nach Lübeck. Tun wir uns dieses Mal zusammen. Wir teilen uns die Kosten für die Eskorte, Unterbringung und Verpflegung der Mannschaften. Aber selbstverständlich nur bis Hamburg. Danach übernehme ich alles. Und auf dem Rückweg verfahren wir ebenso.«

»Warum dieser Vorschlag?«

Jorge wusste, dass er sich Kielmann ein Stück auslieferte, wenn er ihm seine Notlage schilderte. Aber was blieb ihm schon übrig? Also erzählte er von Peters Verschwinden.

Der Kaufmann grinste breit, je länger Jorge sprach. Dann meinte er: »Ärgerlich. Ich verstehe, dass Ihr wütend seid. Wie viele Karren schickt Ihr auf die Reise?«

»Zwei.«

»Ich habe nur einen. Gut, ich bin einverstanden. Allerdings

teilen wir die Kosten im Verhältnis der Karren auf. Plus einen Aufschlag von zehn vom Hundert, den Ihr zahlt, weil meine Leute den Weg kennen.«

Jorge holte tief Luft.

»Das ist sicher angemessen. Oder wollt Ihr, dass Eure Leute in den Herbergen überhöhte Preise bezahlen? Meine Männer wissen, wo man günstig und sicher übernachtet. Eure auch?«

»Einverstanden«, knurrte Jorge. »Ihr macht Eurem Ruf als harter Geschäftsmann alle Ehre.«

»Aus Eurem Mund klingt das wie ein Kompliment.« Kielmann streckte Jorge die Hand hin.

Der schlug ein. »So war das allerdings nicht gemeint.«

Lukas stellte im Kontor die Bestandslisten für die Lieferung nach Lübeck zusammen. Jorge ging zum Tisch und warf einen Blick auf das Geschriebene.

»Sehr schön«, lobte er seinen Sohn. »Du wirst wirklich ein guter Kaufmann.« Mit diesen Worten drehte er sich um. So entging ihm der verbitterte Ausdruck auf dem Gesicht seines Jüngsten.

»Wer begleitet nun die Lieferung?«, wollte Lukas wissen.

»Seitz.«

»Aber er kennt den Weg nicht.«

»Mutter hat mir dir gesprochen, stimmt's?«

Lukas bejahte.

»Ich habe mich mit Kielmann zusammengetan. Er fährt allerdings nur bis Hamburg. Aber von dort ist es nicht weit nach Lübeck. Da wird sich Seitz schon nicht verlaufen.«

Lukas, der den Beteuerungen seines Bruders, ihn nicht zu verraten, nicht traute, sah seine Chance gekommen. Die Waren würden in den nächsten Tagen geliefert werden. Er hatte seine Flucht hingegen für Christi Himmelfahrt geplant. Das war erst in zwei Wochen. Bis dahin hatte Hinrick noch viel Zeit, über seinen Eid nachzugrübeln. Je eher Lukas aus Hattingen verschwand, desto besser.

»Darf ich mit nach Lübeck fahren, Vater? Ich könnte Linhardt bei der Verschiffung der Stoffballen zur Hand gehen und so von ihm lernen. Schließlich habe ich noch keine Ladung der *Irmla* abgefertigt.«

»Sie liegt aktuell in Riga, soweit ich weiß. Die Ware wird mit der *Maria* transportiert.«

»Die Frachtlisten beider Schiffe dürften sich aber nicht grundlegend unterscheiden, oder?«

»Richtig.«

Jorge erfreute das Interesse seines Sohnes. Vielleicht hatten sich die Flausen in seinem Kopf verflüchtigt. Deshalb stimmte er nach kurzem Nachdenken zu.

»Danke.« Lukas freute sich ebenfalls, wenn auch aus einem völlig anderen Grund.

16

Linden, 5. Mai 1531

Seit er denken konnte, arbeitete Paul als Tagelöhner bei einer wohlhabenden Bauernfamilie aus Linden, wie schon sein Vater vor ihm. Er erledigte alle anfallenden Arbeiten auf dem Hof und war gerade dabei, den Schweinestall auszumisten, als er draußen ein Pferd wiehern hörte.

Seltsam. Die Herrschaft war am heutigen Freitag nach Bochum gefahren – die Herrin und ein Knecht mit dem Karren, der Herr war vorausgeritten, da er vor dem Marktbesuch noch etwas erledigen musste. Es gab nur zwei Gäule auf dem Hof, also musste der Herr zurückgekommen sein, denn das Rumpeln des Karrens hätte Paul gehört.

Hastig lief er aus dem Stall. Es war nie gut, den Herrn warten zu lassen, denn dieser war zwar im Allgemeinen recht umgänglich, konnte aber trotzdem dann und wann aufbrausend reagieren.

Doch im Hof stand lediglich ein unbekanntes Pferd vor der leeren Tränke und scharrte ungeduldig mit den Hufen. Paul erkannte sofort, dass der Gaul Durst hatte.

Er ging zum Brunnen, ließ den Eimer hinab und stellte ihn gefüllt vor dem Reittier auf den Boden. Hastig begann das Pferd zu saufen.

Paul nahm die Stute genauer in Augenschein. Sie war braun-weiß gescheckt. Der Knecht konnte keine äußeren Verletzungen erkennen. Da das Tier sich flüssig bewegte, ging er davon aus, dass ihm nichts fehlte. Es war gesattelt und gehalftert, der Führstrick baumelte lose herunter. Am Sattelknauf hing ein lederner Beutel. Niemand würde ein Pferd so in den Stall bringen oder auf eine Koppel treiben. Deshalb schloss Paul, dass es sich entweder losgerissen hatte oder durchgegangen war und seinen Reiter abgeworfen hatte.

Langsam näherte er sich der Stute und tätschelte ihren Hals. Sie warf ihm nur einen kurzen Blick zu und soff weiter. Und sie war völlig friedfertig. Was immer auch passiert war, das Pferd hatte sich vollständig beruhigt.

Nur wenig später schüttelte die Stute kurz ihre Mähne, drehte sich um und verließ langsam den Hof. Kurz entschlossen folgte Paul ihr. Denn wenn sie tatsächlich durchgegangen war, konnte es sein, dass sie jetzt zu ihrem Reiter zurückkehrte, der sein Tier sicher suchte. Es wäre aber auch möglich, dass sich der Besitzer beim Sturz verletzt hatte und Hilfe benötigte, die Paul ihm anbieten wollte. Als Gegenleistung erhoffte er sich einige Pfennige.

Die Stute lief zur Straße, die nach Hattingen hinabführte, folgte ihr einige Hundert Schritte und bog dann in einen kleinen Weg Richtung Osten ab, der zu dem Waldgebiet führte, welches fast bis ins benachbarte Stiepel reichte.

Nur wenig später gelangte Paul auf eine Lichtung, auf der das Pferd sofort zu grasen begann.

Er sah sich um. Zunächst fiel ihm nichts auf, bis die Sonne hinter einer Wolke hervorkam und unter einem Busch etwas aufblitzte. Langsam näherte sich der Tagelöhner der Stelle.

Tatsächlich! Dort lag ein Mann im Gras. Er ruhte auf der Seite, das Gesicht von Paul abgewandt, den rechten Arm als Kopfstütze nutzend.

Es sah aus, als ob der Unbekannte schliefe. Geblitzt hatte die Scheide eines Messers.

Paul rief ihn an. Als sich der Schlafende nicht rührte, fasste der Tagelöhner ihn bei der Schulter, schüttelte ihn sanft und zog ihn dann auf den Rücken. Ein übler Gestank fuhr ihm in die Nase. Der Unbekannte war ohne jeden Zweifel tot. Seine Augen waren geschlossen. Nur der Mund stand halb offen. Und daraus kroch in diesem Moment ein fetter Tausendfüßler.

Entsetzt fuhr Paul zurück und stieß einen kurzen Schrei aus. Dann aber lief er, so schnell er konnte, zu der Stute, schwang sich in den Sattel und ritt ins Dorf zurück, um den Pfarrer über seinen grausigen Fund zu verständigen.

Später standen neben Paul auch der Pastor und sein Küster vor der Leiche und schauten einander unschlüssig an.

»Ihr kennt den Mann nicht?«, wollte der Geistliche wissen.

Die beiden anderen schüttelten ihre Köpfe.

»Nun denn.« Der Geistliche gab sich einen Ruck und sprach ein eiliges Gebet. Im Anschluss fragte er Paul: »Hast du den Toten untersucht?«

»Ich?«, fragte der Tagelöhner entgeistert. »Natürlich nicht. Und ich will das auch nicht tun müssen.«

Der Pfarrer nickte verständnisvoll. »Dann du«, wies er den Küster an. »Durchsuche die Kleidung des armen Menschen. Und du, Paul, bringst mir die Tasche, die am Sattel des Pferdes hängt.«

Der Knecht lief los, bevor der Pastor die Aufgabenverteilung doch noch anders vornahm, ließ sich aber alle Zeit der Welt, um zum Fundort des Toten zurückzukehren.

Mit Unbehagen beobachtete Paul, wie der Küster die Leiche mit nur einer Hand hin- und herdrehte, um die Taschen der Kleider zu durchsuchen. Die andere hielt er sich vor Mund und Nase. Schließlich richtete er sich wieder auf und sagte mit belegter Stimme: »Nichts.«

Der Pfarrer ließ sich von Paul den Lederbeutel aushändigen, öffnete ihn und griff mit der rechten Hand hinein. Zunächst zog er eine Geldkatze hervor, die er seinem Begleiter in die Hand drückte. Ihr Inhalt klimperte vernehmlich.

»Was soll ich damit?«, wollte der Küster wissen.

»Festhalten, was sonst? Der arme Kerl braucht ja schließlich ein christliches Begräbnis. Und das wird er bekommen, von ihm selbst bezahlt.«

Dann zog er einen Brief aus der Tasche, der nicht versiegelt, sondern nur zusammengefaltet war.

Er las das Schreiben und meinte: »Eine Nachricht von Frau Marlein von Linden. Sie ordert einen Stuhl bei einem Schreiner. Es sieht so aus, als hätte sie den Toten als Boten benutzt. Also kannte sie ihn. Paul, lauf zu eurem Hof und hole ein Seil. Wir werden den Mann auf seinem Pferd festbinden und nach Linden bringen, um ihn dort zu beerdigen. Der Leichnam stinkt erbärmlich. Er muss so schnell wie möglich unter die Erde. Um den Rest können sich die von Lindens kümmern.«

Der Küster klimperte wieder mit der Geldkatze. »Und was ist damit?«

»Die behalte ich natürlich. Für meine Bemühungen.«

Paul verkniff sich die Frage, ob sich im Beutel nicht mehr Münzen befanden, als für ein dahingemurmeltes Gebet und ein Loch in der Erde vonnöten waren. Stattdessen forderte auch er einen Teil des unverhofften Geldsegens ein. »Und was ist mit mir? Ich habe die Leiche schließlich gefunden. Jetzt soll ich noch ein Seil holen, den Toten nach Linden schaffen und meine Arbeit auf dem Hof meines Herrn bleibt liegen. Ich werde bis in die Nacht hinein schuften müssen, um alles wieder aufzuholen!«

Der Pfarrer griff zur Geldkatze, öffnete sie und warf einen Blick hinein. Dann fingerte er darin herum und drückte Paul einen Silberpfennig in die Hand. »Hier. Nimm!«

Paul nickte dankbar.

Nun war der Küster an der Reihe, dem Pastor fordernd seine Rechte entgegenzustrecken.

Der seufzte, rückte aber einen zweiten Pfennig heraus. Dann schüttete er die restlichen Münzen in seine Hand, überlegte einen Moment und steckte alles bis auf drei Pfennige, die er zurück in den Lederbeutel fallen ließ, in seine Tasche. »Und haltet bloß die Klappe«, schärfte er den beiden Männern ein. »Sonst wird euch der Herr strafen.«

Beide nickten heftig. Mit Gott wollten sie sich nicht anlegen. Und mit dem Pfarrer erst recht nicht.

17

Hattingen, 5. Mai 1531

Seyfrid, Sohn des früheren Schulmeisters und jetzigen Gerichtsschreibers Johannes Hörstken, war früher eng mit Lukas befreundet gewesen. Mittlerweile jedoch waren sie nur noch flüchtige Bekannte. Wenn die beiden jungen Männer sich zufällig in der Stadt begegneten, wechselten sie einige belanglose Worte und gingen dann wieder ihrer Wege. Sie hatten sich über ein Geheimnis, dass sie miteinander teilten, entfremdet.

Es war an einem Sonntag vor knapp einem Jahr gewesen. Ihre Freundschaft war zu diesem Zeitpunkt immer noch eng, wenn sie auch nicht mehr wie früher ständig beieinanderhockten. Sie hatten sich nach der Messe im Weinhaus verabredet.

Seyfrid, vom vielen Bier sichtbar angeschlagen, verspürte das Bedürfnis, sein Herz auszuschütten. Er gestand seinem Freund, einige Monate zuvor seine Eltern bestohlen zu haben. Seyfrid brauchte das Geld, um eine Dirne aus einem der Bochumer Frauenhäuser, die von ihm schwanger war, zu einer Abtreibung zu bewegen.

Die Hübschlerin hatte sich in ihn verliebt und auch Seyfrid genoss die Beziehung. Als das Mädchen aber schwanger wurde und von Heirat redete, bekam der junge Freier es mit der Angst zu tun. Er wandte sich an den Wirt, der Abhilfe versprach – gegen Zahlung einer entsprechenden Gebühr natürlich. Er verlangte mehr Geld, als Seyfrid besaß. Wollte er nicht, dass seine Liebschaft ans Licht gezerrt wurde, musste er irgendwoher die geforderten Gulden beschaffen.

In seiner Not griff er in die Truhe seiner Eltern.

Natürlich blieb der Diebstahl nicht verborgen. Eine der Mägde wurde beschuldigt, lange Finger zu haben. Sie wurde entlassen, obwohl ihr nichts nachzuweisen war.

Da Seyfrid eisern schwieg, verließ die Hausangestellte aus Scham und Wut Hattingen. Später erzählten sich die Leute, sie habe sich aus Gram in die Ruhr gestürzt. Da sie aber jeder für schuldig hielt und ihr Leichnam nie gefunden wurde, wuchs bald Gras über die Sache.

Nur an Seyfrids Seele nagte seine Schuld von Tag zu Tag mehr. Ihm fehlte der Mut, sein Vergehen zu beichten oder seinen Eltern zu gestehen.

Bis zu eben jenem Sonntag. Nach dem vierten Humpen nahm er seinen Freund Lukas beiseite und weihte ihn ein. Als er geendet hatte, schien es, als bereue er sein gestammeltes Geständnis. »Wenn du auch nur einer Menschenseele etwas davon erzählst, bringe ich dich um«, hatte er gedroht und Lukas dabei heftig am Arm gegriffen. »Ich bringe dich um, hörst du?«

Seit diesem Tag hatte ihre Freundschaft einen Riss bekommen, der von keinem der beiden gekittet worden war. Jetzt aber benötigte Lukas dringend die Hilfe seines früheren Freundes.

Seyfrid, der lesen und schreiben gelernt hatte, unterstützte seinen Vater bei dessen Aufgaben als Gerichtsschreiber. Er übertrug Verträge ins Reine, fertigte Steuerlisten an, erledigte einen Teil der nicht so wichtigen Korrespondenz. Was aber entscheidend war: Er hatte Zugang zu dem Siegel des Gerichts.

Lukas fing seinen früheren Freund am späten Nachmittag in der Nähe des Rathauses ab. »Ich muss mit dir sprechen«, meinte er, als Seyfrid nach knappem Gruß an ihm vorbeigehen wollte.

»Ich bin in Eile. Mutter wartet mit dem Essen.«

»Du wirst dir schon ein wenig Zeit für mich nehmen müssen. Schließlich habe ich mir damals im Weinhaus auch Zeit für dich genommen.«

Seyfrid blieb stehen. Seine Augen blitzten. »Was willst du damit sagen?«, fragte er drohend.

Lukas hob beschwichtigend beide Hände. »Ich will keinen Streit, sondern dich nur um einen Gefallen bitten.«

»Welchen?« Seyfrid war sichtlich ungehalten.

»Nicht hier. Lass uns ein paar Schritte gehen. Es dauert wirklich nicht lange.«

Kurz darauf standen sie nördlich von Sankt Georg. Es regnete leicht.

Die wenigen Passanten, die bei diesem Wetter unterwegs waren, hasteten in einiger Entfernung vorbei und schenkten den beiden Männern keine Aufmerksamkeit.

»Also, was willst du?« Seyfrids Laune hatte sich nicht gebessert, im Gegenteil.

»Du musst mir einen Geburtsbrief ausstellen, der meine ehrliche Geburt bescheinigt. Mit Unterschrift und Siegel.«

Sein Freund war sichtlich verblüfft. »Was willst du mit einem Geburtsbrief? Die werden nur für besondere Anlässe ausgestellt.«

»Das braucht dich nicht zu interessieren.«

»Tut es aber.«

»Du wirst es nicht erfahren.«

»Gut, dann bekommst du kein solches Dokument. Du müsstest dich mit deinem Anliegen ohnehin an meinen Vater wenden. Wie du weißt, können nur deine Eltern ein solches Dokument beantragen. Sie müssen deine Herkunft beeiden. Und ich darf solche Papiere nicht ausstellen.«

»Ich weiß. Du könntest es aber.«

»Sicher. Wenn ich am Pranger enden will.« Seyfrid sah seinen ehemaligen Freund prüfend an. »Deine Eltern wissen nichts von deinem Anliegen, habe ich recht?«

»Ja. Und das soll auch so bleiben.«

Seyfrid wandte sich zum Gehen. »Nein. Das ist mein letztes Wort.«

Lukas atmete tief durch. Ihm widerstrebte das, was er jetzt tun würde, aber es musste sein. »Du schlägst mir also meine Bitte ab?«

Der Sohn des Schreibers blieb stehen und drehte sich erneut zu ihm um. »Ja.«

»Hast du eigentlich schon einmal darüber nachgedacht, dass du es nur mir zur verdanken hast, dass du dich nicht vor einem Richter verantworten musstest? Wenn ich nicht geschwiegen hätte, wärst du heute bestimmt nicht der Gehilfe des Gerichtsschreibers.«

Seyfrid machte einen großen Schritt auf Lukas zu, baute sich vor ihm auf und schaute den Jüngeren wütend an. »Was willst du damit ausdrücken?«

»Dass ich aus Freundschaft gehandelt habe und nun möchte, dass du mir ebenfalls einen Freundschaftsdienst erweist.«

»Und wenn ich das nicht tue und deinen Eltern erzähle, was du vorhast? Ich weiß nicht, warum du einen Geburtsbrief brauchst. Hier in Hattingen ist er nicht vonnöten. Jeder kennt deine Herkunft und weiß, dass deine Eltern ehrbare Bürger sind. Also möchtest du ihn in einer anderen Stadt einsetzen. Was willst du mit dem Brief?«

»Noch einmal: Ich werde es dir nicht sagen. Und du zwingst mich zu etwas, was ich eigentlich nicht tun wollte. Aber mir bleibt keine Wahl: Solltest du mir den Brief nicht ausstellen, vergesse ich mein Schweigeversprechen von damals. Das gilt auch für den Fall, dass du meine Eltern von meinem Wunsch in Kenntnis setzt. Was sagst du?«

Seyfrid schnaubte vor Wut, sah aber schließlich ein, dass ihm kein Ausweg blieb. »Gut, du bekommst das Dokument. Aber nur mit meiner Unterschrift, nicht der meines Vaters.«

»Und das Gerichtssiegel muss darauf sein.«

»Natürlich. Aber im Gegenzug fordere ich von dir einen Eid auf die Bibel, dass du alles vergisst, was wir beide jemals miteinander zu schaffen hatten. Und niemals, hörst du, niemals mehr mit einer solchen oder ähnlichen Bitte an mich herantreten wirst.«

»Ich brauche den Geburtsbrief noch heute.«

»Einverstanden. Damit ich dich so schnell wie möglich los bin.«

Seyfrid hielt Wort. Am Abend hielt Lukas ein besiegeltes Dokument des Hattinger Gerichts in Händen, das ihm auf Latein eine ehrliche und eheliche Geburt bescheinigte. Dass Seyfrid sich beim Abfassen des Briefes einmal verschrieben hatte, erschien Lukas als nicht dramatisch. Entscheidend war das Siegel, welches die Echtheit des Schriftstücks bescheinigte. So hoffte er jedenfalls.

18

Hattingen, 8. Mai 1531

Lukas hatte sich bemüht, bei der Verabschiedung von seinen Eltern die aufkommenden Tränen zu unterdrücken. Sein Vater hatte ihm freundlich auf die Schulter geklopft, seine Mutter ihn mit Küssen überhäuft. Fast war er versucht gewesen, seinen Plan aufzugeben. Aber als er dann Hattingen verlassen und die Reise in sein neues Leben angetreten hatte, verdrängte die Neugier auf das, was ihn erwartete, alle Gewissenbisse.

Sie waren zu acht. Drei Karrenfahrer, darunter Jorges Gehilfe Seitz und ein Vertrauter Kielmanns namens Hug, Lukas und vier Soldaten, die eigentlich in der Stadtwache dienten. Letztere erhielten neben ihrem Sold – den die Kaufleute der Stadt zuzüglich einer Gebühr natürlich erstatten mussten – einen Betrag in Höhe von zwei Wochenlöhnen. Die Männer trugen Schwert und Hakenbüchsen. Je zwei gingen voran, zwei bildeteten die Nachhut.

Zunächst kamen sie gut voran. Das Wasserschloss Bladenhorst in der Nähe von Castrop erreichten sie zur Mittagszeit. Nach einer ausgiebigen Rast im Schatten der mächtigen Eichen, die die Gräfte rund um die Burg säumten, brachen sie wieder auf. Bis nach Datteln, wo sie die Nacht verbringen wollten, seien es noch etwa zwei Stunden, meinte Hug, der aus der Gegend stammte. Allerdings hatte es in den letzten Tagen heftig geregnet. Der ohnehin sumpfige Wald des Emscherbruches war dadurch noch schwieriger zu passieren. Die Wege waren matschig, immer wieder mussten die Männer die stecken gebliebenen Karren anschieben und so aus dem Morast befreien. Ihre Reisezeit verlängerte sich deshalb um mehr als das Dreifache.

Es dämmerte bereits, als die kleine Gruppe in Datteln eintraf. Eine Schenke oder Herberge gab es in dem Ort nicht, sodass die Reisenden ihr Lager am Rande des Dorfes aufschlugen und sich aus ihren Vorräten versorgten.

Lukas jedoch verweigerte jede Nahrungsaufnahme. Auch den dargebotenen Wein lehnte er ab. Er habe Magenprobleme und ihm sei übel, begründete er dies Seitz gegenüber. Morgen werde es ihm bestimmt besser gehen.

Hungrig rollte er sich später in die Decke. Sein knurrender Magen war der Preis, den er für die Durchführung seines Plans zahlen musste.

Beim Frühstück begnügte Lukas sich erneut mit etwas Wasser. Seitz, der sich für den Sohn seines Herrn verantwortlich fühlte, musterte ihn besorgt. »Was ist mit Euch?«, erkundigte er sich, als Lukas neben ihm auf dem Bock des Karrens hockte.

»Immer noch der Magen.«

»Habt Ihr Durchfall?«

»Ja«, log Lukas.

Seitz reichte ihm den Weinschlauch. »Dann müsst Ihr viel trinken.«

»Keinen Wein. Wasser«, lehnte Lukas ab. »Aber erst bei der nächsten Rast. Ich befürchte, es kommt sonst alles hoch.«

Der Gehilfe musterte ihn mitleidig. »Das hatte ich auch schon. Bei mir kam dann noch das Fieber. Fast eine Woche konnte ich mein Lager nicht verlassen.«

»So schlimm ist es bei mir nicht, Gott sei Dank.«

»Wenn es nicht besser wird, müsst Ihr umkehren«, riet ihm Seitz. »Der Weg nach Lübeck dauert sicher zwei Wochen. Krank steht Ihr die Strapaze nicht durch.«

»Wir werden sehen«, wich Lukas aus und machte ein Gesicht, als hätte Seitz ihm gerade vorgeschlagen, sich aufzuhängen. »Schauen wir, was der heutige Tag bringt.«

Fünf Stunden später erreichten sie Lüdinghausen. Lukas spielte immer noch den Kranken und trank nur etwas Wasser.

Am Abend rief er Seitz zu sich. »Ich werde deinem Rat folgen und morgen nach Hattingen zurückkehren.«

»Das ist eine gute Entscheidung«, stimmte der Gehilfe ihm zu. »Leider kann ich Euch kein Pferd überlassen, wir können den Karren ja nicht selbst ziehen. Aber ich gebe Euch einen der Soldaten mit.«

»Nein«, wehrte Lukas ab. »Das ist unnötig und wäre Vater nicht recht. Der Schutz der Waren ist zu wichtig. Wenn ich morgen sehr früh aufbreche, kann ich es mit etwas Glück an einem Tag bis Hattingen schaffen und muss nicht ohne Schutz im Freien übernachten. Ich habe sicherheitshalber Feder, Tinte und Papier mitgenommen. Ich werde meinem Bruder in Lübeck einen Brief schreiben. Es geht um vertrauliche Familienangelegenheiten, die ich ihm mitteilen möchte. Du übergibst Linhardt meine Botschaft.«

Seitz nickte.

Lukas erklärte seinem Bruder, warum er kein Kaufmann werden und stattdessen bei einem Instrumentenbauer in die Lehre gehen wollte. Er fügte noch einige Zeilen an seine Mutter hinzu, in denen er um Verzeihung bat und um ihr Verständnis warb. Schließlich folgte die Bitte an Linhardt, diese Nachricht an ihre Eltern weiterzuleiten.

Lukas faltete das Papier zusammen, versiegelte es mit einem Tropfen Talg und brachte es Seitz.

Der Wind frischte auf und es begann zu regnen. Er half den anderen, die Abdeckplanen der Karren zu sichern, damit die wertvollen Stoffe nicht durchnässten. Dann schlug er seine Decke neben der von Seitz unter einem ihrer Karren aus. Hier war er einigermaßen vor dem schlechten Wetter geschützt.

Zufrieden sank er auf sein Lager. Es würde wenigstens vier Wochen dauern, bis sein Brief die Eltern in Hattingen erreichte. Hinrick hatte sich an sein Versprechen gehalten und geschwiegen. Sonst hätte ihm Vater niemals die Fahrt gestattet. So fiel sein Verschwinden niemandem auf. Vater und Hinrick wähnten ihn auf der Reise nach Lübeck, Seitz auf der Rückkehr nach Hattingen. Er würde ein wenig in Lüdinghausen warten und dann gemächlich nach Münster wandern. Dort begann sein neues Leben. Aber zunächst würde Lukas sich nach seiner vorgetäuschten Abreise den Magen vollschlagen.

19

Hattingen, 9. Mai 1531

Der Pfarrer der Antoniuskapelle aus Linden besuchte Jorge am späten Nachmittag. Es regnete seit Tagen in Strömen. Das Wasser tropfte noch vom Filzhut des Geistlichen, als ihn die Bedienstete in das Kontor des Kaufmanns führte. Er legte seinen nassen Umhang ab, drückte ihn der Magd in die Hand und begrüßte Jorge.

»Wie lange haben wir nicht mehr miteinander gesprochen, Vater?«, fragte dieser. »Es muss bestimmt zwei oder drei Jahre her sein, oder?«

»Eher drei«, erwiderte der Geistliche. »Seit Eurer großzügigen Spende nicht mehr.«

Zum Andenken an seine Eltern hatte Jorge der Antoniuskapelle einen kleinen Altar gestiftet. Genau genommen, hatte er den bisherigen durch einen neuen ersetzen lassen, denn die Kapelle auf der anderen Ruhrseite fasste nicht mehr als zweihundert Gläubige. Ein weiterer Altar hätte zu viel Platz gekostet.

»Was führt Euch zu mir?«, wollte Jorge wissen.

Sein Gegenüber zog einen Brief hervor. »Wir haben vor wenigen Tagen unweit des Hilinciwegs einen Toten gefunden. Der Mann war zu Pferde unterwegs und ist anscheinend im Schlaf gestorben. Jedenfalls haben wir keine Verletzungen ausmachen können. Da die Leiche bereits in Verwesung übergegangen war und entsetzlich stank, haben wir den armen Kerl möglichst schnell auf dem Friedhof in Linden beerdigt – selbstverständlich mit allen christlichen Segen. Natürlich habe ich auch eine Messe gelesen und drei Kerzen für ihn angezündet. Da keiner den Toten kannte, war ich allerdings allein in der Kirche.«

Der Pfarrer verschwieg, dass Peter ohne sein Beisein vom Totengräber achtlos in einer Grube am Rande des Friedhofs verbuddelt worden war, in der sonst allerlei Abfälle verrotteten. Und die Messe, von der er gesprochen hatte, beschränkte sich auf ein hastiges Vaterunser vor dem Frühgottesdienst – ohne Kerzen. Aber das musste ja niemand wissen. Der Form jedenfalls war Genüge getan.

Der Geistliche übergab den Brief. »Er hatte dieses Schreiben bei sich. Da es mit dem Namen Eurer Frau gezeichnet ist, dachte ich, dass Ihr den Toten vielleicht kanntet.«

Jorge überflog den Text. Ja, das war Marleins Handschrift. Aber was für einen Stuhl bestellte sie? »Einen Moment«, meinte er. »Ich lasse meine Frau rufen.«

Kurz darauf warf Marlein einen schnellen Blick auf ihr Schreiben an den Bochumer Schreiner. »Ja, den Brief habe ich verfasst.« Sie musterte den Pastor mit gerunzelter Stirn. »Woher habt Ihr ihn?«

»Das habe ich gerade schon Eurem Ehemann berichtet.« Der Geistliche informierte sie über Peters Schicksal.

Marlein schlug entsetzt die Hand vor den Mund. »Könnt Ihr die Kleidung des Toten beschreiben?«

»Ja. Er trug eine Filzkappe, ähnlich der, die ich in der Hand halte. Die Hose war schwarz mit roten Streifen und …«

Als er geendet hatte, füllten sich Marleins Augen mit Tränen. »Deshalb ist er nicht zurückgekommen.«

»Von wem sprichst du?«, fragte ihr Mann verwundert.

»Peter«, flüsterte sie und sah wieder zu dem Geistlichen. »Hatte der Tote einen Beutel aus schwarzem Leder bei sich?«

»So ist es. Er hing am Knauf des Sattels. Augenscheinlich war der Tote mit einem Pferd unterwegs. Es steht draußen. Der Beutel hängt immer noch an seinem Platz.«

»Handelt es sich um eine braun-weiß gescheckte Stute?«

»Genau.«

Marlein umklammerte den Arm ihres Mannes. »Die haben wir Linhardt zu seinem vorletzten Geburtstag geschenkt.«

»Sicher«, murmelte Jorge betroffen. »Der Tote war unser Gehilfe in Lübeck«, erklärte er dann. »Er muss krank gewesen sein. Gott sei seiner Seele gnädig.«

Die Anwesenden bekreuzigten sich.

»Danke, dass Ihr Euch um alles gekümmert habt«, meinte Jorge.

Wieder griff der Pastor in seine Tasche. »Ich habe hier noch seinen Geldbeutel. Ich denke, den solltet Ihr erhalten.« Er überreichte die Geldkatze Jorge. »Es waren allerdings nur ein paar Pfennige darin.«

Bei dieser Aussage zog Marlein eine Augenbraue hoch, schwieg jedoch.

»Es ist mir ein wenig unangenehm, Herr von Linden«, druckste der Pastor herum. »Meine Ausgaben ... Die Beerdigung, die Messe, die Kerzen, das Futter für die Stute ...«

»Verstehe«, antwortete Jorge und verließ den Raum.

Peinlich berührt, knetete Marlein ihre Finger, während der Pastor mit seinen Augen die gegenüberliegende Wand anstarrte.

Endlich kehrte Jorge zurück und drückte dem Geistlichen einen Goldgulden in die Hand. »Ich denke, das dürfte reichen.«

Der Pfarrer verbeugte sich tief. »Ich werde Euch in meine Gebete einschließen«, meinte er unterwürfig, verabschiedete sich und verschwand.

Marlein ließ sich auf die Bank fallen. »Der arme Peter. Er sah wirklich krank aus. Aber dass er so schnell sterben musste?« Sie schüttelte fassungslos den Kopf. »Nur eines leuchtet mir nicht ein. Als er ging, habe ich ihn gefragt, ob er genug Geld für die Herberge hätte oder ob ich ihm etwas geben solle. Er hat abgelehnt. Linhardt habe ihn mit ausreichenden Mitteln ausgestattet, sagte er. Und dann sind bloß ein paar Pfennige in dem Beutel? Seltsam.«

Jorge überlegte kurz. »Vielleicht haben Diebe ihn bestohlen?«

»Und die Pfennige liegen gelassen? Nie im Leben. Ich glaube, der Dieb stand eben vor uns. Und du hast ihn auch noch für diese Schändlichkeit belohnt.«

Jorge wirkte betreten. »Selbst wenn du recht hast, können wir nichts beweisen.«

»Sicher nicht.«

Er nickte. »Was für einen Stuhl hast du bestellt?«

»Es sollte eine Überraschung für dich sein.« Sie versuchte ein Lächeln. »Die ist ja nun gänzlich misslungen.« Als sie dies sagte, war es mit ihrer Fassung vorbei. Marlein begann, hemmungslos zu schluchzen. Und obwohl Jorge sie sofort in den Arm nahm und zu trösten versuchte, beruhigte seine Frau sich nur langsam.

20

Hattingen, 10. Mai 1531

In der Nacht hatte Hinrick vor Aufregung kaum geschlafen und war mit dem ersten Hahnenschrei aus dem Bett gesprungen. Heute würde er nach Kleve reisen. Was für ein Abenteuer!

Er sah erneut nach, ob er seine Siebensachen zusammen hatte: Unter- und Oberkleidung, Schuhe, den Umhang für den Winter und den größten Schatz – die Bücher, die er in den letzten Jahren von seinen Eltern geschenkt bekommen hatte.

Seine Habseligkeiten waren natürlich an ihrem Platz, in zwei Bündeln verstaut, die ein Pferd leicht tragen konnte.

Als er die Magd rumoren hörte, packte er seine Sachen und schleppte sie nach unten, wo er die Bündel neben der Eingangstür ablegte. Schließlich betrat er die Stube, um für eine vermutlich lange Zeit das letzte Frühstück mit seinen Eltern einzunehmen.

Er half der Magd beim Auftragen der Speisen. Wenig später saß die Familie an dem Holztisch, der Hinrick ein wenig zu groß erschien, jetzt, wo nicht nur Linhardt, sondern auch Lukas fehlte.

Ihr Gespräch drehte sich um das Wetter, die Stofflieferung nach Lübeck und Jorge sinnierte zum wiederholten Mal darüber, ob es für die weitere Entwicklung des Geschäfts nicht sinnvoll sei, am Rhein ein zusätzliches Standbein zu schaffen.

Hinrick hatte den Eindruck, dass seine Eltern es vermieden, seine bevorstehende Abreise zu erwähnen, fast so, als ob sie die Trennung damit hinauszögern könnten. Besonders seine Mutter knetete unablässig ihre Finger und schaute ihn dann und wann liebevoll an. Im Gegensatz zu ihr redete sein Vater ohne Unterlass.

Als es endlich klopfte, zuckten seine Eltern regelrecht zusammen. Jorge sprang auf, um die Soldaten, die Hinrick nach Kleve geleiten sollten, zu begrüßen. Marlein blieb sitzen. Ihre Augen wurden feucht und verstohlen wischte sie sich eine Träne fort.

»Es ist doch nicht weit nach Kleve«, versuchte Hinrick, sie zu trösten.

Sie lächelte traurig. »Ich weiß. Das hat dein Vater schon mehrmals betont. Trotzdem lebst du zukünftig nicht mehr bei uns und hast niemanden, der auf dich …«

Jorges Rückkehr ließ sie verstummen. Ihr Mann wurde von

einem Offizier der herzoglichen Truppen begleitet, der salutierte und sich vorstellte.

»Setzt Euch«, bot Marlein an. »Esst und trinkt. Sind Eure Männer versorgt?«

»Ja, danke. Ich kann nicht lange bleiben. Ich möchte so schnell als möglich zurück nach Kleve.«

»Warum diese Eile?«, wunderte sich Jorge. »Mehr als sechs Stunden werdet Ihr für die Reise nicht brauchen, oder?«

»Wohl kaum. Aber habt Ihr es noch nicht gehört?«

»Was?«

»In Bochum ist eine Seuche ausgebrochen. Es sollen ihr schon ein Dutzend Menschen zum Opfer gefallen sein.«

Marlein schlug sich die Hand vor den Mund. »O Gott. Was für eine Seuche?«

»Das weiß ich nicht. Einige sagen, der Schwarze Tod sei zurückgekehrt. Andere wiederum glauben, dass das Fieber umgeht.«

»Und das sind nicht bloß Gerüchte?«, wollte Jorge wissen.

Der Offizier schüttelte den Kopf. »Leider nein. Wir haben in einer Herberge in Werden übernachtet. Dort waren auch Reisende eingekehrt, die aus Bochum kamen. Sie erzählten uns von der Seuche. Das erste Opfer soll eine Hübschlerin gewesen sein.«

Marlein zuckte zusammen. War auch Peter an der Seuche erkrankt? Es war ein offenes Geheimnis unter den Eheleuten, dass ihr Gehilfe gerne die Dienste solcher Frauen in Anspruch nahm. Hatte er etwa das Mädchen angesteckt? Sie warf ihrem Mann einen sorgenvollen Blick zu.

Der verstand sie auch ohne Worte, plagten ihn doch ähnliche Gedanken, die er allerdings für sich behielt. Stattdessen erwiderte er: »Ich verstehe Euch.« Und zu Marlein und Hinrick gewandt meinte er: »Dann lasst uns das Unvermeidliche hinter uns bringen.«

Hinrick stand auf, ging zu seiner Mutter und küsste sie. Marlein umklammerte ihren Sohn, als wolle sie ihn nie mehr loslassen.

Sanft befreite sich Hinrick aus der mütterlichen Umarmung. »Ich komme ja wieder«, flüsterte er ihr ins Ohr. »Schon bald.«

»Pass auf dich auf, mein Sohn«, erwiderte sie leise. »Für dich ist immer Platz in unserem Haus.«

»Ich weiß.«

Hinrick drehte sich um und wandte sich seinem Vater zu, der ihn ebenfalls in den Arm nahm. Dann verließ der junge Mann hastigen Schrittes die Stube. Er wollte nicht, dass seine Mutter sah, dass auch er Tränen in den Augen hatte. Das würde ihr den Abschied nur noch schwerer machen.

21

Münster, 12. Mai 1531

Schon von Weitem grüßten die imposanten Türme Münsters. Lukas hatte noch einen Tag in Lüdinghausen verbracht, um dem Handelstross Vorsprung zu geben. Seitz und die anderen dürften die Bischofsstadt schon lange hinter sich gelassen haben.

Er betrat Münster durch das Aegidiitor und fragte den Wachsoldaten nach der Werkstatt eines Instrumentenbauers. Der zuckte nur mit den Schultern und riet ihm, sich in einer Straße namens Drubbel zu erkundigen. Dort seien viele Handwerker ansässig.

Noch nie war Lukas in einer so großen Stadt gewesen. Haus reihte sich an Haus, eines größer und schöner als das andere.

Als er sich dem Dom näherte, dessen Turm die Hausdächer deutlich überragte, begegneten ihm immer mehr Menschen, die alle mit irgendetwas beschäftigt schienen: Sie trieben Schweine oder Kühe vor sich her, zogen hochbeladene Karren, schleppten prall gefüllte Säcke, trugen Holzkäfige mit Federvieh. Manchmal teilten sich zwei die Last. An Stangen, die auf ihren Schultern lagen, hingen Pfannen, Töpfe oder Tonkrüge. Mägde mit Körben eilten zielstrebig durch die Gassen. Zwischen alldem wuselten Kinder umher. Und trotz der ganzen Geschäftigkeit fanden viele Leute noch Zeit für ein Schwätzchen. Das Stimmengewirr erschien Lukas wie das Brummen eines Bienenschwarms.

Endlich hatte er sich zum Drubbel durchgefragt. Das Gedränge dort war noch größer. An einer Ecke entdeckte Lukas einen Feinschmied. Er trat an den Laden, die hochklappbare Holzplatte, auf welcher der Meister seine Arbeiten feilbot, und erkundigte sich nach einem Instrumentenbauer. Der Feinschmied verwies ihn an einen Schneider, der schickte ihn zu einem Fleischhauer und schließlich landete Lukas bei einem Kesselschmied. Aber auch dieser konnte ihm nicht helfen.

Enttäuscht zog der Hattinger sich in eine stille Ecke zurück und hockte sich auf den Boden. Das hatte er sich einfacher vorgestellt.

Die Tür eines Hauses öffnete sich und ein Kerl, kaum älter als Lukas selbst, trat auf die Gasse. Er trug eine Säge und einige Holzstücke – ein Schreinergeselle.

Lukas sprach ihn an. »Entschuldigt. Ich suche einen Instrumentenbauer hier in Münster. Könnt Ihr mir helfen?«

Der Kerl spuckte vor Lukas auf den Boden. »Ich bin nicht *Ihr*, sondern *du*. Es gibt nur einen Instrumentenbauer in unserer Zunft. Der heißt Muntzer und lebt noch nicht lange in der Stadt.«

Lukas' Gesicht hellte sich auf. »Den suche ich. Wo finde ich ihn?«

»Da bist du hier völlig falsch.« Der Geselle zeigte nach Süden. »Du gehst an Sankt Michaeli vorbei. Dann siehst du den Turm von Sankt Ludger. Schräg links davon liegt Meister Muntzers Werkstatt.«

»Danke.«

Lukas verlief sich zwar in dem Gewirr aus Plätzen, Straßen und Gassen noch zweimal, da er nun aber wusste, wo er zu suchen hatte, fand er schließlich die Werkstatt des Instrumentenbauers in der Nähe des Ludgeritors. Hier waren die Häuser nicht so imposant wie in der Stadtmitte. Sie verfügten nur über höchstens zwei Geschosse und es zierten keine beeindruckenden Steingiebel die Fassaden. Auch das Haus, vor dem Lukas jetzt stand, war eher schlicht: dunkelbraunes Fachwerk, kleine Fenster, keine Schnitzereien in den sichtbaren Holzbalken.

Er holte tief Luft und klopfte. Ein hochgewachsener Mann im Alter seines Vaters öffnete.

Er musterte Lukas ausgiebig. »Ja, bitte?«, meinte er dann.

Der junge Mann nahm seinen ganzen Mut zusammen. »Ich bin Lukas von Linden und möchte Instrumentenbauer werden.«

Die Augen des Meisters blitzten belustigt. »Du bist nicht wie ein Handwerker gekleidet. Du siehst eher wie ein Kaufmann oder Händler aus.«

»Das stimmt«, räumte Lukas ein. »Trotzdem möchte ich bei Euch in die Lehre gehen.«

»Wie kommst du darauf, dass ich Lehrlinge ausbilde?«

In dem Moment brach für Lukas eine Welt zusammen. Die Möglichkeit hatte er überhaupt nicht in Betracht gezogen. Für ihn war es immer nur darum gegangen, nach Münster zu gelangen, die Bescheinigung über eine ehrliche Geburt zu besorgen und das erforderliche Geld zu beschaffen. Er war wie selbstverständlich davon ausgegangen, dass jeder Meister Lehrlinge ausbildete. Und nun das!

Er ließ den Kopf hängen. »Ich dachte …« Er verschluckte den Rest.

»Was dachtest du?«, wollte Muntzer wissen. »Dass du nur an meine Tür klopfen musst, um mein Lehrling zu werden?«

»Ja«, gestand Lukas.

Der Meister schmunzelte. »Kommst du aus Münster?«

»Nein, aus Hattingen.«

»Und du hast den weiten Weg hierher auf gut Glück zurückgelegt?«

Lukas nickte.

»Meinst du nicht, es wäre klüger gewesen, mir vorher einen Brief zu schreiben?«

»Sicher, aber ich kannte ja Euren Namen nicht.«

Muntzer lachte laut auf. »Woher wusstest du überhaupt, dass ich in Münster arbeite?«

»Von Musikanten, die in Hattingen aufgetreten sind.«

»Du hast wirklich Nerven.« Der Meister griff seinen Arm. »Aber eine solche Zielstrebigkeit gefällt mir. Komm herein. Ich möchte mich ein wenig mit dir unterhalten.«

In der nächsten Stunde quetschte der Meister seinen Besucher über seine Herkunft aus, über seine Eltern, seine Ziele und Wünsche. Lukas gab bereitwillig Auskunft.

Schließlich fragte Muntzer: »Du hast mir jetzt einiges über dich erzählt. Aber woher soll ich wissen, dass du tatsächlich, wie du behauptest, aus gutem Hause bist? Du könntest die Geschichten auch erfunden haben.«

Lukas atmete tief durch. Jetzt galt es. Er holte den Geburtsbrief aus der Tasche und reichte ihn Muntzer.

Der nahm das Schreiben und studierte es sorgfältig. Schließlich faltete er es wieder zusammen und legte es vor sich auf den Tisch. Er schaute Lukas scharf an. »So wie es aussieht, sagst du die Wahrheit.«

Dem jungen Mann fiel ein Stein vom Herzen. Entweder hatte der Meister den Schreibfehler nicht bemerkt oder er war ihm egal.

»Lass dein Bündel hier liegen. Ich zeige dir die Werkstatt.«

Lukas konnte sein Glück kaum fassen. »Heißt das, dass ich …?«

»Das heißt zunächst, dass ich dir die Werkstatt zeige. Mehr nicht.«

Das Erste, was Lukas auffiel, waren die Korpusse halb fertiger Lauten, die, an langen, gespannten Seilen befestigt, eng nebeneinander unter der Decke hingen. Außerdem roch es eigenartig nach verfaulenden Früchten, dennoch beißend und scharf.

Meister Muntzer bemerkte Lukas' Naserümpfen. »An den Geruch gewöhnt man sich. Er kommt von der Grundierung mit Bienenkittharz, Knochenleim und Lack.«

»Was ist Lack?«

»Eine Harzmischung, die ich selbst herstelle. Jeder Instrumentenbauer hat sein eigenes, sorgsam gehütetes Rezept. Ich verwende Sandarak, das Harz des Wacholderbaumes und Kiefernöl. Während der Ausbildung bringe ich den Lehrlingen bei, die Mischung selbst anzusetzen.«

Die Werkstatt maß etwa acht Schritt in der Länge und nicht viel weniger in der Breite. Durch zwei Fenster an der Straßenseite fiel ausreichend Licht hinein. Am gegenüberliegenden Ende des Raumes befand sich der Kamin, in dem ein kleines Feuer brannte. Unter dem linken Fenster stapelten sich auf einer Bank Holzstücke verschiedener Größen und Farben, manche Platten waren kaum einen halben Finger dick, andere deutlich stärker.

»Das hellere, dünnere Holz stammt von Fichten. Daraus wird der obere Teil des Korpus gemacht, den wir bei den Lauten ›Muschel‹ nennen. Dieses Holz heißt deshalb auch Klangholz. Es muss mehrere Jahre lagern, damit es wirklich vollständig durchgetrocknet ist und sich nicht verzieht. Die dickeren Stücke sind Ahorn, den ich bevorzuge. Daraus werden die Decke, der Steg, der Hals und andere Teile gearbeitet.«

»Und das kleinere Instrument dahinten ist eine Fidel, nicht wahr?«

»Richtig. Genau genommen handelt es sich um eine Rebec.«

»Warum habt Ihr so viele Lauten und nur eine Rebec in Arbeit?«

Muntzer lachte. »Gute Frage. Die Antwort ist einfach: Ich habe in den letzten Wochen mehr Bestellungen für Lauten entgegengenommen als für die anderen Instrumente.«

»Weshalb?«

»Das musst du die Musikanten fragen, nicht mich.«

Lukas ging weiter in die Werkstatt hinein. Über einem Tisch mit einer dicken Platte war ein langes Brett angebracht, in das in verschiedenen Abständen Löcher gebohrt worden waren. In diesen Löchern steckte allerlei Werkzeug, welches Lukas noch nie gesehen hatte.

Er warf Muntzer einen fragenden Blick zu. Der nickte und meinte: »Schau dir alles an, nimm es in die Hand, wenn du willst, aber lege alles an seinen angestammten Platz zurück. Das ist im Übrigen das Erste, was Lehrlinge zu beherzigen haben: Ordnung halten. Jedes Werkzeug wird spätestens am Abend gereinigt und dahin gebracht, wo es hergeholt wurde. Alles hat seinen Platz. Nichts liegt über Nacht herum oder wird gar neben den Holzabfällen aufbewahrt. Zu schnell kann dort etwas verloren gehen.«

Lukas nickte und zog eine Art Messer aus dem Brett, nur

dass das Werkzeug vorne nicht spitz, sondern flach zulief und keine Schneide aufwies.

»Das sind Beitel. Es gibt sie in verschiedenen Größen. Wir führen damit feinere Holzarbeiten aus. Direkt darunter liegen Hobel. Damit können raue Bretter geglättet werden. Im Brett findest du auch die Feilen. Und das Gerät dort ist eine Drehbank.«

Der Meister zeigte auf ein seltsames Gebilde rechts neben Lukas. Ein Lederband war um eine Kurbel gewickelt und lief von dort nach unten und oben. Oben war es an einem langen Stück Holz befestigt, welches aus der Wand herauszuwachsen schien. Auf dem Boden erreichte es ein beweglich gelagertes Brett.

Muntzer ging zu dem Werkzeug und trat mehrmals auf das Brett. Wie durch ein Wunder begann die Kurbel, sich zu drehen.

»An der Kurbel befestigen wir unbehauenes Holz. Dann setzen wir sie, wie ich es eben getan habe, in Bewegung und halten einen breiten Beitel an das Holz. So spanen wir es ab und erzeugen mit etwas Übung ein perfektes Rundstück.«

Lukas war beeindruckt.

»Hinten in der Ecke siehst du noch mehrere Sägen. Aber so etwas kennst du sicher.«

»Ja.«

»Und dann stehen dort noch die Biegeeisen, mit denen die Zargen gekrümmt werden. Aber das reicht jetzt. Bist du immer noch sicher, ein Instrumentenbauer werden zu wollen?«

Lukas nickte heftig.

»Gut. Du wirst einen Monat zur Probe bei mir arbeiten. Lohn erhältst du keinen, nur Kost und Unterkunft. Nach Ablauf der Zeit entscheide ich, ob ich dich als Lehrling bei mir aufnehme.«

»Wie lange dauert die Lehrzeit?«

»Das kommt darauf an, wie geschickt du dich anstellst. Mit drei bis vier Jahren musst du rechnen. Kannst du das Lehrgeld aufbringen?«

Lukas machte ein fragendes Gesicht.

»Du musst mich für meine Dienste bezahlen. Schließlich opfere ich einen gehörigen Teil meiner Zeit, ohne dass du etwas einbringst. Am Anfang deiner Ausbildung wirst du viel kaputt machen Und dann ist da noch der Unterhalt, den du bekommst. Das alles will finanziert sein.«

»Wie hoch ist das Lehrgeld?«

»Vier Gulden im Jahr.«

Lukas schluckte. Er hatte gerade fünf Gulden in der Tasche. Woher sollte er so viel Geld nehmen? Vielleicht, wenn er Mutter schrieb? Seine Miene hellte sich auf. Ja, sie würde ihm bestimmt helfen. Nur – was, wenn sie Vater erzählte, wo er war?

»Du hast das Lehrgeld nicht, oder?«, riss ihn der Meister aus seinen Gedanken.

Enttäuscht schüttelte Lukas den Kopf. »Nicht für die gesamte Zeit.«

»Das dachte ich mir schon. Ein junger Kerl wie du, der allein in Münster auftaucht. Wenn du so viele Gulden mit dir herumtragen würdest, hättest du sie nur gestohlen haben können. Mein Haus wäre dir dann verschlossen geblieben. Also pass auf: Du kannst dir etwas dazuverdienen, indem du den Bauern zur Hand gehst, die mir das Holz bringen. Du scheinst ordentlich zupacken zu können und sie sind immer dankbar für kräftige Arme beim Holzschlag. Außerdem verlängere ich deine Lehrzeit um zwölf Monate. In den letzten Jahren bist du schon zu etwas nutze. Dafür verringert sich das Lehrgeld auf drei Gulden. Und zahlen musst du erst, wenn du Arbeit bei den Bauern gefunden hast.«

»Was kann ich bei den Bauern verdienen?«

»Das hängt davon ab, wie viel du arbeitest. Dein Dienst bei mir beginnt mit dem Frühläuten um fünf Uhr und endet gegen sechs am Abend.«

»Wann kann ich dann Holz schlagen?«, fragte Lukas enttäuscht.

»Am Samstag. Und zweimal in der Woche nachmittags, wenn nicht viel zu tun ist.«

Der junge Mann rechnete nach. Das waren nicht mehr als zwanzig Stunden. Und das sagte er auch.

»Richtig. Die Bauern zahlen dir vielleicht zwanzig Pfennige am Tag. Und das auch nur, wenn du ordentlich zupackst. Das macht im Jahr ...«

»... etwa acht Gulden«, warf Lukas ein.

»Stimmt«, kommentierte der Lautenbauer nach einer Weile. »Höchstens, denn sie werden dich nicht jeden Tag beschäftigen. Auf den Kopf gefallen bist du jedenfalls nicht. Was ist nun? Einverstanden? Dann schlag ein.«

Cuntz Muntzer streckte Lukas die Hand entgegen. Und der nahm das Angebot freudig an.

22

Lübeck, 26. Mai 1531

Seit über einer Woche hatte es keine Neuerkrankungen mehr in Lübeck gegeben. Claus Upberge, der einzige überlebende Medikus der Stadt, ließ verkünden, dass die Seuche vorbei sei.

Nicht jeder schenkte seinen Worten Glauben, hatte er die Krankheit doch nur deshalb unbeschadet überstanden, weil er sich in seinem Haus verkrochen hatte. Es gab nicht wenige, die ihm das übel nahmen. Aber seine Meinung fand beim

Rat der Stadt Gehör, denn jeder, der sich bei einem der Unglücklichen angesteckt hatte, war selbst innerhalb der folgenden drei Wochen erkrankt.

Fast alle der vierhundert Menschen, die der Englische Schweiß erwischt hatte, waren gestorben. Es gab nur drei anerkannte Fälle von Einwohnern, die die Krankheit überlebt hatten. Einer von ihnen, ein Schlepper, der bei der Entladung der *Maria* geholfen und sich am ersten Tag angesteckt hatte, überstand die Seuche zunächst, erkrankte dann aber ein zweites Mal. Da gewann der Sensenmann. Der andere war ein siebenjähriger Knabe, der zwar auch in den Todesschlaf gefallen war, aber wieder erwachte und sich bis jetzt bester Gesundheit erfreute. Und eine junge Frau aus gutem Hause sollte ebenfalls zu den Überlebenden zählen, erzählten sich die Leute auf den Straßen.

Langsam normalisierte sich das städtische Leben wieder. Die ersten Kaufleute öffneten ihre Läden, am morgigen Tag sollte nach dem Willen des Rates auch der Wochenmarkt am Rathaus stattfinden. Und für heute war eine Dankprozession mit anschließendem Gottesdienst geplant.

Fast wäre der fromme Marsch am Streit im Rat gescheitert, ob auch Anhänger der katholischen Lehre daran teilnehmen durften. Die besonneneren Ratsmitglieder plädierten dafür, Katholiken die Teilnahme an Marsch und Gottesdienst zu gestatten und sie nicht zu sanktionieren, wenn sie das Knie beugten und sich bekreuzigten, denn schließlich seien ja auch sie vom Englischen Schweiß betroffen gewesen. Eine radikalere Minderheit sprach sich dagegen aus: Vielleicht sei die Krankheit gerade deshalb von Gott gesandt worden, weil der Rat zu nachsichtig mit den Anhängern des Papstes umgegangen war?

Die Auseinandersetzung zog sich über Stunden hin und endete schließlich mit einem Kompromiss: Die Katholiken durften mitmarschieren und ihre Gebete leise murmeln, ihre Riten aber nicht während des Gottesdienstes im Dom praktizieren. So verkündeten es die Pastoren von den Kanzeln und so stand es in den Anschlägen an den Kirchentüren für die, die des Lesens mächtig waren.

Die Prozession begann bei Sankt Jakobi im Norden der Stadt und führte über die Königsstraße nach Süden, zum Dom hin, in dem der Gottesdienst abgehalten werden sollte. An der Spitze des Zuges trugen sechs kräftige Männer eine Statue Johannes des Täufers, des Schutzpatrons der Stadt. Ihnen folgten die Geistlichen und der Rat, dahinter weitere Honoratioren. Die Glocken der Kirchen läuteten, als sich der Zug langsam in Bewegung setzte.

Linhardt war etwas zu spät gekommen und reihte sich im hinteren Teil der Prozession ein, inmitten einer größeren Gruppe von Katholiken. Aber das war ihm im Grunde egal, denn der Streit um den richtigen Weg zu Gott ließ ihn ziemlich unbeteiligt.

Suchend schaute er sich um. Doch die Wibbekings und vor allem seinen Freund Martin konnte er nicht ausmachen. Kein Wunder, schien doch die ganz Lübeck auf den Beinen zu sein.

Natürlich war der Dom zu klein, um die Menschenmassen zu fassen. Obwohl die Gläubigen drückten und schubsten, musste die Mehrzahl von ihnen auf dem Platz vor der Kirche ausharren.

Aber das tat der Begeisterung keinen Abbruch. Inbrünstig sangen sie die Lieder mit, die aus dem Inneren des Doms schallten, denn die Flügel der Eingangstüren standen weit offen. Auch das Vaterunser beteten sie mit derselben Frömmigkeit, als hielten sie allein vor dem Altar Zwiesprache mit ihrem gekreuzigten Herrn.

Viele fielen weinend auf die Knie, einige brachen, von ihren

Gefühlen übermannt, schluchzend zusammen und mussten von ihren Angehörigen gestützt werden.

Natürlich konnte Linhardt die Freude und Erleichterung der Menschen nachvollziehen, schließlich fühlte er ähnlich. Aber diese Form der Massenhysterie ließ ihn etwas ratlos zurück. Warum warfen sich erwachsene Männer mit ausgebreiteten Armen in den Staub und brüllten ihre Gebete geradezu? Konnten sie Gott nicht etwas weniger dramatisch danken? Und warum konnten einige nur mit Mühe davon abgehalten werden, sich ihre Kleider als Zeichen der Buße vom Körper zu reißen?

Als der Gottesdienst zu Ende war, schob sich Linhardt durch die Menschenmassen, um zu einem der gusseisernen Tore zu gelangen, die auf den Domplatz führten. Hunderte mussten durch dieses Nadelöhr, um auf die davorliegenden Straßen zu gelangen. Das Gedränge nahm bereits bedrohliche Ausmaße an.

Plötzlich hörte Linhardt, wie jemand hinter ihm seinen Namen rief. Es gelang ihm, sich umzudrehen und einen Moment stehen zu bleiben. Auf der Treppe zum Dom entdeckte er Martin, der mit seinem Filzhut wedelte, um auf sich aufmerksam zu machen.

Linhardt stemmte sich erfolglos gegen den Sog der Menschenmenge, die ihn mit sich forttrug. Aber wenigstens gelang es ihm, Blickkontakt zu Martin aufzunehmen. Der signalisierte mit wildem Rudern, dass Linhardt versuchen sollte, in eine kleine Gasse zu gelangen, die vom Dom wegführte. Dort solle er auf ihn warten.

Tatsächlich ließ der Druck nach, kaum hatten die Prozessionsteilnehmer das Tor passiert. Linhardt atmete auf. Und nach einigen Schritten in die Hartengrube hinein konnte er sich auch wieder frei bewegen, ohne fremde Schultern und Ellenbogen in seiner Seite zu spüren.

Wenig später kam ihm Martin entgegengelaufen. Er fiel seinem Freund in die Arme und überschüttete ihn mit einem Wortschwall. »Stell dir vor, Madlen hat den Englischen Schweiß überlebt! Ist das nicht wunderbar? Sie ist mit ihren Eltern in der Kirche gewesen. Komm, ich stelle sie dir vor.«

»Dann wissen eure Eltern also von euren Absichten?«

Martin trat verlegen von einem Fuß auf den anderen. »Nicht direkt. Vielleicht ahnen sie etwas. Gesagt haben wir ihnen jedenfalls nichts. Sie halten uns für Freunde.«

Linhardt schüttelte belustigt den Kopf. »Freunde?«

Martin griff seinen Arm. »Komm.«

Linhardt zeigte auf die Menschen, die aus der Kirche und durch das Tor strömten. »Wie willst du da hindurchgelangen? Lass uns lieber hier warten.«

»Und wenn sie den südlichen Ausgang wählen?«

»Dann hast du eben Pech gehabt. Aber warum sollten sie das tun? Sie wohnen doch nördlich von hier, hast du mir erzählt.«

Martin nickte, aber er hörte nicht wirklich zu. Immer wieder stellte er sich auf die Zehenspitzen, um besser sehen zu können. »Da, da ist sie«, rief er plötzlich aufgeregt. »Dort geht sie mit ihren Eltern. Meine sind auch dabei. Komm, ehe wir sie aus den Augen verlieren.«

Er zog Linhardt mit sich, ließ ihn aber nach nur wenigen Schritten los und lief voraus. Der folgte ihm langsam. Er sah, wie Martin ein älteres Ehepaar mit Ehrerbietung begrüßte und dann auf eine junge Frau einredete, die Linhardt den Rücken zugewandt hatte. Nicht weit entfernt standen die Wibbekings, die den Kaufmann mit einem Nicken begrüßten, welches er erwiderte.

Als er die beiden jungen Lübecker fast erreicht hatte, zeigte Martin auf ihn und meinte: »Das ist Linhardt, von dem ich dir erzählt habe.«

Madlen drehte sich um. Und Linhardts Herz machte einen Sprung. Vor ihm stand die schönste Frau, die er je gesehen hatte.

23

Hattingen, 27. und 28. Mai 1531

Marlein wirkte müde. Sie stand langsam auf und sagte zu Jorge: »Ich fühle mich nicht wohl, eine innere Unruhe quält mich. Ich möchte dich heute Nacht nicht stören. Würde es dir etwas ausmachen, wenn du in der Kammer der Jungen schlafen würdest?«

»Natürlich nicht«, erwiderte Jorge. »Kann ich dir irgendwie helfen?«

Sie schüttelte nur den Kopf, erhob sich mit einem leisen Stöhnen und schlurfte aus der Stube. Jorge sah seiner Frau besorgt nach.

Seit Hinricks Abreise war Marlein wie verwandelt. Allerdings hatte sich ihr Zustand in den letzten zwei Tagen deutlich verschlechtert. Jorge begann, sich Sorgen zu machen.

Er schlief schlecht in dieser Nacht. Mehrmals schreckte er hoch. Hatte Marlein nach ihm gerufen? Er lauschte in die Dunkelheit, widerstand aber dem Bedürfnis, in ihre Kammer zu gehen und nachzuschauen, wie es ihr ging. Wenn sie schliefe, würde er sie womöglich wecken. Und wenn nicht, würde sie ihn bestimmt schelten, weil er sich die Nacht um die Ohren schlug.

Als Jorge am nächsten Morgen die Treppe ins Erdgeschoss hinunterging, hörte er jemanden in der Stube hantieren. Mit einem Satz nahm er die letzten Stufen und öffnete die Tür.

Aber es war nur die Magd, die sich am Kaminfeuer zu schaffen machte.

»Ist meine Frau schon heruntergekommen?«

Sie sah ihn erstaunt an. »Nein, Herr. Ich habe sie noch nicht gesehen. Wollt Ihr etwas heißen Wein?«

Jorge schüttelte den Kopf. Seltsam. Marlein war doch sonst immer als Erste wach. Selbst wenn sie krank war. Sollte er sie schlafen lassen?

Schließlich konnte er vor Unruhe und Sorge nicht mehr still sitzen. Wie ein gefangener Wolf lief er in der Stube auf und ab. Dann hielt er es nicht mehr aus und suchte ihre Kammer auf.

So leise wie möglich öffnete er die Tür. Er war so angespannt, dass er erschrak, als diese wie immer in den Angeln quietschte. Ein ekliger Geruch stieg in seine Nase. Marlein lag im Bett, die Decke beiseitegestrampelt.

Als Jorge näher kam, stellte er fest, dass der Gestank von seiner Frau ausging. Er betrachtete sie genauer. Ihre Augen waren geschlossen, die Haare klebten ihr im Gesicht. Sanft griff er nach ihrer Schulter, flüsterte ihren Namen.

Als Marlein nicht reagierte, beugte Jorge sich über sie und gab ihr einen Kuss auf die Stirn. Entsetzt fuhr er zurück. Sie war eiskalt. Die Erkenntnis traf ihn wie ein Schlag: Marlein war tot.

Fassungslos stand er minutenlang neben dem Leichnam seiner Frau. Schließlich setzte er sich auf das Bett, umklammerte ihren Kopf und zog ihn an seine Brust.

Jorge machte sich entsetzliche Vorwürfe. Was, wenn er seinem Gefühl in der letzten Nacht nachgegeben hätte? Könnte Marlein dann noch leben? War er schuldig an ihrem Tod?

Plötzlich brach der Schmerz aus ihm heraus und er schrie minutenlang wie ein waidwundes Tier. Die Magd, die zur

Hilfe geeilt kam, warf er aus der Kammer. Für Stunden hielt er seine Liebste im Arm, küsste sie, redete auf sie ein, betete, flehte und bettelte. Aber Marlein blieb stumm.

Nach Stunden erhob sich Jorge. Er ging schweren Schrittes zu der Truhe aus Eichenholz, die an der Wand direkt neben seinem Bett stand. Darin bewahrte er neben ihrem Geld all das auf, was ihm wichtig war.

An seinem Gürtel hingen Schlüssel, gesichert mit einem eisernen Ring. Mit dem Größten von ihnen öffnete er das wuchtige Vorhängeschloss der Truhe, klappte den Deckel hoch, hob einen schwarzen Kasten heraus und stellte diesen auf die Bank.

Das Behältnis stamme aus einem fernen Land namens Afrika, hatte ihm der Händler erklärt, bei dem er es vor Jahren für einen Goldgulden erworben hatte. Es sei aus Ebenholz gemacht, einer Holzart, die Jorge vorher noch nie gesehen hatte. Dieses Holz wachse nur an bestimmten Stellen, die einzig die mächtigen Zauberer vor Ort kennen würden. Die Schnitzereien auf der Oberseite des Deckels hätten magische Bedeutung.

Trotz seiner Trauer musste Jorge lächeln, als er an das Gespräch dachte. An Zauberei und Magie hatte er noch nie geglaubt. Er hatte den Kasten damals einfach schön gefunden, bestens geeignet für das, was er mit ihm vorhatte.

Er zog das Messer hervor, welches ihm Marlein einst geschenkt hatte, kehrte zum Bett zurück und schnitt ihr vorsichtig eine Haarsträhne ab, die er in seine Tasche steckte. Das Messer ließ er einfach fallen.

Erneut griff er in die Eichentruhe und holte drei in Leder gebundene Bücher heraus. Zärtlich strich Jorge über die Einbände und verharrte gedankenverloren. Endlich gab er sich einen Ruck, klemmte sich die Bände unter den linken und den Kasten unter den rechten Arm und ging nach unten. In barschem Ton wies er die völlig aufgelöste Magd an, ihn in Ruhe zu lassen, betrat sein Kontor und setzte sich an das Pult.

Langsam öffnete er den Ebenholzkasten. Darin lag ein Lederarmband, welches Jorge einst selbst angefertigt hatte. Es war ursprünglich ein Halsband für seinen ersten Hund Cerbus gewesen. Auch ein Goldgulden lag in dem Kasten, eine Erinnerung an seine Zeit im Kieler Kerker. Und ein kleines, fein ziseliertes Silberkästchen, in dem sich eine rote Haarlocke befand. Kästchen und Haar hatte ihm einst Marlein geschenkt, als sie noch Kinder waren.

Jorge griff in seine Tasche, zog die Haarsträhne hervor, legte sie zu der anderen und bettete alle Erinnerungsstücke wieder an ihren Platz.

Die Ledereinbände der Kladden waren abgegriffen und speckig. Kein Wunder, war das älteste der Bücher doch seit Ewigkeiten in Jorges Besitz. Er hatte es kurz nach seiner Hochzeit gekauft.

Der erste Eintrag darin stammte aus dem Sommer 1511: *Marlein hat mir heute erzählt, dass sie ein Kind erwartet,* las er da. *Ich bin so unendlich glücklich.* Er erinnerte sich an den Moment vor dem Kaminfeuer, als ob es gestern gewesen wäre. Wieder kamen ihm die Tränen. Hemmungslos schluchzend, stemmte er den Kopf in beide Hände. Warum war Marlein gestorben? Warum nicht er? Gerne hätte er sein Leben für ihres gegeben.

Als Jorge sich schließlich wieder gefasst hatte, schlug er vorsichtig die erste Seite um, las ein wenig, was dort geschrieben stand, blätterte weiter. Ihr ganzes gemeinsames Leben war in den Büchern aufgezeichnet, die Geburten ihrer Kinder, der Tod der zu früh Gestorbenen, schwere Krankheiten, geschäftliche Erfolge und Niederlagen, kurz: alle Ereignisse, die ihnen wichtig genug erschienen, aufgeschrieben zu werden. Seine Gedanken schweiften beim Blättern und Lesen ab.

Manchmal lächelte er, dann wieder überkam ihn unendliche Trauer. Schließlich erreichte er die letzte Notiz. Sie handelte von der Abreise Hinricks vor einigen Tagen.

Nur noch wenige Seiten des dritten Buches waren leer. Jorge straffte sich und griff zum Federkiel. Er war nicht besonders gut im Fabulieren. Umso sorgsamer wählte er seine Worte. Sein Schreibgerät kratzte über das Papier. Immer wieder stockte er, weil Tränen auf das Blatt tropften, die er erst trocknen musste, bevor er fortfahren konnte. Schließlich war er fertig und legte die Feder beiseite. Dann las er die letzten Sätze noch einmal.

Marlein, deine Liebe war grenzenlos. Dafür und für alles andere, was du für mich und unsere Familie getan hast, danke ich dir. Du warst für mich wie eine Königin. Nur war unser Königreich von zu kurzer Dauer. Ich werde dich nie vergessen.

Jorge wartete, bis die Tinte trocken war, und klappte das Buch zu. Es gab nichts mehr zu sagen.

TOD UND TEUFEL

Oktober 1532 bis September 1533

1

Hattingen, 3. Oktober 1532

Es war einsam geworden im Haus der von Lindens am Hattinger Markt. Linhardt lebte nach wie vor in Lübeck, Hinrick in Kleve. Und Lukas blieb verschwunden.

Auch Jorge hatte sich am Englischen Schweiß angesteckt. Einige Tage lag er auf Leben und Tod, bis er die Krankheit wie durch ein Wunder überwand. In Hattingen hatte die Seuche nicht so gewütet wie in anderen Städten. Während ihr in Bochum und Dortmund Hunderte zum Opfer gefallen waren, hatten sich in Jorges Heimatstadt neben Marlein und ihm nur vier Geschwister der Adelsfamilie von Heyden auf Haus Bruch infiziert, die alle gestorben waren.

Jorge hatte die Nachricht vom Tod Marleins und den Termin der Beisetzung mit Boten an seine Söhne in Lübeck und Kleve geschickt. Aber nur Hinrick war rechtzeitig gekommen, Linhardt traf mit dem Gehilfen Seitz und Lukas' Brief erst einige Tage später ein.

Natürlich hatte Jorge alles, was in seiner Macht stand, versucht, um Lukas' Aufenthaltsort zu ermitteln. Auch Hinricks spätes Geständnis, die Absichten seines Bruders, in eine Stadt im Westfälischen zu fliehen, gekannt zu haben, erleichterte das Vorhaben nicht. Denn wo sollte Jorge mit der Suche anfangen? Westfalen war groß, es gab dort viele Städte. Zwar hatte sich sicher nicht in jeder ein Instrumentenbauer niedergelassen, nur wusste Jorge nicht, wie er herausfinden sollte, auf welche das sehr wohl zutraf. Lukas konnte überall sein.

Zu seinem Bedauern war Jorge nicht in der Lage, die Suche nach seinem treulosen Sohn selbst in die Hand zu nehmen, denn er musste sich um sein Geschäft in Hattingen kümmern. Linhardt wurde in Lübeck gebraucht und Hinrick war Herzog Johann verpflichtet.

Also hatte Jorge Männer angeheuert, um nach Lukas zu fahnden. Das ging nicht nur ins Geld, sondern ihm fehlte auch das rechte Vertrauen in den Ehrgeiz dieser Leute. Er hegte den Verdacht, dass die Kerle sich mehr in Schenken und Frauenhäusern herumtrieben, als Lukas zu suchen. Und als seine Beauftragten ein Jahr später immer noch keine Spur des jungen Mannes gefunden hatten, blies Jorge die Suche ab.

Ihn schmerzte weniger die Tatsache, dass Lukas sich gegen den Wunsch seines Vaters, ins elterliche Geschäft einzutreten, aufgelehnt hatte. Viel schwerer wog in Jorges Augen, dass sein Jüngster nicht am Grab seiner Mutter gestanden und ihr so die letzte Ehre verweigert hatte. Zwar konnte er die Argumente seiner anderen Söhne, Lukas habe doch nichts vom Tod Marleins wissen können, nachvollziehen, ja, sie leuchteten ihm sogar ein. Aber tief im Inneren schmerzte es ihn unendlich, dass Lukas nicht bei ihnen gewesen war, als sich der Sarg seiner Liebsten in die Grube senkte. Und für diesen Schmerz trug sein Jüngster in Jorges Augen die Verantwortung. Das wollte er nicht verzeihen.

Jorge seufzte tief und legte die Warenliste beiseite, die er gerade kontrolliert hatte. Er stand auf, verließ sein Kontor und rief der Magd zu, dass er auf der Baustelle nach dem Rechten sehen wolle. »Ich werde im Weinhaus essen«, setzte er noch hinzu. »Du brauchst nichts für mich vorzubereiten.«

Mehrmals in der Woche nahm er seine Speisen nun in einem der Hattinger Gasthäuser ein. Das war ihm im letzten Jahr eine angenehme Gewohnheit geworden. Die Magd war zwar sehr anstellig und versuchte, ihm seit dem Tod Marleins jeden

Wunsch von den Augen abzulesen, aber eine wirklich gute Köchin war sie nicht. Und da Marleins strenges Regiment fehlte, schmeckten die Mahlzeiten, die die junge Frau zubereitete, meistens fad. Aber es war nicht die Flucht vor den mangelnden Kochkünsten seiner Bediensteten, die Jorge in die Schenken der Stadt trieb. Er suchte das Gespräch mit anderen Menschen als seinen Gehilfen, Abwechslung und vor allem Zerstreuung.

Immer, wenn er abends allein in der Stube hockte, kamen die Gedanken angekrochen. Jeder Becher, den er in Händen hielt, erinnerte ihn daran, wie es gewesen war, als Marlein aus ihm getrunken hatte. Jeder Teller, der vor ihm stand, erzählte davon, wie Marlein den Tisch gedeckt hatte und sie gemeinsam aßen. Er sah seine Frau auf der Bank vor dem Fenster sitzen, hörte, wie unter ihren Schritten der Dielenboden knarrte, meinte in jedem kleinen Windhauch, der durch das Zimmer zog, ihren Geruch wahrzunehmen. Marlein war überall und nirgends.

Wenn Jorge an solchen Abenden allein im Haus war, versenkte er seine Trauer in Unmengen Wein, um wenigstens ein paar Stunden Schlaf zu finden. Aber selbst in seinen berauschten Träumen blieb Marlein allgegenwärtig, sprach ihm manchmal Mut zu, tröstete, hielt ihn. Es war schon fast alltäglich, dass er am Morgen auf einem feuchten Kopfkissen aufwachte, durchnässt von den Tränen der Nacht.

Bis zu der Baustelle, auf der Hermann Offerhues und er ihr gemeinsames Speicherhaus errichten ließen, war es nicht weit. Jorge hörte das Klopfen der Zimmerleute, die letzte Hand an die Balken legten und mit einem Breitbeil kleinere Ungenauigkeiten beseitigten, schon aus der Ferne. Denn obwohl das gesamte Fachwerk, bestehend aus Pfosten, Pfetten und Streben, von den Zimmerleuten im Hof ihrer Werkstätten bereits einmal zusammengesetzt und jedes Bauteil beim

Zuschnitt mit einem Abbundzeichen versehen worden war, kam es immer wieder vor, dass ein Zapfen nicht passte oder ein Holznagel verlängert werden musste.

Es hatte die Bauherren einige Mühe und noch mehr Geld gekostet, den Pfarrer Sankt Georgs und natürlich auch den Abt des Klosters Deutz davon zu überzeugen, ihnen den Grund für das Speicherhaus in Erbpacht zu überlassen. Dafür aber mussten sie jährlich rund zwei Pfund besten Bienenwachses bezahlen, welches Offerhues dank seiner Kontakte zu einem befreundeten Bauern glücklicherweise etwas billiger einkaufen konnte als die fünf bis sechs Gulden, die das Pfund üblicherweise kostete. Daraus wurden Kerzen hergestellt, die zu den kirchlichen Hochfeiertagen den Altar von Sankt Georg schmückten. Ansonsten brannten auch dort einfache Talgkerzen, die zwar erbärmlich stanken, aber deutlich billiger waren.

Mitzuerleben, wie ein solches Haus entstand, faszinierte Jorge immer wieder aufs Neue. Die Fundamente und die Hälfte des Erdgeschosses waren aus Natursteinen gemauert worden. Darauf wurde rundherum eine breite Holzschwelle gelegt, in die zunächst alle Pfosten eingearbeitet und dann mittels Pfetten und Streben stabilisiert wurden. So entstand ein hölzerner Rahmen von außerordentlicher Stabilität. Außerdem war das eigentliche Fachwerk so vor Durchfeuchtung durch aufsteigendes Grundwasser geschützt. Das jedenfalls hatte Jorge der Zunftmeister versichert, der gerade in luftiger Höhe über einen Querbalken balancierte und mit lauter Stimme den Tagelöhnern Anweisung erteilte, die sich bemühten, eine Pfette mithilfe eines Flaschenzuges in die richtige Position zu bugsieren.

Als der Meister Jorge erkannte, hob er grüßend die Hand, wechselte einige Worte mit einem Gesellen, der sich an einem der Pfosten abstützte, und übertrug ihm anscheinend die

Aufgabe, die Stütze zu befestigen. Denn als der Meister über eine wackelige Leiter hinunterkletterte, brüllte der Geselle Befehle in einer Lautstärke, die Jorge zusammenzucken ließ.

»Herr von Linden.« Der Zunftmeister streckte ihm die Hand entgegen.

Jorge schlug ein. »Die Arbeiten gehen gut voran?«, erkundigte er sich überflüssigerweise. Denn zum einen kam er ohnehin häufig am Kirchhof von Sankt Georg vorbei, an dessen Rand das Speicherhaus entstand, zum anderen musste er nur hochschauen, um zu sehen, dass gerade die letzte Etage errichtet wurde.

»Ende nächster Woche werden wir mit dem Dachstuhl beginnen können. Die Holzschindeln zur Dachdeckung sind bereits fertig. Habt Ihr und Herr Offerhues bereits entschieden, ob Ihr das Gefach aufmauern oder mit einem Weidengeflecht füllen wollt?«

»Wir nehmen Weide.«

Der Zunftmeister verzog das Gesicht. »Lehm ist dreckig, Steine hingegen sauber.«

»Richtig. Aber Lehm ist billiger.«

»Ihr gehört zu den reichsten Kaufleuten der Stadt. Was sollen denn die Leute denken?«, wunderte sich der Zimmermann.

»Dass ich mein Geld zusammenhalte. Wir bauen ein Speicher-, kein Wohnhaus. Da ist mir das Gerede der Leute recht egal. Mein Partner sieht das ebenso.«

Der Meister nickte. »Dann werden wir das Dach decken, die letzten Bodenbretter einziehen und die Löcher für die Aufnahme des Weidengeflechts bohren. Damit sind wir vor Martini fertig. Das Geflecht lasst Ihr von Tagelöhnern einbringen?«

»Ja. Die werden natürlich auch den Lehm auftragen.«

»Dafür muss es trocken sein und darf nicht frieren.«

»Sicher. Obwohl ich Eure Abneigung gegen Lehm kenne, bitte ich Euch trotzdem darum, dass einer Eurer Gesellen die Arbeiten beaufsichtigt.«

Der Zimmermann deutete eine Verbeugung an. »Selbstverständlich.«

Die Turmuhr Sankt Georgs läutete den Feierabend ein. Die Sonne stand tief am Horizont und hatte sich bereits hinter den meisten Hausgiebeln verkrochen. Es war Zeit zu gehen. Jorge reichte dem Meister die Hand, wandte sich ab und machte einige Schritte. Da hörte er unvermittelt einen Schrei und einen lauten Knall. Ein heftiger Schlag traf sein linkes Bein. Jorge wurde zur Seite gerissen, stolperte, fiel.

Der Zunftmeister eilte herbei, half ihm wieder auf die Füße. »Ist Euch etwas passiert?«

Erstaunt schaute Jorge sich um. Da, wo er vor wenigen Augenblicken noch gestanden hatte, lag die schwere Pfette, die eben noch am Flaschenzug befestigt gewesen war.

»Das Seil ist gerissen«, brüllte der Geselle von oben. »Alles in Ordnung?«

Jorge befühlte sein Bein. Es schmerzte etwas, wenn er auf die Stelle drückte, wo ihn der Holzbalken getroffen hatte. Aber ansonsten schien er keine Verletzungen davongetragen zu haben. Er klopfte sich den Staub von der Kleidung. »Nein, es geht mir gut.«

»Gott hat euch einen Schutzengel geschickt«, meinte der Zimmermann und bekreuzigte sich. »Fast wärt Ihr erschlagen worden.«

Vielleicht wäre das sogar das Beste gewesen, dachte Jorge. Ein kurzer Schmerz, möglicherweise. Dann gnädiges Vergessen. Nun, daraus war nichts geworden. Er schüttelte ein wenig enttäuscht den Kopf. Jetzt musste er sich weiter seinen Erinnerungen und Albträumen stellen. So betrachtet, war seine Rettung eigentlich eine Strafe.

Wortlos löste er sich aus dem Griff des Zimmermanns, nickte seinem Helfer kurz zu und humpelte dann Richtung Weinhaus, um sich dort auf andere Art zu betäuben. Jorge wusste: Wein und Bier halfen nur wenig. Spätestens morgen früh würden die Dämonen der Erinnerung zurückkehren.

Verwundert schaute ihm der Handwerker nach. »Das ist ein böses Omen«, murmelte er und bekreuzigte sich erneut.

2

Lübeck, 5. Oktober 1532

Madlen betrat die Werkstatt ihres Vaters. Es roch nach Leim und der selbst angerührten Druckerschwärze, in einer Ecke stapelte sich Papier. Von Wand zu Wand waren mehrere Leinen gespannt, an denen noch feuchte Blätter wie Fahnen zum Trocknen hingen. Ihr Vater sah kurz auf, als sie den Raum betrat, unterbrach aber seine Arbeit nicht. Er setzte konzentriert einzelne Buchstabenstempel zu Worten zusammen und schob sie gegeneinander, damit sie kein Spiel hatten. So entstand Wort um Wort, Zeile um Zeile. Schließlich wurden die Lettern fest verspannt, mit Druckerschwärze bestrichen und ein Bogen Papier eingelegt, der mittels einer flachen Platte und einer Schraubenpresse fest auf die Lettern gedrückt wurde. Fertig war eine Buchseite.

Madlen wusste, dass ihr Vater nur ungern bei seiner Arbeit gestört wurde. Und das Anliegen, welches sie ihm vortragen wollte, war ihr zu wichtig, um ihn zu verärgern. Also wartete sie stumm, bis er sie ansprach.

Endlich war es so weit. Jürgen Richolff wandte sich seiner Tochter zu. »Was gibt es so Wichtiges, dass du mich in der Werkstatt aufsuchst?«

»Ich möchte mit dir sprechen, Vater.«

»Und das kann nicht bis heute Abend warten?«

»Doch, schon«, erwiderte sie enttäuscht. »Wenn du jetzt keine Zeit hast …«

Der Drucker winkte Madlen zu sich. »Nun zieh keinen Schmollmund. Was liegt dir auf dem Herzen?«

»Ich habe gehört, dass die Schule der Kaufleute, in die auch Mädchen und junge Frauen aufgenommen werden, seit Kurzem für Handwerker geöffnet wurde. Ich möchte zur Schule gehen, Vater.«

Richolff legte seine Stirn in Falten. »Wer hat dir denn die Flausen in den Kopf gesetzt? Doch nicht etwa deine Mutter?«

Madlen unterdrückte ein Grinsen. Ihre Mutter wäre die Letzte, mit der sie über einen Schulbesuch sprechen würde. Sie kannte deren Meinung: Frauen gehörten ins Haus an die Seite ihres Mannes und das Einzige, was sie zu lernen hatten, war kochen, nähen, Demut und Gehorsam. Und beten natürlich.

»Nein. Eine Freundin hat es mir erzählt.«

»Und was willst du in der Schule?«

»Lernen natürlich.«

»Wofür? Frauen heiraten, bekommen Kinder und kümmern sich um ihren Mann und den Haushalt. Das ist ihre gottgegebene Bestimmung. Das kann dir alles deine Mutter beibringen. Wofür also ein Schulbesuch?«

»Ich möchte schreiben können und auch rechnen. Ich will wissen, warum die Sonne auf- und untergeht. Ich sehne mich danach, Luthers Bibel selbst lesen zu können und nicht nur von dir vorgelesen zu bekommen. Denn nur wer lesen kann, ist in der Lage, sich eine Meinung zu bilden. Das hast du selbst oft genug gesagt.«

»Richtig. Dabei habe ich aber nicht an dich, sondern an deine jüngeren Brüder gedacht.«

»Warum an sie und nicht an mich?«, fragte Madlen verzweifelt. »Warum wird mir das Wissen vorenthalten?«

»Weil du eine junge Frau bist und ohnehin bald in den Stand der Ehe treten wirst.«

»Was, wenn du – was Gott verhindern möge – plötzlich stirbst? Wer soll dann die Druckerei weiterführen? Etwa Mutter?«

»Um Gottes Willen.«

»Wer dann?«

»Wenn deine Brüder groß genug sind, einer von ihnen.«

»Aber das dauert noch Jahre. Was, wenn du vorher stirbst?«

»Mach darüber keine Witze, Kind«, erwiderte Richolff streng. »Selbst wenn ich dich zur Schule schicken würde, könntest du niemals die Druckerei übernehmen.«

»Warum nicht?«

»Weil ein selbstständiger Handwerker ein Meister sein muss. Frauen können keine Meister werden. Kein Zunftmitglied würde eine Frau dazu ernennen, keine Gilde sie aufnehmen.«

»Das ist ungerecht.«

»Nein, das ist von unserem Herrn gewollt. Nun füge dich und heirate endlich Martin Wibbeking.« Richolff seufzte. »Dann muss ich mich wenigstens nicht mehr mit einer rebellischen Tochter herumschlagen, sondern der junge Herr mit einer aufmüpfigen Frau. Wie man hört, hat sich die angeschlagene Gesundheit seiner Mutter mittlerweile gebessert. Da wird sie die anstrengenden Hochzeitsvorbereitungen wohl endlich in Angriff nehmen können. Das dauert alles viel zu lange. Die Leute beginnen bereits, hinter vorgehaltener Hand dummes Zeug zu reden.«

»Ich werde Martin Wibbeking nicht heiraten«, verkündete Madlen trotzig.

Jürgen Richolff interpretierte ihren Widerstand falsch. »Ich verstehe ja, dass du Bedenken wegen des katholischen Glaubens der Familie hast. Aber Martins Vater steht auf der Seite Wullenwevers, der sicher bald Bürgermeister werden wird. Spätestens dann werden er und seine Frau sich zum Protestantismus bekennen. Dessen bin ich mir sicher.«

»Das ist nicht der Grund.«

»Nein? Was dann?«

»Ich liebe ihn nicht mehr.«

»Was für ein Unsinn. Deine Mutter und ich haben uns zum ersten Mal bei unserer Verlobung gesehen und bis zur Hochzeit kaum zehn Sätze miteinander gewechselt. Die Liebe wächst mit der Zeit.«

»Die Gewohnheit vielleicht. Aber nicht die Liebe.«

»Versündige dich nicht, mein Kind.«

»Wieso kann es Sünde sein, wenn ich davon überzeugt bin, dass Menschen nur heiraten sollten, wenn sie wirklich glauben, füreinander bestimmt zu sein?«

Richolff schüttelte den Kopf. »Das sind ketzerische Gedanken, Madlen.«

»Nein, sind es nicht«, widersprach seine Tochter energisch. »Darf ich nun zur Schule?«

Ihr Vater dachte einen Moment nach. »Nein. Und du wirst Martin Wibbeking heiraten.«

Empört wandte sich Madlen ab und lief zur Tür. Dort drehte sie sich noch einmal zu ihrem Vater um. »Niemals werde ich das tun«, rief sie ihm zu. »Auch wenn ihr mich vor den Traualtar schleifen würdet, wird mir ein Ja nicht über die Lippen kommen.« Zitternd vor Wut knallte sie die Werkstatttür hinter sich zu. Dann war es mit ihrer mühsam gewahrten Fassung vorbei und Tränen der Enttäuschung liefen über ihr Gesicht.

3

Münster, 10. Oktober 1532

Lukas konnte mittlerweile mit Beitel, Feile, Bohrer und Säge umgehen, kannte die Rezepturen für die Lacke und Firnisse, verstand sich darauf, das Holz für den Lautenkorpus mit einem Biegeeisen zu formen, hatte gelernt, Leime anzurühren und einzusetzen, und wusste, wie die Tiersehnen zu behandeln waren, damit aus ihnen haltbare Saiten wurden.

Meister Muntzer hatte Lukas schon in der ersten Woche seiner Lehrzeit eine Laute überlassen. Ein guter Instrumentenbauer, so hatte es ihm sein Lehrherr erklärt, müsse das Instrument, welches er herstellen wolle, auch spielen können. Zwar brauche er es nicht so zu beherrschen wie die Musikanten, die die Lauten und Fideln kauften, aber allein um den Klang neuer Instrumente zu prüfen, war ein bestimmtes Grundwissen notwendig.

Also übte Lukas das Lautenspiel, wann immer es seine knappe Zeit erlaubte, und war stolz auf seine Fortschritte. Der Meister bestärkte ihn in dieser Auffassung.

Manchmal hörte Muntzers Tochter zu. Wenn er sie später fragte, ob ihr sein Spiel gefallen habe, zog Anna nur eine Augenbraue hoch und drückte sich vor einer Antwort. Aber Lukas ließ sich davon nicht entmutigen und übte unverdrossen weiter. Irgendwann würde er mit seinem Spiel auch ihr ein Lächeln entlocken können. Daran gab es für ihn keinen Zweifel.

Aus dem eher schmächtigen Knaben, der Hattingen vor eineinhalb Jahren verlassen hatte, war ein kräftiger Bursche geworden. Die Arbeit in den Wäldern und in der Werkstatt hatte seine Muskeln wachsen lassen. Sein Kreuz war breiter geworden, sein Gang selbstsicherer. Die Haare, die ihm bis zur Schulter reichten, waren entgegen allen Moden zum Zopf gebunden. Anfangs hatte er sie offen getragen, auch um seine abstehenden Ohren zu verbergen – ein Erbe seines Vaters. Allerdings behinderten ihn die ins Gesicht fallenden Strähnen beim Arbeiten. Also bändigte er seine Haarpracht jeden Morgen mit einem Faden, den er um den Zopf schlang.

Lukas bewohnte eine Kammer im Haus der Muntzers. Sie war klein und mit einem Bett, Stuhl und Tisch spärlich eingerichtet. Aber sie grenzte an die Werkstatt, die in der kalten Jahreszeit beheizt wurde. So kühlte der Raum nicht vollends aus und blieb erträglich warm.

Außerdem stand nur Lukas in Muntzers Diensten und musste die Kammer so nicht teilen. Im Gegensatz zu den meisten anderen Lehrlingen, die er kannte, hatte er es gut getroffen. Die Herrin des Hauses kochte ausgezeichnet, es gab mindestens einmal in der Woche Fleisch oder Fisch. Und Muntzer hatte Lukas noch nie geschlagen, selbst dann nicht, als dieser durch Unachtsamkeit den Hals einer neuen Laute zerbrochen hatte. Andere lernten unter schlimmeren Meistern.

Freunde jedoch hatte Lukas keine. Sicher, er kannte die anderen Burschen seiner Zunft, auch einige Gesellen ließen sich dann und wann dazu herab, mit ihm einige Worte zu wechseln. Aber da er keinen Wert darauf legte, seine karge Freizeit mit ihnen in den Schenken der Stadt zu verbringen, beschränkte sich sein Kontakt mit anderen jungen Männern auf den Austausch von Belanglosigkeiten.

Es war kurz vor Feierabend. Lukas reinigte das Werkzeug, räumte es zurück an seinen Platz und fegte dann die Werkstatt. Meister Muntzer hängte die frisch lackierten Lauten zum

Trocknen an den Seilen auf, die über Nacht quer durch den Raum gespannt wurden.

Es war für Anfang Oktober ausgesprochen mild. Deshalb standen die beiden Fenster, die zur Straße führten, weit offen, damit der Lackgeruch besser abziehen konnte. Von draußen hörte Lukas erst leise, dann immer lautere Stimmen, bis schließlich eine Gruppe von vielleicht fünfzig Menschen, überwiegend Männer, am Haus des Instrumentenbauers vorbeizogen.

Muntzer lehnte sich hinaus, um nach dem Rechten zu sehen. Einer der Vorbeikommenden war der Geselle eines Tischlers, der eine Werkstatt östlich von Sankt Ludgeri betrieb. Diesen Mann fragte der Instrumentenbauer nach der Ursache für den Auflauf.

»Der Bischof hat uns bestohlen«, rief der Angesprochene so laut, dass auch Lukas die Antwort verstand. »Die Papisten wollen uns aushungern!« Mit diesen Worten lief der Geselle der Menge hinterher.

Kopfschüttelnd wandte Muntzer sich Lukas zu. »Diese Auseinandersetzung zwischen den Reformern und der traditionellen Kirche wird noch böse enden. Warum nur müssen sich die Leute über Glaubensfragen dermaßen entzweien?«

Lukas zuckte nur mit den Schultern. Zwar wollte er in dem Streit, der in Münster zwischen den Religionen tobte, keine Partei ergreifen, aber wirklich entziehen konnte er sich dem Konflikt nicht.

Immer wieder wurde er von anderen Lehrlingen oder Gesellen aufgefordert, sich endlich den Reformatoren anzuschließen, da sich ja auch fast alle Zunftmeister gegen Klerus und Adel stellten. Doch obwohl Lukas nichts dagegen hatte, deren Einfluss zurückzudrängen, widerstrebte es ihm, sich eindeutig festzulegen. Er wusste schlicht nicht, wem er glauben sollte. Immer wieder liefen neue Gerüchte durch die

Stadt, besonders, nachdem der Rat unter dem Druck der Zunftmeister beschlossen hatte, dass Münster zukünftig lutherisch sei.

Der Papst beabsichtige, Münster in die Acht zu nehmen, hieß es einmal. Dann behaupteten andere, der Bischof plane, den Protestanten den Kirchenzugang zu verweigern. Und schließlich erzählten sich die Bürger, dass sogar der Kaiser befohlen habe, alle lutherischen Prediger in Haft zu nehmen. Nichts davon war wahr, stellte sich kurz darauf heraus. Aber die Wogen der Empörung schwappten immer höher. So wie anscheinend auch heute.

»Ich erledige den Rest«, ordnete Meister Muntzer an. »Geh, folge den Kerlen und erstatte mir später Bericht. Ich will wissen, was da schon wieder los ist, mich aber nicht selbst auf der Straße zeigen. Es ist schon schlimm genug, dass die anderen Meister die eigentlich notwendige Zurückhaltung vermissen lassen und so eindeutig Partei ergreifen. Wer weiß, wie dieser Konflikt enden wird. Da rennen die einen in protestantische, die anderen in katholische Gotteshäuser. Mal macht der katholische Adel Zugeständnisse, dann zieht er sie wieder zurück. Und auch unser Rat verhält sich eher wie das Fähnlein im Wind. Nein, es ist sicherer, sich nicht zu früh zu positionieren. Schließlich möchte ich noch länger in Münster arbeiten.«

Wenig später stand Lukas also mit Hunderten weiteren Bürgern auf dem Domplatz und hörte, was Bernd Knipperdolling, einer der Wortführer der Protestanten, der Menge zurief. Der Münsteraner stand auf einem wackeligen, eilig herbeigerollten Fass und rang sichtbar um sein Gleichgewicht. Erst als zwei kräftige Männer das Behältnis festhielten und vor dem Umkippen bewahrten, fand auch Knipperdolling festen Stand.

Der Kaufmann war hochgewachsen und schlank. Er trug ein schwarzes Barret, welches ihm weit über das rechte Auge gerutscht war. Lukas fand, der Redner wirkte dadurch energisch, fast verwegen. Ein lockiger Bart verstärkte diesen Eindruck. Unter der Kopfbedeckung quoll dunkles Haar hervor, dass nach der neuesten Mode frisiert war. Um besser sehen und hören zu können, drängte er sich durch die Menge nach vorn.

Mit kräftiger Stimme sprach Knipperdolling davon, dass Bischof Franz von Waldeck die Stadt Münster aushungern wolle, nur weil sie protestantisch geworden sei. Aber mit dieser teuflischen Strategie werde er keinen Erfolg haben, denn Gott selbst stünde auf der Seite der Stadt. Auch wenn hier und da bischöfliche Reiter Warentransporte aus und nach Münster blockierten, könne das den Glauben der Bewohner nicht brechen. Und die Beschlagnahmung der sechshundert Ochsen sei einfach nur eine Kinderei, eines Bischofs unwürdig. Nichtsdestotrotz werde der Rat schärfsten Protest einlegen und die Angelegenheit vor Gericht bringen.

Lebhafter Beifall brach aus, lauthals bekundeten die Menschen ihre Zustimmung.

»Was für Ochsen?«, raunte Lukas einem Nebenstehenden zu. »Ich bin leider zu spät gekommen.«

»Der Bischof hat Mastochsen beschlagnahmen lassen, die der Münsteraner Bürger Jaspar Jodefeld mit einigen Helfern nach Telgte treiben wollte, um sie dort zu verkaufen.«

»Und deshalb der ganze Aufruhr?«, rutschte es Lukas heraus.

Sein Nachbar warf ihm einen bösen Blick zu. »Bist wohl auch so ein Papist, was?«

»Nein, nein«, beeilte er sich zu versichern. »Ich habe mich nur falsch ausgedrückt.«

Er sah zu, dass er sich aus der Menge entfernte, verfolgt

vom misstrauischen Blick des Mannes, den er angesprochen hatte.

Zurück in der Werkstatt erstattete er seinem Meister Bericht.

»Die Leute reagieren immer verrückter«, meinte Muntzer, als Lukas geendet hatte. »Es dauert nicht mehr lange, dann machen sich der Rat und der Bischof gegenseitig für jeden gelassenen Furz verantwortlich und betrachten diesen als Angriff. Das wird noch böse enden. »Sieh jetzt zu, dass du in die Stube kommst. Das Abendessen steht bestimmt schon auf dem Tisch.«

Das ließ sich Lukas, dessen Magen schon mehrmals vernehmlich geknurrt hatte, nicht zweimal sagen.

4

Lübeck, 11. Oktober 1532

Linhardt war verliebt. Dummerweise in die falsche Frau, denn Madlen war Martin, seinem Freund, versprochen. Zumindest sahen das Martin, die Wibbekings und auch Madlens Eltern so.

Nur die junge Frau selbst schien anderer Meinung zu sein, hatte sie sich doch in den letzten Wochen schon mehrmals heimlich mit Linhardt getroffen und heiße Küsse mit ihm ausgetauscht. Ja, sie hatte es sogar hingenommen, dass Linhardt ihr Mieder aufgeknüpft und seine Hand auf ihren nackten Rücken geschoben hatte. Erst als die Hand langsam nach vorne wandern wollte, hatte sie ihr Einhalt geboten. Linhardt hatte das ohne Widerspruch hingenommen, war doch bisher keine der Frauen, mit denen er geschäkert hatte, dermaßen freizügig gewesen.

Madlen durfte eigentlich nicht ohne Begleitung das Haus

verlassen. Wenn sie nicht mit einem Elternteil unterwegs war, folgte ihr die Magd auf Schritt und Tritt.

Vor Monaten beobachtete Madlen durch einen Zufall jedoch, dass ihre Hausangestellte sich heimlich mit einem verheirateten Mann traf. Sie stellte die Frau zur Rede und setzte sie gleichzeitig unter Druck: ihr Schweigen gegen das Zugeständnis der Magd, Madlens Alleingänge zu übersehen. Von da an konnte sie sich mit Linhardt treffen, ohne Angst haben zu müssen, dass die Aufpasserin ihre kleinen Fluchten den Eltern hintertrug. Gewiss, sie mussten immer noch auf der Hut sein, vermieden innerhalb Lübecks Stadtmauern jede vertrauliche Geste und gingen getrennt zu ihren Treffpunkten.

Nun aber war ihr Techtelmechtel bedroht, denn die Familien Richolff und Wiebeking waren sich einig, dass es langsam an der Zeit sei, die geplante Vermählung ihrer Kinder mit einer offiziellen Verlobung, auf der auch der spätere Hochzeitstermin verkündet werden sollte, zu bekräftigen. Juliana Wibbeking fühlte sich nach längerer Krankheit kräftig genug, die Vorbereitung dafür in die Hand zu nehmen.

Martin, der schon immer ein Hitzkopf gewesen war, gehörte zu den Unterstützern Jürgen Wullenwevers, einem der Wortführer des Bürgerausschusses, der sich mehr und mehr am Rat vorbei zu einer zweiten Stadtregierung entwickelt hatte. Während der Auseinandersetzungen über die Einführung der Reformation hatte der Ausschuss dem Rat die Hoheit über alle finanziellen Angelegenheiten entrissen und ihn damit faktisch entmachtet.

Wullenwever, der aus Hamburg stammte und sich für die Einführung der Reformation in Lübeck eingesetzt und den Einfluss des katholischen Klerus zurückgedrängt hatte, hielt einen Krieg mit Holland um die Vorherrschaft in der Ostsee für unvermeidlich und notwendig.

Um den Bürgerausschuss und den Rat auf seine Seite zu ziehen und eine Flotte auszuheben, scharrte er Gleichgesinnte aus der Kaufmannschaft Lübecks um sich, zu denen eben auch Martin zählte. Der hatte keine Probleme damit, sich einem Protestanten anzuschließen, obwohl er selbst wie seine Eltern noch Katholik war.

Als Madlens Mutter Maria von diesen Absichten hörte, setzte sie alles daran, die Eheschließung zu beschleunigen. Denn sie war eine weitsichtige Frau: Ein Krieg lag im Bereich des Möglichen. In Kriegen kamen Männer ums Leben und Martin konnte einer davon sein. Geschah das, bevor dieser ihre Tochter geheiratet hatte, war die gute Partie verloren und sie mussten einen neuen Freier für Madlen suchen. Das dürfte sich nicht so einfach gestalten, denn die Mitgift, die die Familie Richolff zu leisten in der Lage war, konnte man nicht gerade als üppig bezeichnen. Also musste Madlen unter die Haube. Je eher desto besser. Religiöse Differenzen hin oder her.

»Stell dir vor, ich werde mich verloben.« Martin hob den Becher und strahlte seinen Freund an.

Die beiden hockten in einer Schenke in der Nähe des Burgtores. Linhardt rutschte unruhig auf der Bank herum. Ihn plagte das schlechte Gewissen.

Schon mehrmals hatte er erwogen, Martin reinen Wein einzuschenken, aber das hätte vermutlich das Ende ihrer Freundschaft bedeutet. Auch Madlen wäre dann für ihn verloren, hatte sie ihn doch zu strengstem Stillschweigen verpflichtet und damit gedroht, ihn zukünftig mit Verachtung zu strafen, sollte er auch nur ein Wort über ihre heimlichen Treffen verlieren. Auch wenn sie ihn liebte, hatte sie ihm mehrfach erklärt, schickte sich ihr Verhalten nicht. Außerdem wolle sie selbst mit Martin reden, dann mit ihren Eltern. Nur fehle ihr dazu noch der Mut.

Linhardt nahm ebenfalls einen tiefen Schluck. Er hatte sich in eine Situation manövriert, aus der er keinen Ausweg fand. »Mit Madlen?«, fragte er überflüssigerweise.

»Mit wem sonst?«

»Wann ist es denn so weit?«

»Schon bald. Unsere Väter wollen noch vor Weihnachten einen Empfang geben und unsere Verlobung und den Hochzeitstermin bekanntgeben. Du bist selbstverständlich eingeladen.«

»So schnell?«, rutschte es Linhardt heraus. Im selben Moment hätte er sich die Zunge abbeißen können, aber glücklicherweise hatte Martin den Lapsus nicht bemerkt.

»Die Heirat soll um Ostern herum stattfinden.«

Linhardt schluckte, sagte aber nichts.

»Möglicherweise ist bis dahin nicht nur der Krieg gegen den früheren Dänenkönig Christian II. ausgebrochen, sondern wir haben bereits gewonnen und unsere Vormachtstellung auf der Ostsee gesichert.«

»Hältst du das für realistisch?« Linhardt war froh, das Thema wechseln zu können.

»Natürlich. Weder die Dänen noch die Norweger wollen, dass Christian II. wieder auf ihrem Thron sitzt. Den drohenden Krieg kann er nicht gewinnen. Und da wir gemeinsam mit den Dänen gegen den früheren König vorgehen, werden diese uns im Kampf gegen die Holländer unterstützen.«

»Sagst du.«

»Sagt Jürgen Wullenwever. Und ich natürlich auch«, meinte Martin breit grinsend. »Christian hat einen Großteil seiner Flotte, die er mit Unterstützung der Holländer ausgehoben hat, bei den Stürmen im letzten Herbst im Skagerrak verloren. Mit dem Rest hat er sich nach Norwegen durchgeschlagen, plündert unsere Koggen auf ihrem Weg nach Bergen und terrorisiert die dortige Bevölkerung.«

»Ich weiß.«

»Wenn er erst geschlagen ist, werden sich die Dänen und die Hanse gemeinsam gegen die Holländer wenden. Daran besteht doch kein Zweifel.«

Linhardt legte den Kopf schräg. »Ich weiß nicht ...«

»Was lässt dich zweifeln?«

»Wir haben keine weiteren Verbündeten gefunden. Die wendischen Städte haben uns im Stich gelassen, auch der Schmalkaldische Bund. Nur die Dänen sind auf unserer Seite, weil sie ihren früheren König nicht mehr wollen. Ob sie sich, wenn dieser geschlagen ist, wirklich auf das Abenteuer eines Krieges gegen Holland einlassen?«

Martin beugte sich vor und schlug seinem Freund auf die Schulter. »Was bist du nur für ein Hasenfuß? Komm, lass uns trinken. Auf unseren Sieg gegen Christian und auf Madlen natürlich.« Er rief laut nach der Bedienung und orderte zwei weitere Humpen Bier. »Dann wird es Zeit, ins Bett zu gehen.« Er lächelte verschwörerisch. »Oder vielleicht gehe ich doch ins Frauenhaus, suche mir eine Hübsche aus und denke an Madlen, während ich es mit ihr treibe. Kommst du mit?«

»Nein. Ich habe noch zu tun.« Das war zwar eine Lüge, aber Martin ins Frauenhaus zu begleiten, war so ziemlich das Letzte, worauf Linhardt heute Lust hatte.

5

Kleve, 18. Oktober 1532

In den vergangenen Monaten hatte sich Hinrick mit Wilhelm angefreundet, trotz des Standesunterschieds. Der Prinz war impulsiv und unstet, liebte die Jagd und die

Armee; alles Dinge, denen Hinrick nicht das Geringste abgewinnen konnte.

Vielleicht gerade darum fühlte sich Wilhelm zu dem älteren Hinrick hingezogen, lernte seit dessen Anwesenheit fleißiger als je zuvor, was seinen Vater den Herzog und seinen Erzieher Heresbach gleichermaßen erfreute. Beide führten Wilhelms Wissbegier zu Recht auf den guten Einfluss des jungen Hattingers zurück, der deshalb die Gunst Konrad Heresbachs genoss.

In der letzten Nacht hatte Hinrick vor Aufregung schlecht geschlafen. Er durfte mit Prinz Wilhelm an einer Besprechung des Herzogs mit dessen Beratern teilnehmen.

Konrad Heresbach hatte dem Landesherrn die Teilnahme seiner Schützlinge mit der Begründung abgerungen, dass Prinz Wilhelm nicht nur Französisch, Latein und Mathematik, sondern auch die Staatskunst beherrschen müsse, sobald er selbst Herzog wäre. Da käme eine solche Besprechung gerade recht. Und Hinrick solle anwesend sein, damit er sich später mit dem Prinzen über das Gehörte austauschen könne.

Johann Ghogreff und Johann von Vlatten warteten bereits im Rittersaal, als Konrad Heresbach mit dem Prinzen und Hinrick im Gefolge den Raum betrat. Zwei Stühle waren einige Meter entfernt vom Eichentisch aufgestellt worden. Heresbach wies die jungen Männer an, dort Platz zu nehmen. Dann gesellte er sich zu den anderen beiden Beratern.

»Es ist recht kühl geworden, findet Ihr nicht?«, meinte er und rieb sich die klammen Finger. »Das Feuer im Kamin kann diesen Saal einfach nicht recht erwärmen. Ich kann schon verstehen, dass der Herzog sich lieber in Jülich oder Düsseldorf aufhält.«

»Und warum drängt Ihr mich dann ständig, dieses Eisschloss aufzusuchen?«, erklang die Stimme des Landesherrn aus der offenen Tür. Der Monarch hatte unbemerkt den Rittersaal betreten.

Die Berater erhoben sich. Prinz Wilhelm und Hinrick folgten ihrem Beispiel. Herzog Johann ging an den beiden jungen Männern vorbei, ohne sie zu beachten.

»Weil Ihr, Durchlaucht, in Kleve Euren Ursprung habt«, erwiderte Heresbach. »Es spricht sich im Volk herum, wie oft Ihr in diesen Mauern Hof haltet. Und ein Landesherr, der an seinem Stammsitz nicht ausreichend präsent ist, verliert sukzessive die Unterstützung des Volkes.«

»Ihr schafft es mit Euren Bemerkungen immer wieder, dass ich mich wie ein dummer Junge fühle. Könnt Ihr das nicht unterlassen?«

Heresbach senkte den Kopf.

Herzog Johann ging zu ihm und klopfte ihm aufmunternd auf die Schulter. »Ich wollte Euch nicht verärgern, mein Lieber.«

»Das habt Ihr nicht. Ich überlegte nur, wie ich meine Worte zukünftig wählen sollte, damit Ihr die Botschaft versteht, ohne dass ich Euch schlechte Gefühle bereite.«

Prinz Wilhelm gluckste. Hinrick hingegen bemühte sich, keine Miene zu verziehen.

Der Herzog schluckte, lachte dann aber auf. »Genau das ist es, Heresbach. Ihr behandelt alle Eure Mitmenschen, als wären sie Schüler, denen etwas beizubringen wäre. Ist es so, Wilhelm?«

»Ja, Vater.«

»Seht Ihr, Heresbach? Mein Sohn gibt mir recht.«

»Hätte er etwas anderes getan, würde ich ihm später die Leviten lesen. Es gehört sich nicht, einem Herzog zu widersprechen. Auch dann nicht, wenn es der eigene Vater ist.«

Johann seufzte. »Warum nur hört sich jeder Satz von Euch … Ach, lassen wir das.« Er wies auf den Tisch. »Nehmt

Platz, meine Herren. Wir wollten über die Situation in Münster sprechen. Kanzler, wollt Ihr berichten?«

Johann Ghogreff räusperte sich. Er war etwas kleiner als die anderen Männer, füllig und wirkte unbeholfen. Aber dieser Eindruck täuschte. Ghogreff verfügte über einen messerscharfen Verstand und war ein glänzender Diplomat. Er trug einen Doktortitel der Jurisprudenz, hatte mit Heresbach im Köln studiert und war bis vor einigen Jahren dort Propst gewesen, bis er sich mit dem Erzbischof wegen dessen unnachgiebiger Haltung den Protestanten gegenüber überworfen hatte.

»Entgegen der Forderung Bischof Franz von Waldecks hat der Rat der Stadt Münster Fakten geschaffen und nicht das Ergebnis der Beratung des Reichstags in Nürnberg abgewartet. Sie haben – auf Druck der Zünfte unter Führung eines gewissen Bernd Knipperdolling – alle katholischen Priester für abgesetzt erklärt und die lutherische Lehre eingeführt. Einige Ratsmitglieder und Patrizier haben die Stadt bereits aus freien Stücken verlassen, weil sie sich diesem Beschluss nicht beugen wollten. Kaiser Karl sind derartige Bestrebungen in einer seiner wichtigsten Städte natürlich nicht verborgen geblieben. Er hat Bischof von Waldeck in einem Brandbrief heftig kritisiert und von ihm gefordert, die Aufrührer zu bestrafen und aus der Stadt zu jagen.«

»Grau ist alle Theorie«, brummte Heresbach.

»Was hat der Bischof unternommen?« Der Herzog schaute seinen Kanzler fragend an.

»Eigentlich nichts. Er hat den Brief des Kaisers an den Münsteraner Rat weitergeleitet und eine Versammlung der Ritterschaft des Fürstbistums einberufen.«

»Mit welchem Ergebnis?«

»Abzuwarten und mit der Stadt zu verhandeln.«

»Ha! Eine wahrhaft salomonische Entscheidung.«

»Was hätte er denn sonst tun sollen?«, warf Heresbach ein. »Einen Krieg beginnen?«

»Es sind Kriege schon aus geringerem Anlass als Glaubensfragen geführt worden«, erwiderte der Herzog.

»Leider.«

Ghogreff ergriff erneut das Wort. »Der Bischof hat noch mehr getan. Er hat durch seine Ritter die Straßen sperren und Waren beschlagnahmen lassen.«

»Was die Münsteraner Bürger sicher noch mehr gegen ihn aufgebracht hat«, vermutete Heresbach.

»Natürlich. Vor allem die Bauern sind nun in einer schwierigen Lage. Es ist ihnen verboten, Lebensmittel in die Stadt zu liefern, aber die Soldaten nehmen sich einfach, was sie zur Versorgung Münsters brauchen. Außerdem hat die Stadt ihr Militär verstärkt und dreihundert Landsknechte angeworben. Des Weiteren hat sie um Unterstützung bei den Landesfürsten nachgesucht, die sich bisher auf die Seite der Protestanten geschlagen haben.«

»Und?« Der Herzog beugte sich interessiert vor.

»Die protestantischen Reichsstände halten sich zurück. Sie wollen wegen einiger religiöser Eiferer keine militärische Auseinandersetzung riskieren. Auch die meisten Städte des Fürstbistums haben sich in dem Konflikt für neutral erklärt. Nur Warendorf, Ahlen und Beckum unterstützen Münster.«

Johann griff zu einem Weinkrug und schenkte sich einen Becher ein. Er trank und meinte dann: »Täusche ich mich oder sympathisiert Bischof von Waldeck insgeheim mit den Aufrührern in Münster?«

Heresbach antwortete: »Das bestimmt nicht. Er steht jedoch dem Protestantismus nahe. Er stammt ja aus einem Hause, welches sich zu Luther bekennt.«

»Was wird er tun?«, wollte der Herzog wissen.

Jetzt mischte sich auch von Vlatten in das Gespräch ein.

»Er wird sich über kurz oder lang für eine Seite entscheiden müssen. Und das wird nach meiner Auffassung nicht Münster sein.«

Heresbach nickte zustimmend.

»Also muss er gegen die Domstadt ziehen«, stellte der Herzog fest.

»Vermutlich. Aber nicht gegen den Protestantismus an sich.« Heresbach schaute in die Runde. »Ihm fehlen Truppen und das Geld, welche auszuheben. Also wird er Hilfe suchen.«

»Bei wem?«

»Bei uns natürlich. Und beim Kölner Erzbischof.«

Der Herzog kratzte sich am Kopf. »Wir haben eine Kirchenordnung verfasst, die einen Ausgleich zwischen den Konfessionen anstrebt. Warum sollte ich gegen Protestanten zu Felde ziehen?«

»Nicht gegen Protestanten, Durchlaucht. Gegen Rebellen und Aufrührer«, korrigierte ihn Heresbach.

»Meinetwegen. Sollen wir dem Bischof helfen, falls eine solche Bitte bei uns eintrifft?«

Heresbach schüttelte den Kopf. »Zum gegenwärtigen Zeitpunkt nicht. Jedenfalls nicht militärisch. Meines Erachtens ist noch Raum für Verhandlungen. Vielleicht gelingt es ja, den Münsteraner Rat zu überzeugen. Es spricht nichts gegen ihren Wunsch nach Religionsfreiheit. Nur gehört dazu auch, den Glauben der anderen zu respektieren. Außerdem hat das Reichskammergericht auf Antrag des Münsteraner Rats eine Verfügung gegen den Bischof erlassen, in der ihm jede Form der Gewaltanwendung gegen die Stadt untersagt wird. Es wäre nicht klug, eine solche Anordnung zu unterlaufen. Ich schlage daher vor, eine Bitte des Bischofs wohlwollend, aber zurückhaltend zu behandeln.«

»Das heißt abschlägig, oder?«

Heresbach nickte.

»Stimmt Ihr dieser Auffassung zu?«, wollte Herzog Johann von seinen anderen Beratern wissen.

»Ja«, erwiderten diese wie aus einem Mund.

»Dann wollen wir so verfahren. Mit etwas Glück kommt gar kein Hilferuf Bischof von Waldecks. Ich würde mich nur ungern mit ihm überwerfen.«

»Es tut mir leid, wenn ich Euch erneut widersprechen muss, Durchlaucht. Es wird eine solche Bitte geben. Die Frage ist nur, wann.«

Erneut griff der Herzog zum Weinbecher. »Heresbach, Ihr könnt einem wirklich den Tag verderben.«

6

Lübeck, 1. Dezember 1532

Zwei Wochen vor der geplanten Verlobung seines Sohnes ließ Clas Wibbeking nach dem Medikus Claus Upberge schicken. Juliana Wibbeking plagte seit Tagen ein quälender Husten, sie hatte entzündete Augen, ihr Hals war geschwollen und schmerzte und ihre Nase war vom ständigen Schnupfen bereits stark gerötet. Auf Clas wirkte sie sogar deformiert, er behielt seine Bedenken aber bei sich, um Juliana nicht weiter zu verunsichern.

Der Medikus untersuchte die Kaufmannsfrau in ihrer Kammer und kehrte dann mit besorgtem Gesichtsausdruck in die Dornse zurück, wo Clas bereits ungeduldig wartete.

»Ich habe Euer Weib zur Ader gelassen. Sie ist vermutlich an den Skrofeln erkrankt.«

»Davon habe ich noch nie gehört. Ist das etwas Ernstes?«

»Ja und nein. Nein, weil Erkrankte in der Regel nicht daran sterben. Ja, weil es Jahre dauern kann, bis man sich wieder erholt. Die Krankheit führt zu einer Veränderung der Nase. Ist Euch das nicht aufgefallen?«

»Doch.«

»Die Nase verbreitert sich, die Löcher werden größer, bis das ganze Riechorgan dem Rüssel eines Ferkels ähnelt.«

Clas schlug sich die Hand vor den Mund. »Bildet sich diese Entstellung zurück?«

»Soweit ich weiß, nur wenig.«

»Und wie lange dauert es bis zur Heilung?«

Upberge zuckte mit den Schultern. »Zwei, drei Jahre. Oder noch länger.«

Clas war den Tränen nahe. »Ist es ansteckend?«

»Das weiß nur der Herr. Ich für meinen Teil glaube nicht. Trotzdem empfehle ich Euch, dass Euer Weib größeren Menschenansammlungen fernbleibt.«

»Was hilft gegen die Krankheit?«

»Manche schwören auf Braunwurz. Sie wächst an feuchten Stellen, an Waldrändern beispielsweise, in Gebüschen oder an Flussufern. Bereitet aus den Wurzeln einen Aufguss und gebt ihn ihr zu trinken. Am besten abends, damit die heilenden Sänfte über Nacht wirken können.«

»Das ist alles?«

Der Medikus kratzte sich am Kopf. »Es gibt noch zwei Möglichkeiten, von denen ich allerdings nicht sehr viel halte.«

»Und die wären?« Clas war bereit, alles für Juliana zu unternehmen.

»Zum einen ein Amulett mit einer Beschwörungsformel, einem Schwindwort. Nehmt das Wort ›Abracadabra‹, dann schreibt es erneut darunter, aber lasst den letzten Buchstaben weg. So verfahrt Ihr, bis nur noch das A übrig bleibt. Dann habt Ihr ein Dreieck, von dem es heißt, es habe magische Kräfte. Wie gesagt, in meinen Augen ist das Humbug.«

»Und die andere Möglichkeit?«

»Ich habe gehört, dass in Frankreich und England die Könige Erkrankte durch Handauflegen heilen können. Die Herrscher dieser Länder gewähren sogar spezielle Audienzen nur für diesen Zweck, erzählen sich die Leute. Für mich ist das blanke Häresie. Nein, nehmt Braunwurz. Euer Weib soll sich schonen und am besten das Haus nicht verlassen. Ich komme regelmäßig vorbei und lasse sie zur Ader. Alles andere liegt in Gottes Hand.«

Kurz darauf machte sich Clas Wibbeking auf den Weg zu den Richolffs. Der Hausherr empfing ihn in der Stube. Clas bat ihn, dass auch dessen Frau an dem Gespräch teilhaben möge. Das, was er zu sagen hätte, ginge sie beide an.

»Ich habe schlechte Nachrichten«, eröffnete er die Unterhaltung. »Wir müssen die Verlobungsfeier unserer Kinder absagen.«

»Was?«, ereifert sich Jürgen Richolff und sprang auf. »Weshalb? Wie stehen wir da? Wir haben bereits Einladungen ausgesprochen und jetzt kommt Ihr daher und wollt die Verlobung lösen?«

Wibbeking hob abwehrend die Hände. »Entschuldigt. Ich habe mich falsch ausgedrückt. Wir stehen natürlich zu unserer Zusage. Die Verlobung muss lediglich verschoben werden.«

Erleichtert nahm Richolff wieder Platz. »Sprecht.«

Wibbeking berichtete von der Erkrankung seiner Frau und der niederschmetternden Diagnose des Medikus. »Es kann daher noch einige Zeit dauern, bis wir die Verlobung feiern können. Unter Umständen sogar ein Jahr oder länger. Juliana muss Menschenansammlungen meiden. Obwohl es sehr unwahrscheinlich ist, besteht die Gefahr, dass sie jemanden ansteckt. Das wollen wir auf jeden Fall verhüten.«

Unwillkürlich rutschte das Ehepaar Richolffs ein wenig von Wibbeking weg.

»Selbstverständlich kann ich unter diesen Umständen verstehen, wenn Ihr Euch nicht mehr an Eure Zusage gebunden fühlt und Eure Tochter einem anderen zur Frau geben möchtet. Ich versichere Euch, wir werden Euch in einem solchen Fall keine Steine in den Weg legen und Euch auch nicht gram sein.«

Jürgen Richolff warf seiner Frau einen schnellen Blick zu. Diese verstand und nickte zustimmend. »Ich gebe Euch mein Wort«, erklärte der Drucker daraufhin feierlich, »dass meine Tochter niemand anderen heiraten wird als Euren Sohn.« Er streckte seinem Gast die Hand hin. »Bei meiner Ehre.«

7

Hattingen, 20. Dezember 1532

Stolz standen die beiden Eigentümer vor ihrem neuen Lagerhaus. Um sie herum prosteten sich Handwerker, Bedienstete und natürlich die Honoratioren der Stadt zu. Das Gebäude, in dem Jorge und Hermann Offerhues zukünftig ihr Korn zu lagern gedachten, war gerade noch rechtzeitig vor Wintereinbruch fertig geworden. Es war zwar schon seit Wochen kalt, aber es hatte noch nicht gefroren und auch Regen oder gar Schnee war kaum gefallen. Das hatte es den Handwerkern ermöglicht, ohne längere Pausen durchzuarbeiten.

»Zum Wohle, die Herren.« Der Zunftmeister der Zimmermannsgilde streckte den beiden Eigentümern den Becher entgegen. »Ich habe es gesagt: Wir werden vor Weihnachten fertig.«

Jorge nickte und Offerhues raunte seinem Partner zu:

»Dank des milden Wetters und der Prämie, die wir ausgelobt haben. Gut, dass wir so weit sind, der Winter naht mit Macht. Es ist bereits merklich kälter geworden.«

Jorge schaute zum wiederholten Mal an dem Gebäude hoch. Es verfügte über ebenso viele Geschosse wie das Lagerhaus Konrad Kielmanns, welches an das ihre angrenzte, war aber um gut einen Meter höher. Das erfüllte ihn mit kindlicher Zufriedenheit.

Der junge Schultheiß Walther von Luitzenrode, der sein Amt erst kürzlich von seinem verstorbenen Vater übernommen hatte, näherte sich. Trotz seiner Jugend benutzte er einen Stock als Gehhilfe, denn er war vor Jahren von einem durchgehenden Pferd abgeworfen worden und zog seitdem das rechte Bein nach. An seiner Seite befand sich Konrad Kielmann.

»Ein schönes Haus habt Ihr erbaut, meine Herren«, begrüßte sie der Schultheiß. »Es wird sicher nicht nur Euren Erfolg, sondern auch den der Stadt mehren. Meinen Glückwunsch.« Er lehnte den ihm dargebotenen Becher Wein dankend ab. »Ich habe mir unser vor drei Tagen geführtes Gespräch noch einmal durch den Kopf gehen lassen. Leider kann ich Euch, was die Höhe der Multer angeht, nicht entgegenkommen. Der Herzog würde eine Preissenkung nie akzeptieren und mich dafür verantwortlich machen. Das versteht Ihr doch sicher?« Ohne eine Antwort abzuwarten, setzte er fort: »Und ich kann die Multer nicht nur nicht senken, ich muss sie sogar erhöhen.« Walther von Luitzenrode rückte sein Barett zurecht, doch auch dadurch konnte er die darunter hervorquellenden strohblonden Haare nicht bändigen.

»Was?«, antworteten Jorge und Offerhues wie aus einem Mund.

»Mir bleibt keine Wahl. Ihr wollt, wir Ihr mir selbst berichtet habt, das Korn aller Bauern der Umgebung aufkaufen. Entsprechende Verträge für das nächste Jahr habt Ihr bereits gemacht. Da Ihr das Getreide hier in Eurem neuen Lagerhaus sammeln und lediglich bei Bedarf mahlen lassen wollt, muss der Müller immer eine dafür ausreichende Anzahl von Gehilfen zur Verfügung haben. Das ist natürlich teurer, als wenn er diese Tagelöhner nur zeitweise beschäftigt.«

Kielmann, der sich bisher im Hintergrund gehalten hatte, nickte breit grinsend.

»Aber an der Menge des zu mahlenden Getreides ändert sich doch nichts«, warf Offerhues ein. »Außerdem kann der Müller die Tagelöhner kurzfristig zur Arbeit rufen.«

»Aber der Zeitpunkt ändert sich sehr wohl. Was ist, wenn die Tagelöhner dann anderweitig beschäftigt sind?«

»Und an welchen Preis habt Ihr gedacht?«

»Einen Aufschlag von zwanzig vom Hundert halte ich für angemessen.«

Kielmanns Grinsen wurde noch breiter.

»Das ist zu teuer. Wir lassen in diesem Fall in den Mühlen der alten Höfe mahlen«, erwiderte Jorge.

»Das dürft Ihr nicht«, beteiligte sich Kielmann nun doch am Gespräch. »Der Erlass des Herzogs ist eindeutig.«

»Richtig. Was die Bauern ohne eigene Mühlen angeht. Nur werden die bestehenden Hofmühlen seit Alters her betrieben.« Jorge sah nicht Kielmann, sondern von Luitzenrode an. »Der Mahlzwang in der Weiler Mühle, die dem Herzog gehört, bezieht sich nicht auf die Hofmühlen. Deren Recht gründet auf königlichem Erlass. Dem hat sich auch der Herzog zu beugen.«

»Das tut er natürlich. Allerdings wurde die königliche Erlaubnis nur für das Korn verliehen, das die Hofbauern selbst geerntet haben. Nicht für das der anderen Bauern, welches Ihr dort mahlen lassen wollt. Habt Ihr das vergessen?« Der

Schultheiß warf Kielmann einen schnellen Blick zu. Dessen Gesichtsausdruck sprach Bände.

Jorge bemerkte die stillschweigende Übereinkunft der beiden Männer. Die Frage war nur, was sein Konkurrent von Luitzenrode angeboten hatte.

»Dann weichen wir nach Bochum aus. Die dortigen Müller werden mit Freuden für uns mahlen.«

»Und der Herzog wird das Mehl oder das Brot besteuern«, stellte Walther von Luitzenrode lakonisch fest.

»Ich habe es Euch gesagt«, raunte Hermann Offerhues Jorge zu.

Natürlich blieb diese herausgerutschte Bemerkung dem Schultheiß nicht verborgen. »Da scheint bei Euch, werter Herr von Linden, wohl der Wunsch Vater des Gedankens gewesen zu sein. Etwas leichtsinnig, findet Ihr nicht?«

Jorge schwieg. Er hatte zwar damit gerechnet, dass von Luitzenrode einer Senkung der Multer nicht zustimmen würde. Eine Preiserhöhung jedoch würde in der Tat ihr Geschäftsmodell gefährden.

Der Schultheiß wandte sich zum Gehen. »Wahrlich ein schönes Gebäude. Einen angenehmen Tag, meine Herren.« Er hinkte davon.

Kielmann blieb noch einen Moment stehen. »Ihr hättet mein Angebot annehmen sollen«, erklärte er den beiden anderen Kaufleuten. »Einer von Euch oder beide. Zusammen hätten wir den Kornhandel der Stadt kontrollieren können. Aber daraus wird nun wohl nichts mehr. Eine unkluge Entscheidung.« Er ließ die beiden Männer stehen.

Doch so schnell gab sich Jorge nicht geschlagen. »Dieser Kampf ist noch nicht entschieden«, flüsterte er seinem Partner zu, drückte ihm seinen Becher in die Hand und lief hinter dem Schultheiß her, der bereits das Rathaus passiert hatte. Er erreichte Walther von Luitzenrode am Markt.

»Auf ein Wort noch«, keuchte Jorge außer Atem.

»Ja?«

»Ich hätte noch etwas mit Euch zu besprechen.« Er zeigte auf sein Haus, das schräg gegenüber lag. »Wenn Ihr mir die Ehre erweisen würdet …?«

Jorge bat den Schultheiß in sein Kontor und bot ihm heißen Würzwein an. Als die Magd das Büro wieder verlassen hatte, holte er tief Luft und meinte dann: »Ich kenne Euch als einen Mann, der ein offenes Wort schätzt.«

Sein Gast lächelte geschmeichelt.

»Also will ich offen sprechen. Was hat Euch Konrad Kielmann geboten, damit Ihr unser Ansinnen ablehnt?«

Walther von Luitzenrode fuhr hoch und hätte beinahe den Weinbecher umgestoßen. »Was erdreistet Ihr Euch?«

»Ihr müsst nicht ungehalten werden. Ihr wisst, dass ich recht habe. Also, wie viel?«

Der Schultheiß setzte sich wieder, antwortete aber nicht.

»Dann lasst mich Euch ein Angebot machen. Ihr fordert eine um zwanzig vom Hundert höhere Multer. Diesen Betrag könnt Ihr nicht für Euch behalten, sondern müsst ihn an unseren Landesherrn abführen. Tut Ihr das nicht, werdet Ihr untreu gegenüber Herzog Johann und müsst mit Bestrafung rechnen, sollte Eure Unterschlagung bekannt werden. Natürlich werde ich mich, sollte ich mich auf Euer Ansinnen überhaupt einlassen, an den Herzog wenden. Ihr könnt also von den Mehreinnahmen nichts behalten. Eure Begründung für die Erhöhung ist an den Haaren herbeigezogen. Aber ich denke, das wisst Ihr selbst. Kielmann hat Euch sicher Geld angeboten. Das werde ich auch tun. Ihr erhaltet von uns drei vom Hundert auf die Multer, die anfällt.«

Von Luitzenrodes Augen blitzten. »Sieben«, meinte er.

Jorge wusste, dass er gewonnen hatte. »Fünf. Und keinen Pfennig mehr.« Er hielt dem Schultheiß die Hand hin. Der schlug ein. »Gut. Und jetzt sagt mir, was Kielmann Euch versprochen hat.«

»Zehn Gulden.«

Das war deutlich mehr, als Jorge angeboten hatte. Aber schnell kam ihm ein Gedanke. »Als Einmalzahlung?«

»Ja.«

»Verstehe.«

Der Schultheiß meinte: »Es ist mir ein Vergnügen, mit Euch Geschäfte zu machen.«

»Ganz meinerseits«, antwortete Jorge.

Das stimmte sogar. Denn selbst wenn es Offerhues und ihm gelungen wäre, ihr Korn in Bochum zu mahlen und ohne Mehrsteuern in Hattingen zu verkaufen, wären die Transportkosten höher gewesen als das Bestechungsgeld, das sie jetzt an den Schultheiß zahlen mussten. Und außerdem war es immer von Vorteil, einen Beamten des Landesherrn auf seiner Seite zu wissen. Auch wenn dieser den Schritt dorthin nicht aus Überzeugung, sondern aus Habgier getan hatte.

8

Münster und Telgte, 25. und 26. Dezember 1532

In den letzten Monaten hatten sich die Spannungen zwischen Bischof von Waldeck und dem Münsteraner Rat verschärft. Die bischöflichen Soldaten patrouillierten weiterhin auf den Straßen außerhalb der Stadt, nahmen willkürlich Reisende gefangen und behinderten den Handel. Alle Proteste des Stadtrats blieben unbeantwortet und damit wirkungslos.

Nach einer langen Debatte kurz vor Weihnachten beschlossen Rat und Zunftmeister, die vertrackte Situation mit einem Handstreich zu bereinigen. Die Münsteraner Verantwortlichen hatten erfahren, dass der Bischof mit dem Domkapitel und seiner adeligen Gefolgschaft beabsichtigte, im benachbarten Telgte das Weihnachtsfest zu begehen. Diese Gelegenheit wollten sie nutzen.

Luakas erwachte durch Rufe vor seinem Fenster. Er lauschte einen Moment, schob sich dann aus der Wärme seines Lagers in die Kälte seiner Kammer, schlurfte fröstelnd zum Fenster und rieb mit der Hand die Eisblumen fort.

Es war stockdunkel draußen. Er war früh zu Bett gegangen, da er sich erkältet hatte und ein leichtes Unwohlsein verspürte, welches sich aber mittlerweile vollständig verflüchtigt hatte.

Als die Fensterscheibe fast eisfrei war, konnte er weiter oben auf der Königsstraße im Fackellicht eine Gruppe von Passanten erkennen, die sich auf den Dom zubewegten. Was sie riefen, konnte er nicht verstehen.

Er widerstand der Versuchung, seine Neugier zu befriedigen und das Fenster zu öffnen. Weihnachten wurde nicht gearbeitet und die Werkstatt daher nicht beheizt. Entsprechend kalt war es in seiner Kammer. Da musste er nicht auch noch die Winterluft hineinlassen.

Im Haus kam Unruhe auf. Gedämpfte Stimmen waren zu hören, Schritte und das Schlagen einer Tür. Schließlich näherte sich jemand vom Flur her, der zur Werkstatt führte. Ein Lichtstrahl kroch durch die Türritzen in die Kammer. Dann klopfte es und Cuntz Muntzer fragte: »Lukas, bist du wach?«

»Ja, Meister.«

»Zieh dich an und komm in die Stube. Ich habe einen Auftrag für dich.«

Kurz darauf stand Lukas seinem Lehrherrn gegenüber.

»Auf dem Marktplatz versammeln sich Bürger, um gegen den Bischof nach Telgte zu ziehen«, erklärte der Instrumentenbauer. »Eben kam einer der Ratsdiener an unsere Tür, um uns zum Mitmachen aufzufordern. Ich kann mich diesem Wunsch nicht vollständig entziehen, um meine Stellung in der Stadt und unserer Zunft nicht zu gefährden. Einer aus diesem Haus muss sich an dem Unsinn beteiligen. Ich bitte dich, dieser Eine zu sein. Du kannst meinen Wunsch abschlagen, dann gehe ich selbst. Dir werden daraus keine Nachteile entstehen, das schwöre ich. Wenn du mich nun fragst, warum ich diese Bitte an dich richte, will ich dir ehrlich antworten: Ich fürchte mich. Denn sollte es zu Kampfhandlungen kommen, fühle ich mich denen nicht mehr gewachsen. Ich bin nicht mehr der Jüngste und schlecht zu Fuß, wie du weißt. Es ist zweifelhaft, ob ich schnell genug fortlaufen kann, wenn Soldaten kommen. Außerdem hat mich meine Frau inständig gebeten, mich aus diesem Konflikt herauszuhalten. Aber das kann ich nicht. Verweigere ich dem Rat die Unterstützung, muss ich damit rechnen, dass er mich und meine Familie aus der Stadt weist. Davon wärest auch du betroffen.«

Muntzer ging zum Kamin, in dem ein einzelner Scheit noch glühte und ein wenig Wärme ausstrahlte. »Was sagst du?«, fragte er, ohne dabei seinen Lehrling anzusehen. Der Instrumentenbauer schämte sich und wollte nicht, dass Lukas dies bemerkte.

Der junge Mann lächelte verstehend und dachte nicht lange nach. Das versprach ein Abenteuer nach seinem Geschmack zu werden. »Natürlich, ich gehe.«

Muntzer drehte sich um. Die Erleichterung war ihm anzusehen. »Es soll dein Schaden nicht sein, Junge.«

Es war das erste Mal, dass sein Meister ihn so nannte.

»Und du hältst dich aus allem heraus, hörst du? Du läufst

nur mit, schreist und drohst, wenn es sein muss. Aber du nimmst keine Waffe in die Hand.«

Lukas nickte.

»Schwöre es beim Leben deiner Mutter. Ich möchte nicht, dass du dich versündigst, weil ich zu …« Der Instrumentenbauer stockte.

»Ich schwöre es«, versicherte Lukas schnell. Er ahnte, wie schwer seinem Lehrherrn das Geständnis gefallen war und wollte ihm weitere Peinlichkeiten ersparen.

»Danke. Und nun zieh dir den warmen Umhang an.«

Als Lukas gerade die Tür hinter sich schließen wollte, folgte ihm Muntzer in den Flur, nahm seinen dicken Wollschal vom Haken und reichte ihn seinem Lehrling. »Du kannst ihn behalten. Ein geringes Geschenk für den Dienst, den du mir erweist. Pass auf dich auf.«

Auf dem Platz vor dem Dom hatte sich eine unübersehbare Anzahl Männer versammelt. Die meisten trugen Werkzeuge wie Dreschflegel, Äxte und Forken bei sich. Immer wieder wurden Rufe gegen den Bischof, den Papst und andere katholische Geistliche laut. Die Menge war erregt und die Stimmung angespannt.

»Wo sind denn die Papisten?«, rief jemand in Lukas' Nähe. »Die haben sich wohl in ihren Häusern versteckt, während wir für sie die Kohlen aus dem Feuer holen. Wir sollten zuerst mit ihnen abrechnen und dann nach Telgte ziehen. Aber es geht natürlich auch andersherum. Schnappen wir uns erst ihren Bischof und dann die Männer selbst.«

Die Menge johlte. Lukas sah sich nach dem großspurigen Redner um. Er war kaum älter als er selbst. Der Kerl streckte sich und stellte seine breiten Schultern zur Schau. In den Händen, groß wie Bratpfannen, hielt er einen Hammer, wie ihn Schmiede benutzten. Das Gewicht schien ihm nicht das

Geringste auszumachen. Trotz der Kälte trug er keinen Umhang, sondern nur ein knappes Lederwams, unter dem sich Muskelberge abzeichneten. Er genoss sichtlich die Unterstützung der Menge und schimpfte, davon animiert, weiter lautstark über den Papst und dessen Anhänger.

Plötzlich wurde seine Aufmerksamkeit von einer Gruppe Soldaten in Anspruch genommen, die sich von Sankt Paulus her näherten.

Ein Offizier, auf dessen eisernem Brustpanzer sich das Licht der Fackeln spiegelte, führte die Männer an. Der Landsknecht trug einen dunklen Hut mit einer knallroten Feder.

Die Gruppe positionierte sich um ein eilig gezimmertes Podest. Ein Trommelwirbel erklang. Weitere Soldaten, es mochten Hunderte sein, drängten die hin- und herwogende Menge zur Seite, um Platz für die ganz in Schwarz gekleideten Ratsherren und Zunftmeister zu schaffen, die das Podest bestiegen. Einer von ihnen hob gebieterisch die Hand.

»Bernd Rothmann«, raunte jemand hinter Lukas. »Gott sei ihm gnädig.«

Der Ratsherr wartete, bis sich die Unruhe gelegt hatte. Dann schallte seine kräftige Predigerstimme über den Domplatz. Er erinnerte die Bürger an die Vorkommnisse der letzten Monate, beschimpfte den Bischof als gottlosen Heuchler und rief schließlich dazu auf, diesen und seine Gefolgsleute festzusetzen. »Sie schlagen sich ihre Bäuche in Telgte voll, während die Bürger Münsters unter der Blockade ächzen. Ich sage euch: Lasst sie erst wieder frei, wenn unsere berechtigten Forderungen anerkannt sind und wir unseren neuen Glauben ungehindert in den Kirchen Münsters ausüben können.«

Ein ohrenbetäubender Beifallssturm brach aus. Lukas wunderte sich. Seines Wissens waren sämtliche Pfarrstellen der Stadt mittlerweile mit lutherischen Predigern besetzt. Nur im Dom hielt dann und wann noch ein katholischer Geistlicher eine Messe, der sich aber ständiger – auch tätlicher – Angriffe der Protestanten ausgesetzt sah.

»Hauptmann Kilian, der mit seinen Männern zu unserem Schutz angeheuert wurde, wird gleich durch die Reihen gehen und sechshundert von euch auswählen, die der gerechten Sache dienen. Noch heute Nacht ziehen wir nach Telgte. Gott ist auf unserer Seite. Und nun wollen wir beten.«

Danach ließen die Soldaten die Anwesenden in Reihen antreten und führten sie dem Hauptmann vor. Der schaute die Männer kurz an, warf einen prüfenden Blick auf ihre Bewaffnung und schickte sie mit einer kurzen Handbewegung nach links oder rechts.

In der Reihe vor Lukas stand der Zwischenrufer von eben, seinen schweren Hammer lässig über die Schulter gelegt. Er ging nach rechts, ebenso wie Lukas, obwohl der nichts in Händen trug, was als Waffe hätte dienen können.

Lukas erkannte Hans Westenbrinck, den Zunftmeister der Tischler, weiter vorn. Er drängte sich durch die Menschen, baute sich vor dem Meister auf und senkte demütig den Kopf, bis ihn Westenbrinck ansprach.

»Ja?«

»Ich bin Lehrling bei Cuntz Muntzer, dem Instrumentenbauer. Ich soll die besten Wünsche ausrichten.« Das war zwar gelogen, aber so würde der Zunftmeister sich an ihn erinnern. »Mein Meister hat sich den Fuß verstaucht und kann deshalb leider nicht kommen. Er hat mich an seiner statt geschickt und mir aufgetragen, allen Befehlen der Obrigkeit zu gehorchen. Er wünscht Euch und allen anderen hier viel Glück und Erfolg.«

Lukas trat einen Schritt zurück und wartete.

Westenbrinck nickte erfreut. »Hat er sich also doch eines Besseren besonnen und Partei ergriffen. Das ist gut. Ich danke dir für die Übermittlung seiner Wünsche. Ich hoffe, es geht ihm bald wieder besser.«

Mit diesen Worten war Lukas entlassen. Er drehte sich um und ging zurück an seinen Platz. Wie einfach es doch war, anderen etwas vorzuspielen.

Eine Stunde später zogen Soldaten und Bürger durch das Mauritztor nach Osten. Sie würden Telgte noch vor dem Morgengrauen erreichen. Es war eine sternklare, bitterkalte Nacht. Lukas war dankbar für den Schal, den er sich eng um den Hals gebunden hatte.

Als sie etwa eine halbe Stunde marschiert waren, erreichten sie die Werse, einen kleinen Fluss zwischen den Städten. Die Planken der Brücke waren von einer bischöflichen Streife losgerissen worden, wie es hieß. Es dauerte nur Minuten, um sie im hellen Mondlicht wieder so zu befestigen, dass die Kolonne den Überweg gefahrlos passieren konnte.

Als sich am Horizont die Mauern Telgtes erahnen ließen, befahl Hauptmann Kilian absolute Ruhe. Schweigend zog der Trupp weiter. Nur der hundertfache Tritt der Soldaten und Freiwilligen, das metallische Klappern der Waffen und vereinzeltes Husten war zu vernehmen.

Sie näherten sich der Stadt aus Nordwesten. Kurz bevor sie das Tor erreichten, gebot ihr Anführer Halt. Er rief seine Unterführer zu sich und besprach sich mit ihnen. Dann gab er seine Befehle.

Die Unterführer teilten die Landsknechte in drei Gruppen und ordneten ihnen je zweihundert Bürger zu. Sie schärften den Freiwilligen ein, nicht auf eigene Faust zu handeln, sondern dem Beispiel der Landsknechte zu folgen.

Einige Soldaten schleppten armdicke Äste herbei, die sie mit Tauen zu zwei Dreibeinen verbanden, sodass in etwa fünf Schritt Höhe eine Art Gabelung entstand. Bemüht, keinen unnötigen Laut zu verursachen, trugen sie die Dreibeine bis zum Stadttor und legten das eine Ende je einer weiteren Stange in die Gabelung. Das andere Ende schoben sie in den Spalt unter die Torflügel. Schließlich griffen einige besonders kräftige Landsknechte die beiden Äste und zogen auf Kommando gemeinsam daran. Die Hebel bogen sich bedenklich.

Gerade als Lukas erwartete, dass diese brächen, hob sich mit einem vernehmlichen Knarren einer der Türflügel. Schnell schoben andere Soldaten Keile unter das Tor, damit dieses nicht in die Ausgangsposition zurückfallen konnte. Die Stange wurde neu platziert, um das Aufhebeln abzuschließen. Auch der zweite Flügel bewegte sich nun und das Tor erzitterte merklich. Schließlich gab es einen Ruck und mit einem lauten Knall rutschte der erste Flügel aus den Angeln. Einer der Soldaten trat heftig dagegen. Einen Moment lang tat sich nichts. Dann aber stürzte das Tor unter ohrenbetäubendem Lärm nach hinten und der Weg in die Stadt war frei.

»Vorwärts«, brüllte Hauptmann Kilian und zog sein Schwert. »Für Gott und Münster.«

Lukas' Gruppe gehörte zu den letzten, die in die Stadt liefen. Einige Schritte vor ihm rannte der Breitschultrige, der die großen Reden geschwungen hatte. Und als ihn einer der Männer mit dem Namen Jobst ansprach, wusste Lukas, wer da vor ihm stürmte: der Sohn des Schmiedes Xantus, von dem ihm Anna, die Tochter seines Lehrherrn, erzählt hatte.

Kaum war das Tor passiert, forderte ihr Unterführer sie zum Stehenbleiben auf.

»Ihr da folgt den Soldaten«, er zeigte auf Lukas, Jobst und zehn weitere Männer. »Eure Aufgabe wird es sein, die Straße, die zur Ems führt, zu bewachen. Ihr habt den Anweisungen meiner Männer Folge zu leisten. Wer eigenmächtig handelt, wird bestraft. Lasst niemanden zum Fluss. Will jemand mit Gewalt durchbrechen, hindert ihn daran. Sollten die Angreifer euch zahlenmäßig überlegen sein, schickt mir einen Boten. Ich komme dann mit meinen Leuten zu eurer Unterstützung. Aber das wird nicht nötig sein, denke ich. Und nun ab.«

Die fünf Landsknechte, die sie anführten, trabten los. Lukas und die anderen folgten ihnen.

»Dafür bin ich nicht in den Krieg gezogen«, maulte Jobst. »Ich will mir nicht die Beine in den Bauch stehen und einen unwichtigen Weg bewachen. Ich will kämpfen, Papisten erschlagen und fette Beute machen.«

»Wer kämpft, kann auch selbst getötet werden. Krieg ist kein Spaß, sondern fast immer ein grausames Gemetzel.«

Der Mann, der Jobst in die Schranken wies, mochte um die dreißig sein. Die Fackel in seiner Hand war fast heruntergebrannt und da er sich Jobst zugewandt hatte, lag sein Gesicht im Dunkeln. Lukas konnte nur einen ungepflegten, zotteligen Bart erkennen und strähnige Haare, die ihm bis auf die Schultern hingen. Seine Kleidung war zerrissen.

»Hast du schon im Krieg gekämpft?«, fragte der Mann Jobst und gab sich sofort selbst die Antwort. »Nein, hast du nicht. Denn sonst würdest du nicht so forsch daherreden. Und zu jung bist du auch.«

»Das bin ich nicht«, entgegnete Jobst. »Ich bin schon sechzehn.«

»Sag ich ja. Zu jung.« Der Unbekannte drehte sich zu Lukas. »Bist du auch so versessen aufs Töten wie dein Freund?«

»Er ist nicht mein Freund. Und wie du siehst, trage ich keine Waffe.«

»Warum bist du dann hier?«

Lukas hatte damit gerechnet, dass ihm irgendwann eine

solche Frage gestellt werden würde und sich eine passende Antwort zurechtgelegt. »Um für den rechten Glauben einzutreten, ohne das fünfte Gebot zu brechen.«

Der Fremde hob die Fackel höher, um Lukas ins Gesicht zu schauen. So konnte auch der sein Gegenüber besser ausmachen.

Erschrocken wich Lukas einen halben Schritt zurück. Da, wo sich das rechte Auge des Unbekannten befinden sollte, war nur noch eine dunkle Höhle zu sehen, deren Ränder rot gefärbt waren. Außerdem zog sich eine lange Narbe über die rechte Gesichtshälfte.

Ungeniert zeigte Jobst auf die Verunstaltungen. »Hast du dir das im Krieg geholt?«, wollte er wissen.

Der Fremde lachte auf. »Im Glaubenskrieg, sicher. In einem Düsseldorfer Kerker, um genau zu sein. Es waren die Schergen des Erzbischofs, die mich so zugerichtet haben. Sie wollten, dass ich meinem Glauben abschwöre. Aber den Gefallen habe ich ihnen nicht getan. Da haben sie mir mein Auge genommen. Ich hätte also allen Grund, die Papisten zu hassen. Aber das tue ich nicht. Ich halte ihren Glauben für falsch, aber ich will sie deshalb nicht umbringen, sondern überzeugen.« Er streckte die Fackel in Lukas' Richtung. »Ähnlich wie du, mein Freund.« Der Einäugige musterte ihn prüfend. »Sag, haben wir uns schon einmal getroffen?«

»Nein.«

»Mir ist so, als sei ich jemandem begegnet, der wie du aussah. Warst du jemals in Düsseldorf?«

Lukas schüttelte den Kopf.

»Es war an einem Fluss. Am Rhein vielleicht?«

»Nein, du musst dich irren. Ich würde mich an dich erinnern.«

Wieder lachte der Fremde. »Das glaube ich gern. Eine solche Fratze wie meine sieht man nicht alle Tage.«

»Du kommst nicht aus Münster, oder?«, erkundigte Jobst sich. »Ich habe mein ganzes Leben in der Stadt verbracht. Jemanden wie dich würde ich kennen.«

»Nein, ich bin Wilbolt aus Neustadt. Das liegt im Thüringischen am Fluss Orla.«

»Aha.«

»Du weißt nicht, wo das ist?«

»Nein.«

»Macht nichts. Ich bin erst vor einigen Tagen nach Münster gekommen. Endlich eine Stadt, die den Pfaffen die Stirn bietet. Ihr gilt meine Unterstützung. Deswegen bin ich hier.«

Die Landsknechte vor ihnen blieben stehen. Ein kräftiger Kerl mit einem beachtlichen Bauch teilte Lukas und die beiden anderen ein, vor einem Haus Posten zu beziehen. »Das Gebäude liegt direkt an der Ems. Durch den Garten kommt man zum Fluss. Ihr bleibt hier und wartet, bis ihr andere Befehle erhaltet. Verstanden?«

Die drei nickten.

Weitere Männer bewachten die nächsten Häuser. Zwischen ihnen patrouillierten die Landsknechte.

Lukas setzte sich auf eine kleine Mauer, die das Nachbargrundstück einfriedete. Ihm taten die Füße weh. Langsam wurde ihm kalt. Daran änderte auch der Branntwein nichts, den Wilbolt aus einer kleinen hölzernen Flasche anbot.

Drei Stunden später hockten sie immer noch da und kämpften gegen den Schlaf. Dann, irgendwann, kam das Signal zum Aufbruch. Das war alles, was Lukas vom Angriff auf Telgte mitbekam.

Später erfuhr er, dass der Widerstand der bischöflichen Truppe schnell gebrochen worden war. Angesichts der erdrückenden Übermacht der Münsteraner hatten sie das Klügste getan, was sie in dieser Situation tun konnten, und ihre Waffen niedergelegt. Nur wenige wurden verletzt.

Die meisten Mitglieder der bischöflichen Delegation waren völlig überrascht in ihren Betten festgenommen worden. Nur drei von ihnen gelang im Nachthemd und mit bloßen Füßen die Flucht über die zugefrorene Ems, glücklicherweise in einem anderen Abschnitt als dem, dem Lukas zugeteilt gewesen war.

Das eigentliche Ziel der Attacke, Bischof Franz von Waldeck, war allerdings nicht in die Hände der Angreifer gefallen. Der hohe Herr hatte die Stadt an der Ems am Tag zuvor verlassen. Die Landsknechte jedoch hatten sich an den Schätzen Telgtes schadlos gehalten und einige Säcke voller Gold und Silber aus der Stadt geschleppt.

Nach dem Abzug sammelten die Münsteraner sich wieder am westlichen Stadttor. Unter Jubelrufen, Trommelwirbeln und christlichen Dankesgesängen wurden die achtzehn Mitglieder des Domkapitels und die gefangenen Adeligen zurück nach Münster gebracht und dort den triumphierenden Einwohnern auf dem Domplatz vorgeführt.

Dann stellten die Honoratioren der Stadt ihre Gefangenen vor die Wahl: Gefängnis oder Unterbringung in einer standesgemäßen Herberge gegen das heilige Ehrenwort, keinen Fluchtversuch zu unternehmen. Alle entschieden sich für die zweite Option.

Lukas, der Telgte als einer der Letzten betreten und als einer der Ersten wieder verlassen hatte, kam völlig übermüdet zurück in das Haus des Instrumentenbauers.

Fassungslos lauschte dieser dem Bericht seines Lehrlings. »Gut, dass wenigstens niemand ernsthaft zu Schaden gekommen ist«, meinte er, als Lukas geendet hatte. »Aber diesen Angriff kann der Bischof nicht einfach übergehen. Ich befürchte, es wird Krieg geben.«

Lukas gähnte vernehmlich.

Cuntz Muntzer klopfte ihm anerkennend auf die Schulter.

»Danke. Du hast meiner Familie und mir einen großen Gefallen getan. Das werde ich nicht vergessen.«

9

Lübeck, 19. März 1533

Es war fast zwei Jahre her, dass Linhardt in der *Möwe* gewesen war, jener unseligen Schenke am Markt, in der ihm sein Gehilfe Peter vom Einlaufen der *Maria* berichtet hatte.

Noch immer verspürte er Schuldgefühle, wenn er an diesen Tag dachte. Hätte er Peter nicht nach Hattingen geschickt, würde seine Mutter vielleicht noch leben. Er allein war schuld an ihrem Tod. Verdammt!

Clas Wibbeking hatte ihn um ein Treffen gebeten. Er wolle etwas Wichtiges mit ihm besprechen, hatte er gemeint. Auf Linhardts Frage, ob sie sich nicht im Hause der Wibbekings oder seinem eigenen treffen könnten, hatte Clas ausweichend reagiert. Schließlich hatte Linhardt eingewilligt, seine Zustimmung aber schon kurz darauf wieder bereut.

Und es war genau so gekommen, wie er befürchtet hatte. Die Erinnerungen drohten, ihn zu überwältigen. Genau wie das Gefühl ewiger Schuld.

Glücklicherweise trat eine der Mägde an seinen Tisch. Sie war dünn wie ein Hering, mit blondem Haar, das, zu einem Zopf gebunden, über ihre rechte Schulter hing. Linhardt kannte sie nicht, die Magd ihn aber offensichtlich schon.

»Herr von Linden«, begrüßte sie ihn mit piepsiger Stimme. »Einen Krug Wein?« Sie schaute sich in Richtung des Kamins um, an dem Elsbeth, die Tochter des Hauses, stand und ihr aufmunternd zunickte. Das Dienstmädchen schien neu in der *Möwe* zu sein und wurde anscheinend gerade eingearbeitet.

»Ja. Einen Roten bitte.«

Die Magd deutete einen Knicks an, verschwand und ließ Linhardt mit seinen trüben Gedanken allein.

»Du machst keinen besonders glücklichen Eindruck.«

Clas Wibbeking war an seinen Tisch getreten.

Linhardt erhob sich langsam und reichte dem Freund seines Vaters die Hand. »Da habt Ihr recht. Diese Schenke weckt böse Erinnerungen.«

Wibbeking nickte verständnisvoll. »An den Englischen Schweiß, nicht wahr?«

»Ja. Hier an diesem Tisch hat Peter mir die Nachricht vom Einlaufen der *Maria* überbracht.«

»Vielleicht wäre es besser gewesen, doch einen anderen Ort für unser Treffen auszusuchen. Entschuldige.«

Linhardt winkte ab. »Ich kann ja nicht ewig diese Schenke meiden. Aber warum habt Ihr einen solchen Wert darauf gelegt, dass wir uns ausgerechnet hier treffen?«

»Der Ort selbst war mir egal. Es sollte nur nicht bei dir oder mir sein.«

»Warum nicht?«

»Deine Anwesenheit in meinem Haus wäre nicht verborgen geblieben und in der Engelsgrube bin ich ebenfalls bekannt wie ein bunter Hund. Ich lege keinen Wert darauf, dass Martin erfährt, dass ich dich zu einem Gespräch treffen wollte. Hier in der *Möwe* kann unsere Begegnung zufällig stattgefunden haben. Es ist auch nicht verwunderlich, dass ich mich zu dir setze. Mein Sohn würde den Zweck dieser Unterhaltung nicht hinterfragen.«

»Ihr macht mich wirklich neugierig. Warum soll Martin nicht wissen, dass wir miteinander reden?«

»Du wirst es schon noch verstehen.«

Die Magd brachte Linhardts Rotwein und auch Clas Wibbeking bestellte sich etwas zu trinken. Die nächsten Minuten tauschten sie Belangloses aus. Linhardt, der vor Neugier fast platzte, musste warten, bis Wibbeking von sich aus das Gespräch begann. Er war der Ältere. Jüngere hatten nicht zu drängen.

Endlich schien der Kaufmann bereit, über sein Anliegen zu sprechen. »Du weißt, dass am letzten Samstag eine wichtige Ratssitzung stattgefunden hat?«

»Ich habe davon gehört.«

»Weißt du auch, was dort beschlossen wurde?«

»Nein«, gestand Linhardt.

»Ich werde es dir gleich erzählen. Vor einigen Wochen starb einer unserer Bürgermeister und ein weiterer trat zurück.«

Linhardt nickte. Das war selbst ihm, der sich nicht für Politik interessierte, nicht verborgen geblieben.

»Der Bürgerausschuss hat diese Situation genutzt und acht von uns in den Rat gehievt. Wullenwever und einer seiner Getreuen wurden sofort zu neuen Bürgermeistern ernannt.«

Linhardt meinte, Missbilligung in Clas' Tonfall wahrzunehmen. Das irritierte ihn. Der Kaufmann gehörte doch zu den Unterstützern Wullenwevers?

»So stehen sich im Rat nun zwölf alte und zwölf neue Ratsherren gegenüber. Die Wullenweverfraktion hat allerdings die Mehrheit, da er auch unter den alten Ratsherren bereits einige Anhänger hatte. So konnte er sich zum leitenden Bürgermeister ernennen lassen, der nun alle Macht in Händen hält.«

Jetzt war Linhardt sicher: Wibbeking verurteilte diese Entwicklung. »Aber das ist doch auch Euer Ziel gewesen. Oder irre ich mich?«

Wibbeking schüttelte den Kopf. »Nein. Anfangs stand auch ich hinter Wullenwever. Aber nun hat er den Bogen überspannt. Du weißt, dass wir uns quasi im Krieg mit den Holländern befinden?«

»Natürlich. Die Holländer transportieren ihre Waren auf dem Landweg von der Nord- zur Ostsee. Wir wollen diese Umgehung des Stapelrechts verhindern.«

»Richtig. Aber Wullenwever fehlt die Unterstützung unserer bisherigen Verbündeten. Deshalb will er allein in den Krieg ziehen.«

»Allein?«

»Ja. Und um diesen Krieg zu finanzieren, hat er die beschlagnahmten Kirchenschätze einschmelzen lassen.«

Linhardt klappte der Unterkiefer herunter. Es war eine Sache, den Besitz und die Schätze der Lübecker Kirchen und Klöster in das Eigentum der Stadt zu überführen, wie es vor rund einem Jahr beschlossen worden war. Eine ganz andere hingegen, die Altargeräte, Leuchter und Kruzifixe einfach einzuschmelzen, um damit einen Krieg zu finanzieren.

»Darum habe ich Wullenwever meine Unterstützung verweigert.« Clas Wibbeking machte eine lange Pause, in der er seinen Becher austrank und sich neu einschenkte.

»Aber was hat das alles mit Martin zu tun?«, wollte Linhardt wissen.

»Mein Sohn hat sich mit Freuden auf Wullenwevers Seite geschlagen und sich Marx Meyer angedient.«

Meyer war Hamburger wie Wullenwever und lebte erst seit Kurzem in der Stadt. Er hatte sich als Söldner im Krieg gegen die Dänen und Türken hervorgetan und war erst vor wenigen Monaten zum Hauptmann der Stadtknechte ernannt worden. Meyer war ein Trunkenbold, Draufgänger und Angeber, aber vielleicht gerade deshalb beim Volk beliebt.

»Martin will Soldat werden?«

»Du müsstest sagen: Er ist Soldat geworden. Er hat vor einer Woche bei Meyer angeheuert.«

Linhardt fehlten die Worte. Sein Freund war zwar ungestüm, aber kein Idiot. Und gerade er unterwarf sich Meyers Befehl?

»Ich habe lange überlegt, ob ich dich in diese Angelegenheit hineinziehen soll. Ich fühle mich schuldig, denn ich vermute, dass die verschobene Verlobung Martin in seinem Entschluss bestärkt hat. Aber er verweigert sich jedem Gespräch, egal ob mit mir oder Juliana. Er will unbedingt zum Helden werden. Hat er jemals mit dir über seine Pläne gesprochen?«

»Nein. Wir haben uns nur über den möglichen Krieg gegen die Holländer unterhalten. Er hält ihn für schon gewonnen.«

»Eben. Aber das Gegenteil ist der Fall. Gestern fand ein Treffen aller wendischen Städte statt. Gekommen sind nur die Boten aus Lüneburg, die aber jede Beteiligung an einem Feldzug gegen Holland kategorisch abgelehnt haben. Lübeck steht allein in diesem Konflikt. Wir werden den Krieg verlieren, Linhardt.«

Der junge Mann verstand. »Und Ihr möchtet, dass ich mit Martin rede?«

»Bitte. Versuche, ihn dazu zu bewegen, den Kontrakt mit Meyer zu lösen. Das kann ich leicht bewerkstelligen. Aber mein Sohn muss es wollen.«

Linhardt sah den Kummer in den Augen Clas Wibbekings. Und er teilte dessen Sorgen. In Kriegen starben Menschen. Sein Freund Martin sollte nicht unter ihnen sein. »Natürlich. Ich versuche mein Bestes.«

»Danke.«

10

Hattingen, 26. März 1533

Der Gildemeister der Krämer, der Jorge in seinem Kontor gegenübersaß, schwitzte. Immer wieder griff er zu einem Tuch, um sich die Stirn abzuwischen. Er war einen Kopf kleiner als Jorge, dafür aber mindestens doppelt so dick. Trotz seines mächtigen Leibes schlackerten Wams und Oberhose an seinem Körper.

Fritz van Emsche übte das Amt noch nicht sehr lange aus. Er war nur deshalb in diese Funktion gewählt worden, weil Jorge – obwohl er von vielen Kaufleuten dazu gedrängt worden war – nicht kandidiert hatte. So war die Wahl auf van Emsche gefallen, der sein Geld durch den Handel mit Kleineisenwaren verdiente. Bisher machte er seine Sache ordentlich, allerdings verwaltete er sein Amt mehr, als dass er durch unorthodoxe Vorschläge aufgefallen war.

»Was führt Euch zu mir?«, fragte Jorge, der von dem Besuch des Gildemeisters überrascht worden war.

»Eine leidige Angelegenheit. Der Rat hat eine neue Steuer beschlossen.«

»Aha?«

»Sie betrifft alle Händler, die in Hattingen Lagerhäuser einer bestimmten Größe besitzen.«

Jorges Interesse war geweckt. Er schaute seinen Besucher aufmerksam an.

»Leider habt Ihr ja einen Sitz im Rat ebenso abgelehnt wie das Amt des Gildemeisters. Ich weiß sehr wohl, dass ich nur dank Eures Verzichts diese Funktion bekleide.« Jorge wollte der Höflichkeit halber widersprechen, aber van Emsche unterbrach ihn. »Doch, doch. Ihr wärt der bessere Mann gewesen. Und hättet Ihr Sitz und Stimme im Rat, wäre es Euch vielleicht gelungen, diesen Beschluss zu verhindern. Ich dagegen ...« Er hob entschuldigend beide Hände.

»Ich bin überzeugt, Ihr habt Euer Bestes getan«, erwiderte Jorge. »Aber was genau hat denn der Rat nun verabschiedet?«

»Ab nächsten Monat werden Lagerhäuser einer bestimmten Höhe mit einer Sondersteuer belegt.«

»Und die ist wie hoch?«

»Fünf Goldgulden im Halbjahr, jeweils zahlbar im Januar und Juli im Voraus. Für das erste Halbjahr dieses Jahres wurden fünfzehn Gulden festgesetzt.«

Jorge atmete tief durch. Diese Steuer entsprach etwa dem Doppelten des Jahreseinkommens einer Köchin. Ein happiger Betrag. Der Kaufmann konnte nur hoffen, davon nicht betroffen zu sein.

»Die Vertreter unserer Gilde waren die Einzigen, die dagegen gestimmt haben. Also ist die Steuer ab sofort Gesetz.«

»Wie hoch muss ein Lagerhaus sein, damit es unter diese Regelung fällt?«

Der Gildemeister wand sich auf seinem Stuhl. »Ich traue mich kaum, es Euch zu sagen. Richtmaß ist Kielmanns Lagerhaus. Nur Gebäude, die höher sind, werden besteuert.«

Jorge war fassungslos. Es gab nur ein Lagerhaus in Hattingen, welches von dem Gesetz betroffen war: das von Offerhues und ihm. »Wer hat den Beschlussvorschlag eingebracht?«, fragte er mit trockenem Mund.

»Konrad Kielmann.«

Jorge hätte es wissen müssen. Es war alles zu glatt gelaufen. Viel zu glatt. Kielmann gab sich nicht so schnell geschlagen. Jorge ballte die Hand zur Faust. »Mistkerl. Verdammt.«

Erschrocken sah der Gildemeister auf. »Ich versichere Euch, ich habe alles versucht, was in meiner Macht ...«

»Ich meine nicht Euch, Herr van Emsche. Besteht die Möglichkeit, dass der Rat seinen Beschluss noch einmal überdenkt?«

»Ich fürchte, nein.«

»Wie wurde diese Steuer begründet?«

»Zu hohe Gebäude verhindern, dass die Sonne die Gassen bescheint, argumentierte die Mehrheit. Besonders im Winter würden die wärmenden Strahlen fehlen. Außerdem reiche keine der Leitern, die die Stadt zur Brandbekämpfung vorhalte, hoch genug, um ein Feuer in den oberen Geschossen solcher Häuser zu löschen. Es bestünde das Risiko, dass im Brandfall das Feuer die umliegenden Gebäude erfasse. Dieses Risiko werde besteuert.«

Unwillkürlich lachte Jorge auf. »Was für ein Schwachsinn. Das gilt für jedes brennende Haus in der Stadt. Und die meisten Gassen sind ohnehin so eng, dass selbst im Hochsommer kaum ein Lichtstrahl hineinfällt.«

Van Emsche hob vielsagend die Schultern. »So haben wir ebenfalls argumentiert.«

»Verstehe.« Jorge erhob sich. »Ich danke Euch für Euren Besuch und die Nachricht, die Ihr mir überbracht habt. Auch wenn es alles andere als erfreuliche Neuigkeiten waren.«

Van Emsche verbeugte sich.

»Ich versichere Euch, dass ich Euch nicht gram bin oder Euch gar für diesen Ratsbeschluss verantwortlich mache.«

Der Gildemeister versuchte ein Lächeln. »Danke für Euer Verständnis.«

Kaum hatte van Emsche das Kontor verlassen, griff Jorge zu einem Stück Papier und Tinte und begann zu rechnen. Eine Stunde später ließ er resigniert die Feder fallen. Wie er es drehte und wendete, er hatte das Geld nicht, um die Steuer zu bezahlen. Der Bau des Lagerhauses hatte den Großteil seines Ersparten verschlungen und der Rest war als Garantiezahlung an die Bauern geflossen, damit diese ihnen im Herbst ihr Getreide zu einem schon jetzt festgelegten Preis überließen. Sein Partner Offerhues konnte ihm sicherlich auch nicht aus der Patsche helfen, hatte der sich doch selbst verschulden müssen, um seinen Anteil aufzubringen. Und die Hälfte der Steuer entfiel ja ohnehin auf ihn. Was sollte er also tun?

Schließlich rang Jorge sich zu einer Entscheidung durch.

Er ging in seine Schlafkammer und öffnete die Truhe, die seine Erinnerungsstücke enthielt. Das in ein weißes Leinentuch eingewickelte Buch war schnell gefunden. Einen kurzen Augenblick zögerte Jorge. Sollte er sein Vorhaben wirklich in die Tat umsetzen? »Aron, bitte verzeih mir«, flüsterte er. »Aber mir bleibt keine Wahl.«

Er packte das Buch in die mitgebrachte Ledertasche, ließ den Deckel der Truhe mit einem hörbaren Knall zufallen und ging nach unten, um sein Pferd zu satteln.

Etwa zwei Stunden später stand er vor dem unscheinbaren Haus, welches sich hinter die Bochumer Stadtmauer duckte. Einige der Schindeln, mit denen es gedeckt war, hingen schief und drohten, beim ersten kräftigen Windstoß herunterzufallen. Die Fensterläden waren halb geschlossen und kein Laut drang aus dem Inneren des Gebäudes. Das Haus sah aus, als ob seit Jahren niemand mehr darin wohnte. Aber Jorge wusste es besser. Hier lebte völlig zurückgezogen eine jüdische Familie, die ihren Lebensunterhalt mit Geldgeschäften bestritt.

Der Hattinger klopfte. Es dauerte nicht lange und ein Knabe, kaum älter als zwölf, steckte seinen Kopf durch den Türspalt und sah ihn fragend an.

Jorge stockte der Atem. Der Junge sah Aron, seinem Freund aus Kindeszeiten, verblüffend ähnlich: die dunklen

Haare, die lang auf die Schultern fielen und an den Seiten zu Schläfenlocken geflochten waren, der traurige Blick aus dunklen Augen, die hagere Gestalt.

»Ich möchte David Ben Ilan sprechen.«

Der Junge nickte und verschwand. Die Tür zog er hinter sich zu.

Kurz darauf erschien der Gesuchte. Der Mann war deutlich älter als Jorge. Er trug einen Kaftan, die übliche Bekleidung gläubiger Juden. An seiner Brust prangte unübersehbar ein gelber Ring. »Bitte?«

»Seid Ihr David ben Ilan, der Geldverleiher?«

Der Mann bejahte.

»Ich möchte Geld von Euch leihen.«

Ben Ilan trat wortlos beiseite, um Jorge eintreten zu lassen. Im Haus roch es nach fremden Gewürzen. Jorge drohte die Erinnerung zu überwältigen. So war es auch im Hause der Zacharias' gewesen, damals in Hattingen.

»Bitte folgt mir.«

Der Jude ging voraus in eine kleine Kammer, die ihm offensichtlich als Kontor diente. Dort wandte er sich Jorge zu. »Ich kenne Euch nicht.«

»Mein Name ist Jorge von Linden aus Hattingen.«

»Wie viel Geld benötigt Ihr?«

»Zwanzig Goldgulden.«

»Ihr seid kein armer Mann, wie ich an Eurer Kleidung sehe. Wofür braucht ihr so viel?«

»Um eine neu erhobene Steuer zu bezahlen.«

»Ich nehme an, Ihr wisst, dass ich Zinsen nehme?«

»Natürlich. Wie viel?«

»Zwanzig vom Hundert. Im halben Jahr. Und zehn vom Hundert für jeden Monat, den ihr die Rückzahlung schuldig bleibt.«

Jorge pfiff durch die Zähne. »Nicht gerade wenig.«

»Richtig. Es gibt viele säumige Schuldner. Nicht bei allen gelingt es mir, meine Forderung auch vor Gericht durchzusetzen. Also müssen die ehrlichen Schuldner für die unehrlichen mitbezahlen.«

Jorge griff in seine Tasche, zog das Buch heraus und wickelte es langsam aus. »Ich hatte gehofft, dass Ihr diesen Tanach als Sicherheit akzeptieren würdet und Eure Zinsforderung etwas erträglicher gestalten könntet.« Er reichte ben Ilan die Bibel.

Der Geldverleiher nahm sie vorsichtig in die Hand und schlug sie auf. »Ein wunderschönes Stück«, lobte er. »Mindestens hundert Jahre alt. Wie kommt ein Christ wie Ihr an einen Tanach?«

»Das ist eine lange Geschichte.«

»Erzählt sie mir.« Er zeigte einladend auf eine Bank, die vor dem Fenster stand. »Ich bin ein guter Zuhörer.«

Jorge tat ihm den Gefallen. Er sprach von Aron, seiner Familie, deren Vertreibung aus Hattingen, ihrem Wiedersehen und der Hinrichtung seines jüdischen Freundes. Je länger er sprach, desto schmerzhafter wurde die Erinnerung. Tränen liefen ihm über das Gesicht. Schließlich endete er mit den Worten: »Ich konnte ihm seine Bibel nicht zurückgeben und habe sie seitdem in meinem Besitz. Aber eigentlich gehört sie nicht mir, sondern Arons Familie. Ich hebe sie nur für sie auf.«

»Sagtet Ihr nicht, er sei tot?«

»Ja, das ist er. Und auch seine Angehörigen. Trotzdem betrachte ich sie nur als geliehen. Mir liegt viel an dem Buch und ich werde es in jedem Fall wieder bei Euch auslösen, auch wenn ich dafür mein Haus verkaufen müsste. Deshalb bitte ich Euch, behaltet den Tanach als Sicherheit für Euren Kredit.«

»Warum verkauft Ihr Euer Haus nicht jetzt?«

»Weil ich spätestens im Herbst wieder über genug Geld verfügen werde. Würde ich jetzt verkaufen, wäre mein Lebenswerk zerstört.«

Der Jude dachte nur kurz nach. Dann strich er fast zärtlich über den Ledereinband und gab den Tanach wieder Jorge zurück. »Achtet gut auf Eure Bibel. Das seid Ihr dem alten Zacharias und seinem Sohn schuldig.«

»Ich habe den Namen Zacharias nicht genannt«, wunderte sich Jorge.

»Wir Juden sind eine kleine Gemeinschaft.« Ben Ilan lächelte. »Und Zacharias hat mir damals viel über einen christlichen Knaben erzählt, der bei Mönchen in Hattingen aufwuchs und mit seinem Sohn Aron befreundet war. Das gab es nicht oft, müsst Ihr wissen, und war deshalb eine Nachricht wert. Ihr wart dieser Knabe, nicht wahr?«

Jorge nickte.

»Eure Geschichte rührt mich. Deshalb gebe ich Euch das Geld und komme Euch bei den Zinsen entgegen. Zehn vom Hundert für den gesamten Zeitraum Eurer Schuld. Seid Ihr damit einverstanden?«

11

Kleve, 29. März 1533

Hinrick hockte über seinen Büchern, als Prinz Wilhelm in die Kammer stürmte.

»Der Stallmeister hat einen neuen Sattel für mich anfertigen lassen. Komm, lass uns ausreiten. Ich muss ihn ausprobieren.«

»Hat der Alte das erlaubt?«

Nur wenn die jungen Männer unter sich waren, belegten

sie ihren Erzieher mit dieser halb respektvollen, halb spöttischen Bezeichnung.

»Sicher. Würde ich sonst um deine Begleitung bitten?«

Hinrick dachte nicht lange nach. Er hockte schon seit Stunden über den Büchern und sein Nacken schmerzte. Etwas Bewegung würde ihm guttun.

Er ordnete seine Notizen und stand von dem Pult auf, das ihm Heresbach in die Kammer hatte bringen lassen. »Wohin reiten wir?«

»In den Reichswald natürlich.«

Dieser Forst lag westlich der Stadt und war so groß, dass er an einem Tag zu Fuß nicht durchquert werden konnte. Weite Teile gehörten zum Herrschaftsgebiet des Herzogs von Kleve. Nur wenige Wege führten hindurch. An manchen Stellen standen die Rotbuchen so dicht, dass ein Reiter Mühe hatte, voranzukommen. Im Wald lebten neben allerlei Rotwild auch Füchse, Wildschweine und der Luchs. Selbst Wölfe waren vereinzelt gesichtet worden. Und manchmal trieben auch menschliche Räuber dort ihr Unwesen, erzählten sich die Diener am Hof.

Als die beiden jungen Männer Hinricks Kammer verließen, wandte sich Wilhelm nach rechts, nicht wie üblicherweise in die entgegengesetzte Richtung.

»Das ist doch nicht der Weg zur Empfangshalle?«, wunderte sich Hinrick.

»Nein«, erwiderte Wilhelm. »Wir nehmen den Seitengang.«

Dieser führte zu einem Turm, der zu den ältesten Gebäudeteilen des Schlosses gehörte. In seinem Inneren wand sich eine schmale Treppe in engen Kurven nach unten. Die ausgetretenen Stufen waren so glatt, dass es schon häufiger zu schweren Stürzen gekommen war. Deshalb hatte man den jungen Männern das Betreten auch untersagt.

»Und das hat der Alte gestattet?«, wunderte sich Hinrick.

Wilhelm zog seinen Freund mit sich. »Frag nicht so viel, sondern spute dich.«

Hinrick widersetzte sich. »Ich habe meinen Umhang vergessen.«

»Trage ich einen? Es ist nicht kalt draußen. Außerdem bleiben wir nicht lange fort, du Stubenhocker.«

Bevor sie den Schlosshof überquerten, um zu den Stallungen zu gelangen, schaute Wilhelm mehrmals prüfend in alle Richtungen. Hinrick bemerkte den suchenden Blick sehr wohl, dachte sich aber nichts dabei. Unvermittelt rannte der Prinz zum Stall. Hinrick folgte ihm.

Dort standen bereits ihre gesattelten Pferde. Ein Bediensteter reichte ihnen die Zügel. Der Stallmeister war nirgends zu sehen.

Voller Begeisterung schwang sich Wilhelm in den neuen Sattel, rutschte ein wenig herum, so als ob er dessen Passform ausprobieren wollte, drückte dann seinem Pferd die Fersen in die Seiten und ritt los. Hinrick tat es ihm gleich. Er war nicht erfahren im Umgang mit Pferden und kein besonders guter Reiter. So gelang es ihm nur mit Mühe, dem Prinzen zu folgen.

Der galoppierte bereits, ohne anzuhalten, durch das offene Tor, vorbei an den verwundert schauenden Torwachen, und wandte sich nach Westen.

»Warte«, rief Hinrick ihm hinterher. »Nicht so schnell.«

Aber Wilhelm war bereits an der Mittelmauer entlanggeritten und hinter der nächsten Biegung verschwunden.

Glücklicherweise kannte Hinrick den Weg. Irgendwo würde der Prinz sicher auf ihn warten.

Als er Kleve hinter sich gelassen hatte und sich über den Treppkesweg den Ausläufern des Reichswaldes näherte, sah er Wilhelm wieder vor sich. Er stand unter einer mächtigen Eiche und schaute ungeduldig zu Hinrick.

»Du solltest häufiger reiten üben«, meinte er nur und ließ seinen Hengst lostraben. Dieser Geschwindigkeit konnte Hinrick problemlos folgen.

Sie ritten in den Wald hinein. Buchen mischten sich mit Eichen, an einigen Stellen gruppierten sich Tannen.

Der Weg war rechts und links mit niedrigen Büschen bewachsen, in dem weichen Boden fanden sich Spurrillen, vermutlich von Karren eingegraben. An manchen Stellen befestigten flache Steine, die wie hingeworfen aussahen, den Untergrund.

Nach etwa einer halben Stunde hielt Wilhelm, der immer noch einige Längen voraus war, plötzlich an. »Hörst du das?«, fragte er.

Hinrick lauschte. Er vernahm leise Stimmen und das vereinzelte Wiehern von Pferden.

»Wir sollten uns in die Büsche schlagen, damit wir nicht gesehen werden«, schlug der Prinz vor.

»Warum sollten wir das tun?«, fragte Hinrick verwundert.

»Es könnten Soldaten meines Vaters sein.« Wilhelm verließ den Weg und ritt tiefer in den Wald.

Hinrick kam ein Verdacht. Er beeilte sich, zum Prinzen aufzuschließen. »Du hast nicht mit dem Alten gesprochen«, stellte er fest.

Wilhelm grinste nur.

»Du bist doch ...«

Vom Weg her klangen laute Befehle.

»Ich hatte recht. Soldaten! Sie haben sicher unsere frische Spur gesehen. Vielleicht reiten sie uns nach. Wir müssen weg.« Wilhelm gab Hinrick ein Zeichen, ihm zu folgen.

Es dauerte nicht lange und von den Soldaten war nichts mehr zu hören.

»Lass uns umkehren«, bat Hinrick, der sich unwohl fühlte. Die Dämmerung ließ nicht mehr lange auf sich warten und er wollte keinesfalls im Dunkeln durch den Wald irren. Außerdem war es merklich kälter geworden, ihn fröstelte.

»Und den Soldaten genau in die Arme laufen? Nein, danke. Sie werden mich Vater übergeben und dann darf ich zur Strafe sicher für Wochen nicht mehr auf einen Pferderücken. Wir müssen nur noch eine kurze Strecke geradeaus, später Richtung Süden, schließlich nach Osten. Kleve liegt dann nördlich.«

Eine halbe Stunde später hatten sie vollständig die Orientierung verloren.

»Vielleicht ist es doch besser, wenn wir umkehren und unserer Spur folgen«, räumte der Prinz kleinlaut ein. »Die Soldaten dürften mittlerweile längst fort sein.«

Anfangs konnten sie ihre Spur noch ausmachen, aber schließlich wurde der Untergrund steiniger und es wurde immer schwerer, die Eindrücke der Pferdehufe zu entdecken.

Irgendwann gab der Prinz auf. »Ich weiß nicht mehr, wo wir sind«, gestand er und warf Hinrick einen Hilfe suchenden Blick zu.

»Denkst du vielleicht, ich hätte den geringsten Schimmer?«, gab dieser verärgert zurück. »Du hast uns in diese vertrackte Situation gebracht.«

»Was machen wir jetzt?«, fragte Wilhelm kleinlaut.

»Na, was wohl? Weitersuchen natürlich. Oder willst du die Nacht ohne wärmende Kleidung und Feuer hier im Wald verbringen?«

Der Prinz schwieg und überließ Hinrick die Führung. Die Dämmerung zog herauf und schon bald ähnelten die Büsche um sie herum lauernden Räubern und die Baumstämme den Säulen vor dem Portal zur Hölle. Seltsame Geräusche schallten durch den Wald, je dunkler es wurde. Den jungen Männern rutschte das Herz in die Hose. Ihre häufig zur Schau gestellte Selbstsicherheit war verflogen.

Vorsichtig tastete Hinrick nach dem Messer, welches in seinem rechten Stiefelschaft steckte. Es war noch an seinem Platz. Erleichtert atmete er aus. Ganz schutzlos waren sie also nicht.

»Ich habe Hunger und Durst«, jammerte Wilhelm. »Und kalt ist es außerdem.«

»Halt die Klappe«, schnauzte Hinrick ihn an und erschrak sofort über seinen Wagemut. Wenn Wilhelm seinem Vater von dieser Unbotmäßigkeit berichtete, drohte Ungemach. Aber der Prinz schien sich nicht daran zu stören.

Es war mittlerweile stockdunkel, daher mussten sie absitzen und die Pferde am Zügel führen. Plötzlich zeigte der Prinz zur Seite. »Da ist Licht«, rief er aufgeregt. »Ein Haus. Ganz bestimmt ein Haus.« Er hastete los, den widerstrebenden Hengst hinter sich her ziehend.

»Warte«, rief Hinrick. »Ich habe noch nie davon gehört, dass jemand im Reichswald wohnt.« Von Dieben und Halsabschneidern abgesehen, dachte er. »Bleib stehen!«

Der Prinz hörte jedoch nicht.

Beim Versuch, ihm zu folgen, trat Hinrick in ein Loch, strauchelte und stürzte. Mit einem leisen Wiehern riss sich sein Pferd los und verschwand in der Dunkelheit. »Verdammt«, schimpfte er und überlegte, wem er folgen sollte: seinem Schecken oder dem Prinzen. Er entschied sich für Letzteres und marschierte ebenfalls auf den entfernten Lichtschein zu.

Er mochte vielleicht zweihundert Schritte gegangen sein, als er vor sich die Stimme des Prinzen vernahm, der laut um Hilfe rief. Einem ersten Impuls folgend, wollte Hinrick loslaufen, entschied sich dann aber dagegen. Erst musste er wissen, was Wilhelm dermaßen geängstigt hatte.

So leise wie möglich schlich er vorwärts. Schließlich sah er eine Lichtung vor sich, in deren Mitte ein Feuer brannte. Zwei Männer fesselten und knebelten einen wild um sich strampelnden und laut schreienden Prinzen und fluchten dabei wie die Berserker. Ihrer Kleidung nach zu urteilen, waren sie Landsknechte. Aber er konnte keine der typischen Waffen entdecken. Da ihre Uniformen – soweit Hinrick das im flackernden Schein des Feuers ausmachen konnte – zerrissen und verdreckt waren, schien es sich um Söldner zu handeln, die ihrem Befehlshaber weggelaufen waren. Und diese Kerle hatten den Prinzen in ihrer Gewalt!

»Entweder du hörst auf zu schreien, Arschloch, oder ich stecke dir einen Knebel mit Scheiße in den Mund, auch wenn du daran ersticken solltest.« Einer der Männer, ein feister Kerl mit wildem Bart und mächtigem Bauch, gab Wilhelm eine deftige Ohrfeige. »Hast du mich verstanden?«

Der Prinz nickte eingeschüchtert.

»Gut. Und wer ist dieser Hinrick, nach dem du so laut gebrüllt hast?«

Der Sohn des Herzogs schwieg und erntete dafür eine weitere Ohrfeige.

»Rede!«, befahl der Dicke.

Der andere Soldat schob ihn zur Seite. »Lass mich. Ich bringe ihn schon zum Reden.«

Dieser Mann war hager und hatte ein spitz zulaufendes Gesicht. Seine Stimme klang wie die eines Kindes. Er näherte sich Wilhelm und Hinrick musste aus seinem Versteck atemlos vor Angst mit ansehen, wie im Feuerschein die Klinge eines Messers aufblitzte.

»Ich werde dich nicht schlagen, sondern dir einfach ein Ohr abschneiden, wenn du nicht antwortest. Und damit ich dein Geflenne dabei nicht hören muss, stecke ich dir einen Knebel in den Mund. Also, was ist?«

»Hinrick ist ein Landsknecht, der mich begleitet hat«, log Wilhelm.

»Aha. Und wo steckt der Kerl nun?«

»Wir haben uns über den richtigen Weg gestritten und er ist in die andere Richtung geritten. Ich bin im Dunkeln umhergeirrt, bis ich euer Feuer gesehen habe.«

»Ein Soldat, sagst du?«

»Genau. Er wird sicherlich schon bei seinen Kameraden sein und sie werden nach mir suchen.«

Der Hagere holte aus und hieb Wilhelm mit der Faust auf die Nase. Blut spritzte. »Lügen kannst du nicht besonders, Kleiner. Also, wer sollte dir helfen?«

Wilhelm blieb bei seiner Geschichte, obwohl die Kerle ihm das Gesicht grün und blau schlugen. Der Prinz ertrug die Marter erstaunlich tapfer. Zwar flossen Tränen, aber außer einem unterdrückten Schluchzen kam kein Laut über seine Lippen. Schließlich hatten die beiden Landsknechte genug von der Prügelei.

»Wenn wirklich jemand in der Nähe gewesen wäre, hätte er sicher schon eingegriffen«, meinte der Hagere. »Ich vermute eher, er war in Begleitung eines anderen vornehmen Bürschchens und das hat, die Hosen voll, das Weite gesucht. Wir brauchen uns keine Sorgen zu machen, denke ich.«

»Und was machen wir jetzt mit ihm?«

»Erst einmal nichts. Morgen bringen wir in Erfahrung, wer er ist. Er kommt aus gutem Hause, das steht fest. Kein Bauerntölpel trägt Goldbrokat und Pelzbesatz auf der Schaube. Fragt sich nur, wie reich er ist. Vielleicht macht seine Familie ja ein paar Goldgulden locker, um ihn wiederzusehen.«

»Und wenn nicht?«

»Dann schneiden wir ihm die Kehle durch, verkaufen seine Kleidung und das Pferd und gönnen uns von dem Erlös einen netten Abend im Frauenhaus.«

»Eine gute Idee«, freute sich der Dicke. »Aber wäre es nicht besser, ihn erst abzumurksen und dann zu versuchen, Lösegeld einzutreiben? Oder einfach nur den Gaul nebst Sattel zu verkaufen? Das Lösegeld einzutreiben, stellt ein großes Risiko dar. Was, wenn sie uns dabei einfach hops nehmen?«

Der Hagere dachte einen Moment nach. »Vielleicht hast du recht. Lass uns eine Nacht darüber schlafen. Wir binden ihn an den Baum da vorne und knebeln ihn. Seinen Gaul hast du ordentlich festgemacht?«

»Sicher.«

»Gut. Ich möchte nämlich nicht, dass ich morgen früh aufwache und der Hengst ist weg. Der bringt sicher eine schöne Stange Geld. Ist noch Branntwein da?«

»Ein halber Schlauch voll.«

»Prima. Dann löschen wir jetzt unseren Durst und schlafen früh. Morgen haben wir viel vor.«

Sie hockten sich ans Feuer und tranken.

Hinrick hatte die Unterhaltung mit zunehmendem Entsetzen verfolgt. Was sollte er tun? Den Weg zum Schloss suchen und Hilfe holen? Selbst wenn er sich nicht noch tiefer im Wald verirrte, wie sollte er wieder zurück zu der Lichtung finden? Sich in ein Versteck zurückziehen, dort warten und Wilhelm seinem Schicksal überlassen? Er dachte fieberhaft nach. Nein, es blieb nur eine Lösung: Er musste den Prinzen aus der Gewalt der Räuber befreien.

Aber wie sollte er das anstellen? Natürlich musste er sich gedulden, bis die beiden Kerle eingeschlafen waren. Sollte er sich anschleichen und Wilhelm losschneiden? Was, wenn die Räuber aufwachten? Die beiden würden ihn einfach überwältigen. Einen von ihnen könnte er vielleicht besiegen, wenn die Überraschung auf seiner Seite war. Doch wie sollte er das bewerkstelligen?

Langsam machte Hinrick sich mit dem Gedanken vertraut, dass er zum Mörder werden musste, um den Prinzen zu retten. Er könnte versuchen, sich unbemerkt zu nähern, einen der beiden Männer mit einem Stich ins Herz töten oder ihm die Kehle durchschneiden und darauf hoffen, dass der andere Gauner nichts davon mitbekäme, und wenn doch, nicht sofort realisierte, was geschah, sodass Hinrick genug Zeit bliebe, auch ihn auszuschalten.

Die beiden Kerle am Feuer aber dachten nun doch nicht daran, sich schnell zum Schlaf niederzulegen. Sie redeten und redeten, malten sich aus, was sie mit den erwarteten Goldgulden anstellen würden. Währenddessen hockte Hinrick hinter seinem Busch und fror erbärmlich.

Endlich hatten sie den Branntwein ausgetrunken. Der Dicke warf noch einige Scheite auf das Feuer, dann rollten sie sich, zufrieden grunzend, in ihre Decken und schon bald hörte Hinrick lautes Schnarchen.

Er wartete, bis er sich ziemlich sicher war, dass die Söldner wirklich in ihren Träumen versunken waren. Dann rieb er seine klammen Finger, rappelte sich leise auf und streckte die steifen Glieder. Noch einmal überdachte Hinrick die Alternativen. Würde er es wirklich fertigbringen, zum Mörder zu werden?

Er sandte ein stilles Gebet gen Himmel, um von dort Beistand zu erflehen, aber die göttliche Unterstützung blieb aus. Kein Engel fuhr hernieder, um die Räuber mit Feuer oder Schwert zu bestrafen, kein Spalt in der Erde tat sich auf, um sie zu verschlingen. Aber wenigstens hielt Gott ihn auch nicht von seinem Vorhaben ab. Hinrick wertete das als stillschweigende Zustimmung. Deshalb hörte das Zittern seiner Hände allerdings nicht auf und auch sein Herzschlag raste unvermindert weiter.

Als er sich dem Lager näherte, war das Feuer fast vollständig heruntergebrannt. Vorsichtig setzte er einen Fuß vor den anderen, um nicht auf einen trockenen Ast zu treten, dessen Knacken die Gauner möglicherweise aufwachen ließe. Immer wieder blieb Hinrick stehen, starrte in die Dunkelheit, lauschte angestrengt. Aber es blieb alles ruhig. Selbst Wilhelm schien eingeschlafen zu sein. Sein Kopf war nach vorne gesunken und das Kinn berührte die Brust.

Hinrick hatte beschlossen, zuerst den Dicken auszuschalten. Der schien der gefährlichere Gegner zu sein. Langsam schlich er weiter.

Als er im schwachen Schein des Feuers auftauchte, sein Messer in der Rechten, wurde Wilhelm auf ihn aufmerksam. Er hatte wohl doch nicht geschlafen. Mit vor Angst aufgerissenen Augen signalisierte der Prinz, dass er losgebunden werden wollte. So verständlich dieser Wunsch auch war, es wäre die falsche Entscheidung gewesen.

Also verfolgte Hinrick seinen ursprünglichen Plan, schüttelte den Kopf und legte den Zeigefinger auf den Mund. Wilhelm verstand.

Hinrick stand nun direkt neben dem Dicken. Schweiß perlte auf seiner Stirn. Er ging in die Knie und nahm das Messer in beide Hände. In diesem Moment schmatzte der Schlafende vernehmlich, hustete und drehte sich auf den Rücken. Dabei rutschte die Decke von seiner Brust und gab den Blick auf sein Wams frei. Grunzend zog er sie wieder zurecht. Hinrick blieb vor Angst fast das Herz stehen. Aber der Kerl wachte nicht auf.

Hinrick nahm seinen ganzen Mut zusammen, hob das Messer, schloss für einen Moment die Augen und holte tief Luft. Er fixierte die Stelle, wo er das Herz vermutete, hielt das Heft mit beiden Händen, sandte ein weiteres Stoßgebet zum Himmel und stieß mit aller Kraft zu. Für einen kurzen Moment passierte gar nichts. Dann aber färbte sich der Umhang seines Opfers dunkel. Der Söldner zuckte zusammen und stöhnte vernehmlich.

Als Hinrick seine Waffe aus der Brust des Mannes zog, richtete sich der Strauchdieb für einen Moment auf, sah seinen

Mörder aus verzweifelten Augen an und öffnete den Mund, um einen Schrei auszustoßen. Aber nur ein ersticktes Gurgeln war zu hören. Dann fiel der Oberkörper des tödlich Verletzten nach hinten, zuckte noch etwas und wurde schlaff.

Mit einer Mischung aus Entsetzen und Abscheu schaute Hinrick zu. Der Todeskampf des Mannes nahm seine Aufmerksamkeit vollständig in Anspruch. Deshalb bemerkte er erst spät, dass sich der Hagere regte.

»Verdammt, was ist hier los?«, brüllte der Mann, als er Hinricks Silhouette neben dem Feuer entdeckte. Er griff zu seinem Messer, welches neben ihm im Waldboden steckte. Das hatte Hinrick übersehen.

Doch der Söldner hatte sich zu eng in seine Decke eingerollt und es kostete Zeit, sich daraus zu befreien. Zeit, die Hinrick, nachdem er seinen Schock überwunden hatte, für einen weiteren Angriff nutzte. Er sprang mit dem Mut der Verzweiflung auf den Kerl zu, warf sich auf ihn und stieß wie ein Berserker mit dem Dolch zu. Wenn seine Hiebe überhaupt ihr Ziel fanden, verletzten sie den Hageren kaum. Der wehrte sich nach Kräften.

Für Hinrick ging es um Leben und Tod. Dummerweise galt das für seinen Gegner ebenfalls. Der griff nach Hinricks Messerarm. Irgendwie gelang es dem Söldner, sich aus der ihn behindernden Decke zu befreien. Jetzt setzte er sein eigenes Messer ein.

Im letzten Moment gelang es Hinrick, seine freie Hand hochzureißen, um sich vor einem Stich zu schützen. Aber die Klinge des Hageren durchstach seinen Handballen. Hinrick biss die Zähne zusammen und drückte trotz der Schmerzen das Messer beiseite. Er durfte nicht nachlassen, denn sonst war er verloren. Stöhnend rollten die beiden Kämpfenden eng umklammert Richtung Feuer.

Der Hagere war vielleicht einen Kopf kleiner als Hinrick,

aber kräftiger und als Landsknecht kampferprobt. Der Hattinger ahnte, dass er das Gerangel schnell beenden musste, wenn er weiterleben wollte.

Er fand mit einem Fuß Halt an einer Baumwurzel, stieß sich ab, drehte sich mit seinem Gegner einmal um die eigene Achse, sodass dessen Hinterkopf den schwach glühenden Scheiten bedrohlich nahe kam.

Der Hagere schrie auf. Der Gestank versengender Haare stieg in Hinricks Nase. Für einen Moment lockerte sein Kontrahent den Griff. Hinrick bekam sein Messer frei und hieb es dem anderen mit letzter Kraft in den Bauch.

Langsam rutschte die Waffenhand des Hageren nach unten. Hinrick sprang auf. Der Soldat versuchte, trotz seiner Verwundung aus der Glut zu kriechen. »Bitte«, flehte er. »Lass mich leben. Ich habe dir doch nichts getan.«

Ungerührt trat Hinrick zu dem Verletzten, zog dessen Kopf nach hinten und schnitt ihm mit einer schnellen Bewegung die Kehle durch. Dann lief er, schwer atmend, zu Wilhelm, durchtrennte dessen Fesseln und ließ sich zu Boden fallen.

»Einen solchen Kampf habe ich noch nie gesehen. Allein gegen zwei Landsknechte.« Bewundernd blickte der Prinz zu seinem Beschützer.

»Schlafende Landsknechte«, japste Hinrick erschöpft.

»Egal. Du bist ein Held und hast mir das Leben gerettet.« Wilhelm setzte sich neben Hinrick, der seine blutende Hand hielt, und legte ihm einen Arm um die Schultern. »Danke.«

Für einige Minuten hockten die beiden schweigend auf dem feuchten Waldboden.

Schließlich fragte Wilhelm: »Und was machen wir jetzt?«

Hinrick rappelte sich auf. »Nachsehen, ob die Kerle auch wirklich tot sind. Dann meine Hand verbinden, die Leichen ein Stück von hier fortschaffen, damit wir sie nicht sehen müssen, das Feuer anfachen und den Morgen abwarten. Im Hellen werden wir den Weg zurück zum Schloss ja wohl finden.«

12

Lübeck, 31. März 1533

Jürgen Richolff bat Madlen in seine Werkstatt. »Ich muss mit dir reden«, meinte er und zeigte auf den Schemel neben dem Sortierpult, auf dem sonst die Lettern zu Texten gesetzt wurden. Er wartete, bis seine Tochter Platz genommen hatte und ihn neugierig ansah. »Es geht um deine Hochzeit«, begann er.

Madlen verzog das Gesicht. »Du weißt doch, dass …«

»Ja«, unterbrach er sie. »Du hast es mir Dutzende Male gesagt. Ich bitte dich nur um eins: Höre mir zu, bevor du erneut dein Urteil fällst.«

Sie nickte.

Ihr Vater holte tief Luft. »Ich habe gestern ein langes Gespräch mit Clas Wibbeking geführt. Seiner Frau geht es etwas besser, ihre Krankheit ist nicht ansteckend und sie fühlt sich wieder kräftig genug, eure Hochzeit zu organisieren und vor allem daran teilzuhaben.«

»Ich werde Martin nicht heiraten«, bekräftigte Madlen.

»Hast du nicht eben versprochen, mir erst zuzuhören?«

Sie senkte den Kopf. »Entschuldige.«

»Was ich dir jetzt sage, weiß auch deine Mutter nicht. Nur mit Clas Wibbeking habe ich darüber gesprochen und das ist mir wahrlich nicht leichtgefallen.« Er machte eine lange Pause, fast so, als ob er überlegte, nicht weiterzusprechen. »Als wir aus Hamburg zurückkehrten, musste ich mir Geld leihen, um eine neue Werkstatt mit allem Erforderlichen auszustatten.«

»Aber du hast doch die Geräte in Hamburg zu einem guten Preis verkauft, hast du uns erzählt.«

»Das stimmte auch. Aber das Haus hier in Lübeck ist deutlich teurer gewesen, als ich erwartete hatte. Und auch die neue Druckerpresse hat mehr gekostet, als ich für die alte bekommen habe. Es fehlten rund fünfzig Gulden, die ich mir leihen musste.« Jürgen Richolff griff zu einem Becher und nahm einen großen Schluck. »Jetzt ist die Rückzahlung fällig, aber ich habe das Geld nicht.«

Er schaute seine Tochter mit einem verzweifelten Blick an. Madlen hatte ihn noch nie so hilflos gesehen. Sie hatte immer zu ihm aufgeblickt. Er war der Fels in ihrem Leben gewesen, der jeder stürmischen Brandung trotzte – auch wenn sie sich in den letzten Monaten immer wieder wegen ihrer Weigerung, Martin Wibbeking zu heiraten, gestritten hatten.

»Wenn ich meine Schulden nicht begleiche, wird man uns das Haus wegnehmen, die Druckerpresse, unsere Existenz. Wir stehen dann vor dem Nichts, verlieren womöglich die Stadtrechte und müssen Lübeck verlassen.«

»Kannst du nicht einfach mehr Bücher drucken und verkaufen?«

Richolff lachte traurig auf. »Wie soll ich das machen?«

Madlen verstand ihn falsch. »Dann stell doch einen neuen Gehilfen ein, der dir bei der Arbeit zu Hand geht.«

»Der alte ist nicht gegangen, weil er eine Arbeitsstelle in Schwerin annehmen wollte, wie ich euch erzählt habe. Ich musste ihn entlassen, weil ich ihn nicht mehr bezahlen konnte.«

Madlen zeigte auf die Stapel Bücher, die, säuberlich gebunden und verpackt, in einer Werkstattecke auf ihren Abtransport warteten. »Du verkaufst doch so viele Bücher.«

»Richtig. Aber nicht genug. Außerdem bleiben mir meine Kunden so manche Zahlung schuldig. Sie reklamieren fehlerhafte Ware. Sie lügen, was das Zeug hält. Eine Seite sei verschmutzt gewesen oder umgeknickt, der Ledereinband fleckig oder ein Wort falsch geschrieben.«

»Und das reicht, um eine Rechnung nicht zu bezahlen?«

»Nein. Und wahrscheinlich werde ich die Prozesse, die ich zu führen gezwungen bin, auch gewinnen. Aber die Mühlen der Gerechtigkeit mahlen langsam. Und mir steht das Wasser bis zum Hals. Der Geldverleiher, eigentlich ein gutmütiger Kerl, hat mir schon mehrmals Aufschub gewährt. Aber jetzt müsse er die Schulden eintreiben, sagt er. Und ich kann ihn sogar verstehen.«

»Was jetzt?«

»Ich habe Clas Wibbeking um ein langfristiges Darlehen gebeten. Er hat zugesagt, da sich Familienmitglieder untereinander helfen müssten. Und das wären wir ja nach der Hochzeit, hat er betont. Auch auf die Mitgift will er verzichten. Bitte beantworte meine Frage ehrlich: Gibt es einen anderen Freier aus gutem Hause, der um dich wirbt?«

Madlen schluckte. Wenn sie jetzt ihre Beziehung zu Linhardt offenbarte, würde ihr ganzes Lügengeflecht in sich zusammenbrechen. »Nein.«

»Dann musst du Martin Wibbeking heiraten. Ich bitte dich im Namen deiner Mutter und deiner Brüder. Gib deinen Widerstand auf, Tochter. Wir stürzen sonst ins Unglück.«

Minutenlang fiel kein Wort. Dann brach Madlen das Schweigen. »Ich tue es. Aber nur, wenn ich zur Schule gehen darf.«

Jürgen Richolff nahm seine Tochter in den Arm. »Danke. Ich verspreche dir, dass du die Schule besuchen kannst, wenn sie dich nehmen. Denn eigentlich bist du etwas zu alt dafür. Und die Zusage gilt nur bis zu deiner Hochzeit. Danach entscheidet dein Mann über deine Zukunft.«

Madlen wischte sich verstohlen einige Tränen aus den Augenwinkeln. Sie fühlte sich verkauft wie eine Hübschlerin im Frauenhaus.

13

Münster, 4. Mai 1533

Die ganze Stadt war auf den Beinen, als Bischof von Waldeck mit vielen Bewaffneten und seinem Gefolge vor den Toren Münsters eintraf, wo ihn die Honoratioren des Domkapitels erwarteten. Sie übergaben ihm das Gastgeschenk von hundert Reitpferden und kehrten dann in die Stadt zurück.

Diejenigen Münsteraner, die das Glück hatten, einen Platz auf der Stadtmauer ergattert zu haben, beobachteten das Schauspiel aus exponierter Lage. Die anderen drängten sich an den Toren und versuchten so, etwas mitzubekommen.

Der Magistrat hingegen ließ den Bischof warten. Erst gegen Mittag traten die Ratsherren vor die Stadtmauern, begleitet von einigen Bewaffneten, um den Treueeid zu schwören und dem geistlichen Gast sicheres Geleit in die Stadt anzubieten.

Dem Treffen waren langwierige Verhandlungen über dessen Ablauf vorausgegangen. Diese konnten nur deshalb stattfinden, weil die Münsteraner nach langem Hin und Her die Gefangenen von Telgte gegen die Zusicherung freigelassen hatten, die Sperrung der Zufahrtsstraßen zur Stadt aufzuheben und die bischöflichen Landsknechte abzuziehen. Die Zusammenkunft galt als letzter Versuch, das zerrüttete Verhältnis zwischen Bischof und Rat zu kitten.

Trotz dieser Einigung sahen die Bürger dem Treffen mit dem

Kirchenfürsten skeptisch entgegen. Zu groß war ihr Misstrauen. Folgerichtig standen sie zwar Spalier, hatten sich allerdings bewaffnet und in den gesperrten Seitengassen sicherheitshalber Bürgertruppen und Stadtsoldaten stationiert, um eine Einnahme Münsters durch einen Handstreich zu vereiteln. Denn die meisten Bewohner trauten dem Bischof und seinen Soldaten nach den Auseinandersetzungen der Vergangenheit nicht mehr über den Weg.

Aber alles blieb ruhig. Der Bischof hielt sich an die Abmachungen, marschierte schnurstracks zum Dom, um dort eine schlecht besuchte Messe zu zelebrieren. Anschließend zogen sich Geistliche und Adel in eines der Klöster zurück, um dort opulent zu speisen. Ein gemeinsames Essen mit dem Rat war erst für den nächsten Tag vorgesehen.

»Das war alles?«, wunderte sich Lukas, der mit Anna zu denjenigen gehörte, die am Domplatz Zeugen des Geschehens geworden waren. »Und dafür der ganze Aufmarsch? Bloß weil ein Bischof in Münster zu Mittag isst?«

Hinter ihnen erklang ein dröhnendes Lachen. Lukas fuhr herum. Dort stand der Einäugige, der ihm bereits bei der Attacke auf Telgte begegnet war.

»Gut gesprochen, Junge. Aber das ist große Politik. Davon verstehen wir einfachen Leute nichts.« Wilbolt grinste breit.

Jetzt, am hellen Tag, wirkte sein verunstaltetes Gesicht nicht mehr ganz so bedrohlich wie in der Nacht vor den Toren der Nachbarstadt. Trotzdem zuckte Anna zurück, als sie der Narbe und der leeren Augenhöhle ansichtig wurde.

»Du brauchst nicht zu erschrecken, Mädchen«, versicherte Wilbolt. »Ich sehe zwar schlimm aus, bin aber sanft wie ein Lamm.« Wieder ließ er sein schallendes Lachen hören. »Meistens jedenfalls.«

Der Einäugige war besser angezogen als noch vor einigen Monaten. Seine Kleidung war keineswegs vornehm, aber nicht mehr so zerrissen und dreckig wie damals. »Du hast Arbeit gefunden?«, vermutete Lukas deshalb.

»Richtig. Der Rat war so freundlich, einen ehrlichen Protestanten wie mich einzustellen.«

»Und was tust du für die Stadt?«

»Ich arbeite im Buddenturm.«

Anna wich unwillkürlich einen Schritt zurück. Der Buddenturm war erst vor wenigen Wochen in ein zusätzliches Gefängnis umgewandelt worden. Also war Wilbolt ein Gefängniswärter.

Wieder zeigte der Neustädter seine schlechten Zähne. »Ich befürchte, ich kann es der jungen Dame hier heute nicht recht machen.« Er verbeugte sich tief, zog einen imaginären Hut und trollte sich.

»Woher kennst du diesen Menschen?«, wollte Anna wissen. Abscheu lag in ihrer Stimme.

»Er war wie ich beim Zug nach Kleve dabei.«

»Du hast wahrlich seltsame Freunde.«

»Er ist kein Freund. Ich bin ihm nur einige Male begegnet.«

Die junge Frau schaute ihn skeptisch an. Lukas kannte diesen Blick. Auch ihre Mutter wandte ihn manchmal an, besonders dann, wenn Anna ihr eröffnete, dass sie einige Zeit mit Lukas zu verbringen gedachte. Denn diese akzeptierte die Treffen nur, weil Lukas als Lehrling quasi zum Haushalt gehörte.

Die beiden jungen Leute waren sich in den vergangenen zwei Jahren nähergekommen, aber über vertraute Blicke oder eine wie zufällige Berührung dann und wann hatte es keine Zeichen ihrer Zuneigung gegeben.

Lukas wusste, dass es sich für einen Lehrling nicht gehörte, um die Tochter des Meisters zu werben, und Anna wusste das natürlich ebenfalls. Also blieben sie einfach Freunde, wenn auch sehr enge.

Als sie sich einige Schritte entfernt hatten, hörten sie Wilbolt murmeln: »Irgendwoher kenne ich den Burschen. Oder sieht er nur jemandem ähnlich?«

14

Lübeck, 14. September 1533

Madlens und Martins Hochzeit vor einigen Monaten war Linhardt ferngeblieben. Er hatte sich mit dringenden dienstlichen Geschäften entschuldigt und Lübeck für einige Tage verlassen. Um keinen Preis hätte er zusehen können, wie sich die beiden das Jawort gaben.

Seit Wochen war der junge Kaufmann nicht mehr in eine Kirche gegangen, sei sie nun katholisch oder protestantisch. Nach wie vor konnte er mit den religiösen Streitereien nichts anfangen und hielt sich aus allen theologischen Disputen heraus.

Das jedoch führte nur dazu, dass er ob seines Verhaltens von beiden Seiten misstrauisch beäugt wurde. Und als er das Getuschel hinter seinem Rücken nicht mehr überhören konnte, hatte er sich dafür entschieden, einfach der Mehrheit zu folgen. So war Linhardt wie Martin zum Protestanten geworden.

Um sein Versprechen gegenüber Clas Wibbeking einzulösen, hatte er bei mehreren Treffen auf seinen Freund eingeredet, allerdings ohne jeden Erfolg. Im Gegenteil: Je mehr sich Lübeck international isolierte, desto radikaler gebärdete sich Wullenwever und desto bedingungsloser schlug sich Martin auf dessen Seite.

Tatsächlich spürte auch Linhardt die veränderte politische Großwetterlage in seinen Geschäften. Der Handel mit den

Niederländern war fast völlig zum Erliegen gekommen, nachdem diese sich mit Dänemark und den Herzogtümern Schleswig und Holstein geeinigt hatten und ihre Waren über den Landweg von Husum nach Schleswig transportierten, dort verschifften und so die Zölle der Hansestadt umgingen.

Gleichzeitig schmiedete der holsteinische Adel ein breites Bündnis mit Lübecks Feinden, sodass sich die Hansestadt schon bald von Kontrahenten umgeben sah. Die von Lübeck vom Zaun gebrochene Kaperfehde, bei der die Handelsschiffe der Gegenseite aufgebracht wurden, scheiterte. Es gelang der Kriegsflotte nicht, den Holländern in der Ostsee wirklichen Schaden zuzufügen. Die Niederländer waren durch ihre Spione rechtzeitig gewarnt worden und hatten ihre Kauffahrer zurückgehalten.

Der Versuch Marx Meyers, daraufhin holländische Schiffe in der Nordsee zu kapern, brachte nur den englischen König Heinrich gegen Lübeck auf, weil die beschlagnahmten Schiffe englische Waren transportierten.

Die so erfolgte Aufteilung der ohnehin relativ kleinen Flotte machten sich die Niederländer außerdem prompt zunutze und drangen ihrerseits in die Ostsee vor, griffen Kaufleute der Hanse an, verschwanden aber sofort wieder, als sich Wullenwever mit einigen neuen, hastig fertiggestellten Kriegskoggen näherte.

Als sich dann auch noch der frühere Verbündete Schweden mit Lübecks Gegnern einigte, alle Handelsprivilegien der Hansestadt für null und nichtig erklärte und auch die anderen in der Hanse zusammengeschlossenen Städte sich von Lübeck abwandten, war die Isolierung vollkommen.

Linhardt traf Clas Wibbeking und seine Frau Juliana vor der Marienkirche.

Der Ratsherr ging gebeugt, als trüge er eine schwere Last auf seinen Schultern. Als er den jungen Kaufmann entdeckte, hellten sich seine Züge jedoch ein wenig auf. »Linhardt, schön, dich zu sehen.«

Der junge Kaufmann erwiderte den Gruß. Dann fragte er: »Habt Ihr etwas von Martin gehört?«

Wibbeking schüttelte den Kopf. Seine Stimme klang bitter, als er antwortete: »Er ist nicht mit den Schiffen, die unter Wullenwevers Kommando standen, zurückgekehrt, sondern dem unseligen Meyer in die Nordsee gefolgt. Wer weiß, ob er überhaupt noch lebt?«

In diesem Moment schluchzte Juliana kurz auf, fing sich aber sofort wieder. Ihre Nase ähnelte immer noch der eines Ferkels, wenngleich sie nicht mehr so entstellt wirkte wie noch vor einem halben Jahr. Nur wer sie nicht kannte, warf ihr neugierige Blicke zu. Die anderen schauten vornehm an ihr vorbei, wenn sie ihr auf Lübecks Straßen begegneten.

»Entschuldige«, wandte sich der Ratsherr an sie. »Ich hätte meine Worte sorgfältiger wählen sollen.«

»Nein«, wehrte sie ab. »Du hast ja recht.« Und zu Linhardt meinte sie leise: »Marx Meyer ist in England verhaftet worden.«

»Aber wir haben unsere Kaufleute im Stalhof gebeten, bei König Heinrich zu Meyers Gunsten zu intervenieren. So wie es aussieht, wird Heinrich unserem Wunsch folgen und Meyer samt seinen Gefolgsleuten freilassen. Hoffen wir, dass Martin unter ihnen ist.«

Linhardt nickte zustimmend.

»Und wie gehen die Geschäfte?«, wollte Wibbeking wissen.

»Sicher nicht besser als die Euren. In allen Ostseehäfen machen uns die Holländer und Dänen das Leben schwer, der Handel mit Schweden ist fast vollständig zusammengebrochen und das Englandgeschäft ist zu klein, um diese Verluste auszugleichen.«

Wibbeking gab durch eine Geste zu verstehen, dass er

Linhardts Sorgen teilte. »Das führt leider nicht dazu, dass sich die Bürger von Wullenwever abwenden. Im Gegenteil, seine abenteuerliche Politik findet immer mehr Unterstützung in der Bevölkerung. Als ob Kriege gut für das Geschäft wären. Das waren sie noch nie und werden es auch nie sein. Aber lass uns das Thema wechseln. Sag, hast du Madlen in letzter Zeit gesehen?«

»Nein«, log Linhardt und hoffte, dass man ihm seine Unehrlichkeit nicht an der Nasenspitze ansah. Denn tatsächlich traf er sich – allen guten Vorsätzen zum Trotz – regelmäßig mit Martins Ehefrau. Und auch heute waren sie später jenseits des Mühlenteiches verabredet.

»Du solltest sie besuchen. Sie wird sich bestimmt freuen. Ich gehe davon aus, dass du weißt, was sich bei einem solchen Besuch gehört.«

Linhardt verspürte einen Stich in der Brust. Sah ihn der Freund seines Vaters gerade prüfend an? Hatte er gar Verdacht geschöpft? Aber Clas Wibbekings nächste Sätze vertrieben diese Befürchtung schnell.

»Du wirkst besorgt. Keine Angst, wir sind uns Madlens sicher. Meine Bemerkung sollte ein Scherz sein. Aber heute vermag ich in der Tat nicht, mit goldener Zunge zu sprechen. Sieh es mir nach, Linhardt.«

Der Angesprochene nickte heftig und die Eheleute verabschiedeten sich.

Auf dem Weg Richtung Mühlenteich plagte Linhardt das schlechte Gewissen. Denn schon kurz nach der Hochzeit war Martin wieder in den Krieg gezogen und Linhardt hatte die Treffen mit Madlen erneut aufgenommen. Allerdings mussten sie noch vorsichtiger sein als früher.

Linhardt war sich darüber im Klaren, dass er nicht nur seinen besten Freund, sondern auch den seines Vaters betrog. Sollte jemals herauskommen, dass Madlen und er sich in den vergangen Monaten noch näher gekommen waren, würde sich nicht nur die Familie Wibbeking von ihm abwenden, sondern möglicherweise auch sein Vater im fernen Hattingen.

Und was, wenn jemand Anklage gegen ihn erhöbe? Linhardt hatte von Fällen gehört, in denen Ehebrecher aus der Stadt verwiesen worden waren. Konnte ihm das nicht auch geschehen? Nein, beruhigte er sich. Es war ja zwischen Madlen und ihm nichts passiert, was Ehebruch bedeutet hätte. Aber wer würde ihnen das glauben?

Linhardt hätte sich ohrfeigen können. Er musste diese Beziehung beenden, solange noch Zeit dazu war. Gleich würde er mit Madlen sprechen. Und sicher würde sie ihn verstehen. Schließlich lag es auch in ihrem Interesse, dass sie beide ihren guten Namen behielten. Ja, das wäre der richtige Weg. Dann würde er auch wieder ruhig schlafen können.

Einigermaßen beruhigt passierte Linhardt das Mühlentor, ging über die Brücke und wandte sich nach Westen. Große Weidenbäume versperrten den Blick auf die Stadtmauer. Der junge Kaufmann stieg eine Anhöhe hinauf, tiefer in das kleine Waldstück hinein, welches noch nicht gerodet worden war.

Nie war ihm oder Madlen auf dieser Route irgendjemand begegnet. Der Wald wurde schon seit Langem nicht mehr zum Holzeinschlag genutzt, gejagt wurde hier auch nicht und Pilzsucher mieden die Gegend, nachdem sich zwei von ihnen mit giftigen Exemplaren fast selbst umgebracht hatten. Der Wald sei verflucht, hieß es daraufhin in der Stadt. Und da auch kein ausgebauter Weg hindurchführte, mussten Linhardt und Madlen nicht damit rechnen, auf Reisende zu stoßen.

Entsprechend sicher fühlten sich beide. Tiefer im Wald befand sich eine verfallene Hütte, die ihnen als Treffpunkt diente. Sie hatten das ideale Versteck gefunden.

Er drängte sich durch die Büsche und schob die letzten Zweige beiseite. Madlen hockte auf einem umgefallenen Baumstamm und wartete. Als sie auf ihn aufmerksam wurde, strahlte ihr Gesicht. Linhardt sah das Leuchten in ihren Augen. Und schlagartig vergaß er alle eben gefassten Vorsätze.

15

Hattingen, 16. September 1533

Nach ihrer Rückkehr war Hinrick in Kleve wie ein Held gefeiert worden. Er jedoch hielt sich für einen Mörder. Zwar versicherten ihm der Herzog und Heresbach, dass die beiden Kerle Halsabschneider und Vergewaltiger gewesen seien, aber das tröstete ihn nicht. Er hatte zwei Menschenleben auf dem Gewissen.

Auch die Absolution, die ihm der Hausgeistliche am herzoglichen Hof nach der Beichte erteilt hatte, vermochte seine Schuldgefühle nicht zu vertreiben, im Gegenteil. Immer häufiger verfiel Hinrick in Grübeleien und vernachlässigte seine Pflichten.

Nur der Prinz schien das Erlebte als ein großes Abenteuer zu betrachten. Je länger ihr Ausflug in den Reichswald zurücklag, desto kleiner wurde Hinricks Anteil an Wilhelms Befreiung. Mittlerweile hörten sich die Reden des Prinzen so an, als ob nicht er, sondern Hinrick an den Baum gefesselt gewesen wäre.

Der Hattinger reagierte auf diese Prahlereien nur mit mildem Spott.

Und da fast alle am Hof wussten, wie sich die Geschichte wirklich zugetragen hatte, verlor auch Wilhelm irgendwann die Lust an Übertreibungen und der Vorfall geriet mehr und mehr in Vergessenheit.

Für Hinrick allerdings hatte sich einiges geändert. Zum Dank für die Rettung seines Sohnes schenkte der Herzog ihm einen grauen Wallach nebst Zaumzeug und einem kunstvoll gearbeiteten Sattel. Außerdem hatte er seine Bezüge um fünf Gulden angehoben, sodass der junge Hattinger nun fast so viel verdiente wie ein Offizier der herzoglichen Garde. Hinzu kam die Wertschätzung, die Hinrick seitdem genoss. Trotzdem blies er weiterhin Trübsal.

Heute allerdings besserte sich seine Laune mit jeder Meile, die er sich von Kleve entfernte. Er war auf dem Weg nach Hattingen. Zum ersten Mal in diesem Jahr wollte er seinem Vater einen Besuch abstatten.

Die Sonne stand schon tief am Horizont, als Hinrick vor seinem Elternhaus vom Pferd stieg und es am Zügel zum Hoftor führte. Die Flügel quietschten wie immer, als er sie aufschob. Hinrick lächelte. Er war zu Hause.

Die Magd hängte gerade Wäsche auf und drehte sich um, als sie das Klappern der Pferdehufe auf den Holzbalken hörte, mit denen der Weg befestigt war. Einen Moment lang stutzte sie und beobachtete seine neuen Kleider, die einem Edelmann angemessen waren. Doch dann rief sie aus: »Der junge Herr Hinrick. Das wird den Herrn aber freuen!« Sie lief ins Haus, vermutlich, um die Neuigkeit weiterzutragen.

Hinrick band das Pferd an den dafür vorgesehenen Balken am Stall, löste sein Bündel und sattelte ab. Als er sich dem Haus näherte, kam ihm sein Vater bereits mit ausgebreiteten Armen entgegen.

»Mein Sohn! Schön, dass du hier bist.«

Sie begrüßten sich herzlich. Danach trat Jorge einen Schritt zurück und musterte seinen Sprössling. »Vornehm gekleidet, ein kleiner Bauchansatz – es scheint dir gut zu gehen.«

Hinrick nickte.

»Und das Pferd?«

»Gehört mir. Ebenso wie der Sattel. Ein Geschenk des Herzogs.«

»Wie großzügig. Du scheinst in seiner Gunst zu stehen.«

»Darüber wollte ich mit dir reden.«

Jorges Miene verfinsterte sich. »Dich scheint etwas zu beschäftigen. Das sehe ich dir an der Nasenspitze an. Muss ich mir Sorgen machen?«

»Sicher nicht.« Hinrick griff seines Vaters Hand. »Gehen wir ins Haus, dann erzähle ich dir alles.«

Die beiden setzten sich in die Stube. Die Magd brachte Wasser und Wein. Schon als Jorge einschenkte, konnte Hinrick nicht mehr an sich halten. »Vater, ich habe zwei Menschen getötet!«

Jorge fiel fast der Krug aus der Hand. »Wie bitte?«

»Mir blieb keine andere Wahl, glaube ich. Trotzdem hängt mir die Tat wie ein Mühlstein um den Hals.«

Stockend begann Hinrick, seinem Vater die Geschichte zu erzählen. Der hörte geduldig zu, drängte ihn auch nicht, wenn Hinrick, von der Erinnerung überwältigt, länger schwieg, und fragte nur nach, wenn er dem Bericht nicht folgen konnte.

Als der junge Mann geendet hatte und seinen Vater hoffend ansah, stand dieser auf und nahm seinen Sohn in den Arm. Der begann, leise zu weinen. Für Minuten verharrten beide reglos. Schließlich fasste Hinrick sich wieder.

»Du hast richtig gehandelt«, begann Jorge. »So gerne ich es täte, diese Last kann ich nicht von deinen Schultern nehmen. Ich werde dir aber etwas aus meiner Vergangenheit erzählen, was nur deine Mutter wusste. Vielleicht hilft es dir, das Geschehene zu verarbeiten.« Er trank einen Schluck und atmete tief ein. »Als ich etwa in deinem Alter war, habe ich auch einen Menschen getötet.«

Hinrick sah erstaunt hoch.

»Aber es war nicht irgendein Gauner, den ich umgebracht habe, sondern der Bruder deiner Mutter.«

»Lucas?«

»Ja. Er erstach meinen Hund und wollte dann mir an den Kragen. Im Kampf habe ich ihn mit einem Stich in die Kehle getötet. Ich habe lange unter dem Ereignis gelitten. Am Vorabend unserer Hochzeit habe ich deiner Mutter die Tat gestanden. Sie hat mir verziehen.«

»Kein Wunder, du hast in Notwehr gehandelt.«

»Das hast du auch. Zwar wärst nicht du das Opfer geworden, sondern der Prinz, aber das macht in meinen Augen keinen Unterschied.«

»Und wie konntest du akzeptieren, einem Menschen das Leben genommen zu haben?«

»Ich habe es als unvermeidlich hingenommen. Ich war nie stolz auf das, was ich getan habe, in der damaligen Situation gab es aber leider keinen anderen Ausweg. Es hieß: er oder ich. Und so war es bei dir auch. Du musstest das Leben des Prinzen gegen das zweier Halsabschneider abwägen. Ich hätte an deiner Stelle nicht anders gehandelt.«

»Das sagen die Leute am Hof auch.«

»Und sie haben recht. Es kann sein, dass du auf deinem Lebensweg noch einmal an Wegkreuzungen kommst und dich entscheiden musst, in welche Richtung du abbiegen willst. Mitunter sind beide Wege gleich beschwerlich und vielleicht führen beide ins Nichts, aber gehen musst du einen von ihnen trotzdem. Überdenke deine Entscheidung gründlich, wenn du Zeit dafür hast. Und wenn du dich entschieden hast, folge dem von dir eingeschlagenen Weg ohne Zweifel. Denn in vielen Fällen gibt es ohnehin kein Zurück.«

»Und du konntest Lucas' Tod vergessen?«

»Nein, nie. Und das solltest du in deinem Fall auch nicht tun. Aber du musst dich nicht dein Leben lang grämen, weil du so gehandelt hast. Über kurz oder lang wären die beiden Kerle ohnehin am Galgen gelandet. Wenn du es so betrachtest, hast du nur dem Henker die Arbeit abgenommen.«

Sie schwiegen eine Weile. Dann fragte Jorge: »Geht es dir besser?«

»Ja. Du hast mir geholfen.«

»Das freut mich. Und nun komm. Ich möchte dir unser neues Speicherhaus zeigen.«

Eine Stunde später hatten sie das Lagergebäude wieder verlassen und standen am Rand des Kirchhofs. Hinrick schaute gen Himmel. »Es ist höher als die Nachbargebäude«, stellte er fest.

»Leider.«

Der junge Mann warf seinem Vater einen fragenden Blick zu.

»In Hattingen werden neuerdings Häuser ab einer bestimmten Höhe mit einer happigen Sondersteuer belegt. Ärgerlicherweise fällt aber nur unser Gebäude unter dieses Verdikt.«

»Wie das?«

Jorge erzählte von Kielmanns Trickserei.

»Aber du kannst die Steuer aufbringen, oder?«

»Ja. Allerdings erst, nachdem ich mir Geld geliehen habe.«

»Zu welchen Konditionen?«

»Zehn vom Hundert.«

»In welchem Zeitraum?«

»Für die gesamte Laufzeit des Darlehens.«

»Das ist wahrlich günstig. Wer ist so großzügig?«

»Ein Bochumer Jude.«

Hinrick griff in seine Tasche und zog einen Lederbeutel

hervor. »Ich wollte dich ohnehin bitten, das Geld für mich aufzubewahren. Der Herzog bezahlt mich gut, wie du weißt. Für Unterkunft und Verpflegung muss ich keinen Pfennig ausgeben. Kosten entstehen nur für meine Bücher. Und auch nur dann, wenn sie nicht in der herzöglichen Bibliothek vorrätig sind. Da bleibt einiges übrig.« Er reichte seinem Vater den prall gefüllten Beutel. »Nimm es und bezahle damit deine Schulden.«

Jorge wog die Geldkatze in der Hand. »Ich weiß nicht …«

»Nun zier dich nicht.«

»Danke. Ich werde es dir zurückzahlen, wann immer du es brauchst. Wie viel ist es?«

»Dreißig Goldgulden.«

Jorge pfiff durch die Zähne. »Viel Geld für einen jungen Mann. Als ich in deinem Alter war …«

»Ich weiß, Vater«, unterbrach ihn Hinrick. »Du hast uns diese Geschichten schon oft erzählt.«

SCHULD UND SÜHNE

Januar 1534 bis November 1535

1

Münster, 28. Januar 1534

Lukas machte sich nicht viel aus dem Würfelspiel. An diesem Sonntag allerdings hockte er mit einigen anderen Lehrlingen in einer Schenke und kippte den Becher. Er galt noch immer als Außenseiter, weil er lieber musizierte als soff und die Frauenhäuser mied.

Seinem Lehrherrn war das nicht verborgen geblieben und er hatte ihm geraten, sich wenigstens dann und wann am Zeitvertreib der anderen zu beteiligen, um nicht vollends ins Abseits zu geraten. An das Glücksspiel allerdings hatte Muntzer bestimmt nicht gedacht, denn das war den Lehrjungen ebenso verboten wie der Besuch der Schenken. Aber wo kein Kläger, da kein Richter.

Lukas riskierte nicht viel. Er setzte nur solche Beträge, deren Verlust er verschmerzen konnte. Aber er verlor nicht, sondern gewann, sodass sich mittlerweile die Groschen vor ihm türmten.

»Gott ist mit den Ahnungslosen«, bemerkte Melchior, ein Tischlerlehrling, der neben Lukas saß. »Musste sich am Anfang noch die Regeln erklären lassen und gewinnt nun fast jedes Spiel.«

»Vielleicht ist er ein Prophet und kann durch die Becherwand gucken und die Höhe unserer Würfe erkennen«, flachste ein anderer.

»Propheten haben wir in Münster schon genug», bemerkte Melchior. »Die zwei aus Holland, die Rothmann und die anderen getauft haben, dann Jan Matthys und jetzt auch noch diesen Jan Bockelson.«

»Wen?«, erkundigte sich Lukas.

»Jan Bockelson. Er kommt aus Leiden und war im letzten Sommer schon einmal in der Stadt. Hat damals bei dem Rammert gewohnt. Ich bin mit dessen Sohn befreundet. Der hat mir vielleicht Sachen über diesen Jan van Leiden erzählt.«

»Spuck es schon aus«, bat ein Dritter.

»Seine Mutter hat's mit ihrem Dienstherrn, dem Schulzen Bockel von Grevenhagen, getrieben. Herausgekommen ist Jan Bockelson. Er wollte Schneider werden, erzählte mir mein Freund, hat dann aber die Lehre geschmissen und sich dem fahrenden Volk angeschlossen. Er ist auf Märkten mit selbst geschriebenen Geschichten als Schauspieler aufgetreten. Später hat er mit einer Witwe in Leiden eine Schenke am Hafen aufgemacht. So eine richtig üble Bude, mit Huren, rauen Seeleuten und so.«

»Solche Gasthäuser liebe ich«, rief ein weiterer Lehrling in die Runde.

»Kannst dich ja bei ihm taufen lassen«, erwiderte Melchior lachend. »Es soll in Münster schon über tausend geben, die den Wiedertäufern folgen.«

»Taufen? Nee. Seine Schenke will ich besuchen und mir die Huren angucken.«

»Und was ist mit diesem Matthys?«, fragte Lukas.

»Keine Ahnung. Er soll aus Holland stammen. Ein Bäcker, erzählen sich die Leute. Und ein glühender Protestant. Wegen einer angeblichen Schmähung des Leibs Christi sollen ihm die Katholischen die Zunge durchbohrt haben. Da wäre ich auch nicht besonders gut auf die Papisten zu sprechen.« Alle lachten.

Auf der Straße entstand ein Tumult. Die Tür wurde aufgerissen und ein Trupp Bewaffneter sprang in den Schankraum. Die Männer sahen nicht so aus, als ob sie über Erfahrungen mit den Messern und Dolchen verfügten, mit denen sie wild in der Luft herumfuchtelten. Sie schienen eher einfache Leute zu sein.

»Raus mit euch, ihr Ungläubigen«, brüllten sie. »Der Herr wird euch wegen eurer Lasterhaftigkeit strafen.«

Die Gäste blieben einfach sitzen und schauten sich amüsiert das Treiben an. Erst als einer der Fanatiker einen der Spötter mit dem Messer am Arm verletzte, folgten Lukas, seine Begleiter und die anderen Gäste dem Befehl. Egal, ob im Umgang mit Waffen geübt oder nicht – totstechen konnten die Männer jemanden damit auf jeden Fall.

In den nächsten Stunden war in Münster die Hölle los. Marodierende Wiedertäufer, aufgehetzt durch die Demagogen in ihren Reihen, die sich selbst Apostel oder Propheten nannten, rannten durch die Straßen, sperrten sie mit Ketten ab, besetzten die Tore und drohten denen, die sich nicht zu ihrem Glauben bekannten, als Ungläubige und Heiden mit dem Tod.

Die eingeschüchterten und verängstigten Bürger verrammelten ihre Häuser. Einige hofften auf die trügerische Sicherheit der Kirchen, wurden aber daraus vertrieben und auf den Straßen und Plätzen der Stadt verprügelt.

Die Wut der Wiedertäufer richtete sich nicht nur gegen Katholiken, sondern auch gegen die Protestanten, denn sie waren vom Fortgang der Reformation enttäuscht. Sie erwarteten den sofortigen Himmel auf Erden, eine freie Kirche nach urchristlichem Glauben, die ohne jedwede staatliche Eingriffe funktionierte. Mitglied wurde man nicht durch die Säuglingstaufe, sondern nur durch den freien Willen. Erst Menschen, die wussten, was sie taten, konnten die Aufnahme in die Gemeinschaft verlangen. Priester kannten sie keine. Jedes Gemeindemitglied konnte, wenn es denn wollte, seinen Glauben predigen. Und alles sollte allen gehören.

Lukas nutzte einen unbeobachteten Moment und stahl sich

im Dunkel um die Hausecke. Melchior folgte ihm. Gemeinsam rannten sie davon, nur um an der nächsten Straßenecke einem Trupp der Wiedertäufer in die Arme zu laufen. Aus Angst, von den Tobenden erschlagen zu werden, riefen sie deren Parolen, schimpften auf die Ungläubigen und beteiligten sich an den Schmähungen der Lutheraner und Papisten.

Ihre List funktionierte nur bedingt. Sie wurden in die Mitte der Gruppe genommen und von dieser mitgerissen. An Flucht war im Moment nicht mehr zu denken. Also fügten sie sich in das Unvermeidliche und heulten mit den Wölfen.

Die Meute zog sie mit sich zum Überwasserkirchplatz. Vor der Liebfrauenkirche kamen sie zum Stehen.

»Heute stürzt das Kloster ein, heute stürzt das Kloster ein«, skandierte die Menge, freudig erregt.

Lukas und Melchior schauten sich irritiert an.

Einer der Umstehenden bemerkte ihre Blicke. »Ihr habt wohl noch nicht gehört, dass Bernd Rothmann prophezeit hat, dass das Kloster um Punkt zwölf Uhr zusammenbrechen und alle, die sich noch darin befinden, begraben wird?«

Lukas schüttelte konsterniert den Kopf und auch Melchior, sonst nicht gerade einer der Hellsten, konnte sich nur wundern.

»Rothmann hat die Nonnen aufgefordert, das Kloster zu verlassen und ihr Keuschheitsgelübde zu widerrufen. Wie man hört«, setzte er grinsend fort, »haben sie beides mit Freuden getan. Jetzt befinden sich nur noch die verfluchte Äbtissin und einige alte Schachteln im Gebäude – sollen sie doch mit ihren Rosenkränzen in den Händen zum Teufel gehen.«

Am nahen Dom begannen die Glocken zu schlagen. Die singende und betende Menge hielt inne, manche zählten die Schläge mit: »Zehn, elf, zwölf …«

Beim letzten Schlag ging ein Raunen durch die Meute. Doch es passierte nichts.

Enttäuscht warteten die Wiedertäufer noch ein wenig. Dann aber wurden erste Buhrufe laut.

Bernd Rothmann, der aus einer dunklen Ecke heraus das Schauspiel beobachtete, betrat den Platz. Er wusste, dass er jetzt mit einer guten Erklärung aufwarten musste, wollte er seine Anerkennung nicht verspielen.

»Brüder und Schwestern«, begann er. »Seht das Wunder, das Gott uns gezeigt hat.«

Murren war zu hören.

»Er hat dieses Kloster verschont. Und warum hat er das getan? Weil die meisten der Nonnen sich besonnen und dem rechten Glauben zugewandt haben. Ein Prophet ist nicht deshalb ein falscher Prophet, weil seine Voraussagen nicht Wort für Wort eintreffen. Erinnert euch. Was habe ich vorhergesagt? Dass Gott, unser Herr, dieses Stift zerstören werde, wenn die Nonnen nicht dem rechten Weg folgten. Und was haben die Schwestern getan? Sie sind aus dem Kloster gelaufen!« Die letzten Worte brüllte er mit Nachdruck. »Die Zerstörung wäre gewiss eingetreten, wenn die Nonnen nicht Buße getan hätten. Gott hat uns ein Zeichen seiner Güte geschenkt. Dankt dem Allmächtigen.« Rothmann sank auf die Knie, die gefalteten Hände nach oben gestreckt und den Blick zum Himmel erhoben.

Die Anhänger folgten seinem Beispiel. Und in diesem Moment allgemeiner Verzückung gelang es Lukas und Melchior, sich davonzustehlen.

Dummerweise aber holten sie die Gläubigen wieder ein. Denn Rothmann zog mit seinen Getreuen durch die Stadt, forderte die Bürger auf, Buße zu tun, sprang wie tollwütig hin und her und gab vor, von Gottes Wort erfüllt zu sein. Hunderte begleiteten den selbst ernannten Propheten.

Auf dem Marktplatz schließlich tat Rothmann so, als halte er Zwiesprache mit Gott, verdrehte die Augen, hüpfte auf und ab und stieß seltsame Schreie aus. Verzückt beobachtete seine Gefolgschaft dieses Gehabe. Einige Menschen ließen sich von der Ekstase anstecken, wälzten sich am Boden und beteten im Dreck.

Auch ein Blinder fühlte sich von Gottes Geist erfasst. Er lief umher, forderte Buße und verfluchte die Ungläubigen. Dann sagte er den Einsturz des Himmels voraus und fiel, unmittelbar nachdem er seine Prophezeiung hervorgestoßen hatte, zur Erbauung der Umstehenden in einen Misthaufen. Das war sein Ende als Prophet.

Lukas wusste nicht, ob er angesichts dieses Schauspiels lachen oder weinen sollte. Als er sich abwandte, damit niemand auf ihn aufmerksam wurde, stieß er mit Jobst Xantus zusammen.

»Machst du dich etwa lustig über uns?«, knurrte der, als er Lukas' Grinsen bemerkte.

»Wo denkst du hin?«, antwortete dieser schlagfertig. »Ich freue mich nur wie du an der Gnade Gottes.«

Dann machte er, dass er Land gewann.

2

Hattingen, 7. Februar 1534

Jorge tat sein rechter Knöchel immer noch weh. Deshalb konnte er nicht richtig auftreten, als er die wenigen Schritte von seinem Wohnhaus zur Fleischhalle zurücklegte. Um sich abstützen zu können, hatte er sich einen Stock geschnitzt, der ihm allerdings auf den vereisten Stellen des Weges nicht viel nützte.

Es hatte die letzten Tage gefroren. Trotzdem war der Markt am gestrigen Freitag abgehalten worden, wegen des Wetters allerdings nur schlecht besucht gewesen. Jorge hatte nach einem neuen Gürtel schauen wollen, war ausgerutscht, gegen einen Mann geprallt und beide schlugen lang hin. Der andere, den Jorge irgendwoher kannte, war behänd wieder aufgesprungen, während er selbst sich nur mit Unterstützung eines Bauern wieder aufrappeln konnte.

Seitdem war sein Knöchel geschwollen. Seine Magd hatte nach Jorges Anweisung einen Wickel bereitet, der allerlei Kräuter enthielt, die in einem solchen Fall helfen sollten. Die Schwellung war tatsächlich etwas zurückgegangen, aber dafür der Schmerz stärker geworden. Jorge seufzte und hinkte vorsichtig weiter. Dieser Unfall würde ihn noch einige Wochen beschäftigen.

Die Aufforderung, sich heute vor einem Ausschuss des Stadtrates einzufinden, war ihm in den gestrigen Abendstunden von einem der Stadtschreiber überbracht worden. Dem jungen Mann war nicht zu entlocken gewesen, was der Zweck dieser Zusammenkunft sein sollte. Aber es sei wirklich dringend, hatte der Bote versichert.

Der Rat tagte direkt über der Fleischhalle, die westlich Sankt Georgs stand. Im ersten Stock des Gebäudes befanden sich neben dem Versammlungsraum noch einige kleinere Kammern, die als Schreibstuben dienten und in denen auch die Akten lagerten, die der Rat für aufbewahrungswürdig hielt.

Zum verabredeten Zeitpunkt stiefelte Jorge die steile Treppe hoch, die zu diesen Räumen führte. Auf dem Flur wachten zwei Stadtsoldaten. Die Tür zum Versammlungsraum stand offen. Jorge interpretierte das als Einladung und trat ein.

Anwesend waren einer der zwei Bürgermeister, Werner Koitgen, die Ratsmitglieder Caspar Terboven und Fritz van Emsche, der Gerichtsschreiber Johannes Hörstken sowie Konrad Kielmann, dessen Anwesenheit bei Jorge Verwunderung und gespannte Aufmerksamkeit auslöste.

»Ah, Herr von Linden.« Bürgermeister Koitgen kam mit ausgestrecktem Arm auf ihn zu. »Schön, dass Ihr unserer Einladung Folge leisten konntet.«

»Einladung? Es hörte sich eher wie eine Vorladung an, was mir der Stadtschreiber von Euch übermittelt hat.«

»Dieser Eindruck war nicht beabsichtigt.« Koitgen lächelte. »Sicher hat er sich im Ton vergriffen.«

Jorge glaubte ihm kein Wort. Niemals hätte ein Stadtschreiber – selbst wenn er in Köln die Rechte studiert hatte – sich angemaßt, einen angesehen Bürger mit solchen Worten zu einer Versammlung zu zitieren, wenn er nicht ausdrücklich dazu autorisiert gewesen wäre. Aber der Kaufmann behielt diese Gedanken für sich. »Um was geht es denn?«, wollte er wissen.

»Eine unangenehme Angelegenheit. Aber wollt Ihr Euch nicht setzen? Ich sehe, dass Euch das Stehen schwerfällt. Vielleicht dort?« Koitgen zeigte auf die niedrige Bank vor dem großen Eichentisch, der in der Mitte des Raumes stand.

»Danke, das tut es in der Tat. Ein kleines Missgeschick, nicht mehr.« Jorge setzte sich auf den Platz, der sonst Bittstellern vorbehalten war.

Die anderen Männer ließen sich auf der gegenüberliegenden Seite des Tisches nieder, nur Kielmann, der nicht dem Rat angehörte, blieb in einer Ecke nahe der Tür stehen.

»Um dieses, wie Ihr sagtet, ›Missgeschick‹ geht es uns.«

Jorge zog die Augenbrauen hoch. »Seit wann interessiert sich der Rat für einen verstauchten Knöchel?«

»Nicht Euer Knöchel weckt unser Interesse, sondern die Umstände, die zu Eurer Verletzung geführt haben.«

Jorges Gesicht war eine einzige Frage.

»Herr von Linden, ist Euch bekannt, dass es auch in Hattingen eine Marktordnung gibt?«

»Selbstverständlich.«

»Ich möchte Euch die wichtigsten Passagen noch einmal in Erinnerung rufen lassen. Herr Hörstken, bitte.« Der Bürgermeister übergab das Wort an den Gerichtsschreiber. Der räusperte sich. »Herzog Adolf von der Mark hat anno 1435, also vor fast hundert Jahren, die wesentlichen Elemente der Marktfreiheit festgelegt. Danach hat jeder Kaufmann, der zum Markt möchte, freies Geleit …«

»Kürzt das ab«, unterbrach ihn Koitgen. »Uns interessieren nur die Regeln des Marktfriedens.«

Hörstken trank einen Schluck Wasser. »Entschuldigt. Der Herzog hat damals Folgendes festgelegt: Wenn ein Besucher des Marktes durch die Schuld eines anderen zu Tode kommt, wird der Schuldige ebenfalls mit dem Tode bestraft. Wer dafür verantwortlich ist, dass sich jemand einen Knochen bricht, oder jemandem eine Blutwunde zufügt, wird mit dem Verlust einer Hand bestraft. Wer eine Schlägerei anzettelt oder sich daran beteiligt, muss mit einer empfindlichen Geldstrafe rechnen.«

Jorge fühlte Ungemach aufziehen. »Und was hat das alles mit mir zu tun?«, fragte er vorsichtig.

»Dazu kommen wir gleich«, übernahm wieder der Bürgermeister das Wort. »Ihr kennt diese Vorschriften?«

»Natürlich. Jeder Kaufmann oder Bauer, der auf dem Markt Waren feilbietet, kennt sie.«

»Gut, dann wäre das geklärt.« Koitgen gab Hörstken ein Zeichen und dessen Feder kratzte über das Papier.

»Ihr werdet beschuldigt«, setzte der Bürgermeister mit bedeutungsschwangerer Stimme fort, »während des gestrigen Marktes an einer Schlägerei beteiligt gewesen zu sein und einen anderen Besucher so verletzt zu haben, dass er eine Blutwunde davongetragen hat.«

Für einen Moment war Jorge sprachlos. Dann lachte er laut auf. »Wer hat Euch denn diesen Schwachsinn aufgetischt?«

»Das war ich, werter Herr von Linden.« Konrad Kielmann meldete sich aus seiner Ecke.

»Wie bitte? Ihr wart doch gar nicht anwesend.«

»Nein, aber mein Knecht Hug.«

»Jetzt entsinne ich mich. Es war Euer Knecht, den ich bei meinem Sturz zu Boden gerissen habe, nicht wahr? Ich hoffe, er ist glimpflicher davongekommen als ich. Zumindest war er deutlich schneller auf den Beinen.«

»Hug hat sich bei dem Sturz, den Ihr verursacht habt, das Knie aufgeschlagen, sodass es heftig blutete.«

»Das tut mir leid.«

»Ich weiß nicht, ob Euch Eure Reue irgendetwas nützen wird.« Kielmanns Spott war kaum zu überhören.

Langsam dämmerte Jorge, was hier im Gange war. »Ihr wollt mir unterstellen, ich hätte Hugs Verletzung mit Absicht herbeigeführt?«

Der Bürgermeister machte ein ernstes Gesicht. »Der Knecht hat ausgesagt, dass Ihr ihn zuerst beschimpft und Euch dann in voller Absicht auf ihn gestürzt hättet.«

»Unsinn! Ich bin auf einer Eisfläche ausgerutscht, habe wohl im Fallen mit den Armen gerudert und dabei Hug mitgerissen. Ich wollte mich für den Unfall bei ihm entschuldigen, aber er ist sofort wieder aufgesprungen.« Jorge schaute in die Runde. »Darf ich erfahren, wer mich beschuldigt hat?«

Eigentlich war die Frage überflüssig. Niemand außer Kielmann wäre zu einer solchen Intrige fähig.

»Herr Kielmann hat die Interessen seines Knechts gewahrt.«

»Dachte ich's mir doch«, murmelte Jorge.

»Es war wirklich sehr glatt gestern«, warf Fritz van Emsche ein. »Ich wäre auch beinahe ausgerutscht.«

»Das kann ich bestätigen«, ergänzte Caspar Terboven. »Das Spülwasser, welches die Mägde unvorsichtigerweise am Abend auf die Straße gekippt haben, ist in der Nacht gefroren. An mehreren Stellen auf dem Markt hatten sich Eisflächen gebildet.«

»Das weiß ich selbst«, schnaubte der Bürgermeister. »Nur hat das nichts mit dem Vorfall, über den wir hier verhandeln, zu tun. Wenn Hugs Anschuldigungen stimmen, hat Herr von Linden ihm vorsätzlich eine Blutwunde zugefügt und wir müssen den Vorschriften zur Wahrung des Marktfriedens folgen.«

Jorge klappte der Unterkiefer herunter. »Droht Ihr gerade, mir für ein aufgeschlagenes Knie eine Hand abzuhacken?«

Die Ratsmitglieder und der Gerichtsschreiber senkten die Köpfe. Nur Koitgen hielt dem Blick stand. »Das hat keiner in diesem Raum gefordert. Allerdings gibt es Zeugen, die Hugs Aussage bestätigen.«

»Wer setzt solche Lügen in die Welt?«

»Ob das wirklich Lügen sind, sei dahingestellt. Auf jeden Fall bestätigen ein weiterer Knecht und eine Magd aus dem Hausstand Herrn Kielmanns dieses Vorkommnis.«

Jorge schnappte nach Luft. »Das stinkt doch zum Himmel!«

»Herr von Linden«, erwiderte der Bürgermeister trocken, »Eure Meinung haben wir gehört. Das war der Sinn dieser Zusammenkunft. Herr Kielmann war so freundlich, auf einen formellen Prozess zu verzichten, der wahrscheinlich angesichts der Beweislage schlecht für Euch ausgegangen wäre. Er hat auf seinen Knecht eingewirkt, keine Anzeige beim Richter zu erstatten. Voraussetzung ist allerdings ...«, der Bürgermeister machte eine lange Pause, um seinen Worten den nötigen Nachdruck zu verleihen, »... dass Ihr dem Knecht seinen Schaden vergeltet. Weigert Ihr Euch, kommt es zu einem gerichtlichen Verfahren, dem Ihr natürlich mit Gelassenheit entgegensehen könnt, wenn Ihr ebenfalls Zeugen für Eure Version habt.«

Natürlich konnte Jorge das nicht. Er hatte den Bauern,

der ihm aufgeholfen hatte, vorher noch nie gesehen. Also gab er sich geschlagen. »Ich beuge mich dieser Erpressung. Wie viel muss ich zahlen?«

»Zehn Goldgulden.«

Der Gerichtsschreiber schob eine entsprechende Versicherung zu Jorge über den Tisch.

Der bebte vor Zorn, unterschrieb aber.

Als er aus dem Versammlungsraum humpelte, blickte er in das zufrieden grinsende Gesicht Kielmanns.

3

Münster, 8. Februar 1534

In Münster überschlugen sich die Ereignisse. Anfang Februar wäre es fast zum Bürgerkrieg in der Stadt gekommen, als etwa fünfhundert bewaffnete Wiedertäufer das Rathaus besetzten und den Marktplatz mit hastig aus Kirchenbänken gezimmerten Barrikaden blockierten. Sie forderten den sofortigen Rücktritt aller Priester und Pastoren, unabhängig von ihrer Konfession, und die sofortige verpflichtende Einführung ihrer Religion.

Im Gegenzug versammelten sich Lutheraner und Katholiken auf dem Überwasserkirchplatz und bauten ebenfalls befestigte Stellungen auf. Beide Seiten schoben Kanonen heran, gewalttätige Auseinandersetzungen waren an der Tagesordnung.

Lutheraner und Katholiken unterstützten sich nun gegenseitig. Sie warben unter den Bauern auf dem Land vor der Stadt um Unterstützung und schon bald rückten diese mit Dreschflegeln, Sensen und Heugabeln an. Auch Bischof von Waldeck hatte Truppen zugesagt.

Angesichts der zahlenmäßigen Überlegenheit ihrer Gegner erklärten sich die Anführer der Wiedertäufer zu Verhandlungen bereit. Nach längeren Gesprächen wurde ein Friedensvertrag unterzeichnet und jeder der Kontrahenten betrachtete sich als Sieger.

Die Bauernarmee wurde mit Bier und Wein ruhiggestellt und deren Kämpfer kehrten kurz darauf volltrunken in ihre Dörfer zurück. Beide Seiten feuerten als Freude über den großen Sieg, den sie errungen hatten, ihre Kanonen in die Luft.

Und die unbeteiligten Beobachter fragten sich nicht zum ersten Mal, in welches Schauspiel sie hier eigentlich geraten waren. Die ersten, vor allem wohlhabenden Bürger packten ihre Siebensachen und verließen unbehelligt die Stadt.

Das veranlasste nun wiederum Bernd Rothmann, Wiedertäufer in den umliegenden Städten dazu zu bewegen, nach Münster zu kommen, um dort das neue Zion aufzubauen. Diese folgten seinem Aufruf. So kam es, dass sich nach einigen Tagen mehr Menschen in Münster befanden als vorher, viele von ihnen Anhänger der neuen Propheten.

Cuntz Muntzer nahm Lukas in der Werkstatt beiseite. »Ich muss mit dir reden. Komm.«

Die beiden gingen in die Ecke, wo der Tisch stand, an dem der Instrumentenbauer seine Schreibarbeiten erledigte. Muntzer hieß seinen Lehrling auf einem Schemel Platz nehmen. »Wie lange bist du jetzt bei mir?«, begann er das Gespräch.

»Seit fast drei Jahren. Aber das wisst Ihr doch, Meister.«

Muntzer ignorierte die Antwort. »Meine Familie und ich werden Münster verlassen, solange es noch geht.«

Lukas machte ein überraschtes Gesicht. »Aber …«

»Warte«, unterbrach ihn sein Lehrherr. »Du hast gut gearbeitet und viel gelernt. Es gibt keinen Grund, dich nicht zur Behobelung zuzulassen.«

Der Lehrling strahlte.

»Ich habe bereits mit dem Zunftmeister gesprochen. Wir werden die Prozedur morgen durchführen.«

»So schnell?«

»Ja. Die Leute erzählen sich, dass der Bischof von Waldeck die Stadt belagern wird. Dann kommt keine Maus mehr aus ihr heraus. Wir möchten weg, solange es noch geht. Und nun höre mein Angebot: Du kannst entweder mit uns kommen oder bleiben und mein Geschäft treuhänderisch übernehmen. Auch das ist mit dem Zunftmeister bereits abgesprochen. Einer der anderen Meister wird als dein Vormund in geschäftlichen Dingen agieren, dir aber nicht hereinreden, sondern nur Rat erteilen, wenn du ihn brauchst. Die Werkstatt und das Haus überlasse ich dir. Du kannst mich auszahlen, wenn es dir möglich ist, oder aber alles zurückgeben, sobald der Spuk hier vorbei ist. Ich werde dir eine Nachricht zukommen lassen und dir mitteilen, wo wir uns aufhalten.«

Lukas' Herz machte einen Sprung. Sein eigenes Geschäft! Keine Frage, wie er sich entscheiden würde. »Ich bleibe hier und nehme Euer Angebot dankend an.«

Muntzer nickte und sah den jungen Mann lange an. »Ich weiß wirklich nicht, ob du die richtige Entscheidung getroffen hast. Vermutlich wäre es klüger, uns zu begleiten.«

Einen kurzen Moment schwankte Lukas in seiner Entscheidung. Dann stand sein Entschluss fest. Er wollte jetzt auf eigenen Füßen stehen. Egal, ob ein anderer Meister über ihn wachte. Das sagte er Muntzer.

»Das hatte ich mir schon gedacht.«

Damit war Lukas entlassen.

In der nächsten Nacht schlief Lukas schlecht. An dem Tag, an dem er zum Gesellen werden sollte, hielt ihn nichts im Bett. Als der Dom fünfmal schlug, hüpfte er von seinem Lager und lief wenig später, fertig gestiefelt und gespornt, unruhig in seiner Kammer umher.

Die Behobelung wurde in Muntzers Werkstatt vollzogen. An der Zeremonie nahmen neben dem Instrumentenbauer lediglich der Schöffe der Zunft, Hans Westenbrinck, zwei weitere Meister, die Lukas nur vom Sehen kannte, ein Schreiber und einige Gesellen teil. Die anderen Zunftangehörigen, so erzählte es Westenbrinck, hätten die Stadt bereits verlassen.

Nachdem Lukas unter dem von den zwei Meistern gehaltenen Richtscheit in Versform seinen Wunsch vorgetragen hatte, in die Gesellenschaft aufgenommen zu werden, wurde er auf eine Werkbank gelegt, um dort alle Werkzeuge des Instrumentenbauers an ihm spaßhaft anzuwenden. Natürlich bestanden sie, um Verletzungen zu vermeiden, nur aus Holz. Alle metallischen Teile waren ausgebaut worden. Allerdings hatten die Gesellen einige der Gerätschaften mit trockenen Erbsen gefüllt, damit sie beim Gebrauch möglichst viel Krach machten.

Nachdem Lukas diese Prozedur überstanden hatte, nahm er die Glückwünsche der Anwesenden entgegen und die Gesellen zückten Karten, um mit ihm zu spielen. Denn jetzt waren ihm Glücksspiele erlaubt. Mit diesem demonstrativen Akt war Lukas' Lehrzeit beendet. Der Schreiber übergab die Urkunde, die belegte, dass er erfolgreich in den Gesellenstand aufgenommen worden war.

Der übliche Umtrunk hingegen fand nur in kleiner Runde statt. Muntzer verließ mit seiner Familie unmittelbar nach der Behobelung die Stadt, der Zunftmeister tat es ihm gleich.

Obwohl Lukas den Weggang seines Meisters ehrlich bedauerte, freute er sich. Er hatte sein Ziel erreicht. Endlich war er ein Instrumentenbauer. Und noch dazu einer mit eigenem Geschäft.

4

Hattingen, 1. März 1534

Zum ersten Mal seit Wochen hatte Jorge an diesem Sonntag wieder die Messe in Sankt Georg besucht. Dem Ritual folgte er jedoch nur halbherzig, zu sehr beschäftigten ihn die ständigen Auseinandersetzungen mit dem jungen Kielmann.

Der, das musste Jorge einräumen, war nicht nur ein erfolgreicher Kaufmann, sondern sehr erfinderisch, wenn es darum ging, unliebsame Konkurrenten auszuschalten. Eben diese Skrupellosigkeit hatte ihm seine geschäftlichen Erfolge beschert.

Und Kielmann hatte Jorge offensichtlich ins Visier genommen. Erst der Streit um die Multer, dann die Steuer auf die Firsthöhe, schließlich die angebliche Verletzung – welche Gemeinheit würde dem Kaufmann wohl als Nächstes einfallen?

Jorge fragte sich, ob die Partnerschaft mit Offerhues wirklich eine so gute Idee gewesen war. Bisher hatte ihn dieser Entschluss viele Gulden gekostet, Geld, welches er noch nicht zurückverdient hatte.

Das Rumoren im Gotteshaus schreckte ihn aus seinen Gedanken. Die Messe war beendet und die Gläubigen strebten dem Ausgang entgegen. Auch Jorge erhob sich von der Bank, streckte seine steifen Knochen und folgte den anderen.

Wie immer warteten die Menschen vor der Kirche in kleinen Gruppen und schwatzten. Links von ihm standen die beiden Bürgermeister der Stadt und einige Ratsmitglieder. Sie schenkten Jorge keinerlei Aufmerksamkeit. Weiter hinten unterhielt sich Konrad Kielmann mit dem Gerichtsschreiber Hörstken. Die beiden schienen sich prächtig zu amüsieren, denn das Lachen des Kaufmanns schallte über den Kirchplatz.

Jorge hingegen stand nicht der Sinn nach seichter Unterhaltung. Er wollte zu Marlein, um mit ihr zu reden, um nachzudenken. Ihr Grab lag direkt an der Mauer von Sankt Georg. Immer, wenn er zu ihr ging, ärgerte er sich über die Zurücksetzung, die ihnen damals widerfahren war.

Jorge hatte nicht erreichen können, dass Marlein unter dem Kirchenboden bestattet wurde, wie es ihr als angesehener Bürgerin der Stadt zugestanden hätte. Seine Anstrengungen zerschellten damals an einer unsichtbaren Mauer, die von Ratsmitgliedern und der Kirche errichtet worden war. Die genannten Gründe waren allesamt vorgeschoben gewesen. Aber wenigstens durfte Jorge seine Frau direkt neben dem Gotteshaus beerdigen und die Grabplatte an der Kirchenwand anbringen.

Wie sie wohl auf die ständigen Attacken Kielmanns reagiert hätte, fragte er sich, als er am Grab stand. »Was hättest du getan, Marlein?« Und dann war ihm, als würde sie mit ihrer hellen Stimme antworten.

›Überlegt, Jorge. Und gekämpft. Was denn sonst?‹

Seine Augen füllten sich mit Tränen. Ihre gemeinsame Zeit war einfach zu kurz gewesen. Jorge stand da, von Gram gebeugt, erinnerte sich an ihr Leben, sah seine Frau vor sich, spürte ihre Berührungen. Wie sehr er sich nach ihr sehnte! Endlich entschloss er sich zum Gehen. Als er Marlein verließ, hatten sich die Kirchgänger schon lange verlaufen.

Jorge ließ die Fleischhalle hinter sich. Sein Wohnhaus an der Gelinde war nur noch einen Steinwurf entfernt, als er plötzlich aus einer der schmalen Gassen am Markt angesprochen wurde.

»Herr von Linden«, raunte eine Stimme von der Seite. »Hättet Ihr einen Moment Zeit für mich? Ich habe auf Euch gewartet, wollte Euch aber auf dem Kirchhof nicht stören.«

Jorge erkannte Veit, einen Bauern, dessen Hof nördlich der Ruhr bei Stiepel lag. Der Mann drückte sich an eine Hauswand. Jorge hatte erst vor Kurzem mit Veit erfolgreich über seine Getreideernte verhandelt.

»Sicher«, antwortete er.

Der Bauer jedoch machte keine Anstalten, aus seiner Deckung zu treten. Notgedrungen kam Jorge also näher.

»Wäret Ihr so freundlich und würdet mich begleiten?«, fragte Veit. »Nicht weit, nur weg vom Markt.«

Verwundert folgte Jorge ihm.

Nach einigen Metern blieb der Bauer stehen und zog seinen Begleiter in das Dunkel einer Hausnische. »Es geht um Konrad Kielmann«, begann er das Gespräch. »Deshalb möchte ich auch nicht, dass uns jemand sieht.«

Jorges Interesse war geweckt. »Ja?«, erwiderte er gedehnt.

»Ihr wisst doch, dass ich einige der Ruhrwiesen vom Kloster in Deutz gepachtet habe. Ich stelle dort im Herbst Heu her, mehr als genug für meine zwei Kühe. Den Rest verkaufe ich im Winter. Da ich kein eigenes Fuhrwerk besitze, habe ich mir in der Vergangenheit immer das meines Nachbarn geliehen. Nun wollte ich in der letzten Woche wieder Heu ausliefern, aber plötzlich verweigerte er mir seinen Karren. Hinter vorgehaltener Hand hat er mir erzählt, dass ihn Konrad Kielmann unter Druck gesetzt habe, mir das Gefährt nicht zu geben.«

»Und warum nicht?«

»Weil ich mit Euch Geschäfte mache.«

»Darauf hat sich dein Nachbar eingelassen?«

»Kielmann hat ihn irgendwie in der Hand. Ich vermute, er hat ihm Geld geliehen.« Veit hob abwehrend beide Hände.

»Aber bitte, das habt Ihr nicht von mir. So genau weiß ich es nicht.«

Jorge nickte verstehend.

»Ich bin dann zu einem anderen Bauern in der Nähe gegangen und habe nach einem Karren gefragt. Aber bei dem ist Kielmann auch schon gewesen. Ich dachte, das solltet Ihr wissen.«

»Danke für den Hinweis.« Jorge dachte einen Moment nach und sagte dann: »Du kannst mein Fuhrwerk haben. Ich leihe dir auch ein Pferd, damit du dein Heu ausliefern kannst.«

Veit strahlte ihn an und ergriff seine Hand. »Danke, Herr.«

Sanft entzog Jorge sich ihm. »Ich bin nicht dein Herr. Morgen kannst du dir das Fuhrwerk abholen.«

Zurück in seinem Haus ließ Jorge sich von der Magd heißen Würzwein bringen und zog sich in sein Kontor zurück. Das also war der neueste Schachzug Kielmanns. Er ging nicht mehr direkt gegen ihn, sondern seine Getreidelieferanten vor.

Nur die wenigsten Bauern der Umgebung waren wirklich autark. Einigen fehlte wie Veit ein Fuhrwerk, andere hatten keine Gäule und die Ärmsten von ihnen mussten sich sogar die Sensen leihen. Da hatte Kielmann leichtes Spiel.

Jorge wusste, dass er diesen Krieg nicht so leicht gewinnen würde. Er besaß nur zwei Fuhrwerke, von denen eines fast immer zwischen Hattingen und Lübeck pendelte. Somit konnte er nicht allen, die Kielmann unter Druck setzte, einen Wagen leihen.

Das wusste sein Konkurrent natürlich und hatte deshalb genau dort angesetzt. Denn der Transport von Waren war die Achillesferse jedes Händlers. Er musste Fuhrwerke und Pferde bereitstellen, Fahrer bezahlen, für die Bewachung der Güter sorgen. Das alles kostete nicht nur Geld, sondern war äußerst zeitintensiv.

Die Idee traf Jorge mit Wucht. Warum sollte er den Transport nicht auch für andere Kaufleute übernehmen? Vereinzelt taten sich manche schon zusammen. Warum das nicht als Geschäft betreiben? Er hatte davon gehört, dass es Boten gab, die im Auftrag des Kaisers gegen eine Gebühr die Briefe anderer Leute von Stadt zu Stadt trugen. Warum ginge das nicht auch mit Korn? Oder Stoffen? Oder Wein?

Der einzelne Kaufmann bräuchte sich nicht mehr mit dem Transport beschäftigen, das würde Jorge für ihn erledigen. Und damit sein Vertragspartner sich keine Sorgen um seine Waren machen müsste, würde er mit seinem eigenen Geld dafür geradestehen, dass jedes Korn oder jeder Ballen Stoff auch beim Empfänger eintraf. Wenn sie freie Kapazitäten im Lagerhaus hatten, konnte Jorge sogar die Unterbringung von Waren anbieten. Konnte das funktionieren?

Er griff zur Wachstafel, die er immer noch für solche Berechnungen benutzte. Auf Papier schrieb er nur Verträge oder wichtige Briefe, denn es war recht teuer.

Was kostete ein Fuhrwerk in der Anschaffung? Was ein Fahrer? Wie teuer war ein Pferd? Und welche Erlöse konnte er erwarten?

Schon eine erste, überschlägige Kalkulation ergab, dass sich ein solches Transportgeschäft mehr als lohnen konnte. Sicher, Jorge müsste finanziell in Vorleistung gehen und sich auch auf eine längere Durststrecke einrichten, bis die Kaufleute Vertrauen zu seinem Vorhaben gefasst hätten. Aber selbst wenn er nur ein Viertel dessen verlangte, was der einzelne Kaufmann sonst für den Transport ausgeben musste, rechneten sich seine Investitionen schnell. Und wenn wider Erwarten das Geschäft scheitern würde – die Pferde und Fuhrwerke konnte er weiterverkaufen. Das Risiko war also überschaubar.

Jorge hatte davon gehört, dass in Ruhrort am Rhein ein auf

den Bau von Fuhrwerken spezialisierter Schreiner sein Handwerk betrieb. Sobald das Frühjahr gekommen war, würde er ihn besuchen. Vielleicht war diese Idee das neue Standbein, nach dem er so lange gesucht hatte.

Mit dem Handrücken wischte er die Wachsplatte glatt. Seine Kalkulation verschwand. Er hatte sie im Kopf und nicht vor, irgendeiner Menschenseele davon zu erzählen – abgesehen von Marlein natürlich.

5

Kleve, 4. März 1534

Aufgeregt kam Prinz Wilhelm in Hinricks Kammer gesprungen. »Gestern sind in der Stadt Leute eingetroffen, die aus Münster geflohen sind. Sie berichten die schlimmsten Scheußlichkeiten über das Treiben der Wiedertäufer, hört man.«

Hinrick war nur mäßig interessiert. Konrad Heresbach hielt sie seit Wochen über die Entwicklung in der westfälischen Stadt auf dem Laufenden. Sie wussten, dass Bischof von Waldeck die Geduld mit dem widerspenstigen Rat Münsters verloren hatte und auch von weit her Landsknechte anwerben ließ, um Münster zu belagern und das Übel notfalls mit Feuer und Schwert auszumerzen. Vom Bischof beauftragte Hauptleute versuchten im Sächsischen, im Thüringerland, ja selbst in den Niederlanden, Söldner mit dem Versprechen fetter Beute zu locken. Befehlshaber für die Belagerungstruppen wurden ernannt und erst kürzlich waren Beauftragte des Bischofs in Kleve eingetroffen, um den Herzog daran zu erinnern, dass er durch Reichsbeschluss verpflichtet sei, bei der Niederwerfung des Aufstands zu helfen.

Herzog Johann war dieser Bitte nur sehr unwillig nachgekommen. Er hatte die Forderung der bischöflichen Beauftragten nach finanzieller Unterstützung nach Rücksprache mit seinen Beratern rundweg abgelehnt, konnte sich aber nicht grundsätzlich gegen den Reichsbeschluss stellen. Und so waren einige Hundert Landsknechte aus dem Herzogtum, mit Waffen und Belagerungsmaterial ausgestattet, nach Münster gezogen.

Da die Fürsten und Herzöge ihre Geldtruhen nur sehr zögerlich öffneten – wenn sie es denn überhaupt taten –, sah sich Bischof von Waldeck gezwungen, die Kosten für das Belagerungsheer auf andere Weise zu decken: Kurzerhand ließ er alle Kirchengüter aus Edelmetall in seinem Bistum beschlagnahmen und verkaufen. Er scherte sich einen Dreck um die Proteste seiner Pfarrer.

Das Lager des Bischofs wurde im südöstlich der Stadt gelegenen Wolbeck am Flüsschen Angel aufgebaut, die Gesandten der Fürsten nahmen Quartier in der Dyckburg.

»Es sind fast nur Reiche aus der Stadt geflohen.«

»Kein Wunder«, erwiderte Hinrick. »Die anderen Bürger dürften nicht genug Gulden haben, um alles hinter sich zu lassen.«

Der Prinz zog den am Schreibtisch sitzenden Hinrick am Arm. »Komm schon, ich habe mit dem Alten gesprochen. Wir dürfen nach Kleve, um uns das Schauspiel anzusehen.«

Hinrick seufzte. »Du gibst mir dein Ehrenwort, dass Heresbach Bescheid weiß?«

Wilhelm lächelte verschmitzt. »Dieses Mal habe ich wirklich mit ihm geredet.« Er hob drei Finger zum gespielten Eid. »Ich schwöre.«

Was immer sich Prinz Wilhelm auch vorgestellt hatte, es war nicht das, was sie erwartete. Vor der einzigen Herberge der

Stadt stand ein Pferdefuhrwerk, das gerade von einigen Männern abgeladen wurde.

Zwischen ihnen wieselten eine aufgeregte ältere und eine jüngere Frau umher und erteilten widersprüchliche Anweisungen, die die Träger einfach ignorierten.

Neben der Tür stand ein hochgewachsener Mann, der dann und wann mit einer gelassenen Handbewegung den Trägern bedeutete, was sie in die Schenke und was hinter das Haus schaffen sollten.

Zwei Träger bemühten sich, einen gut verschnürten Ballen beachtlicher Größe vom Wagen zu wuchten. Dabei rutschte einem von ihnen die Last aus den Händen und das Bündel schlug heftig auf die hölzerne Seitenwand des Karrens.

Der Mann neben der Tür erwachte aus seiner scheinbaren Gleichgültigkeit. »Passt doch auf, ihr Tölpel. Darin sind keine Strohsäcke verpackt, sondern Musikinstrumente. Werden sie beschädigt …« Er ließ den Rest des Satzes unausgesprochen.

Es dauerte etwas, bis Hinrick begriff, was er da eben gehört hatte. Der Mann schien ein Instrumentenbauer zu sein. Oder ein Musiker. Nein, das wohl eher nicht. Hinrick hatte noch nie einen Spielmann gesehen, der mit so großem Gepäck reiste. Münster lag im Westfälischen. Wollte nicht Lukas in eine der dortigen Städte ziehen? Hinrick erstarrte. Er sah sich nach dem Prinzen um, der weiter hinten mit der jungen Frau turtelte.

Dann sprach er den Mann an: »Entschuldigt meine Neugier, Herr. Seid Ihr ein Instrumentenbauer?«

Sein Gegenüber musterte Hinrick mit finsterem Blick vom Scheitel bis zur Sohle. »Wer will das wissen?«

»Hinrick von Linden.«

Das Gesicht des Mannes hellte sich auf. »Habt Ihr einen Bruder namens Lukas?«

Hinrick nickte erfreut.

»Er war mein Lehrling und hat mein Geschäft übernommen.«

»In Münster?«

»Wo sonst?«

Und dann sprudelten die Fragen nur so aus Hinrick heraus: »Geht es ihm gut? Warum ist er nicht bei Euch, wenn er Euer Lehrling war? Schwebt er in Gefahr?«

»Langsam, langsam, junger Mann. Gebt mir etwas Zeit, dann beantworte ich Eure Fragen. Aber zunächst möchte ich in der Herberge Unterkunft finden. Kommt später wieder. In zwei Stunden?«

Hinrick blieb in der Stadt, obwohl der Prinz ihn einen Tor schalt. »Was willst du von dem Kerl?«, erkundigte Wilhelm sich mehrmals. »Er ist ein Handwerker und aus Münster geflohen, bevor der Belagerungsring sich geschlossen hat. Was kann der schon erzählen? Völlig langweilig!«

Natürlich ahnte Wilhelm nichts von Lukas und Hinrick dachte auch nicht daran, ihm von seinem Bruder zu erzählen. Es warf kein gutes Licht auf die Familie, wenn eines ihrer Mitglieder von zu Hause fortlief. Also wartete er allein, bis der Instrumentenbauer Zeit für ihn hatte.

Er traf Lukas' Lehrherrn in der Schenke und Muntzer erzählte ihm alles, was er über seinen Bruder wusste.

»Ich habe ihm die Wahl gelassen«, schloss der Instrumentenbauer. »Er hat sich gegen meinen Rat für ein Verbleiben in Münster entschieden. Hoffen wir, dass er das nicht bald bereut.«

Aufgewühlt ritt Hinrick zum Schloss zurück und suchte Konrad Heresbach. Er traf ihn in der Bibliothek, wo der herzogliche Berater sich über eine Bestandsliste beugte.

Noch bevor Hinrick zu Wort kam, schimpfte der herzogliche Berater: »Diese Liste ist völlig unbrauchbar, unvollständig, mit fehlerhaften Eintragungen. Manche der Bücher, die darin aufgeführt werden, sind nicht auffindbar, andere dafür doppelt vorhanden. Was für eine Geldverschwendung, zwei Exemplare eines Buches zu kaufen! Traust du dir zu, diese Liste auf den neuesten Stand zu bringen?«

»Ja, sicher, aber ...«

»Dann kümmere dich darum. Gleich morgen fängst du an.«

Heresbach legte die Liste auf den Tisch und ging zur Tür.

»Wartet, Herr«, stieß Hinrick hervor. »Ich muss mit Euch sprechen.«

Der Berater blieb stehen und schaute ihn neugierig an. »Es scheint ja wirklich wichtig zu sein. Du machst ein Gesicht, als ob dir der Teufel begegnet wäre.«

So in der Art, dachte Hinrick und begann: »Ihr wisst, dass ich einen Bruder habe, der von zu Hause fortgelaufen ist.« Er holte tief Luft. »Eben habe ich erfahren, dass er sich in Münster aufhält.«

»Im Moment nicht gerade der geeignetste Ort für einen jungen Mann. Gehört er den Wiedertäufern an?«

»Ich glaube nicht.« Hinrick erzählte Heresbach, was er von Muntzer erfahren hatte. »Deshalb möchte ich so schnell als möglich nach Münster, um ihn aus der Stadt zu holen.«

Heresbach schüttelte den Kopf. »Unmöglich. Der Herzog wird das nie erlauben. Zu gefährlich. Außerdem würdest du ohnehin nicht in die Stadt gelassen. Der Belagerungsring Bischof von Waldecks ist geschlossen, Münster eingekesselt. Da kommt niemand hinein oder heraus. Jeder, der versucht, in die Stadt zu gelangen, wird von den bischöflichen Truppen festgesetzt und als Wiedertäufer behandelt. Der Kerker ist das Mindeste, was dann droht. Und selbst wenn es dir gelingen sollte, durch den Belagerungsring zu schlüpfen, werden dich die Münsteraner als Spion betrachten und kurzen Prozess mit dir machen.« Er dachte nach. »Ich werde mit dem Herzog sprechen. Vielleicht können wir dich zu unseren Truppen vor Ort schicken. Du bist dann näher am Geschehen und Prinz Wilhelm kann militärische Erfahrungen sammeln.« Heresbach hob drohend den Zeigefinger. »Aber wage es nicht, auf eigene Faust zu handeln und wegzulaufen, wie dein Bruder es getan hat. Der Herzog wird eine solche Eigenmächtigkeit niemals gutheißen und dich dafür bestrafen, egal, was du für seinen Sohn getan hast. Ist das klar?«

»Ja.« Zögernd hob Hinrick die Hand zum Eid.

»Gut. Du brauchst keinen Schwur abzulegen. Dein Wort genügt. Ich werde mich beim Herzog dafür verbürgen, dass du keine Dummheiten anstellst. Brichst du deine Zusage, fällt dein Handeln auf mich zurück. Auch das hast du verstanden?«

Hinrick nickte eingeschüchtert. So sehr es ihn nach Münster zog, wusste er, dass Heresbach recht hatte. Ohne Unterstützung durch die herzoglichen Truppen käme er niemals in die Stadt hinein. Also fügte er sich. »Ich versichere Euch, dass ich …«

»Das reicht«, unterbrach ihn der Berater des Herzogs. »Ich weiß, dass du mich nicht enttäuschen wirst. Und schreibe deinem Vater.«

»Das werde ich«, versicherte Hinrick, obwohl er genau das nicht tun würde.

6

Lübeck, 17. März 1534

Der Eintopf, den die Magd zubereitet hatte, schmeckte ausgezeichnet. Sie hatte das Rezept einer Bekannten abgeguckt, deren Herrin aus Süddeutschland stammte. Das Gericht trug den komischen Namen Ritschert. Schweinefleischwürfel und Speckstückchen schwammen in der heißen Gerstensuppe.

Die Magd stand in einiger Entfernung und beobachtete Linhardt aufmerksam. Als er sich nach dem Essen den Mund abwischte, zufrieden rülpste und ihr mit einem Kopfnicken zu verstehen gab, dass alles sehr lecker gewesen war, zeigte sich ein Lächeln auf ihrem Gesicht.

Linhardt trank einen Schluck Wein. Für einen kurzen Moment verspürte er tiefe Zufriedenheit. Gutes Essen, Wein, eine Frau und ein Dach über dem Kopf – vielmehr bedurfte es nicht für ein glückliches Leben, dachte er. Aber schnell kamen seine Sorgen wieder angekrochen.

Eine davon hieß Madlen. Sie trafen sich immer noch regelmäßig, während Martin in englischer Gefangenschaft vermutet wurde. Und obwohl Linhardt sich ehrlich um seinen Freund sorgte, könnte dieser sich gern noch länger in der Welt herumtreiben.

Trotzdem konnte die Heimlichtuerei nicht ewig andauern. Schließlich waren Madlen und Martin verheiratet. Irgendwann würde er mit Martin reden müssen und eine Entscheidung herbeiführen, so sein Freund denn wohlbehalten aus London zurückkäme. Was Linhardt aufrichtig hoffte.

Aber wie sollte eine Lösung aussehen? Nachdem Madlen

ihrem Mann vor Gott Treue bis ans Lebensende versprochen hatte, blieb den Liebenden nur eine Möglichkeit: Sie mussten Lübeck verlassen. Wollten sie das wirklich? Ein Leben in der Fremde, von den Familien verstoßen?

Verschwiegen sie es weiter, was wäre dann, wenn Martin von ihrer Beziehung erfuhr? Er war impulsiv und aufbrausend. Sein Temperament hatte ihn in der Vergangenheit nicht nur einmal in Schwierigkeiten gebracht. Bisher hatten all die Auseinandersetzungen, die er meist wegen Kleinigkeiten angezettelt hatte, glimpflich geendet. Aber Linhardt war sich nicht sicher, wie sein Freund reagieren würde, wenn er von ihm und Madlen erführe.

Seine andere Sorge war geschäftlicher Natur. Der Handel mit den Häfen an der Nordsee war fast vollständig zum Erliegen gekommen. Die Holländer machten das Geschäft mit den Dänen allein. Davon profitierten Husumer und Schleswiger Händler, während viele der Lübecker Kaufleute den Kürzeren zogen.

Linhardts Gewinn hatte sich in den vergangenen zwölf Monaten fast halbiert. Noch sicherten die Erträge aus dem Stoffgeschäft seines Vaters die Existenz der Niederlassung, aber diese finanziellen Reserven waren in den vergangenen drei Jahren so gut wie aufgebraucht worden.

Natürlich, er könnte sich Geld leihen, sollte sich die Lage nicht verbessern. Doch ein Verleiher würde Sicherheiten fordern, für die Linhardts Vater einstehen müsste. Das wäre das Eingeständnis seines Scheiterns. Niemals! Noch war er nicht am Ende.

Langfristig erhoffte sich Linhardt eine Lösung von den Verhandlungen, die derzeit zwischen Lübeck und Holland in Hamburg stattfanden. Einbezogen in die Gespräche wurden natürlich auch die Dänen, Holsteiner und Vertreter der anderen Städte an Nord- und Ostsee. Zwar waren die Nachrichten, die aus Hamburg kamen, nicht gerade aufmunternd, aber Linhardt hoffte trotzdem auf ein Einlenken beider Seiten.

Kurzfristig erwartete er die *Irmla* aus Bergen zurück, möglicherweise noch heute. Wenn alles gut gegangen war, hatte die Kogge den Bauch voller Heringe und Pelze, die er mit Gewinn in Lübeck zu verkaufen hoffte. Linhardt hatte einen großen Teil seiner verbliebenen Geldreserven auf diese Unternehmung gesetzt. Das Geschäft war wegen der Kaperfehde mit den Holländern risikobehaftet. Aber er hatte alles auf eine Karte setzen müssen, wollte er keinen finanziellen Schiffbruch erleiden.

Linhardt stand auf und verließ das Haus, um zum Hafen zu gehen. Zwar konnte er mit diesem Gang sein Schiff auch nicht herzaubern, aber die Unruhe trieb ihn hinaus. Außerdem musste er im Speicherhaus noch einiges erledigen. Das war besser, als in seiner Stube von den Sorgen aufgefressen zu werden.

In der Fischergrube standen die Häuser eng beieinander und versperrten die Sicht auf den größten Teil des Hafens. Erst als Linhardt die Straße verlassen hatte, konnte er das Traveufer vollständig überblicken. Er erkannte die *Irmla* sofort. Sie schien gerade erst angelegt zu haben.

Linhardts Herz klopfte schneller. Er widerstand der Versuchung, sich dem Schiff im Laufschritt zu nähern, und ging, wie es sich für einen Lübecker Kaufmann gehörte, angemessenen Schrittes weiter. Er hatte sein Schiff fast erreicht, als ihm der Steuermann entgegengelaufen kam.

Atemlos blieb er vor Linhardt stehen und keuchte: »Herr, der Kapitän schickt mich, um Euch schlechte Nachrichten zu überbringen.«

Linhardt erstarrte. »Was ist passiert?«

»Die Holländer. Im Skagerrak vor Hartzhals haben sie uns gekapert.«

Der Kaufmann bekam weiche Knie.

»Aber es ist nicht alles verloren. Das Kaperschiff war bereits voll beladen, es hatte keinen Platz mehr für unsere Heringsfässer.« Der Steuermann atmete tief durch. »Die Pelze passten allerdings noch hinein.«

»Sie haben die Pelze gestohlen?«, echote Linhardt. Ein Albtraum war wahr geworden.

»Ja. Glücklicherweise konnten wir nur einige Ballen in Bergen kaufen. Der Markt war wie leer gefegt. Und die an Bord versteckten Goldgulden haben die Holländer nicht gefunden. Der Verlust hält sich also in Grenzen.«

»Wie hoch ist er?«, krächzte Linhardt.

»Keine zehn Goldgulden.«

Zehn Goldgulden! In seiner Situation ein kleines Vermögen.

»Und die Heringe?«

»Hundert Fässer. Alles erstklassige Ware.«

Linhardt nickte und drehte sich wortlos um, aschfahl im Gesicht. Jetzt brauchte er wirklich einen Becher Wein.

Auf dem Weg zur *Möwe* kalkulierte er überschlägig das Ergebnis dieser Handelsfahrt.

Zehn Goldgulden hatten die Holländer geraubt, die allerdings durch den Weiterverkauf der Heringe mehr als amortisiert wurden. Unterm Strich hatte er abzüglich aller Kosten sogar einen kleinen Gewinn gemacht. Es war noch nicht alles verloren.

Als er kurz darauf fast allein in der Schenke hockte und seine Sorgen in schwerem Rotwein ertränkte, betrat ein ihm bekanntes Ratsmitglied den Raum und sprach ihn an. »Im Hafen erzählt man sich, die Holländer hätten Euer Schiff gekapert?«

»Leider.«

»Habt Ihr viel verloren?«

»Wie man es nimmt.« Niemals wäre Linhardt auf die Idee

gekommen, mit einem Dritten über seine finanziellen Probleme zu sprechen.

»Sicher interessiert es Euch zu erfahren, dass Bürgermeister Wullenwever bei den Verhandlungen in Hamburg einen Waffenstillstand mit den Holländern erreicht hat.«

Linhardt lachte bitter auf. »Einige Tage zu spät für mein Schiff.«

»Ja, das tut mir leid für Euch.«

»Und stellen die Holländer nun den Landtransport der Waren durch Holstein ein?«

»Leider nein, nur die Kaperfahrten.«

»Also haben wir nichts erreicht?«

Das Ratsmitglied schüttelte den Kopf.

Linhardt trank den Rest seines Bechers in einem Zug aus und schenkte sich unverzüglich nach. »Ein Scheißtag ist das!«

7

Münster, 5. April 1534

Unsanft wurde Lukas aus dem Schlaf gerissen. Jemand klopfte lautstark an seine Haustür. Müde schlurfte er nach unten und rief: »Wer ist da?«

»Gottes Diener begehren Einlass. Mach auf, in Gottes Namen, oder ewige Verdammnis wird dich treffen.«

Lukas wusste nun, wer da vor seiner Tür randalierte: Jobst Xantus.

Eine andere, vor Spott triefende Stimme setzte hinzu: »Sonst schlagen wir die Tür ein.«

Lukas hielt es für klüger, der Aufforderung nachzukommen. Kaum hatte er den Riegel gelöst, drückten kräftige Männerarme die Tür auf und ihn beiseite.

Breitbeinig baute sich Jobst im Flur auf. »Du dachtest wohl, du könntest das Geld deiner Herrschaft allein verprassen? Das war ein Irrtum. Das Geld der Ungläubigen, die Münster so schändlich im Stich gelassen haben, gehört jetzt uns allen. Wo ist es?«

»Sie haben alles mitgenommen«, antwortete Lukas.

Jobst stieß ihn vor die Brust. »Das werden wir ja sehen.«

»Wieso maßt du dich an, hier einzudringen?« Lukas bereute die Frage, kaum dass er sie ausgesprochen hatte, denn Jobsts Faust schoss vor und versetzte ihm einen schmerzhaften Kinnhaken, der ihn taumeln ließ.

»Ich bin ein Wiedertäufer und handele im Namen unserer Propheten Jan van Leiden und Jan Matthys. Wir alle hier«, er ließ seinen Arm kreisen, »sind Soldaten Gottes. Du wirst dich doch nicht gegen Gott stellen wollen?«

Am Tonfall seiner Stimme hörte Lukas, welche Antwort Jobst erhoffte. Aber diesen Gefallen tat er ihm nicht. »Ich habe mich noch nie gegen Gott gewandt«, antwortete er ausweichend.

Der Schmied schien enttäuscht. »Das will ich dir auch geraten haben.« Dann rief er seinen Männern zu: »Durchsucht das Haus. Alles von Wert nehmt mit.« Und zu Lukas meinte er höhnisch: »Gnade dir Gott, wenn wir etwas finden, was du unterschlagen wolltest.«

Die Kerle polterten durchs Haus. Lukas hörte das Knallen der Türen, das Knarren verrückter Schränke, das Zerschlagen des Geschirrs.

Endlich kehrten Jobsts Kumpanen von ihrem Beutezug zurück. »Nichts«, versicherten sie bedauernd. »Nur einige halb fertige Lauten und Leiern.«

»Zerschlagt sie. Sie sind des Teufels.«

»Sie sind alles, was ich habe. Wenn ich sie nicht verkaufen kann, muss ich hungern«, wagte Lukas einen Widerspruch.

»Du musst nicht hungern, wenn du auf Gott vertraust«, blaffte Jobst ihn an. »Der Herr wird für uns sorgen. Instrumente dienen dem Zeitvertreib und lenken ab von der Zwiesprache mit Gott. Und von den notwendigen Schanzarbeiten an unseren Verteidigungsanlagen. Zerstört sie also«, wiederholte er seinen Befehl.

Hilflos und mit Tränen in den Augen musste Lukas mitansehen, wie jedes Instrument, an dem er in den letzten Wochen gearbeitet hatte, von den Wütenden so lange gegen die Wand geschlagen wurde, bis es, in kleine Teile zerbrochen, am Boden lag.

»Du kommst mit«, ordnete Jobst an. »Wir werden Euch Ungläubige heute noch taufen.«

Auf dem Weg zum Dom kamen sie an einigen Kirchen und vielen Häusern vorbei, die ebenfalls geplündert worden waren.

Männer und Frauen schleppten Bücher und Akten Richtung Gotteshaus, um sie dort dem Feuer zu übergeben, andere trugen schwer an zerschlagenen Reliquienbehältern, geschmückt mit Perlen, Gold und Silber. Die Kirchenfenster mit den Darstellungen der Heiligen waren zerschmettert, Bilder der Jungfrau Maria, der Apostel und Märtyrer landeten zerstört im Schmutz der Straßen.

Über allem hing der Gestank des Todes, denn diejenigen, die sich gegen die Plünderungen wehrten, bezahlten ihren Widerstand mit dem Leben.

Auf dem Domplatz drängten sich die Menschen. Lukas wurde mit Dutzenden anderen in eine Ecke geschoben, von Bewaffneten bewacht. Verängstigt klammerten sie sich aneinander. Erwartete sie wirklich nur die Taufe? Oder drohte gar der Tod?

Plötzlich verstummten die Gebete und Gesänge. Jan van Leiden betrat den Platz und kletterte auf ein Podest. Er streckte beide Arme Richtung Himmel und bat um Gottes Gnade. »Dort hinten liegt der Tand, den die Papisten in den Kirchen gehortet und die Reichen dem Volk vorenthalten haben. Wir werden ihn an euch verteilen.«

Jubel brandete auf.

»Auch ihr werdet euer gesamtes Geld abliefern, das wir zu gleichen Teilen allen Gläubigen geben.«

Dieses Mal fiel der Jubel deutlich geringer aus.

»Jeder soll gleich viel besitzen. Was ihr benötigt, sollt ihr haben. Dafür wird Gott sorgen.«

Lukas schaute in einige zweifelnde Gesichter. Es waren die Wohlhabenden, die skeptisch blickten. Die Armen der Stadt hingegen hingen mit glänzenden Augen an den Lippen des Propheten.

Der rief der gespannt wartenden Menge nun zu: »Vor unseren Toren hoffen die Gesandten des Teufels, dass wir unserem Glauben abschwören. Wollt ihr das?«

»Nein«, erscholl es aus Hunderten Kehlen.

»Wollt ihr Gott verteidigen?«

»Ja.«

»Und was sollen wir mit denen tun, die kein gottesfürchtiges Leben führen?«

»Bestrafen.«

»So soll es sein.«

Lukas rutschte das Herz in die Hose. Und auch die anderen Gefangenen schienen Ähnliches zu befürchten, denn sie rückten noch enger zusammen.

»Bringt den Gottlosen her«, rief nun Jan van Leiden.

Ein Mann wurde auf den Domplatz geführt, den Lukas flüchtig kannte. Es war der Schmied Hubert Rüscher, ein ehrbarer Bürger.

»Dieser Mann hat auf der Wache Schändliches gegen unseren Propheten Jan Matthys ausgesprochen. Dieser sei es, hat er behauptet, der den Teufel im Leib hätte, und würde Unglück über die Stadt bringen. Glaubt ihr ihm?«

»Nein«, brüllte die Menge.

»Recht habt ihr. Es ist der Teufel selbst, der vor unseren Mauern steht und ihm diese Sätze eingeflüstert hat. Und anstatt bei unserer Verteidigung zu helfen, verleumdet der Mann Gott und seine Propheten. Hast du diese Worte gesagt?«, fragte van Leiden dann den völlig eingeschüchterten Schmied, der in eisernen Fesseln vor dem Podest stand.

Rüscher schwieg.

»Er muss nicht antworten, denn wir haben einen Zeugen.« Der Prophet zeigte in die Menge und winkte Jobst Xantus zu sich. »Dieser Mann kann jedes Wort bezeugen. Stimmt, was ich gesagt habe?«

»Ja«, antwortete Jobst mit lauter Stimme. »So wahr mir Gott helfe.«

»So soll es sein.«

Van Leiden verließ das Podium, ließ sich von einem der Wachen eine Hellebarde geben und trieb sie dem Todgeweihten in den Leib. Aber der starb nicht an der Wunde, lebte sogar noch, nachdem der Prophet ein zweites Mal zugestochen hatte. Als die Menge unruhig zu werden begann und erste Stimmen etwas von einem Gottesurteil riefen, ergriff van Leiden eine Muskete, die aber eine Ladehemmung hatte. Die Rufe nach Gnade wurden lauter. Wutentbrannt ergriff der Prophet eine andere Muskete, zwang den Schwerverletzten, sich auf den Boden zu legen, setzte die Waffe auf seinen Rücken und feuerte. »Seht«, brüllte er dann mit Schaum vor dem Mund. »So ergeht es denen, die Gott leugnen.«

Für einen langen Moment war es still auf dem Platz. Dann aber fiel die Menge auf die Knie und begann, inbrünstig zu beten.

Lukas hatte dem Treiben mit wachsendem Entsetzen zugeschaut. Aber er kam nicht dazu, den Tod des Schmieds zu bedauern, denn nun waren sie selbst an der Reihe.

Auf ein Zeichen van Leidens wurden die Gefangenen durch ein Spalier der Gläubigen, die ihnen hasserfüllte Blicke zuwarfen, mitten auf den Platz geführt.

»Kniet nieder und tut Buße!«, befahl der Prediger.

Die Gefangenen gehorchten. Auch Lukas faltete die Hände und tat so, als ob er inbrünstig bete.

Schließlich forderte van Leiden sie auf, das Glaubensbekenntnis der Wiedertäufer nachzusprechen, welches er ihnen vorlas. Dann mussten sie gemeinsam geloben, zukünftig Gott zu dienen. Der Prediger tat so, als versprenge er Wasser über der Menge. Dann murmelte er das Taufritual. Endlich gab er den Gefangenen ein Zeichen. Sie durften sich erheben und waren in die Gemeinde der Gläubigen aufgenommen.

Lukas fiel ein Stein vom Herzen. Aber seine Erleichterung währte nicht lange.

»Ihr, die ihr euch nun zum wahren Glauben bekannt habt, könnt eure Gottesfurcht schnell unter Beweis stellen. Unser Freund und Bruder, der Prophet Jan Matthys, wird noch heute gegen die Ungläubigen kämpfen. Ein Dutzend von euch dürfen ihn begleiten. Mit Gottes Hilfe werdet ihr einen großen Sieg erringen.«

Unter Hochrufen betrat Jan Matthys das Podest. Der Niederländer war schlank und hochgewachsen. Seine schwarzen Haare fielen ungebändigt auf seine Schultern. Er faltete die Hände zum Gebet. Danach zeigte er auf die neu getauften Gläubigen. »Du, du und du. Dann der Schlaks aus der zweiten Reihe. Und die neben ihm Stehenden.« Schließlich fixierte sein fanatischer Blick Lukas. »Auch du darfst für Gott streiten.«

Der Ausfall begann am Nachmittag. Unter lauten Gebeten zog die kleine Truppe, angeführt vom Propheten Matthys, aus dem Kreuztor im Norden, direkt auf die dort stationierten klevischen Truppen zu.

Deren Befehlshaber sah dem Häuflein Wahnsinniger, die nur mit Hellebarden, Schwertern und einigen Musketen in den Händen und Chorälen auf den Lippen gegen seine hochgerüstete Armee zogen, mit Belustigung entgegen und erteilte seine Befehle.

Noch ehe Matthys mit seinen Männern auch nur in die Nähe des feindlichen Lagers gekommen war, stellten sich ihnen einige Dutzend Soldaten entgegen.

Der Ausfall endete in einer Katastrophe. Bereits nach wenigen Minuten lag der Prophet tödlich getroffen im Staub. Und als ein Münsteraner nach dem anderen fiel, traten Lukas und drei andere Überlebende den Rückzug an. Was in ihrem Fall bedeutete, dass sie die Waffen wegwarfen und wie die Hasen rannten.

Die klevischen Landsknechte steckten das Haupt des Propheten auf eine Lanze, zerhackten seinen Körper und riefen den Flüchtenden und den entsetzten Münsteraner Wachen auf den Mauern zu, sie könnten ihren Bürgermeister abholen. Denn sie wussten nicht, dass es nicht der Bürgermeister, sondern der oberste Prophet der Stadt war, in dessen Blut sie standen.

8

Schloss Trittau, 12. Mai 1534

Marx Meyer und seine Gefolgsleute wurden nach der Intervention der hanseatischen Kaufleute nicht nur freigelassen, wie von Clas Wibbeking gehofft, sondern König Heinrich VIII. schlug Meyer auch noch zum Ritter, nachdem der England ein Bündnis gegen Habsburg vorschlug.

Kaum war Meyer glücklich nach Lübeck zurückgekehrt, hob die Hansestadt neue Söldnertruppen aus, machte ihn erneut zum Kondottiere und warb Graf Christoph von Oldenburg als Bündnispartner an. Schließlich setzte Meyer seine Truppe in Marsch, um das an der Straße nach Hamburg gelegene Schloss Trittau zu erobern. Ein geplanter Angriff auf Dänemark wurde verschoben. Zunächst sollte Holstein besetzt werden.

Martin wurde nach der Gefangenschaft in London von Meyer als Unterführer eingesetzt. Er befehligte knapp ein Dutzend verwegener Landsknechte, vor denen er sich in Lübeck im Dunkel gefürchtet hätte.

Das Schloss lag auf halber Strecke nach Hamburg. Martin bekam den Befehl, sich mit seinen Soldaten von Westen zu nähern, während ein weiterer Trupp das Flüsschen Bille im Süden der Anlage überschreiten sollte. Die Hauptstreitmacht von etwa hundert Mann würde den eigentlichen Angriff auf die Schlossbrücke von Norden her führen.

Es war Neumond und deshalb stockdunkel, als Martin einen kleinen Bach erreichte. Irgendwo bellte ein Hund. Sein Auftrag schien einfach: dem Bach bis zu einem Zufluss folgen, dort nach Osten abbiegen und zum Wassergraben, der das Schloss umgab, vordringen. Dort sollte er sich mit seinen Männern unter Bäumen verbergen. Falls Verteidiger versuchen wollten, mit einem Boot aus der Wasserburg zu fliehen, würde er sie festsetzen.

Die gesamte Anlage, so hatten ihre Kundschafter versichert, sei nicht besonders gut gegen Angriffe geschützt. Die Mauern waren nicht sehr hoch, die Gräfte relativ flach und der Teil der Brücke, den man hochziehen konnte, würde nur von zwei Soldaten bewacht.

Es gäbe, soweit die Spione dies erkennen konnten, keine Kanonen und die Zahl der Verteidiger sei klein, die Männer alt und zudem schlecht bewaffnet, wie Bauern aus der Umgebung erzählten. Ein Kinderspiel für die erfahrenen Landsknechte.

Martin und seine Männer legten sich auf das feuchte Gras am Rand des Wassergrabens und hielten ihre Waffen bereit. Das Schloss auf der anderen Seite war im Sternenlicht nur schemenhaft zu erkennen. Nirgendwo brannte eine Fackel, kein Ton war zu hören.

»Das ist eine verdammte Ungerechtigkeit«, raunte einer der Landsknechte seinen Kameraden zu. »Die anderen erobern das Schloss, dürfen plündern und Beute machen, vielleicht auch ein Burgfräulein ficken und wir holen uns hier einen nassen Arsch. Bis wir dazustoßen, ist alles verteilt und wir können sehen, wo wir bleiben.«

Olaf war ein übler Zeitgenosse, dem Wein und den Würfeln zugetan, jederzeit zu einem Streit aufgelegt und auch gegenüber Vorgesetzten aufsässig. Martin traute dem Kerl nicht über den Weg. Aber der Landsknecht war mutig, kämpfte tapfer, auch wenn seine Statur nicht darauf hindeutete. Sein vorgebeugter Gang und die eingezogenen Schultern ließen ihn kleiner erscheinen, als er eigentlich war.

»Mund halten«, befahl Martin. »Ihr habt doch den Kondottiere gehört: Es wird gerecht geteilt.«

»Gehört habe ich ihn schon«, widersprach Olaf. »Nur glauben tu ich's ihm nicht.«

Lärm klang aus Richtung der Schlossbrücke zu ihnen herüber.

»Jetzt geht's los«, freute sich einer der Männer. »Endlich. Hat lang genug gedauert.«

Auf den Mauern wurden Fackeln entzündet, Befehle gerufen. Die Schreie kämpfender Soldaten gellten durch die Dunkelheit. Plötzlich fiel ein Lichtstrahl über das Wasser. Drei, vier Gestalten huschten aus einer Tür, die Martin bisher nicht bemerkt hatte, und näherten sich der Gräfte. »Achtung«, flüsterte er. »Ein Fluchtversuch.«

Im Schein der Fackel erkannten die Landsknechte, dass ein Boot ins Wasser geschoben wurde. Das Schlagen der Paddel ließ vermuten, dass es genau auf sie zuhielt.

»Ausschwärmen!«

Die Männer folgten Martins Befehl. Als das Boot kurz darauf anlegte, sahen sich seine Insassen von Feinden umstellt. Zwei vornehm gekleidete Herren hockten auf den Bohlen. Der alte Soldat, der sie begleitete, stand mit den Stiefeln im Wasser und warf angesichts der erdrückenden Übermacht seinen Spieß ohne Zögern ans Ufer.

»Herkommen«, ordnete Martin an.

Eingeschüchtert kletterten die Männer aus dem Boot. Der eine war um die fünfzig, der andere wesentlich jünger. Sie ähnelten einander. Martin vermutete, es handelte sich um Vater und Sohn.

»Bitte tut uns nichts«, bat der Ältere. »Ich bin nur der Verwalter des Herzogs.« Er zeigte auf den neben ihm Stehenden. »Das ist mein Sohn.«

Der junge Kerl zitterte wie Espenlaub.

»Fesselt sie alle drei«, befahl Martin und zeigte auf zwei seiner Männer. »Ihr werdet sie bewachen.«

Doch ehe er eingreifen konnte, trat Olaf hinter den Älteren und schnitt ihm mit einer schnellen Bewegung die Kehle durch. Der Verwalter fiel zu Boden. Sein Sohn schrie auf. Ungerührt sah Olaf zu, wie das Leben in großen Blutschwallen aus dem zuckenden Körper floss. »Was sollen wir uns mit denen abplagen?«, fragte der Landsknecht ohne Mitleid und wandte sich dem Jüngeren zu, der, vor Angst schlotternd, auf die Knie sank und um sein Leben flehte.

»Halt«, brüllte Martin.

Verblüfft hielt Olaf inne und sah seinen Anführer an. Dann schüttelte er den Kopf und wandte sich seinem neuen Opfer zu. »Leck mich doch am Arsch«, murmelte er und hob sein Messer.

Genau in diesem Moment rief sie das vereinbarte Hornsignal zum Haupttor. Olaf war der Erste, der reagierte. »Beute«, brüllte er und rannte los. Die anderen Landsknechte folgten ihm.

Martin hielt die beiden Männer, denen er eben den Befehl erteilt hatte, zurück. »Fesseln, sagte ich. Und wenn ihr den Gefangenen auch nur ein Haar krümmt, sorge ich dafür, dass ihr am Galgen baumelt.«

Mit Ausnahme des Verwalters, den Olaf auf dem Gewissen hatte, musste in dieser Nacht niemand sterben.

Das Schloss war tatsächlich nur spärlich bewacht gewesen. Niemand hatte die Zugbrücke gesichert, die ohnehin heruntergelassen war, und auch das Tor wurde nur von einem alten, schon zahnlosen Soldaten bewacht.

Der hatte das einzig Vernünftige getan und seine Waffe niedergelegt, als ihm die Landsknechte, die in seinem Rücken mit Leitern über die niedrigen Mauern eingedrungen waren, ein Messer an den Hals drückten. Die anderen Soldaten waren schlafend in ihrem Lager gestellt worden, die meisten von ihnen zu verdutzt, um noch Widerstand zu leisten.

Jetzt standen sie wie ein Häuflein Elend in einer Ecke des Burghofes und haderten mit ihrem Schicksal.

Martin erstattete Marx Meyer Bericht. Der zeigte sich unberührt vom Mord an dem Verwalter. »Landsknechte sind eben raue Kerle«, meinte er nur. Damit schien der Vorfall für ihn erledigt.

Zum größten Bedauern von Olaf und dessen Kumpanen befand sich nicht eine Frau im Schloss. Auch sonst war die Beute eher spärlich. Der Sohn des getöteten Verwalters hatte einen Beutel mit Goldgulden bei sich und jemand entdeckte einige silberne Becher. Kaum der Rede wert. Entsprechend unbefriedigt zogen die Söldner am nächsten Tag weiter nach Norden, um sich mit den Landsknechten Christoph von Oldenburgs zu vereinen.

Die Truppen verwüsteten Eutin und Reinbek und belagerten vergeblich Segeberg. Aber ein durchschlagender Erfolg blieb ihnen verwehrt, denn die Holsteiner rüsteten zum Gegenangriff, vertrieben die Truppen und drangen bis Travemünde vor. Jetzt war die Hansestadt Lübeck ernstlich bedroht.

9

Kleve, 11. Mai 1534

Die letzten Wochen hatte Hinrick mit wachsender Ungeduld zugebracht. Heresbach jedoch hatte ihn auf seine Frage, wann er endlich nach Münster reisen dürfe, immer wieder vertröstet. Mehrmals war er kurz davor gewesen, auf eigene Faust aufzubrechen, um seinen Bruder in der belagerten Stadt zu suchen. Aber die Angst vor den Konsequenzen und sein gegebenes Ehrenwort ließen ihn davon Abstand nehmen. Doch schließlich hielt er die Ungewissheit nicht mehr aus.

An diesem Montag traf sich Herzog Johann in der Schwanenburg mit seinen Beratern. Die Herren tagten in der vierten Etage des Schwanenturms im Norden der Burg.

Hinrick durfte sich innerhalb der Schlossanlage frei bewegen. Nur die Privatgemächer der herzoglichen Familie blieben für ihn verschlossen, von seinen Besuchen bei Prinz Wilhelm abgesehen.

Er passierte die Wache am Turm und stieg mit klopfendem Herzen die Treppe hoch. Vor der Tür des Tagungsraums stand ein livrierter Diener, den Hinrick kannte.

»Ich werde erwartet«, murmelte der Hattinger nur, ging an dem Bediensteten vorbei, klopfte und trat ein, ohne auf eine Aufforderung zu warten.

Drei Köpfe drehten sich überrascht zu ihm hin. Dem Landesherrn gegenüber saß Heresbach, an seiner Seite Kanzler Johann von Vlatten. Auf dem Tisch vor ihnen stapelten sich Dokumente.

»Habe ich etwas verpasst?«, fragte der Herzog konsterniert. »Ich kann mich nicht erinnern, den jungen Mann zu uns bestellt zu haben. Ihr?«

Die Berater schüttelten nur stumm den Kopf.

»Ich hoffe, dass du uns einen wirklich guten Grund für dein Hereinplatzen nennen kannst«, bemerkte der Landesherr süffisant. »Auf jeden Fall hast du Mut.«

Hinricks Pulsschlag dröhnte in seinem Schädel. Er holte tief Luft, verbeugte sich und fragte: »Darf ich sprechen, Durchlaucht?«

»Vermutlich hast du uns genau deshalb gestört, oder irre ich mich?«

»Nein, Durchlaucht.«

»Dann lass hören!«

»Gnädigster Herr, mein Bruder ist vermutlich in Münster.«

Herzog Johann zog eine Augenbraue hoch.

»Sein früherer Lehrherr hat das bestätigt.« Hinrick erzählte, was er über Lukas' Verbleib wusste. Dabei sprach er so schnell, dass er sich fast verschluckte. »Und deshalb«, schloss er, »bitte ich untertänigst um die Erlaubnis, nach Münster reisen zu dürfen.«

Der Herzog sah in die Runde. Dann sprach er Heresbach an. »Kanntet Ihr diese Geschichte?«

»Ja, Durchlaucht. Ihr allerdings ebenfalls.«

»Tatsächlich?«

»Ich habe Euch schon zweimal auf diesen Sachverhalt angesprochen.«

»Verdammt, Heresbach. Entweder Ihr droht mit Rücktritt, korrigiert mich oder macht mich auf meine Versäumnisse aufmerksam. Irgendwann werde ich Eurer überdrüssig. Und dann?«

Der Gelehrte senkte den Kopf. »Dann müsst Ihr Euch vermutlich einen neuen Erzieher für Euren Sohn und anderen Berater suchen, Durchlaucht.«

»Genau. Und eben das will ich nicht.« Herzog Johann wandte sich wieder Hinrick zu. »Wie lange wartest du schon auf meine Entscheidung?«

»Seit über zwei Monaten, Durchlaucht.«

»Und du findest vermutlich, das sei zu lange?«

Hinrick nickte und schwieg.

Der Herzog zeigte mit dem Finger auf ihn. »Da seht Ihr es, Heresbach«, rief er in gespielter Empörung. »Es mag ja noch angehen, dass Ihr mich kritisiert und mein Sohn mir nur unter Murren gehorcht, aber nun bläst dieser Bursche in dasselbe Horn. Alles ein Ergebnis Eurer Erziehung.« Ein Lächeln umspielte seine Lippen und strafte die Worte Lügen. »Also gut. Verzeihen wir ihm sein unbotmäßiges Verhalten. Was sagt Ihr zu seinem Anliegen, Heresbach?«

»Er sollte reisen. Allerdings nicht in die belagerte Stadt selbst, sondern nur bis zu unseren Truppen vor den Mauern. Es wäre ebenfalls vorteilhaft, wenn Prinz Wilhelm mitkäme. Euer Sohn könnte dann an einer tatsächlichen Belagerung teilnehmen. Dabei lernt er mehr, als wenn ihm Eure Hauptleute lediglich davon erzählen.«

»Hauptmann Lorenz Horst befehligt unsere Truppen vor Münster?«

»So ist es«, schaltete sich Johann von Vlatten in das Gespräch ein. »Ein guter Soldat, Durchlaucht, wenn ich das hinzufügen darf.«

»Ich weiß. Und Ihr teilt Heresbachs Auffassung?«

»In jedem Punkt.«

»Gut. Dann soll es so sein.«

»Wann können wir aufbrechen, Durchlaucht?«, wollte Heresbach wissen.

»Wir? Wie kommt Ihr darauf, dass Ihr ebenfalls nach Münster reiten werdet?«

»Ich nahm an …«

»Da habt Ihr falsch angenommen, Heresbach. Ich brauche Euch hier. Bischof von Waldeck und seine Befehlshaber senden mir alle paar Tage flammende Appelle um Geld und Truppen. Die anderen Fürsten unterstützen diese … nennen wir es Wünsche, schon allein deshalb, um nicht selbst zu bluten. Kaiser Karl laviert zwischen den Konfessionen, um es sich mit keiner Seite zu verderben, fordert aber, den Wiedertäuferspuk schnellstens zu beenden. Und in dieser Situation wollt Ihr einen Ausflug nach Münster unternehmen?« Der

Herzog schüttelte den Kopf. »Ihr bleibt. Gebt den jungen Männern zu ihrem Schutz einen Trupp Soldaten mit.«

»Wie Ihr wünscht, Durchlaucht. Wer soll die Begleittruppe befehligen?«

»Gebt das Kommando dem jungen Fähnrich Gernot von Xanten. Er kann sich so für höhere Aufgaben empfehlen.«

Es klopfte an der Tür.

Johann blaffte den Diener, der sich katzbuckelnd näherte, an: »Was ist denn jetzt schon wieder? Scheinbar erlaubt sich hier jeder, seinen Herzog zu stören, wann immer es ihm gefällt.«

»Durchlaucht«, stammelte der verschreckte Diener. »Der Hauptmann Eurer Schlosswache bittet dringend um Gehör.«

»Er soll eintreten«, knurrte der Herzog.

Der Soldat betrat den Raum, salutierte und wartete, bis Johann ihm das Wort erteilte.

»Euer Sohn, gnädigste Durchlaucht, ist beim Reiten gestürzt. Sein Pferd hat ihn abgeworfen, als er im wilden Galopp querfeldein ritt und über eine Mauer ...«

»Ist ihm etwas passiert?« Der Herzog war aschfahl im Gesicht.

»Leider ja. Er hat sich das Bein gebrochen.«

Johann sprang auf und stürmte zur Tür. »Wo ist er?«

»In seiner Kammer. Ein Arzt kümmert sich bereits um ihn.«

Der Herzog verschwand im Flur. Die Berater folgten ihm.

»Was ist nun mit unserer Reise nach Münster«, wollte Hinrick wissen, als Heresbach an ihm vorbeieilte.

»Die wird auf unabsehbare Zeit verschoben«, erwiderte der Berater und verschwand.

Diese Antwort hatte Hinrick befürchtet. Auf dem Weg zurück in seine Kammer dachte er über weitere Schritte nach. Sollte er endlich seinen Vater informieren? Aber was, wenn Lukas nicht mehr in Münster lebte oder bereits ...

Er getraute sich nicht, den Gedanken zu Ende zu denken. Nein, er musste dieses Geheimnis so lange für sich behalten, bis er Klarheit über Lukas Schicksal hatte. Sonst würde er womöglich in seinem Vater falsche Hoffnungen wecken. Und das wollte er nicht.

10

Münster, 25. Mai 1534

Seit vier Tagen schossen die bischöflichen Truppen mit Dutzenden Kanonen auf die Verteidigungsanlagen der Stadt, bislang jedoch erfolglos. Was sie am Tag zerstörten, besserten die Verteidiger in der Nacht wieder aus.

Die Kanonade konzentrierte sich auf die Gegend um das Jüdefeldertor im Nordwesten, was die Vermutung nahelegte, dass der Sturmangriff dort erfolgen würde. Dieses Tor schützten keine zusätzlichen Außenmauern, was eine Verteidigung erschwerte.

Außerdem buddelten schon seit zwei Wochen Hunderte von Bauern eine Rinne, um den Wassergraben, der Münster umgab, auszutrocknen. Für einen Angriff auf das Jüdefeldertor sprach weiter, dass Unmengen von Reisigbündeln angeschleppt und in sicherer Entfernung abgelegt wurden. In den leergelaufenen Graben geworfen, würden sie den Sturmtruppen das Überqueren erleichtern.

Lukas war einem Trupp zugeordnet, der weiter westlich kurz vor dem Frauentor Posten bezogen hatte. Zu seinem Unglück befehligte dieses Häuflein Jobst Xantus, der in der militärischen Hierarchie der Wiedertäufer aufgestiegen war. Und Jobst machte Lukas das Leben zur Hölle. Er teilte ihn grundsätzlich zu den ungeliebten Nachtwachen ein oder beauftragte ihn damit, die schweren Wassereimer bis zum Rand aufzufüllen und dann, ohne einen einzigen Tropfen zu verschütten, zurück zur Mauer zu schleppen. Grundlos scheuchte er Lukas hin und her, ohrfeigte ihn beim geringsten Vergehen und machte sich über ihn lustig, wann immer er konnte.

Lukas ertrug die Schikanen ohne Murren. Denn Protest hätte ohnehin nichts genützt und außerdem wollte er dem ungehobelten Jobst nicht zeigen, wie sehr er sich über die Behandlung ärgerte.

In den Nächten konnte Lukas die Feuer der bischöflichen Truppen sehen. Der Belagerungsring um Münster war vollständig geschlossen.

Den Männern vor der Mauer schien es, ganz im Gegensatz zu den Münsteranern, an nichts zu fehlen. Ihr Grölen und lautes Gelächter schallte durch die Nacht und wenn der Wind günstig stand, konnte Lukas sogar den Geruch des Fleisches wahrnehmen, welches über den Feuern schmorte. Dann lief ihm das Wasser im Mund zusammen.

In Münster gab es nur noch wenig Lebensmittel. Der Rat hatte alles Essbare streng rationiert, denn selbst wagemutigen Schmugglern gelang es bloß vereinzelt, Brot oder Fleisch in die Stadt zu schaffen. Davon allerdings kam kaum etwas bei den Hungernden an, sondern landete zumeist in den Kochtöpfen derer, die jetzt in der Stadt das Sagen hatten.

Die Sonne kroch über den Horizont, als Lukas im Geldrischen Lager, welches sich in der Nähe des Jüdefeldertores befand, etwas auffiel.

Er knuffte seinen Leidensgenossen, der in der Nacht mit ihm Wache gestanden hatte und jetzt gegen den Schlaf kämpfte, in die Seite. »Sieh mal, dahinten.«

Der andere Mann rieb sich die müden Augen und schaute

in die Richtung, in die Lukas wies. »Ich sehe nichts«, bemerkte er brummend.

»Du musst genauer hinschauen. Die Sonne spiegelt sich auf etwas Metallischem. Ich glaube, das sind die Brustharnische und Lanzenspitzen.«

Sein Kamerad kniff die Augen zusammen. »Du hast recht«, stieß er dann aufgeregt hervor. »Sie sammeln sich zum Angriff.«

»Aber warum nur die Geldrischen?«, wunderte sich Lukas. »Hier bei uns ist alles ruhig.

»Sei doch froh«, erwiderte sein Kamerad. »Oder bist du so erpicht darauf, eine Lanze in deinen Bauch gestoßen zu bekommen?«

»Natürlich nicht.«

Kurz darauf war lautes Gebrüll aus nördlicher Richtung zu hören. Der Angriff auf das Jüdefeldertor hatte begonnen.

Jobst sprang heran. »Ihr bleibt alle auf euren Posten«, brüllte er. »Wer wegläuft, verliert seinen Kopf.«

»Aber wir haben doch schon die ganze Nacht hindurch Wache gestanden«, maulte einer der Stadtsoldaten. »Was ist mit unserer Ablösung?«

»Die wird zur Verteidigung eingesetzt. Bis jetzt ist der Angriff nur auf den Norden beschränkt. Wir vermuten, dass es sich um einen Alleingang der Geldrischen Truppen handelt. Die haben wohl Angst, beim Plündern zu kurz zu kommen. Aber die werden ihr blaues Wunder erleben. Gott kämpft mit uns und wird uns einen grandiosen Sieg schenken.«

Ein Blick in Jobsts glänzende Augen zeigte Lukas, dass ihr Anführer jedes Wort glaubte, das er von sich gab. Der Schmied schien mittlerweile beseelt von dem Gedanken, dass die Errichtung des Himmelreichs auf Erden unmittelbar bevorstand und er zu den Auserwählten gehörte, auf die ewige Freuden warteten.

Lukas dachte da pragmatischer. Er wäre schon mit weniger zufrieden gewesen. Eine deftige Suppe, ein Stück Braten und ein kühles Bier kamen momentan seiner Vorstellung vom Paradies ziemlich nahe.

Jobst verschwand wieder von der Mauer und lief nach Norden. Lukas schaute ihm nach. Wenn es nach ihm ginge, könnte der Schmied noch heute das Reich Gottes erleben.

Fast zwei Stunden mussten sie warten, bis Jobst zurückkehrte. Er schien nicht eine Schramme abbekommen zu haben.

»Was habe ich gesagt?«, rief er schon von Weitem. »Mit der Hilfe des Herrn haben wir die Angreifer zurückgeschlagen. Hunderte der Ungläubigen liegen in ihrem Blut vor den Mauern und wir haben kaum Verluste erlitten. Das ist das Werk Gottes. Ich habe die himmlischen Heerscharen, die auf unserer Seite kämpften, mit eigenen Augen gesehen«, versicherte er voller Inbrunst. »Mit Feuer und Schwert sind sie durch die Reihen der Ungläubigen gefahren und haben sie niedergemäht.« Er fiel auf die Knie. »Lasst uns für die Rettung danken.«

Die Umstehenden knieten ebenfalls nieder und Lukas folgte ihrem Beispiel. Obwohl er kein Wort von dem glaubte, was Jobst ihnen da eben erzählt hatte, hielt er es für besser, sich nicht verdächtig zu machen. Das Schicksal des armen Schmieds Rüscher, den van Leiden auf dem Gewissen hatte, war ihm ein warnendes Beispiel.

In den folgenden Nächten versuchten Wiedertäufer mehrfach in die Nähe der bischöflichen Lager zu gelangen. Trunken vor Glück über Gottes vermeintliche Unterstützung, schlichen sie sich zu den gegnerischen Wachposten, überwältigten einige von ihnen und schleppten sie in die Stadt, wo sie in den Kerker geworfen wurden.

Die bischöflichen Truppen hingegen machten ihrem Unmut über die Niederlage dadurch Luft, dass sie Hohn und Spottgesänge hören ließen und den Verteidigern auf den Wällen ihre blanken Ärsche zeigten. Das allerdings hörte auf, nachdem einer von ihnen von einem guten Schützen genau in den Allerwertesten getroffen wurde und sich, nachdem er sich schreiend im Dreck gewälzt hatte, weitere Musketenkugeln einfing und erbärmlich verblutete.

11

Ruhrort, 30. Mai 1534

Wochenlang hatte Jorge an seiner Geschäftsidee gefeilt, Gespräche mit potenziellen Kunden geführt, neue Berechnungen angestellt und wieder verworfen. Endlich hatte er sich dazu entschlossen, den ersten Teil seines Vorhabens in die Tat umzusetzen.

Er war am frühen Morgen in Hattingen aufgebrochen und zunächst der Ruhr gefolgt, die er in Werden passieren wollte. Von da ging es weiter nach Norden, später Richtung Westen. Wenn alles gut ging, würde er nachmittags in Ruhrort eintreffen, dort übernachten und am nächsten Morgen den Mann aufsuchen, der Fuhrwerke bauen konnte.

In den letzten Tagen hatte es häufig geregnet. Wadentiefe Pfützen und der glitschige Weg erschwerten Jorges Vorankommen. Das Pferd musste aufpassen, wohin es trat, um nicht auszurutschen. An manchen Stellen musste er absteigen, seinen Hengst beruhigen und durch das trübe Pfützenwasser führen. Aber er hatte ja keine Eile.

Es dämmerte schon, als er sich seinem Ziel näherte. Ruhrort lag an der Mündung des Flusses. Der Ort war vollständig mit einem Wassergraben umgeben, der aus der Ruhr gespeist wurde. Westlich davon lag auf einer künstlichen Insel das Kasteel.

Im Norden und Süden befand sich jeweils ein Stadttor. Das südliche lag direkt am Hafen und konnte nur per Schiff erreicht werden.

Jorge überquerte die Brücke, die über die Gräfte führte, und ritt in die Stadt. Er war noch nie hier gewesen. Deshalb musste er sich durchfragen, um die einzige Schenke am Platz zu finden.

Ruhrort war deutlich kleiner als Hattingen. Es mochten nur einige Dutzend Häuser sein, die sich hinter den Türmen und Mauern versteckten. Das Wirtshaus befand sich am Markt, direkt gegenüber der Kirche. Jorge band sein Pferd fest und stiefelte in den Gastraum.

Die Temperatur, die in der Herberge herrschte, raubte ihm fast den Atem. Schweißtropfen bildeten sich auf seiner Stirn. Obwohl es fast sommerlich warm war, loderte in einem Kamin, der einer Schlosshalle zur Ehre gereicht hätte, ein mächtiges Feuer. Darüber hingen drei Kessel, aus denen es verführerisch roch. Erst jetzt spürte Jorge, welchen Hunger er hatte.

Er fragte nach einer Kammer für sich und einem Stall und Futter für das Pferd, bekam beides und eine halbe Stunde nach seiner Ankunft saß er über einer dampfenden Schale köstlichen Eintopfs.

»Warum heizt Ihr wie verrückt?«, fragte er den Wirt, als der ihm den zweiten Becher Bier brachte. »Habt Ihr Angst zu erfrieren?«

Der Mann wischte sich mit dem Handrücken den Schweiß von der Stirn und lachte dröhnend. »Den Eindruck könnte man bekommen, oder? Der Kamin dient nicht nur zur Beheizung der Gaststube, sondern auch als Kochstelle. Hinter der Wand nutzen wir ihn auf der anderen Seite als Backofen. Ihr müsst wissen, ich bin nicht nur der Wirt, sondern auch der Bäcker des Ortes. Morgen früh gibt es frisches Brot. Da will der Ofen vorgeheizt werden, damit seine Wände schön heiß sind und die Wärme langsam wieder abgeben. Tut mir leid, wenn Ihr schwitzt, Herr, aber dafür werdet Ihr heute Nacht nicht frieren. Der Kamin heizt das ganze Haus.«

Jorge öffnete die Knöpfe seines Hemdes. »Verstehe. Dann seid so gut und bringt mir noch ein kühles Bier. Das erfrischt wenigstens innerlich.«

Der Wirt nickte. Als er wieder an seinen Tisch trat, erkundigte sich Jorge nach dem Schreiner.

»Ihr meint Meister Hermann?«

»Keine Ahnung. Ich kenne seinen Namen nicht. Gibt es denn noch einen Schreiner in Ruhrort, der Fuhrwerke baut?«

Der Wirt schüttelte den Kopf.

»Dann ist er derjenige, den ich suche. Wo finde ich ihn?«

»Seine Werkstatt liegt an der östlichen Stadtmauer.«

Tatsächlich schlief Jorge gut. Er stärkte sich am nächsten Morgen mit einer fetten Brühe im deutlich kühleren Schankraum, beglich seine Schulden und machte sich auf den Weg zu Schreiner Hermann.

Er fand die Werkstatt sofort. Die breite Tür stand offen, sodass Jorge nach kurzem Gruß, auf den niemand reagierte, eintrat. In einer hinteren Kammer rumorte jemand.

»Guten Morgen«, rief Jorge erneut, dieses Mal lauter.

»Ich komme sofort«, antwortete eine tiefe Stimme.

Kurz darauf stand dem Kaufmann ein Hüne mit Armen wie Äste gegenüber, der ihn um mehr als Haupteslänge überragte.

»Ich bin Jorge von Linden. Seid Ihr Schreiner Hermann?«

»Der bin ich.«

»Ich komme aus Hattingen. Mir ist zu Ohren gekommen, dass Ihr Fuhrwerke baut?« Jorge sah sich um. »Ich kann aber keines entdecken.«

»Es ist auch keines da.«

»Aber Ihr könnt sie fertigen?«

»Natürlich. Aber nicht hier, sondern im Nachbarort, eine knappe Stunde Fußweg entfernt.«

Als er Jorges fragendes Gesicht bemerkte, erklärte er: »In Duisburg leben überwiegend Bauern. Sie benötigen Fuhrwerke. Außerdem ist dort mehr Platz als hier. In Ruhrort drängt sich alles innerhalb der engen Mauern, dort aber wohnen – wie gesagt – fast nur Bauern, deren Scheunen sich vor Ort befinden. Ich habe eine von einer Witwe gepachtet und kann die Einzelteile, die ich hier fertige, dort zusammenbauen.« Er zeigte auf etwas, was Jorge für einen Ast gehalten hatte. »Das wird eine Achse. Dahinten liegt eine halb fertige Deichsel. Und die dort gestapelten Bretter werden später den Boden bilden. Also, was wollt Ihr von mir?«

»Was wohl? Fuhrwerke natürlich!«

»Mehr als eins?«

»Genau. Ich dachte zunächst an vier. Wann könntet Ihr liefern?«

»Um Fronleichnam herum«, kam die Antwort nach kurzem Überlegen.

»Und was wollt Ihr für die Karren haben?«

Jorge sah dem Schreiner an, wie es in ihm arbeitete. Dann nannte er seinen Preis.

Der Hattinger schluckte. »Das verdient ein Offizier der herzoglichen Garde im Jahr.«

»Ich weiß«, antwortete Hermann. »Aber bedenkt: Ich baue etwa ein Jahr lang an den vier Karren. Ich muss meine Gehilfen entlohnen, das Holz kaufen und den Schmied, der die Eisenteile fertigt, bezahlen. Billiger geht es nicht.«

Jorge überschlug in Gedanken seine Kalkulation. Mit so viel hatte er nicht gerechnet. Auch hatte er trotz aller Planungen nicht daran gedacht, dass er die Fuhrwerke ja irgendwo unterstellen musste. Die Scheune hinter seinem Haus war dafür zu klein, ebenso wie das Lager am Kirchhof. Er würde sich nach einer anderen Möglichkeit umsehen müssen. Aber trotzdem, da war er sicher, versprach das Transportgeschäft, genug abzuwerfen.

»Gut«, sagte er deshalb. »Einverstanden.«

Der Schreiner streckte seine Rechte aus, aber nicht, um zuzustimmen, sondern um einen Vorschuss von fünf Gulden zu erbitten.

Damit hatte Jorge gerechnet. Er zählte dem Meister das Geld in die Hand.

Erst als die Gulden in seiner Tasche verschwunden waren, grinste Hermann breit. »Jetzt müssen wir den Handel nur noch begießen.«

12

Münster, 5. Juli 1534

Nachdem Jan Matthys trotz seiner angeblichen prophetischen Gaben vor einigen Monaten einen ziemlich unrühmlichen Tod gestorben war, hatten Jan van Leiden und die anderen Anführer der Wiedertäufer sein Ableben mit seinem mangelnden Glauben erklärt. Er habe nur seinen eigenen Ruhm im Blick gehabt und nicht Gottes Größe. Sein Tod sei die gerechte Strafe für diesen Hochmut gewesen.

Jan van Leiden versicherte, ihm sei Matthys' Tod durch Gott natürlich schon vorher im Traum mitgeteilt worden.

Aber da er nicht gegen den Willen des Allmächtigen handeln durfte, habe er Matthys nicht von seinem selbstmörderischen Ausbruch abhalten können.

Als auch noch Bernd Knipperdolling van Leidens Vision bestätigte, wich die Unruhe, die Matthys' Tod unter den Gläubigen ausgelöst hatte, neuer Zuversicht.

Praktischerweise verdeutlichte die Vision van Leidens, dass Gott in den Reihen der Wiedertäufer einen neuen Ersten Propheten auserkoren hatte. Und der zögerte nicht lange, verkündete, dass er nun drei Tage schweigen werde und sich der Herr dann durch ihn seinem auserwählten Volk offenbaren werde.

Genau das tat der Allmächtige dann auch, jedenfalls nach Ansicht der Wiedertäufer. Jan van Leiden verkündete, dass der alte Magistrat Münsters von Menschen und nicht vom Schöpfer eingesetzt worden sei. Eine neue Ratsverfassung müsse her, eine, die auf dem Willen des Herrschers gründe. Und eben diese habe Gott ihm nun mitgeteilt.

Kurzerhand erklärte van Leiden den Magistrat für entlassen, setzte zwölf Wiedertäufer als Älteste ein und machte seinen Getreuen Knipperdolling zum Scharfrichter.

Als erste Amtshandlung erließ der Ältestenrat ein Verdikt, das besagte, dass ab sofort ausschließlich die Regeln der Heiligen Schrift gelten würden. Jeder Verstoß dagegen wäre mit dem Tode zu ahnden. Gleichzeitig wurde die Massenspeisung eingeführt, bei der alle Bürger gemeinsam aßen, während ihnen aus dem Alten Testament vorgelesen wurde.

Lukas und einige andere interpretierten diesen Beschluss dahingehend, dass es um die Versorgungslage der Stadt noch schlechter stand, als ohnehin befürchtet. Die knurrenden Mägen der Bevölkerung sollten durch das gemeinsame Beten übertönt werden.

In den vergangenen Monaten hatte Lukas sich mit dem fast

gleichaltrigen Melchior angefreundet. Der Geselle hatte seine Augen und Ohren überall und teilte das, was er wusste, mit Lukas. Die beiden jungen Männer sprachen allerdings nur dann offen miteinander, wenn sie keine unliebsamen Zuhörer befürchten mussten. Zu viele Unvorsichtige hatten bereits wegen angeblicher Gotteslästerungen das Schwert Knipperdollings im Nacken gespürt.

Bei der letzten Versammlung des Ältestenrates, so wusste Melchior zu berichten, sei die Einführung der Vielweiberei beschlossen worden, so wie es auch bei Abraham üblich gewesen sei. Die ledigen Frauen müssten heiraten. Wer sich dagegen sperre, handele gegen Gottes Willen.

»Eigentlich toll«, meinte Melchior grinsend, als er mit Lukas seine Füße in die kühle Aa steckte. »Du kennst doch die Magd mit dem üppigen Busen, die beim Bäcker am Hörstertor das Haus richtet?«

»Die mit den blonden Haaren, welche sie immer zum Zopf gebunden trägt?«

»Genau. Die werde ich heiraten.«

»Und wenn sie nicht will?«

»Sie will ja nicht. Aber jetzt muss sie. Und dann die Schwarzhaarige, die Tochter des früheren Stadtschreibers.« Melchior formte mit seinen Händen weibliche Rundungen. »Was für ein Weib. Die heirate ich auch. Und dann noch die ...«

Lachend unterbrach Lukas seinen Freund. »Ich fürchte, das wird nicht gehen.«

»Warum nicht?«

»Wer heiratet, muss seine Frauen auch versorgen können. Kannst du das mit den paar Groschen, die dir dein Meister gibt?«

»Ach so ... Was ist mit der Massenspeisung?«

»Und wo willst du mit den Frauen wohnen? In deiner Kammer hinter der Werkstatt deines Meisters?«

»Das ist wirklich ein Problem.« Melchior wirkte enttäuscht. Aber schnell fand er seine gute Laune wieder. »Na ja, dann eben nicht. Die Vorstellung ist jedoch einfach großartig. So viele Frauen. Und einige von ihnen nur für mich.« Er wurde wieder ernst und sah sich suchend um. Erst dann sprach er mit gesenkter Stimme weiter. »Wobei ich gehört habe, der wahre Grund für die Einführung der Vielweiberei sei der Frauenüberschuss in der Stadt und Jan van Leidens Verhalten.«

»Wie das?«

»Nun ja, einem der zugereisten Wiedertäufer ist wohl aufgefallen, dass sich unser Prophet, obwohl verheiratet, nachts in das Bett einer der Mägde von Knipperdolling schlich. Er hielt das für Heuchelei und eines Heiligen nicht würdig. Selbst Geschenke, die ihm van Leiden gemacht haben soll, konnten ihm das Maul nicht stopfen. Und bevor sich dieser Vorwurf noch herumspricht, haben die Ältesten eben die Mehrehe beschlossen.« Er wurde noch leiser. »Die sollen sich ja auch der Geilheit hingegeben haben. Wie praktisch für sie, oder?«

»Irgendwann redest du wirklich zu viel, Melchior. Und dann endest du unter dem Schwert.«

»Ach was. Es hört uns doch keiner.«

»Hoffentlich.«

Als sie später das Flussufer verließen, vernahmen sie zuerst Trommelwirbel, dann Rufe und Schreie. An der nächsten Hausecke kam ihnen ein Trupp Bewaffneter entgegen. Lukas kannte einige der Männer, die früher angesehene Kaufleute, Handwerker und Gesellen gewesen waren. Es mochten um die zweihundert sein.

»Kommt mit«, sprach einer die Freunde an. »Das Fass ist übergelaufen. Wir beenden diesen Wahnsinn, schützen unsere Töchter vor der gottlosen Vielweiberei und holen uns vor allem unser Geld zurück.«

Lukas und Melchior hatten kein Geld und keine Töchter. Zwar standen auch sie den Wiedertäufern skeptisch gegenüber, aber so verrückt, ihnen gewaltsam Widerstand zu leisten, waren sie nun doch nicht.

»Wir werden das Rathaus besetzen, die Anführer in den Kerker werfen und den Spuk beenden. Was ist? Gehört ihr etwa zu denen?«

Die Stimmung drohte sich gegen Lukas und Melchior zu wenden. Ihnen musste schnell etwas einfallen, wenn sie unbeschadet nach Hause gelangen wollten.

»Eine gute Idee«, stieß Lukas hervor. »Wir laufen nur schnell los und holen die Hakenbüchsen. Dann kommen wir zurück.«

»Ihr habt Hakenbüchsen?«, wunderte sich einer der Aufständischen.

»Ja. Wir dienen eigentlich an der Mauer.«

»Dann beeilt euch. Leute, die mit Waffen umgehen können, sind uns immer willkommen.«

Die Freunde ließen sich das nicht zweimal sagen und nahmen ihre Beine in die Hand.

Wie zu erwarten, endete der Aufstand in einem Blutbad. Wer nicht erschlagen wurde, fand sich vor Gericht wieder, das kurzen Prozess machte. Nur wenige kamen mit dem Leben davon.

Auch die Vielweiberei wurde umgesetzt. Frauen, die sich wehrten, wurden hingerichtet oder in das zum Gefängnis um-gewandelte Rosenthaler Kloster verbracht. Selbst Mädchen, die nicht älter als zehn oder elf Jahre waren, wurden zwangsverheiratet. Es kam zu regelrechten Hetzjagden auf ledige Frauen.

Die schwarzhaarige Magd, die Melchior so bewunderte, kam

ebenfalls unter die Haube. Allerdings war nicht Lukas' Freund der Glückliche, sondern ein verknitterter Greis, der schon drei Frauen hatte.

13

Lübeck, 11. Juli 1534

Eine drückende Hitze lag über der Stadt. In den Straßen und Gassen balgten sich die Hunde um das faulige Fleisch, welches von den Einwohnern einfach vor die Tür geworfen wurde. Schimmelige Früchte verströmten einen süßlichen Geruch. Fast jeder müffelte nach Schweiß und über allem lag der ekelige Gestank trockener menschlicher und tierischer Exkremente.

Die Stadt sehnte sich nach Regen. Aber der war schon seit Wochen ausgeblieben. Erste Brunnen begannen zu versiegen und der Rat hatte eine Wasserrationierung beschlossen. Glücklich die Lübecker Bürger, die über eine eigene Quelle verfügten.

Müde stapfte Linhardt in der Abenddämmerung nach Hause. Der blutrote Himmel verhieß auch für den nächsten Tag heißes Wetter. Und da sich kein Lüftchen regte, würde die Nacht stickig werden. Sein Hemd klebte am Körper. Er öffnete die Knöpfe seines Wams', was aber kaum Erleichterung brachte.

Endlich hatte er sein Haus in der Fischergrube erreicht. An der Wand neben der Eingangstür lehnte eine Person und suchte im Schatten Schutz vor der tief stehenden Sonne. Es war Martin.

Sonnengegerbt grinste er seinen Freund an. »Ja, ich lebe noch. Und um deiner Frage zuvorzukommen: Nein, es ist mir nicht schlecht ergangen.« Er machte einige Schritte auf Linhardt zu und breitete die Arme aus. »Und dir? Was hast du so getrieben, während ich meinen Arsch für das Wohlergehen unserer Heimatstadt riskiert habe?«

Der Kaufmann zog es vor, diese mit übertriebenem Überschwang vorgetragene Frage zu ignorieren. Er klopfte Martin freundschaftlich auf die Schulter. »Seit wann bist du zurück?«

»Seit heute Mittag. Aber ich bleibe nicht lange. Marx Meyer will die Truppe neu aufstellen. Dann holen wir uns Holstein zurück.«

»Ihr seid doch gerade erst von dort vertrieben worden, erzählt man sich.«

Martin machte eine abwehrende Handbewegung. »Du darfst nicht alles glauben, was die Leute schwätzen. Sicher, wir sind kurzzeitig abgezogen, um Lübeck zu schützen. Nur hat Herzog Christian von Holstein die Stadt nicht angegriffen. Das erschien ihm dann wohl doch zu gefährlich.« Er schlug sich lachend auf die Brust. »Kein Wunder, bei unserer Kampfkraft. Du hättest sehen sollen, wie die Dänen gerannt sind, wenn sie uns gegenüberstanden.«

»Na ja, der Herzog hat seine Truppen nicht wirklich gegen euch eingesetzt«, gab Linhardt zu bedenken. »Ihr habt nur kleinere Scharmützel gewonnen, keine Schlacht. Er hingegen hat seine Armee gesammelt und dann nach Travemünde geführt. Deshalb seid ihr ja auch zurückgekehrt.«

Martins Gesichtsausdruck hatte sich bei diesen Worten zunehmend verfinstert. »Waschweibergerede«, schnaubte er ungehalten.

Bevor die Unstimmigkeit zum Streit eskalierte, öffnete Linhardt die Haustür. »Komm, vielleicht ist es drinnen etwas kühler«, meinte er versöhnlich und zog seinen Freund mit sich. »Der Wein im Keller dürfte noch trinkbar sein.«

Kurz darauf saßen sie gemeinsam am Tisch in der Stube. Im Gegensatz zu Martin hielt Linhardt sich mit dem Trinken zurück. Sein Freund schenkte sich schon den vierten Becher ein und fragte mit schwerer Zunge: »Hast du Madlen in letzter Zeit gesehen?«

»Selten«, log Linhardt.

»Im Krieg habe ich nur an sie gedacht. Stell dir vor, ich habe sogar die Frauenhäuser gemieden.« Er grinste schief. »Was ist mir dir, mein Freund? Gibt es auch eine hübsche Kaufmannstochter in deinem Herzen?«

Linhardt schüttelte nur stumm den Kopf.

»Du arbeitest zu viel. Das ist nicht gut für einen jungen Kerl wie dich. Glaub deinem Freund. Die Frauenhäuser allein sind auf Dauer nicht erstrebenswert.«

»Da hast du recht.«

Linhardt hatte die Dienste der Huren einige Male in Anspruch genommen, aber richtig gefallen hatte es ihm nicht. Gewiss, in den Frauenhäusern konnte man seine Lust befriedigen, aber das war es auch schon. Er jedoch wollte eine Frau, die ihn liebte, und nicht nur eine, die gegen Geld ihre Dienste feilbot. Er wollte Madlen!

Schwerfällig erhob Martin sich. »Es ist wohl besser, wenn ich jetzt nach Hause gehe«, lallte er. »Oder vielleicht doch noch in die Schenke? Dein Wein hat mich auf den Geschmack gebracht. Kommst du mit?«

»Nein«, erwiderte Linhardt. »Ich habe noch zu tun.«

»Dann eben nicht. Vielleicht gehe ich doch nach Hause. Dort erwartet mich schließlich meine Frau. Du verstehst?« Martin formte mit Zeigefinger und Daumen der rechten Hand einen Kreis und stieß mit einem Finger der anderen mehrmals hindurch.

Linhardt hätte angesichts der obszönen Geste kotzen können.

»Wie gesagt, du arbeitest zu viel.« Martin schwankte Richtung Tür. »Wir sehen uns noch, bevor ich wieder in den Krieg ziehe«, versicherte er und stieß sich beim Herausgehen den Kopf am Rahmen. »Verdammt«, meinte er nur, lachte, hob erneut die Hand zum Gruß und verschwand im Flur.

14

Münster, 30. und 31. August 1534

Seit drei Tagen lieferten sich die Kriegsparteien ein erbittertes Kanonenduell, ohne dass eine Seite einen deutlichen Vorteil erzwingen konnte. Über dem Schlachtfeld hing dichter Pulverdampf, es roch nach Schwefel und Tod.

Der Oberbefehlshaber der bischöflichen Truppen, Wilken Steding, beobachtete gemeinsam mit Lorenz Horst aus Kleve die Vorbereitungen für den zweiten Sturmangriff auf Münster.

»Wie weit seid Ihr mit den Schanzarbeiten?«, wollte Steding wissen. Er schrie fast, um den Kanonendonner zu übertönen.

»Fast fertig. Die Bauern haben mit dem Wall gute Arbeit geleistet. Er wird unseren Sturmtruppen Schutz bieten, wenn sie zum Angriff antreten«, erwiderte Horst mit ebenso erhobener Stimme.

»Die Bauern arbeiten auch heute, obwohl Sonntag ist?«

»Wir haben ihren Lohn erhöht. Selbstverständlich durften sie morgens an einer Messe teilnehmen.«

»Gut. Und was ist mit den Opfern? Mir wurde gesagt, dass Dutzende unserer Leute von den Aufrührern erschossen wurden, seit wir uns den Münsteraner Mauern bis auf Schussweite genähert haben.«

»Sicher«, erwiderte Horst. »Jeden Tag bleiben einige liegen. Aber es sind letztlich nur Bauern. Ihr Verlust ist leicht zu verschmerzen. Zur Not können wir weitere heranschaffen, sollten wir zu viele verlieren. Wir haben inzwischen ausreichend Geld, da die Fürsten endlich ihren Beitrag zu diesem Krieg leisten.«

Steding lächelte. »Hat sich der kluge Schachzug des Bischofs auch ins Klevische Lager herumgesprochen?«

»Sicher. Wollte er sich wirklich dem Herzogtum Burgund und damit den Habsburgern als Vasall unterwerfen?«

»Ehrlich gesagt, habe ich keine Ahnung. Aber Bischof von Waldeck ist ein begeisterter Schachspieler. Er weiß, dass die Drohung immer stärker wichtet als die Ausführung. Wie auch immer: Die Fürsten wollten unter keinen Umständen, dass sich mit einer Vasallenschaft des Bischofs die Machtverhältnisse in Deutschland verschieben. Denn eine Stärkung Burgunds bedeutet gleichzeitig eine Stärkung des Kaisers. Daran aber hat niemand von ihnen ein Interesse. Auch Euer Herzog hat seinen Obolus inzwischen geleistet. Allerdings nicht ganz uneigennützig, wie man hört.«

»Nein. Es heißt, Seine Exzellenz der Bischof habe Kleve zwei Ämter verpfändet.«

»Und Köln für zwanzigtausend Gulden ein weiteres halbes Dutzend. Außerdem hat er wieder eine Schatzung durchführen lassen, die weitere Gulden in seine Truhen gespült hat. Egal, woher das Geld stammt, unsere Kriegskasse ist nun gut gefüllt. Zu einer Meuterei wegen ausbleibendem Sold wird es nicht mehr kommen.« Hauptmann Steding strich mit den Fingern zufrieden durch seinen Bart

»Was ist mit der Verpflegung? Ich habe gehört, sie sei ins Stocken geraten?«

»Das war sie auch. Die Bauern wollten nicht mehr liefern, obwohl wir den undankbaren Gesellen schon mehr Geld angeboten haben. Aber sie können den Hals nicht voll genug bekommen. Ich habe ihnen angedroht, dass unsere Landsknechte freie Hand bekämen, sich ihre Nahrung selbst zu besorgen, und siehe da: Plötzlich gibt es wieder Fleisch, Brot und Milch.«

Lorenz Horst lachte lauthals. »Das glaube ich gerne.«

Ein junger Offizier trat zu den beiden und salutierte. »Ich melde: Alle Vorbereitungen für den Sturmangriff sind abgeschlossen.«

Wilken Steding erwiderte den Gruß nicht. »Was ist mit der Rinne?«, fragte er nur.

»Die ist fertig. Aber leider nicht tief genug. Das Wasser aus den Gräben kann nicht vollständig abfließen. Die Bauern sind auf Felsen gestoßen. Lassen wir sie tiefer graben, dauert das Monate.«

»So lange können wir nicht warten. Dann müssen die Kerle eben schwimmen.« Steding straffte sich. »Wir schlagen morgen früh bei Sonnenaufgang los.«

Der Angriff auf sechs der Stadttore begann mit einer erneuten Kanonade. Dann traten die Sturmtruppen an.

Die Wagen mit den Reisigbündeln wurden bis zu den vordersten Gräben geschoben und unter dem ständigen Beschuss der Verteidiger gelang es einigen besonders wagemutigen Kämpfern, sich auf die Bündel zu legen und paddelnd das Wasserhindernis zu überwinden.

Dutzende von ihnen bezahlten diesen Versuch mit dem Leben. Nur wenige gelangten auf die andere Seite der Gräfte, noch weniger drangen bis zu den Palisaden vor, um dort die mitgebrachten Leitern anzulegen. Keiner der Landsknechte schaffte es, die Mauerkrone zu erklimmen.

Die Münsteraner hackten den Männern, die auf den Leitern standen und sich an den Palisaden festkrallten, schlicht die

Hände ab. Oder sie bombardierten die Todgeweihten mit Steinen, Baumstämmen und brennendem Pech. Besonders grausam starben die Angreifer, die mit glühend heißem Kalk überschüttet wurden. Wer das überlebte, versuchte, fast wahnsinnig vor Schmerzen, im nahen Wassergraben Linderung zu erlangen, wurde jedoch vom Gewicht der eigenen Rüstung oder des eisernen Brustharnischs in die Tiefe gezogen und ertrank jämmerlich.

Als nach mehreren Angriffswellen immer noch keine Bresche in die Verteidigungsanlagen Münsters geschlagen worden war, gab Wilken Steding am Abend den Befehl, den Angriff abzubrechen. Zukünftig würde er eine andere Taktik anwenden, schwor er sich: konsequentes Aushungern!

Das Wasser in den Gräben hatte sich im Laufe des Tages dunkelrot gefärbt. Überall lagen zerrissene Leiber, stöhnten und bettelten Schwerverletzte um einen gnädigen Tod. Es mochten Hunderte sein, die da vor den Mauern der Stadt verbluteten.

Als die Verteidiger erkannten, dass sie auch dieses Mal den Sieg davongetragen hatten, brandete Jubel auf. Die Menschen sanken, tief ergriffen, auf die Knie und dankten Gott für ihre Rettung.

Selbst Lukas, der sich an dem Gemetzel beteiligen musste, wurde von seinen Gefühlen überwältigt. Hatten die Propheten vielleicht doch recht? Knapp eineinhalbtausend Männer lebten in Münster. Sie hatten einer vielfachen Übermacht standgehalten. War so etwas möglich, ohne Gottes Unterstützung? Lukas wusste es nicht.

Die Wiedertäufer hingegen sahen sich bestätigt. Jan van Leiden verstieg sich zu der Prophezeiung, dass sich Tausende von Friesen und Niederländern näherten, um Gottes auserwähltes Volk in seinem Kampf zu unterstützen.

»Und dann«, so rief er während der Dankprozession aus, »steigt unser allerhöchster Herrscher vom Himmel und errichtet mit uns ein tausendjähriges Reich. Danach kommt Christus und übergibt uns seinem himmlischen Vater. Damit bricht für uns das Paradies an und wir alle werden zum Himmel auffahren und an Gottes Seite sitzen. Amen.«

»Amen«, brüllte die Menge begeistert.

15

Lübeck, 20. September 1534

Wieder hatte sich Linhardt mit Madlen in der Hütte getroffen. Dieses Mal waren ihre Küsse noch leidenschaftlicher, ihre gegenseitigen Liebesschwüre noch heftiger gewesen. Und wieder plagten ihn nach dem Treffen Gewissensbisse und die Angst, ihre heimliche Liebe könnte bekannt werden. Aber aufgeben wollte er Madlen mittlerweile nicht mehr. Niemals! Um keinen Preis würde er sich von ihr trennen. Da könnte kommen, was wollte.

Er beugte sich wieder über seine Papiere und verdrängte den Gedanken an seine Freundin. Er rechnete und rechnete, aber das Ergebnis blieb seit Jahren dasselbe: Sein Geschäft ging schlecht. Die Ausgaben überstiegen regelmäßig seine Einnahmen. Bald wäre auch sein letztes finanzielles Polster aufgebraucht. Und ausgerechnet jetzt kamen Steuererhöhungen!

Die Umgehung des Stapelrechts durch die Holländer hatte die Einnahmen der Stadt drastisch geschmälert. Außerdem kostete der Krieg mit den Dänen viel Geld. Der Rat hatte darauf mit einer Erhöhung verschiedener Steuern reagiert, sehr zum Unwillen der Bürger. Trotzdem murrten sie nur.

Offenen Widerstand gegen Wullenwevers Kriegspolitik wagten wenige.

Linhardt seufzte. Zum wiederholten Mal spielte er verschiedene Möglichkeiten durch, Kosten zu sparen. Den Schreiber und eine der Mägde hatte er entlassen, die Besatzung der *Irmla* war auf die absolut notwendige Anzahl reduziert worden. Auf weitere Bedienstete konnte er nicht verzichten. Eine Etage des Lagerhauses hatte er vermietet, mehr ging nicht, denn sonst fehlte ihm der Platz.

Und das Wohnhaus konnte er ohne Einwilligung seines Vaters nicht verkaufen. Dafür müsste er sich ihm offenbaren. Und das war das Letzte, was Linhardt zu tun gedachte. Sein rigoroser Sparkurs hatte es ihm ermöglicht, seine finanziellen Verpflichtungen seinem Vater gegenüber bisher zu erfüllen. Leider dürfte es damit jetzt vorbei sein.

Er konnte es drehen und wenden, wie er wollte: Ohne Kredit würde er das nächste Jahr als Geschäftsmann nicht überstehen. Aber an wen sollte er sich wegen des Geldes wenden? Clas Wibbeking? Zwar spürte die Familie auch die verstärkte Konkurrenz der Holländer auf ihren angestammten Märkten, aber im Gegensatz zu vielen anderen Lübecker Kaufmannshäusern hatte sie sich rechtzeitig um neue Lieferanten und Abnehmer gekümmert und konnte so ihre geschäftliche Position weitgehend halten. Doch Schulden bei Clas zu machen, kam trotzdem nicht infrage. Wer blieb noch? Ein Geldverleiher? Der forderte Sicherheiten.

Nach langem Überlegen kam Linhardt sein Bruder Hinrick in den Sinn. Der verfügte über regelmäßige Einnahmen, war schon immer sparsam gewesen und hatte sicher den einen oder anderen Gulden auf die hohe Kante gelegt.

Ja, das ginge. Sicher würde Hinrick Vater nichts von den Geldsorgen erzählen, wenn Linhardt ihn darum bat. Sein Bruder könnte die Lösung sein.

Er verwarf jedoch den Gedanken, ihn bereits jetzt um Geld zu bitten. Noch kam er ja zurecht. Er würde sich erst an Hinrick wenden, wenn ihm keine andere Wahl blieb.

Die Glocken läuteten Sturm. Überrascht merkte Linhardt auf. Der Alarm wurde nur in Fällen einer akuten Bedrohung der Stadt eingesetzt, bei einer Feuersbrunst oder einem heftigen Unwetter beispielsweise.

Linhardt trat vor die Tür. Es war fast windstill und auch Brandgeruch konnte er keinen wahrnehmen. Was mochte dann die Ursache für den Alarm sein?

Wie alle Lübecker Bürger war Linhardt verpflichtet, sich unverzüglich an festgelegten Plätzen der Stadt einzufinden, um seine Aufgabe als Mitglied der Bürgerwehr wahrzunehmen. Sein Sammelpunkt lag am Burgtor im äußersten Norden der Stadt. Auf dem Weg dorthin begegneten Linhardt Bekannte, die dasselbe Ziel hatten. Alle waren beunruhigt, aber ebenso ratlos wie er.

Die abenteuerlichsten Gerüchte machten die Runde. Doch Linhardt gab nichts auf das Gerede. Gleich würde man ihnen mitteilen, aus welchem Grund sie zusammengerufen worden waren. Trotzdem war auch er verstört.

Es mussten Hunderte Männer sein, die sich schließlich vor dem Burgtor versammelten. Auch einige Frauen hatten sich unter die Menge gemischt. Linhardt schob sich so weit wie möglich nach vorn, um besser hören und sehen zu können.

Vier unterschiedlich große Tore führten aus der Stadt. Über dem größten erhob sich der mächtige Turm. Es dauerte nicht lange, da erschien einer der Offiziere der Stadtwache mit zwei Ratsmitgliedern. Die drei Männer verschwanden sofort im Turminneren. Wenig später wurden die Fenster im ersten Stock des Gebäudes geöffnet und die Honoratioren beugten sich über die Brüstung. Sofort verstummte das Gemurmel der Menge und wich einer gespannten Stille.

»Bürger Lübecks«, rief eines der Ratsmitglieder, das Linhardt nur flüchtig kannte. »Die Dänen stehen vor den Toren der Stadt.«

Das Gemurmel schwoll wieder an, steigerte sich zu aufgeregten und ängstlichen Rufen. Linhardt blickte in entsetzte Gesichter. Auch ihm war bei den Worten des Ratsmitglieds flau im Magen geworden.

»Die Dänen haben den Umstand ausgenutzt, dass ein Teil unserer Truppen derzeit in Holstein kämpft. Der Feind ist mit einem weit überlegenen Heer aufmarschiert, hat die Trave gesperrt …«

Ein Aufschrei ging durch die Reihen der Zuhörer. Lübecks Lebensader in der Hand der Feinde! Davon war nicht nur der Handel betroffen. Ein Teil der Versorgung der Stadtbevölkerung kam über den Fluss. War der blockiert, drohte Hunger.

»… die Straßen um Lübeck in Besitz genommen und wird in Kürze die Stadt belagern. Alle Tore werden ab sofort geschlossen, die Soldaten auf der Mauer verstärkt. Jeder Mann, der eine Waffe halten kann, wird zum Dienst in die Bürgerwehr eingezogen. Näheres regelt ein Ratsbeschluss, der gleich unten am Tor angeschlagen wird. Dort steht alles, was ihr wissen müsst. Nur keine Angst! Lübecks Mauern sind hoch und fest und unsere Vorräte ausreichend. Außerdem hat die Organisation der Verteidung der bewährte Feldhauptmann Marx Meyer …«

Weiter kam das Ratsmitglied nicht. Die Menge buhte laut. Einige schwenkten geballte Fäuste, andere stießen wilde Drohungen aus.

Der Mann neben Linhardt knuffte ihn in die Seite. »Ausgerechnet Marx Meyer! Der hat uns doch mit seiner Ahnungslosigkeit diese Suppe eingebrockt. Erst der Angriff auf Trittau und Reinbek, dann die erfolglose Belagerung Segebergs. Meyer war immer ein grandioser Anführer, wenn kein Feind in der Nähe war.«

Ein weiterer Bürger schaltete sich ein. »Ich will wohl glauben, dass Marx Meyer auf seinen Feldzügen die Dänen gesucht hat.« Er spuckte aus. »Nur hat er sie leider nicht gefunden.«

»Kein Wunder«, fluchte der Erste. »Sie waren ja auf dem Weg nach Lübeck. Gnade uns Gott.« Mit diesen Worten drängte er sich durch die Menge.

Linhardt teilte die Empörung. Nichts von dem, was Meyer ihnen versprochen hatte, war eingetreten, im Gegenteil. Jetzt stand der Feind vor den Toren Lübecks. Das war die Konsequenz der verfehlten Kriegspolitik.

Eine Stimme rief: »Wullenwever muss weg.« Erst zaghaft, dann immer lauter. Andere stimmten ein. Schließlich forderten Hunderte Männer den Rücktritt des ehemaligen Volkstribuns.

Linhardt erschrak. War Kritik am Rat nicht durch ein Edikt im letzten Januar verboten worden? Standen nicht einige Kritiker, die sich dem Beschluss widersetzt hatten, unter Hausarrest oder fristeten ein Dasein im Kerker? Waren andere nicht aus der Stadt geflohen, um einem solchen Schicksal zu entgehen? Und jetzt skandierten Hunderte in aller Öffentlichkeit Parolen gegen Wullenwever? Nur Einigkeit konnte sie vor den Dänen bewahren. Oder etwa nicht?

Die Rufe ebbten ab, niemand versuchte, die Protestierenden festzunehmen. Linhardt schob sich durch die sich auflösende Menge zum Tor, um die Bekanntmachung des Rates zu lesen.

Dem Schreiben entnahm er, dass er sich bereits am heutigen Abend am Holstentor einzufinden hatte, um einen achtstündigen Dienst in der Bürgerwehr anzutreten. Nie hätte er sich vorstellen können, Lübeck mit der Waffe in der Hand zu verteidigen. Aber das war nun notwendig geworden. Die Bürgerwehr beschützte die Stadt und ihre Einwohner. Und damit auch Madlen. Für sie würde er sein Leben geben, wenn es sein musste.

16

Münster, 6. September 1534

Es mochten über tausend Münsteraner sein, die sich an diesem Sonntag nach dem Gottesdienst auf dem Domplatz versammelten. Der Ältestenrat hatte die Menschen dazu aufgefordert. Es gäbe wichtige Neuigkeiten, hatte es geheißen.

Lukas stand mit Melchior ein wenig zurückgezogen an der Ostseite des Platzes. Sie hatten Hunger. Seit Tagen hatten sie nichts Richtiges mehr zwischen die Zähne bekommen und waren nur deshalb der Aufforderung zu dieser Versammlung gefolgt, weil in der Vergangenheit bei solchen Treffen häufiger Lebensmittel verteilt worden waren.

Um Punkt zwölf Uhr erschien Jan van Leiden an der Spitze eines kleinen Zuges seiner Gefolgsleute auf dem Platz. An seiner Seite, das Richtschwert Gottes in der Hand, Bernd Knipperdolling. Daneben hinkte Johann Dusentschuer, ein Goldschmied aus Warendorf, der in den letzten Tagen als weiterer Prophet aufgetreten war.

In der Mitte des Domplatzes hatten die Wiedertäufer ein von allen Seiten gut sichtbares Podest von beachtlicher Höhe errichten lassen. Dusentschuer stieg als Einziger hinauf. Der Leinensack auf seinem Rücken und seine Behinderung erschwerten die Kletterei. Oben angekommen, streckte er beide Arme Richtung Himmel und fordert das Volk auf, Buße zu tun. Dann bat er Jan van Leiden, ebenfalls das Podium zu besteigen.

Als der Holländer neben ihm stand, gebot Dusentschuer der Menge, ruhig zu sein. Erst als alle gespannt schwiegen, erklärte er: »Gott hat mir offenbart, dass er König David auf die Erde gesandt hat, um euch glücklich zu machen.« Er zeigte auf Jan van Leiden. »Dort steht er.« Als ihn die Menge eher ungläubig als überzeugt ansah, rief er mit salbungsvoller Stimme: »Ihr habt einen beeindruckenden Sieg über die Teufel vor unseren Toren errungen. Konntet ihr das allein?«

Einige antworteten zögernd: »Nein.«

»Hat Gott euch geholfen?«

»Ja«, erwiderten viele.

Jetzt zeigte der Prophet auf van Leiden. »War es dieser Mann, der euch Mut zugesprochen und Zuversicht gegeben hat?«

»Er war es«, brüllte die Menge.

»Kein Mensch kann so etwas bewirken«, schrie der Goldschmied. »Nur ein von Gott Gesandter. Nur der wiederauferstandene König David.«

In seliger Verzückung fielen viele Bürger auf die Knie.

Der Goldschmied ließ auch Jan van Leiden niederknien, salbte ihn und griff zum Sack, aus dem er eine goldene Krone zog. Er streckte sie dem jubelnden Volk entgegen und setzte sie dann van Leiden mit einer theatralischen Geste auf. Danach zauberte er Zepter, Reichsapfel, Königskette und ein Schwert in goldener Scheide hervor und überreichte alles dem Holländer. Schließlich rief er aus: »Steht auf, König des neuen Zions.«

Jan van Leiden erhob sich als Herrscher. Auf sein Zeichen hin wurden Karren voller Brot und Wurst auf den Platz geschoben und das Essen verteilt. Die Menge tobte vor Begeisterung.

Lukas und Melchior, die voller Verblüffung der Krönung zugeschaut hatten, standen durch einen glücklichen Zufall direkt neben einem der Karren und gehörten so zu den Ersten, die sich endlich wieder ihre Bäuche vollschlagen konnten. Schmatzend verfolgten sie das weitere Schauspiel auf dem Podest.

Jan van Leiden erklärte den Ältestenrat für abgesetzt und berief stattdessen einen Hofstaat von einhundertfünfzig Getreuen. An ihrer Spitze stand als Statthalter des Königs Bernd Knipperdolling. Bernd Rothmann wurde Sprecher, Bernd Krechting Königsleutnant und dessen Bruder Hermann ernannte der König zum Kanzler.

Alle in ihre Ämter Berufenen betraten das Podium und schworen dem neuen König die Treue. Ein Hofmarschall und ein Befehlshaber der königlichen Garde wurden eingesetzt, Unterführer bestimmt. Schließlich wurde es recht eng auf der Plattform.

Melchior stieß Lukas, dessen ganze Aufmerksamkeit einem Stück gepökeltem Fleisch galt, in die Seite.

»Schau, ist das nicht Wilbolt?«

»Wo?«

»Na, da vorne auf dem Podium.«

Lukas sah hinüber. »Tatsächlich. Du hast recht. Was macht er da?«

»Na, was wohl? Der Einäugige ist jetzt ein Unterführer in des Königs Garde. Wenn ich das eben richtig verstanden habe, soll Wilbolt fortan Verstöße gegen die neue Ordnung verfolgen.«

Schließlich verließen die Würdenträger einer nach dem anderen das Podest.

Als er wieder allein oben stand, begann van Leiden zu sprechen. Er pries das neue Königreich Zion, versprach seinen Zuhörern Honig und Milch und den Sieg über die Ungläubigen vor den Toren. Auch rechtfertigte der neue Herrscher die Vielehe und verkündete, sich sechzehn weitere Frauen zu nehmen.

Dann gab er bekannt, dass er dreimal in der Woche Gericht halten werde. Jeder Verstoß gegen die zehn biblischen Gebote und die neue Ordnung werde höchstwahrscheinlich mit dem Tode, auf jeden Fall aber mit langer Kerkerhaft geahndet. Wer hingegen gottgefällig lebe, der könne sich ewigen Glücks sicher sein.

Zum Schluss kam van Leiden auf die Sünde der Prunksucht zu sprechen. Ab sofort sei es einem Christenbruder verboten, mehr als zwei Paar Hosen, einen Rock, zwei Wämser und drei Hemden zu besitzen. Ähnliches gelte für jede Christenschwester. Alle anderen Kleidungsstücke müssten abgegeben werden. Wer gegen dieses Dekret verstoße, werde mit dem Tode bestraft.

Ein Raunen ging durch die Menge. Mancher, der eben noch gejubelt hatte, fragte sich im Geheimen, ob er nicht doch einen Fehler begangen hatte.

Melchior flüsterte seinem Freund Lukas ins Ohr: »Das kann ja heiter werden.«

17

Lübeck, 2. Dezember 1534

In der vergangenen Nacht hatte es geschneit und Frost kündigte sich an. Linhardt wollte in seinem Speicherhaus an der Trave nach dem Rechten sehen. Damit keine Feuchtigkeit eindringen konnte, mussten die Luken verschlossen und abgedichtet, kälteempfindliche Waren zusammengestellt und mit Decken geschützt werden.

An der Untertrave standen einige Männer zusammen und debattierten heftig. Unter ihnen war auch Clas Wibbeking. Linhardt grüßte höflich und gesellte sich zu ihnen. Ihn interessierte, was die Älteren so erregte.

»Marx Meyer ist schlicht unfähig«, erklärte einer von ihnen. »Erst geht er so dilettantisch gegen die Dänen vor, dass diese unsere Stadt fast einnehmen, und jetzt müssen wir nach dem Friedensabkommen sogar Eutin und Trittau wieder herausgeben. Und was haben wir dafür bekommen? Das Ende der doch eher halbherzigen Belagerung der Dänen. Das ist alles. Und der Frieden selbst gilt nur für Schleswig und Holstein sowie das Lübecker Territorium. Der Krieg mit den Dänen jedoch geht weiter.« Er schüttelte den Kopf. »Dieser selbst ernannte Kriegsherr ist eine Schande.«

»Noch vor Jahresfrist habt Ihr ihm aber alle zugejubelt«, gab Wibbeking zu bedenken.

»Ihr etwa nicht?«, empörte sich ein anderer. »Hat nicht Euer Sohn sogar unter seinem Kommando gestanden? Und Ihr macht uns jetzt Vorhaltungen?«

»Nein, keine Vorhaltungen. Wir Bürger täten nur gut daran, uns zu erinnern, dass wir es waren, die Wullenwever ins Amt gehievt haben. Und Meyer ist ohne Wullenwever nicht denkbar. Er ist sein Mann.«

»Höre ich da etwa Kritik an Wullenwever?« Richter Johann Oldendorp meldete sich zu Wort. »Ihr habt ihn doch immer unterstützt, werter Herr Wibbeking. Oder irre ich mich?«

»Das tut Ihr nicht. Aber Wullenwevers Politik scheint mir mittlerweile, vorsichtig formuliert, zu gewagt. Das von ihm geschmiedete Bündnis mit Mecklenburg und den anderen Hansestädten an der Ostsee ist brüchig, neue Truppen sind nur schwer auszuheben und ich zweifle daran, dass wir den Krieg gegen die Dänen erfolgreich beenden können.«

»Eben. Deshalb ist es gut, dass die Bürgerausschüsse ihre Mitwirkungsrechte aufgegeben haben und der Rat die ihm zustehende Machtfülle wiedererlangt hat sowie der rechtmäßige Bürgermeister und die ihn unterstützenden Ratsherren wieder an der Regierung beteiligt werden.«

Sankt Marien schlug zwölf Uhr. Mittagszeit. Zu Hause warteten heiße Suppe und Braten. Die Runde löste sich auf.

Clas Wibbeking wandte sich Linhardt zu. »Bist du auf dem Weg zum Lagerhaus?«

»Ja. Ich will es winterfest machen.«

»Etwas spät, nicht wahr?« Wibbeking lächelte.

»Sicher. Aber der Wintereinbruch kam überraschend.«

»Natürlich. Kälte im Dezember ist eher ungewöhnlich.« Der Kaufmann lachte lauthals, als er Linhardts verblüfften Gesichtsausdruck bemerkte. »Ein Scherz, nicht mehr.«

Als sein junger Begleiter nicht antwortete, blieb Wibbeking stehen und schaute Linhardt prüfend an. »Ich kenne dich seit deiner Kindheit«, meinte er. »Du hast Sorgen. Ist es wegen des Geschäfts?«

»Auch«, gestand Linhardt.

»Der Krieg gegen die Dänen hat uns alle getroffen.«

»Sicher.«

Langsam ging Wibbeking weiter. »Du brauchst Geld«, stellte er fest.

Linhardt war kurz davor, dem Älteren sein Leid zu klagen, ihn um einen Kredit zu bitten. Vermutlich würde Clas Wibbeking ihm ohne Zögern unter die Arme greifen. Aber es war nicht nur die Befürchtung, Wibbeking könne seinem alten Freund Jorge in Hattingen von einem solchen Kredit berichten, die Linhardt davon abhielt. Er wäre sich schlicht schäbig vorgekommen. Denn schließlich traf er sich heimlich mit Wibbekings Schwiegertochter, hinterging so nicht nur Martin, sondern gefährdete auch die jahrzehntelange

Freundschaft, die beide Familien verband. Niemals würde er Wibbeking um Geld bitten.

»Nein«, antwortete Linhardt deshalb. »Um meine Finanzen steht es zwar nicht besonders gut, aber ernsthafte Probleme habe ich nicht.« Er wunderte sich, wie leicht ihm die Lüge von den Lippen ging. Scheinbar gewöhnte er sich daran, die Unwahrheit zu sagen.

18

Kleve, 15. Januar 1535

Es fror Stein und Bein. Obwohl alle Kamine Schloss Schwanenburgs rund um die Uhr befeuert wurden, alle Fensterläden geschlossen und die Öffnungen zusätzlich mit dicken Stoffbahnen verhängt worden waren, froren die Bewohner. Lediglich kleinere Räume ließen sich, sofern sie denn über einen Kamin verfügten, einigermaßen warm halten. Trotzdem trugen die Leute mehrere Unterkleider übereinander und wer konnte, verbrachte auch den Tag mit heißen Getränken unter Decken im Bett.

Herzog Johann empfing seine engsten Berater in einer kleinen Kammer neben dem Audienzzimmer. »Wie steht es um unsere Truppen vor Münster?«, erkundigte er sich. »Die armen Kerle müssen sich dort ja den Arsch abfrieren.« Unter seinem Stuhl lag eine Metallplatte, auf der ein Stein deponiert war. Der Herzog stellte vorsichtig seinen Fuß darauf. »Er ist schon wieder kalt«, beschwerte er sich. »Austauschen!«

Ein Diener zog mit einer eisernen Zange einen dampfenden Stein aus dem Kaminfeuer und trug ihn vorsichtig zum Stuhl des Landesherrn.

»Wenn es nicht bald wärmer wird, müssen wir mit den

ersten Kältetoten rechnen«, erwiderte Konrad Heresbach. »Das Feuerholz wird knapp. Die Truppe muss es aus immer weiteren Entfernungen heranschaffen.«

»Und die Münsteraner frieren nicht?«

»Doch, Durchlaucht. Ihnen fehlt ebenfalls Holz. Sie verbrennen einfach alles, was nicht unmittelbar benötigt wird.«

»Wie lange können sie diese verfluchte Belagerung noch durchhalten? Der Sold der Landsknechte steigt ins Unermessliche. Ständig bettelt der Bischof um zusätzliche Soldaten oder Geld. Er hat uns doch versprochen, dass die Stadt in weniger als zwei Monaten ausgehungert sei und sich ergeben müsse. Das war Ende August. Jetzt haben wir Mitte Januar!« Er schlug mit der flachen Hand auf den Tisch. »Ein Scheißkrieg ist das!«

»Der Belagerungsring ist noch immer geschlossen. Keine Maus kommt in die Stadt hinein oder aus ihr heraus.« Johann von Vlatten rieb sich die kalten Hände. »Die Wiedertäufer können nicht mehr lange durchhalten.«

»Das versprecht Ihr mir seit dem vergangenen Sommer. Und was ist geschehen? Noch im Oktober gelang es diesen selbst ernannten Aposteln, ungesehen aus der Stadt zu entkommen und ihre Irrlehre in den Nachbarstädten zu verbreiten. Siebenundzwanzig Mann! Das muss man sich vorstellen! Wenn diese Kerle aus der Stadt gelangt sind, kommt auch Nahrung hinein. Der Bischof soll dem Spuk endlich ein Ende bereiten. Was ist eigentlich aus diesen sogenannten Aposteln geworden, die die Stadtmauern hinter sich gelassen haben?«

»Sechs von ihnen sind nach Warendorf gelangt«, berichtete Johann Ghogreff. »Aber ihr Erfolg hat sie unvorsichtig werden lassen. Die Kerle haben sich zu erkennen gegeben. Bischof von Waldeck hat den Rat der Stadt aufgefordert, die Wiedertäufer auszuliefern. Aber der hat sich diesem Ansinnen widersetzt. Sie seien mit Münster verbunden, haben sie kurzerhand erklärt.«

»Ungeheuerlich.«

»Erst als bischöfliche Truppen vor der Stadt aufmarschierten, haben verängstigte Bürger die Tore geöffnet. Die Wiedertäufer wurden festgenommen und vier von ihnen hingerichtet. Ihre Leiber wurden zur Abschreckung an den vier Stadttoren aufgehängt. Die beiden Bürgermeister brachte man mit den restlichen Wiedertäufern in den Iburger Kerker.«

Herzog Johann ließ erneut den Stein auswechseln. »Und weiter?«

»Auch Soest erreichten acht der Ausgesandten, an ihrer Spitze ein Prophet namens Dusentschuer. Dort lauschte ihnen eine große Menschenmenge. Davon ermuntert, versuchten die Wiedertäufer, das Rathaus zu stürmen, wurden jedoch überwältigt und hingerichtet. Dieses Schicksal ereilte auch die sieben Gesandten, die nach Coesfeld zogen. Und die sechs, die in Osnabrück ihr Unwesen trieben, wurden gefasst und geköpft. Nur einer von ihnen kam frei, ein gewisser Hinrich Graes.«

»Wie das?«, fragte der Herzog.

»Graes wurde nach Iburg geschafft und hat sich dort dem Bischof als Informant und Spion angedient. Es gelang ihm tatsächlich, wieder in Münster aufgenommen zu werden. Allerdings gab es auch Zweifler, die seiner Geschichte keinen Glauben schenkten. Also überzeugte Graes diesen König von eigenen Gnaden, dass Gott ihn beauftragt habe, eine große Armee aufzustellen, um Münster zu befreien. Ausgestattet mit dreihundert Gulden ließ Jan van Leiden ihn ziehen. Graes setzte den Bischof davon in Kenntnis, dass andere Werber vor allem in Holland und Friesland unterwegs seien, um Landsknechte zur Unterstützung der Wiedertäufer anzuwerben. Des Weiteren sei die Lage in der Stadt sehr ernst. Die Menschen äßen Katzen und Mäuse und die Vorräte reichten nicht mehr länger als einen Monat.«

»Das habe ich schon früher gehört«, knurrte der Herzog. »Nichts ist passiert. Und weiter?«

»Das war alles, Durchlaucht.«

»Danke. Was ratet Ihr mir? Soll ich nun dem Drängen des Bischofs nachgeben und weitere Soldaten schicken?«

»Ihr habt schon mehr getan als andere«, gab Heresbach zu bedenken. »Ich rate Euch ab.«

»Und was, wenn von Waldeck seine Drohung wahr macht, sich den Habsburgern an den Hals zu werfen? Dann wird aus einem schwachen Kaiser möglicherweise ein starker und wir Fürsten haben das Nachsehen.«

»Ich glaube nicht, dass er das tun wird«, meinte Heresbach nachdenklich. »Er droht nur, denke ich. Denn ansonsten hätte er diesen Schritt längst vollzogen.«

»Was meint Ihr, Ghogreff?«

»Ich stimme Heresbach zu.«

»Dann soll es so sein. Hoffentlich irrt ihr Euch nicht.«

19

Münster, 6. April 1535

In den letzten Wochen hatte sich die Versorgungslage in Münster weiter zugespitzt. Menschen standen hungrig auf und gingen hungrig zu Bett. Hunde und Katzen gab es schon lange keine mehr in der Stadt. Vögel wurden gefangen und gebraten, selbst Ratten verkauften clevere Händler zu horrenden Preisen, allerdings nur unter der Hand. Denn alles Essbare musste an die Gemeinschaftsküchen abgeführt werden. Wer dagegen verstieß, riskierte sein Leben.

Melchior war im Auftrag seines Meisters in der Nähe von Sankt Martin im Norden der Stadt unterwegs. Vor einer der wenigen Backstuben, in denen noch gearbeitet wurde, stand ein Karren, mit dem Brot zu der täglichen Massenspeisung auf dem Domplatz geliefert wurde.

Drei bedrohlich aussehende Soldaten, die Melchior den Rücken zudrehten, bewachten das Gefährt. Dann und wann schlurfte ein Lehrling aus der Backstube, der frische Brote auf den Karren packte.

Melchior floss das Wasser im Mund zusammen. Schließlich hielt er es nicht mehr aus. Sein Hunger ließ ihn jede Vorsicht vergessen. Er schlich sich näher heran, versteckte sich in einem Hauseingang und lief in einem geeigneten Moment los, um ein Brot zu stibitzen.

Der Versuch gelang. Unbemerkt von den Soldaten, konnte er einen herrlich duftenden Laib vom Karren ziehen und unter seinem zu großen Wams verstauen. Ohne Probleme erreichte er sein Versteck im Hauseingang. Innerlich jubilierend, brach er ein großes Stück Brot ab und steckte es sich in den Mund. Es schmeckte köstlich.

»He, du da!«

Die Stimme riss ihn aus allen Träumen. Ein weiterer Wachsoldat in Melchiors Rücken hatte den Diebstahl beobachtet und versperrte ihm nun mit auf ihn gerichteter Lanze den Fluchtweg.

Der Wächter rief einen seiner Kameraden zur Hilfe und ehe sich der Geselle versah, war er nicht nur den Laib Brot wieder los, sondern wurde, an den Händen gebunden, Richtung Rathaus getrieben.

Dort übergab man ihn der Gerichtsbarkeit der Wiedertäufer, die im Wesentlichen aus dem Erpressen eines Geständnisses bestand. Abgeurteilt wurden die Delinquenten in aller Regel vom König selbst.

Die Schergen brachten Melchior in den Keller des Rathauses. Dort diente ein abseits gelegenes Gewölbe als Kerker. Der junge Mann wurde mit ausgestreckten Armen an einen in die Wand eingelassenen Eisenring gebunden und zitterte angesichts dessen, was ihn erwartete, wie Espenlaub.

Das Verhör führte Bernd Knipperdolling persönlich. Aber dank der Eindeutigkeit des Verbrechens, das Melchior in der Hoffnung auf Milde sofort gestand, gab es nicht viel herauszufinden.

Deshalb widmete sich der Scharfrichter auch schnell anderen Schandtaten. »Wer außer dir verstößt noch gegen die göttlichen Anordnungen des Königs?«

Der Geselle schüttelte verängstigt den Kopf.

Der Statthalter nickte einem der Büttel zu. Der ging zum Feuer und zog eine eiserne Zange hervor, deren Spitzen rot glühten.

Mit vor Angst geweiteten Augen fixierte Melchior das heiße Eisen, welches ihm der Folterknecht vor die Nase hielt.

»Er wird ein Stück von dir abzwicken, wenn du nicht redest«, versicherte Knipperdolling. »Glaub mir, du wirst reden. Irgendwann reden alle.«

Erneut schüttelte Melchior den Kopf, dieses Mal jedoch merklich zaghafter.

»Wie du meinst.« Der Statthalter trat beiseite und der Büttel drückte das Eisen auf Melchiors Wange.

Der schrie. Rauch stieg auf und der Gemarterte roch sein verbranntes Fleisch.

Wieder trat Knipperdolling vor. »Das war nur ein Vorgeschmack der Schmerzen, die du erleidest, wenn du nicht redest. Also, wer noch?«

»Bitte, Herr«, jammerte Melchior. »Ich sage alles, was Ihr hören wollt, nur nehmt die Zange weg, bitte!«

»Erst will ich einen Namen.«

In seiner Not stieß der Geselle den einzigen hervor, der ihm in diesem Moment einfiel. »Lukas. Lukas von Linden. Nur nicht mehr die Zange, bitte.«

»Und was hat dieser Lukas verbrochen?«

Melchior sah den Statthalter überrascht an. »Was?«

»Was dieser Lukas getan hat, will ich wissen.«

Erneut näherte sich der Folterknecht.

Melchiors Gedanken rasten. Zum Überlegen war keine Zeit. Er spürte die Hitze des Eisens schon auf der anderen Wange. »Er hat die Aufständischen, die sich gegen die göttliche Ordnung gestellt haben, unterstützt.«

»Wann war das?«

»Wann das war?«, echote Melchior. »Im letzten Sommer, glaube ich.«

»Und was genau hat der Kerl getan?«

»Er wollte sich dem Aufstand anschließen, musste aber erst noch seine Hakenbüchse holen.«

»Und das ist wahr?«

»Ich schwöre«, wimmerte Melchior voller Angst und Scham.

»Wo finden wir diesen Lukas von Linden?«, wollte Knipperdolling wissen

Und der Geselle erzählte es ihm.

Es war Wilbolt aus Neustadt, der den Auftrag bekam, Lukas zu verhaften.

Zwei Soldaten schleppten den Hattinger zum Rathaus. Als sie ihn die Treppe hinunterstießen, zerrten andere den schwer malträtierten Melchior an Lukas vorbei.

»Verzeih mir«, stieß der Geselle aus blutendem Mund hervor. »Gott ist mein Zeuge, ich konnte nicht anders.«

Bevor Lukas antworten konnte, zwangen die Büttel ihn weiter. Er sollte seinen Freund nie wiedersehen.

Lukas' Verhör hatte noch nicht ganz begonnen, da wurde Knipperdolling überraschend zum König gerufen. »Schafft den Schurken in den Buddenturm«, ordnete der Statthalter an. »Wir werden uns später mit ihm befassen.« Dann verließ er den Keller.

Wilbolt führte den Befehl aus, brachte den Instrumentenbauer in das Stadtgefängnis im Norden und warf ihn in eine der Zellen.

Als die schwere Eichentür zugezogen und der Eisenriegel vorgeschoben war, ließ sich Lukas auf das stinkende Stroh fallen. Was, zum Teufel, war passiert? Wessen wurde er beschuldigt? Und warum war Melchior so misshandelt worden? Stand ihm dieses Schicksal auch bevor?

Lukas machte sich keine Illusionen. Aus dem Buddenturm kam niemand lebend hinaus, es sei denn, er wurde vor den König oder auf den Richtplatz geschleppt. Was auf dasselbe Ergebnis hinauslief.

20

Lübeck, 10. Mai 1535

Trotz seiner Gewissensbisse traf Linhardt sich weiter mit Madlen. Beide verspürten ein Kribbeln im Bauch, wenn sie sich sahen. Sie wussten, dass sie etwas Verbotenes taten. Auch das machte den Reiz ihrer Zusammenkünfte aus.

Heute waren sie erneut in der verfallenen Hütte im Wald verabredet. Wie so häufig wartete Madlen bereits auf ihn. Sie hatte die obersten Knöpfe ihres Hemdes geöffnet, sodass das goldene Kreuz, welches sie an einer Kette um den Hals trug, sichtbar wurde.

Linhardt nahm sie in den Arm und küsste sie sanft.

»Wir müssen Lübeck verlassen. Das ist der einzige Weg«, erklärte Madlen, nachdem sie sich voneinander gelöst hatten.

»Und wohin sollen wir gehen? Nach Hattingen kann ich nicht zurück, wenn ich hier alles hinwerfe.«

»Lass uns nach Hamburg gehen. Dort kennt uns niemand. Du bist schließlich ein tüchtiger Kaufmann und wirst deinen Weg machen.«

»Ich weiß nicht …«

Madlen warf sich in seine Arme. »Bitte, Linhardt, ich ertrage dieses Ehemartyrium nicht länger. Du liebst mich doch, oder?«

»Nur …«

Ein Geräusch hinter ihnen ließ sie zusammenzucken. Sie fuhren auseinander.

In der Türöffnung stand Jacob, ein Tagelöhner, der schon häufiger für Linhardt, aber auch für die Wibbekings gearbeitet hatte. Er grinste anzüglich.

»Da geht man ein wenig im Wald spazieren und ahnt nichts Böses, da taucht plötzlich der Herr von Linden auf. Schaut nicht nach rechts oder links, sondern hat nur Augen für die Hütte hier. Was macht der bloß in diesem Wald, fragt man sich da doch und geht neugierig hinterher. Könnte ja sein, dass man etwas Wissenswertes erfährt. Und siehe da, der Herr trifft sich mit der ehrenwerten Frau Madlen Wibbeking. Was sagt eigentlich Euer Ehemann dazu? Weiß er von diesem Treffen? Vielleicht ist die Frau gar nicht so ehrhaft, wie es scheint?«

»Was hast du gehört?«, fuhr ihn Linhardt an, während Madlen versuchte, sich hinter seinem Rücken zu verstecken.

»Genug«, prahlte Jacob. »Jedenfalls genug für den jungen Herrn Martin.« Er machte eine lange Pause, während der er Linhardt abschätzend musterte. »Aber er muss es nicht erfahren. Ihr könnt mir glauben, ich kann Geheimnisse für mich behalten. Voraussetzung ist natürlich …«

Der Satz blieb in der Luft hängen, aber Linhardt verstand auch so, worauf Jacob hinauswollte. »Wie viel?«, presste er hervor.

»Was ist Euch mein Schweigen denn wert?«

Linhardt überlegte nicht lange. »Fünf Groschen.«

Jacob lachte auf. »Mehr habt Ihr für die Ehre Frau Wibbekings nicht übrig? Ich hätte Euch für großzügiger gehalten.«

»Fünf Groschen verdienst du in der Woche.«

»Richtig. Und kann kaum davon leben. Ihr werdet Eure Geldkatze schon weiter öffnen müssen, wenn ich vergessen soll, was ich gesehen und gehört habe.«

Linhardt atmete tief durch und bekämpfte den Impuls, dem Kerl sein loses Maul zu stopfen. »Gut. Nenn deinen Preis.«

»Fünf Gulden.«

Der Kaufmann schluckte. »Du bist verrückt. Nie und nimmer gebe ich dir so viel.«

Jacob drehte sich um. »Wie Ihr meint«, erwiderte er lakonisch. »Vielleicht ist der junge Herr Wibbeking großzügiger.«

»Linhardt, bitte«, stieß Madlen hervor. »Gib ihm das Geld.«

»Wenn ich das tue, kommt er wieder und wieder.«

Jacob bleckte die Zähne.

»Ich gebe dir sechs Gulden, jeden Monat einen. Aber nur, wenn deine Lippen versiegelt bleiben.«

»Einverstanden«, knurrte der Tagelöhner und streckte die Hand aus. »Einen Gulden.«

Linhardt und Madlen kehrten kurz darauf wie immer getrennt nach Hause zurück.

Der Hattinger wusste, dass er es sich im Grunde nicht leisten konnte, einen Erpresser zu bezahlen. Zum einen war er sich sicher, dass der Schuft auch nach sechs Monaten weiteres Geld fordern würde, zum anderen verfügte er schlicht nicht über die Gulden. Aber Linhardt hatte Zeit gewonnen. Zeit, um eine Entscheidung zu treffen. Zeit, um Geld aufzutreiben. Er musste Hinrick um Hilfe bitten. Und das sofort!

21

Kleve und Hattingen, 15. und 16. Mai 1535

Seit einigen Monaten verfügte Kleve über eine eigene Poststation. Sie lag westlich der Stadtmauer, direkt hinter dem Heideberger Tor. Hier war auch nachts, wenn die Stadttore geschlossen wurden, das Auswechseln von Reitern und Pferden ohne langen Aufenthalt möglich.

Selbst der Herzog nutzte seitdem die Dienste der Postreiter, wenn auch nur für unverfängliche Schreiben. Private oder vertrauliche Briefe ließ er lieber durch eigene Boten überbringen.

Der Posthalter, dem die Pferdewechselstation unterstand, sorgte für die Verteilung der Schriftstücke. Anfangs waren nie mehr als ein oder zwei Briefe täglich angekommen. Aber mittlerweile hatte sich herumgesprochen, dass die Postreiter zuverlässig waren, kaum Schreiben verschwanden und die Zustellung schnell erfolgte. Eine Nachricht von Lübeck nach Kleve war nur knapp drei Tage unterwegs.

Der Posthalter bekam beständig mehr zu tun. Irgendwann wuchs ihm die Arbeit über den Kopf und er erhielt einen Gehilfen, der wie er selbst von der kaiserlichen Verwaltung bezahlt wurde.

Ein Diener klopfte an Hinricks Tür und teilte ihm mit, dass eben dieser Gehilfe am Tor der Schwanenburg warte, um einen persönlichen Brief zu überbringen. Erstaunt verließ Hinrick seine Bücher. Wer sollte ihm schreiben?

Zurück in seiner Kammer brach er hastig das Siegel. Der Brief stammte von Linhardt. Was hatte sein Bruder ihm so Wichtiges mitzuteilen, dass er den teuren Postdienst in Anspruch nahm?

Schnell überflog Hinrick die Zeilen, die Linhardt in seiner krakeligen Handschrift verfasst hatte. Zu Beginn versicherte sein Bruder, dass es ihm gut gehe, er hoffe, dass sich auch Hinrick bei bester Gesundheit befinde.

Dann erzählte er von einer Frau, die er liebe und zu heiraten gedenke. Er beschrieb ihr Aussehen, ihr einnehmendes Wesen, ihren Liebreiz. Aber ihren Namen nannte nicht. Und zwischen den Zeilen meinte Hinrick, eine gewisse Traurigkeit zu erahnen.

Schließlich kam er zu der Passage, in der Linhardt vom Krieg der Lübecker gegen die Dänen und Holländer berichtete, von den gegenseitigen Kaperfahrten, der Zerstörung gewachsener Handelsbeziehungen und den dadurch ausgelösten wirtschaftlichen Problemen, denen sich die Kaufleute ausgesetzt sahen. Das alles sei nicht ohne Auswirkungen auf sein Geschäft geblieben.

Ganz am Schluss des Briefes bat er Hinrick um ein Darlehen. Es müssten mindestens vierzig Goldgulden sein, fünfzig wären allerdings besser. Er wisse nicht, wann er das Geld zurückzahlen könne, aber er schwöre bei allem, was ihm heilig sei, dass er die Schuld irgendwann tilgen würde. Nur ihr Vater oder Dritte dürften nichts von dem Brief, seinen Schwierigkeiten und dem Darlehen erfahren – unter keinen Umständen! Das müsse Hinrick ihm versprechen, auch wenn er seine Bitte nur schriftlich vortragen könne.

Nachdenklich faltete Hinrick das Schreiben zusammen. Fünfzig Goldgulden! Mehr, als er seinem Vater überlassen hatte. Der hatte ihm zwar schon mehrmals angeboten, den Betrag zurückzuzahlen, aber Hinrick hatte bisher immer abgelehnt. Nun musste er das Geld zurückfordern. Seine anderen Ersparnisse würden nicht reichen. Und eins stand für ihn außer Frage: Er würde seinem Bruder helfen.

Nur wie konnte er seinen Rückzahlungswunsch begründen, sollte ihn sein Vater fragen? So sehr er sich auch den Kopf zermarterte, es fiel ihm keine plausible Erklärung ein. Also würde er sie seinem Vater schuldig bleiben müssen – eine unangenehme Situation. Gerade auch, weil er immer noch nichts von Lukas erzählt hatte, dessen Verbleib weiter ungewiss war.

Wie jedoch sollte er das Geld nach Lübeck schaffen?

Einer der Bediensteten seines Vaters schied aus naheliegenden Gründen aus. Ein Bote des Herzogs vielleicht? Nein, soweit er wusste, unterhielt Johann keinerlei geschäftliche oder politische Beziehungen zu der Hansestadt, die den regelmäßigen Austausch von Nachrichten erforderten. Er müsste sich also dem Landesherrn oder Heresbach offenbaren, was allerdings Linhardts Bitte nach Verschwiegenheit entgegenliefe.

Und was, wenn Hinrick selbst nach Lübeck ritt? Eine Reise von fast einem Monat. Würden Heresbach oder gar der Herzog ihm eine solch lange Abwesenheit überhaupt gestatten?

Diesem Problem konnte er sich später widmen. Jetzt musste er erst einmal mit seinem Vater sprechen. Obwohl … Seine lang ersehnte Reise nach Münster stand unmittelbar bevor. Am Morgen sollte es losgehen. Aber nachdem Hinrick über ein Jahr darauf gewartet hatte, weil die Genesung des Prinzen langwieriger war als erwartet, kam es nun auf einen Tag mehr oder weniger auch nicht mehr an.

Konrad Heresbach empfing Hinrick in der Bibliothek, wo der junge Mann seine Bitte vortrug, für zwei Tage nach Hattingen reisen zu dürfen.

»Ich habe Post von meinem Vater erhalten«, log er. »Er benötigt meine Hilfe bei der Übersetzung des Briefes eines Geschäftspartners aus Italien.«

»Das kann ich verstehen.« Trotzdem runzelte Heresbach die Stirn. »Aber was ist mit deiner morgigen Reise nach Münster? So lange musstet ihr beiden warten. Seit Monaten lagt ihr dem Herzog in den Ohren. Und jetzt, wo ihr endlich reisen könnt, gilt das nicht mehr?«

»Doch, natürlich will ich. Aber ich dachte, ich könnte einige Tage später nachkommen. Bitte, Herr Heresbach, es ist wirklich wichtig für mich.«

Es lag wohl mehr an Hinricks flehendem Tonfall als an der Überzeugungskraft seiner Worte, dass der Berater ihn gewähren ließ. »Aber Ihr werdet Euch nicht direkt von Hattingen nach Münster begeben, sondern zunächst nach Kleve zurückkehren«, ordnete er an. »Für die Reise nach Münster werde ich zwei Soldaten zu Eurem Schutz abstellen. Es sind üble Kerle auf den Straßen unterwegs.«

Am Abend des nächsten Tages erreichte Hinrick seine Heimatstadt.

Sein Vater freute sich über den unverhofften Besuch und fragte, wie lange sein Sohn bleiben könne. Als dieser ihm sagte, dass er schon morgen zurück nach Kleve müsse, schien der Kaufmann enttäuscht, sagte aber nichts.

Als die beiden in der Stube saßen, kam Hinrick nach einiger Zeit auf sein eigentliches Anliegen zu sprechen. »Vater, du hast mir mehrmals angeboten, das Darlehen zurückzuzahlen.«

»Richtig.«

Hinrick holte tief Luft. »Ich benötige das Geld jetzt.«

Wenn Jorge überrascht war, ließ er es sich nicht anmerken. »Gut«, meinte er nur. Und ohne weiteres Nachfragen setzte er zur Erleichterung seines Sohnes hinzu: »Kannst du mir einen Aufschub bis Ende Juni gewähren? Zu diesem Zeitpunkt wird ein größerer Betrag fällig, den mir ein Handelspartner aus Köln schuldet. Dann bekommst du deine Gulden und wir können uns mehr Zeit füreinander nehmen. Ich sehe Euch so selten. Linhardt kann nicht aus Lübeck fort und du nicht aus Kleve. Aber vielleicht schaffst du es dann, dir etwas länger Zeit für deinen alten Vater zu nehmen?«

Hinrick, der sehr wohl bemerkt hatte, dass Jorge seinen jüngsten Sohn nicht erwähnt hatte, ergriff seines Vaters Hand. »Das verspreche ich.«

22

Münster, 19. und 20. Juni 1535

Hans von Langenstrate, den alle nur Hänsel Eck nannten, fehlte ein Finger der linken Hand. Er hatte ihn vor zwei Jahren beim Scharmützel um die Burg Greetsiel in Friesland verloren, wo er als Schanzmeister gedient hatte. Nachdem er gemeinsam mit dem Burgherrn die Anlage dem Feind ausgeliefert hatte, war er vom Grafen von Ostfriesland zunächst zum Tode verurteilt, später jedoch begnadigt worden und hatte sich mit seinen Männern den Landsknechten Bischof von Waldecks angeschlossen.

So war er mit der Truppe bis vor die Tore Münsters gelangt. Abenteuerlust bewog ihn dazu, erneut die Seiten zu wechseln. Er war fahnenflüchtig geworden und zu Jan van

Leiden übergelaufen. Jetzt überwachte er als Schanzmeister am Kreuztor den Ausbau der Verteidigungsanlagen.

Ihm zugeteilt war Hinrich Gresbeck, ein Schreinermeister. Der stammte auch nicht aus Münster, sondern lebte erst seit zwei Jahren in der Stadt. Allerdings war er nicht aus religiösen, sondern familiären Gründen gekommen. Er hatte seine alte Mutter nicht allein lassen wollen. Nun aber musste er mit den Wölfen heulen, wollte er nicht von ihnen zerrissen werden.

Eck und Gresbeck hatten sich angefreundet und sich gegenseitig ihre Skepsis über das neue Jerusalem eingestanden. Dazu hatte in nicht unerheblichem Maß der Hunger beigetragen, unter dem auch sie leiden mussten. Außerdem machte sich Gresbeck immer mehr Sorgen um seine Mutter. Noch einen Winter ohne ausreichende Nahrung würde sie nicht überstehen.

Beide Männer waren sich darin einig, dass es an der Zeit war, die Stadt zu verlassen. Aber bis auf wenige Ausnahmen hatten die bischöflichen Truppen in der Vergangenheit Überläufer kurzerhand massakriert. So wollten die Männer nicht enden. Also mussten sie dem Feind etwas mitbringen, was diesen dazu bewegen würde, sie zu verschonen: Münster.

Unter dem Vorwand, die Verteidigungsstellungen zu inspizieren, waren die beiden in den Buddenturm gelangt und hatten sich von seinen Zinnen aus die Lage der gegnerischen Stellungen genau eingeprägt. Schließlich wollten sie bei ihrem Versuch, aus der Stadt zu gelangen, nicht erschossen werden, bevor sie ihr Anliegen einem höheren Offizier vortragen konnten. Als sie einen Weg durch die vorgeschobenen Posten der bischöflichen Truppen ausgekundschaftet hatten, stiegen sie wieder die Treppe hinunter.

Einige der Zellentüren standen offen und zwei Gefangene schleppten frisches Stroh in den Kerker. Einen von ihnen kannte Gresbeck. Er war dabei gewesen, als man den jungen Mann in den Gesellenstand aufgenommen hatte.

Der Schreinermeister sah fragend zu dem Wächter. Als dieser eine zustimmende Geste machte, sprach er den Gefangenen an: »Wie geht es dir?«

Lukas sah hoch. Der Glanz der sonst so wachen Augen war erloschen. Müde antwortete er: »Das seht Ihr doch, Meister.«

»Kann ich dir irgendwie helfen?«

Lukas schüttelte den Kopf, besann sich dann aber eines besseren. »Vielleicht.«

»Und wie?«

Der junge Mann antwortete so leise, dass sich Gresbeck vorbeugen musste, um ihn zu verstehen. »Wenn es nicht zu viel verlangt ist, könnt Ihr einen Brief für mich schreiben. An meinen Bruder. Erzählt ihm, dass ich hier gefangen bin, und bittet ihn um Hilfe. Er wird wissen, was zu tun ist. Das wusste er schon immer.«

Gresbeck hatte da so seine Zweifel. Er konnte sich nicht erinnern, dass jemals ein Inhaftierter den Buddenturm lebend verlassen hatte. Trotzdem nickte er. »Wie heißt dein Bruder?«

»Hinrick von Linden. Er steht im Dienst des Herzogs von Kleve. Er ist …« Lukas hustete. »Vielleicht hat er den Dienst dort längst quittiert«, murmelte er mehr zu sich selbst. »Oder will mir nicht helfen.«

Dem Schreinermeister tat der junge Mann leid. Er war geblieben und hatte versucht, das Geschäft seines Meisters weiterzuführen. Das war sein einziges Verbrechen. Kein Unschuldiger sollte sein Leben in einem solchen Loch beschließen müssen. »Du wirst es nicht erfahren, wenn du nicht den Kontakt zu deinem Bruder suchst. Was soll ich ihm noch schreiben?«

Der Wächter trat an ihre Seite. »Das reicht, Herr Gresbeck. Der Kerl ist nicht aus der Zelle herausgelassen worden, um Schwätzchen zu halten, sondern um zu arbeiten. Ihr geht jetzt besser.« Mit diesen Worten drängte er den Schreinermeister beiseite. Dann versetzte er Lukas einen Knüppelschlag. »Und du mach voran!«

Als sie kurz darauf den Gefängnisturm verließen, fragte Eck: »Was hast du mit dem Gefangenen am Hut?«

»Ich will einen Brief für ihn schreiben. Er könnte nützlich für uns sein.«

»Wie das?«

»Sein Bruder steht im Dienst des Herzogs von Kleve.«

»Tatsächlich? Wie heißt er? Vielleicht habe ich schon von ihm gehört.«

»Hinrick von Linden.«

Eck dachte einen Moment nach, dann pfiff er durch die Zähne. »Das ist ein Begleiter des Prinzen. Du hast recht. Dieser Brief könnte uns so manche Tür öffnen.«

In der folgenden Nacht flohen Eck, Gresbeck und drei weitere Männer aus der Stadt. Sie gelangten unversehrt durch die feindlichen Stellungen und wurden einem Offizier vorgeführt, der Eck noch aus der gemeinsamen Zeit in Friesland kannte.

Der Soldat schien dem alten Bekannten seinen wiederholten Frontenwechsel nicht anzukreiden. Als Eck erklärte, sie könnten einen Trupp Soldaten gefahrlos in die Stadt führen, damit der das Kreuztor öffne, glaubte sein früherer Vorgesetzter ihm die Versicherung, dass er keineswegs fahnenflüchtig geworden sei, sondern die Truppe nur deswegen verlassen habe, um die Verteidigungsstellungen Münsters auszukundschaften.

Als die Überläufer ein Modell der Schanzenanlage bauten,

anhand dessen sie aufzeigten, wo ein Angriff zweckmäßigerweise erfolgen sollte, und Gresbeck schließlich das Schreiben an Hinrick von Linden aus der Tasche zog, brachte man sie zu den Befehlshabern.

Nach kurzer Beratung musste Gresbeck zum Beweis seiner Worte noch in derselben Nacht den Wassergraben durchschwimmen und auf die Palisaden klettern. Als er unversehrt zurückkehrte, ohne dass Münsters Verteidiger Alarm geschlagen hatten, waren die Offiziere davon überzeugt, dass sie den Plan der Überläufer durchführen konnten. Der Angriff auf Münster war beschlossene Sache.

Den Landsknechten wurde Beute versprochen und die Stadt zur Plünderung freigegeben. Bevor es aber dazu kommen konnte, musste das Reich der Wiedertäufer ein letztes Mal zur Kapitulation aufgefordert werden. Als die Münsteraner das Ansinnen erwartungsgemäß ablehnten, konnten die Belagerer ihre Hände in Unschuld waschen. Alles, was nun folgte, lag ausschließlich in der Verantwortung der Ketzer.

23

Hattingen, 21. Juni 1535

In tiefster Dunkelheit wurde Jorge aus dem Schlaf gerissen. Die Glocken Sankt Georgs läuteten Sturm und auf der Straße waren laute Rufe zu hören. Jemand ließ den gusseisernen Türschlegel immer wieder niederkrachen. Dumpf hallten die Schläge durch die Nacht.

Eilige Schritte auf der Treppe verrieten Jorge, dass die Magd auf dem Weg nach unten war, um zu öffnen. Schlaftrunken rieb er sich die Augen, stand auf und begann, sich anzukleiden. Was, zum Teufel, war hier los?

Schon klopfte die Magd und rief aufgeregt: »Herr, Ihr müsst Euch beeilen. Es brennt. Euer Lagerhaus brennt!«

Jorge rannte, so schnell er konnte, zum Kühlken. Kaum hatte er die Fleischhalle passiert, sah er schon den roten Schein des Feuers und der beißende Gestank von Rauch stieg in seine Nase.

Das oberste Geschoss des Lagerhauses und der Dachstuhl standen in hellen Flammen. Stadtwachen und mehrere Dutzend Helfer hatten eine Menschenkette gebildet, um in Eimern Wasser aus den Brunnen der Umgebung heranzuschaffen. Allerdings fehlte es an hohen Leitern, um das rettende Nass auch nur in die Nähe des Brandherdes zu bringen. Die Löschversuche beschränkten sich also darauf, die Wände und Dächer der Nachbargebäude zu begießen, um ein Überspringen der Flammen zu verhindern.

Mittlerweile war auch Jorges Partner Hermann Offerhues eingetroffen. »Wir müssen ins Lagerhaus«, rief er und rannte zum Eingang. »Die Stoffballen liegen im ersten Stock! Wir müssen sie rausschaffen.«

»Bleibt stehen«, warnte ihn Jorge. »Das ist zu gefährlich!«

Offerhues ließ sich nicht beirren und lief weiter. Er hatte das Lagerhaus noch nicht erreicht, als der Dachstuhl mit einem Krachen in sich zusammenbrach. Ein Funkenregen ging auf die Helfer nieder. Der einstürzende Dachstuhl zerstörte die Decke des obersten Geschosses, sodass brennende Balken in die darunterliegende Etage fielen und dort binnen Minuten ebenfalls alles in Brand setzten. Erst jetzt gab Offerhues auf.

Jorge rannte, schleppte Wassereimer, kippte sie auf die Außenfassade, so gut es ging. Aber alle Anstrengungen blieben vergebens. Nichts konnte die Feuersbrunst aufhalten. Jetzt rächte sich, dass das Gefach nicht gemauert, sondern mit Weidenästen und Lehm gefüllt worden war. Der Lehm platzte durch die große Hitze ab und Weidengeflecht und Stroh brannten wie Zunder. Die gelagerten Stoffe und das Korn boten den Flammen immer neue Nahrung. Hilflos mussten die beiden Kaufleute mitansehen, wie ihr Vermögen vernichtet wurde.

Eine Stunde später fiel das Lagerhaus in sich zusammen. Den Helfern war es nun möglich, die Wassereimer direkt auf den Glutnestern auszuleeren. Als die Sonne heraufstieg, war nur noch ein qualmender Haufen verkohlter Balken übrig. Die Häuser der Nachbarschaft waren jedoch verschont geblieben.

Fassungslos ließ sich Jorge auf einen umgedrehten Eimer fallen. Die versengten Haare fielen in sein verschwitztes und rußverschmiertes Gesicht.

»Da habt Ihr es.« Unbemerkt hatte sich Bürgermeister Koitgen genähert. »Aber erst über die Steuer aufregen. Und nun? Ihr habt es ja gesehen, unsere Leitern waren zu kurz.«

Jorge blickte den Bürgermeister aus müden Augen an. Er war zu erschöpft, um zu widersprechen.

Caspar Terboven trat mit einem Stadtsoldaten an ihre Seite. Der Ratsherr wohnte am Weingarten, nur einen Steinwurf nördlich der Lagerhäuser. Er machte ein ernstes Gesicht. »Das Feuer, meine Herren, wurde vermutlich gelegt.«

Jorge überraschte diese Nachricht nicht. »Wie sollte es auch sonst ausgebrochen sein? Das Lagerhaus verfügt über keinen Kamin und ein Gewitter mit Blitzschlag hat es nicht gegeben. Aber sprecht weiter.«

»Ich bin heute Nacht einem menschlichen Bedürfnis gefolgt …«

»Ihr musstet pissen?«, unterbrach ihn Koitgen.

»Auch das. Mein Abort liegt einige Schritte von meinem Haus entfernt. Wie ich also auf meinem Thron saß und mir die Sterne besah, fiel mir im Lagerhaus der Herren von Linden und Offerhues ein Lichtschein auf, der durch die oberen Stockwerke wanderte. Zuerst dachte ich, Ihr oder Euer Partner hättet dort etwas zu erledigen. Dann jedoch meinte ich …« Er zögerte, als müsse er sich erst wappnen für das, was er aussprechen wollte. »Ich glaubte, Konrad Kielmann zu erkennen.«

Jorge klappte der Unterkiefer herunter und auch der Bürgermeister wirkte verblüfft.

»Aber da Herr Kielmann zu nachtschlafender Zeit nichts in Eurem Lagerhaus zu suchen hat, glaubte ich, mich zu irren, und bin wieder ins Bett gegangen.«

Auch Offerhues war mittlerweile auf die Unterredung aufmerksam geworden und hatte sich zu ihnen gesellt.

»Wart Ihr heute Nacht in Eurem Lagerhaus?«, fragte der Bürgermeister die beiden Kaufleute.

»Nein«, antwortete Offerhues.

Jorge schüttelte den Kopf.

»Unser Stadtsoldat hat noch etwas zu berichten«, setzte Terboven fort. »Sprecht.«

»Es ist wirklich seltsam«, begann der Mann. »Natürlich wollten wir Herrn Kielmann über den Brand informieren. Seine Magd öffnete einem von uns und meinte, ihr Herr sei am Abend ausgegangen und noch nicht nach Hause zurückgekehrt. Deshalb mussten wir die Tür zu seinem Lagerhaus aufbrechen. Wir wollten die Außenmauern wässern. Das Gebäude war leer.«

»Es befanden sich keine Waren darin?«, fragte der Bürgermeister erstaunt.

»Nichts. Nur einige leere Säcke lagen auf dem Boden.«

Koitgen straffte sich. »Wir werden Herrn Kielmann befragen. Folgt mir.«

Als der Stadtsoldat sich ihnen anschließen wollte, meinte der Bürgermeister: »Gut, Ihr könnt mitkommen. Aber Ihr haltet Euch zurück und wartet vor der Tür. Ich will ihn befragen, nicht verhaften.«

Es war nicht weit bis zu Kielmanns Wohnhaus. Der Kaufmann öffnete selbst. »Guten Morgen, meine Herren. Welch hoher Besuch. Was führt Euch zu mir?« Er bat sie herein.

Noch im Flur fragte ihn Koitgen geradeheraus: »Wart Ihr heute Nacht in Eurem Lagerhaus?«

»Nein.«

»Oder in dem meiner Begleiter?«

»Natürlich nicht«, empörte sich Kielmann. »Ich war die ganze Nacht zu Hause.«

»Gibt es dafür Zeugen?«, setzte der Bürgermeister die Befragung fort.

»Selbstverständlich.« Er rief die Magd zu sich. »War ich heute Nacht auf meiner Kammer?«, fragte er mit herrischer Stimme.

Das Mädchen errötete. »Ja, Herr«, antwortete es leise.

»Sprich lauter«, fuhr Kielmann die junge Frau an.

»Ja, Herr«, versicherte sie erneut.

»Da seht Ihr es. Du kannst gehen.«

»Einen Moment noch.« Koitgen wandte sich direkt an die eingeschüchterte Magd. »Ein Stadtsoldat versichert, dass du ihm noch vor einigen Stunden erklärt habest, dein Herr sei nicht im Haus. Wie verträgt sich das mit deiner jetzigen Behauptung?«

Die junge Frau warf einen hilflosen Blick zu Kielmann, dann zum Bürgermeister. Schließlich schaute sie zu Boden, schlug die Hände vors Gesicht und fing an zu weinen. »Ich weiß es nicht.«

»Könnt Ihr uns erklären, warum sich nicht ein Ballen Stoff in Eurem Lagerhaus befindet?«, wollte nun Jorge wissen.

Kielmann griente ihn an. »Alles verkauft. Wie es scheint, mache ich bessere Geschäfte als Ihr.«

»Ist es nicht vielleicht so, dass Ihr sichergehen wolltet, dass Eure Waren nicht verbrennen, falls die Flammen doch auf Euer Lagerhaus übergegriffen hätten, nachdem Ihr unser Haus angesteckt habt?«

»Was erdreistet Ihr Euch?«

»Außerdem habe ich Euch gesehen«, erklärte nun auch Terboven. »Mit einer Kerze seid Ihr durch die Nacht geschlichen.«

»Alles dummes Zeug«, versicherte Kielmann. Aber seine Stimme klang nicht mehr ganz so selbstbewusst.

Jemand schlug gegen die Tür. Die Magd wischte sich die Tränen ab und öffnete. Draußen stand der Stadtsoldat. »Meine Herren, ich glaube, das solltet Ihr Euch ansehen.«

Er führte den Bürgermeister und seine drei Begleiter um das Haus herum zur Scheune. Kielmann folgte ihnen in einigem Abstand.

»Ich habe mich nicht ganz an Eure Anordnung gehalten«, entschuldigte sich der Soldat. »Aber die Tür stand offen und da habe ich einen Blick hineingeworfen. Seht selbst.« Er zog das Tor weiter auf, sodass Licht ins Innere fiel.

Die vier anderen Männer erstarrten: Die Scheune war bis unter das Dach vollgepackt mit prallen Getreidesäcken, Stoffballen und Fässern.

»Von wegen alles verkauft«, knurrte Jorge. »Angelogen hat uns der Schuft. Wo ist er eigentlich?«

Sie sahen sich um. Aber Kielmann war nicht mehr da und Koitgen schwieg betreten.

»Worauf wartet Ihr noch?«, blaffte Jorge den Soldaten an. »Schnappt Euch den Kerl.«

Die Wache warf einen fragenden Blick zum Bürgermeister. Es kam Jorge ewig vor, bis Koitgen endlich sein Einverständnis signalisierte.

Der Soldat spurtete los. Als er um die Hausecke lief, galoppierte ein Schecke an ihm vorbei. Im Sattel saß Kielmann. Sein Gesicht war hassverzerrt.

»Halt«, rief der Soldat, aber der Kaufmann dachte gar nicht daran, dem Befehl Folge zu leisten. Er ritt nach Süden, Richtung Bruchtor.

Obwohl die Stadtwache ausschwärmte, um den Brandstifter zu fassen, blieb Konrad Kielmann für immer verschwunden.

24

Lübeck, 23. Juni 1535

Die Kraweel der Wibbekings lief am frühen Vormittag im Lübecker Hafen ein. Sie kam aus Bergen und war randvoll mit Heringen und Pelzen. Wie immer halfen beim Entladen des Schiffes Tagelöhner, die Clas Wibbeking angeheuert hatte.

Martin, der seit einiger Zeit wieder zurück in der Stadt war, kontrollierte gemeinsam mit dem Schiffsschreiber am Fallreep das Löschen der Waren. Jeder Ballen und jedes Fass wurde aus den Ladelisten gestrichen, sobald es an den beiden Schreibern vorbeigeschleppt wurde. Von Zeit zu Zeit ließ der junge Kaufmann eines der Behältnisse öffnen, um dessen Inhalt zu überprüfen. Ihn langweilte die Arbeit. Lieber wäre er wieder in den Krieg gezogen.

Einer der Ballen war beschädigt. Wibbeking hieß den Träger stehen bleiben, griff zum Messer, durchtrennte das Seil, welches den Ballen hielt, und das Segeltuch, in das die Pelze eingewickelt waren.

Eigentlich sollten sich in jedem Ballen zehn der wertvollen weißen Hermelinfelle befinden, dieser enthielt aber lediglich neun.

Der Tagelöhner, der das Bündel auf den Schultern getragen hatte, hielt sich abseits. Martin nahm ihn genauer in Augenschein.

Er kannte den Kerl, hatte ihn gestern selbst angeheuert, weil er kräftig und gesund aussah. Wenn er sich recht erinnerte, hieß er Jacob. Heute jedoch schob der Tagelöhner einen ansehnlichen Bauch vor sich her.

Martin ließ den Mann näher treten und riss ihm mit einer schnellen Bewegung das Hemd aus der Hose. Das um den Bauch gebundene Fell kam zum Vorschein. Der Tagelöhner war ein Dieb.

Der Händler versetzte dem Gauner eine knallende Ohrfeige. »Her mit dem Fell. Du bestiehlst keinen Wibbeking mehr, das verspreche ich dir! Ich werde dich den Wachen ausliefern, die dich vor Gericht stellen, du elender Gauner. Du kannst dich glücklich schätzen, wenn du nur deine rechte Hand verlierst und nicht dein Leben.«

Martin wollte dem Stadtsoldaten, der das Geschehen aus der Ferne aufmerksam beobachtet hatte, gerade ein Zeichen geben, als der Ertappte vor ihm auf die Knie fiel und anfing zu jammern.

»Gnade, Herr. Bitte vergebt mir. Ich weiß auch nicht, was in mich gefahren ist.«

Der Kaufmann lachte trocken. »Das kann ich dir sagen. Hermelinpelze sind wertvoll. Du wolltest deinen Lohn auf unsere Kosten aufbessern. Aber egal. Du kannst im Kerker über deine Tat nachdenken.« Er winkte den Stadtsoldaten heran.

Als der Dieb den sich nähernden Uniformierten sah, stieß er hervor: »Wenn Ihr mich laufen lasst, werdet Ihr es nicht bereuen.«

Wieder lachte Martin. »Was kannst du Schurke mir schon anbieten?«

»Wissenswertes über Eure Frau. Mit wem sie sich heimlich trifft und Euch Hörner aufsetzt.«

Martin schnappte nach Luft. »Was sagst du da?«

»Eure Frau schäkert mit einem anderen Mann. Sie küssen und begrapschen ...«

»Schweig!«, donnerte Martin.

Der Dieb zuckte zusammen, redete aber trotzdem weiter. »Sie treffen sich in einer alten Hütte im Wald südlich des Mühlenteichs.«

»Warum sollte ich dir glauben?« Trotz seiner Skepsis gebot Martin dem Stadtsoldaten Halt.

»Eure Frau trägt ein goldenes Kreuz mit einem auffälligen roten Edelstein um den Hals, das sie sonst züchtig unter ihrem Hemd versteckt. Bestimmt kennt Ihr es. Sie hatte ihr Kleid unschicklich gelockert, so fiel es mir auf.«

Martin atmete hörbar ein. Das Kreuz war ein Erbstück von Madlens Großmutter. »Sprich weiter«, forderte er den Dieb auf.

»Ich sah es, als sie ihren Buhlen mit offenen Armen empfing.«

»Wer ist es?«, keuchte der Kaufmann.

»Ich sage es Euch, wenn Ihr schwört, mich nicht weiter zu behelligen.«

»Einverstanden.«

»Schwört.«

Martin leistete den gewünschten Eid. »Und nun sprich.«

»Sie traf sich mit Linhardt von Linden.«

Martins Welt brach zusammen. Alles drehte sich. Er stützte sich mit der Hand an dem Pelzballen ab, um nicht zu stürzen.

»Linhardt«, flüsterte er heiser. »Ausgerechnet er?«

»Kann ich jetzt gehen?«

Als Martin nicht reagierte, wiederholte Jacob seine Frage.

»Verschwinde. Und lass dich nie wieder in meiner Nähe blicken.«

»Wie Ihr befehlt, Herr. Nur eins noch: Linhardt von Linden hat mich für mein Schweigen bezahlt. Dieses Geld fehlt mir nun. Wenn Ihr vielleicht so freundlich wäret?«

Wütend schrie der Kaufmann auf und verpasste dem Tagelöhner einen Tritt.

Martin stürmte nach Hause. Madlen saß in der Stube. »Ich möchte dir etwas zeigen«, stieß ihr Mann hervor.

Sie sah ihn überrascht an. Dann antwortete sie: »Einen Moment. Ich hole nur meinen Umhang.

Martin führte seine Frau am Dom vorbei zum Mühlentor und schließlich in das Waldstück, in dem die Hütte stand. Je weiter sie sich von der Stadt entfernten, desto nervöser wurde Madlen. Schließlich klagte sie: »Martin, hier ist es unheimlich. Außerdem wird es bald dunkel. Ich möchte nach Hause.«

Er ergriff ihre Hand und zog die widerstrebende junge Frau mit sich. »Es ist nicht mehr weit.«

Endlich standen sie auf der Lichtung, auf der sich die Hütte befand. Martin zerrte seine Frau weiter. »Kennst du diesen Ort?«

»Nein«, antwortete Madlen leise. »Warum fragst du?«

Er lachte böse und stieß sie in das Innere des Schuppens. »Was habt ihr hier getrieben, Linhardt und du?«

Madlen wurde blass. Als ihr Ehemann auf sie zuging, wich sie zurück, bis sie mit dem Rücken an die Wand stieß.

Martin baute sich vor ihr auf und packte ihre Schultern. »Warum hast du das getan?«, fragte er gefährlich ruhig. »Und warum ausgerechnet mit Linhardt, meinem besten Freund?«

»Du irrst dich, es ist …«

Mit einem plötzlichen Ruck riss er das Hemd auf, welches

den Brustauschnitt ihres Kleides bedeckte. Das Goldkreuz fiel heraus. »Man hat euch beobachtet. Aber das Schweigegeld, welches Linhardt gezahlt hat, war wohl nicht hoch genug.«

Madlen wusste, dass jedes weitere Leugnen zwecklos war. »Martin, lass mich gehen. Ich rede mit meinem Vater und er wird mit deinem sprechen. Die Familien finden sicher eine Einigung, bei der niemand das Gesicht verliert …«

»›Das Gesicht verliert‹?« Er schlug Madlen mit der flachen Hand ins Gesicht. Der jungen Frau stiegen Tränen in die Augen. Blut floss aus ihrer Nase. »Du meinst, es geht mir um das Gerede der Leute? Ich habe dich geheiratet, weil ich in dich verliebt war. Und nicht etwa, weil du so eine gute Partie gewesen wärst. Das warst du nämlich nicht. Sogar auf eine Mitgift habe ich verzichtet.« Er begann zu weinen. Madlen hob die Hand und wollte über seine Wange streichen. Doch Martin unterband diese Versöhnungsgeste. »Fass mich nicht an, Weib!« Stattdessen drängte er sich an sie. »Du wirst jetzt mir deine Gunst gewähren. Hier in dieser verfluchten Hütte.«

»Tu mir bitte nicht weh.«

Sie spürte seine Hände auf ihrem Hals, ihrer Brust, dem Gesäß. Hatte sie solche Berührungen sonst geduldig ertragen, verspürte sie jetzt nur noch Abscheu.

Ihr Mann versuchte, sie zu küssen. Madlen aber drehte den Kopf zur Seite.

Barsch griff Martin ihr Kinn, drehte es zu sich und presste seinen Mund auf ihre Lippen. Verzweifelt versuchte sie, sich zu befreien. Aber die Hände ihres Mannes hielten sie fest wie in einem Schraubstock. Er schob sein Bein vor, um sie an der Flucht zu hindern, und griff mit der frei gewordenen Hand in ihren Schritt.

Madlen schrie auf und hieb mit dem Mut der Verzweiflung ihr rechtes Knie mit aller Kraft in sein Gemächt.

Martin stöhnte und lockerte seinen Griff. Mit verzerrtem Gesicht beugte er sich vor, um den stechenden Schmerz in seinen Lenden zu lindern. Das nutzte Madlen, um sich zu befreien. Sie rannte an ihrem keuchenden Widersacher vorbei aus der Hütte.

Der Kaufmann versuchte, ihr zu folgen. Aber er kam nicht weit. Nach nur wenigen Schritten verließen ihn die Kräfte. Zu sehr war seine Männlichkeit malträtiert worden. Nach Luft japsend, stand er auf der Lichtung und sah Madlen hinterher, die zwischen den Bäumen verschwand.

Madlen liefen Tränen über das Gesicht, die sich mit ihrem Blut vermischten. Sie ignorierte die verwunderten Blicke der Menschen und rannte, so schnell sie konnte, zu Linhardts Haus. Schluchzend hämmerte sie an die Tür, bis ihr Liebster endlich öffnete.

Bevor er ein Wort sagen konnte, drängte sie sich ins Haus und fiel ihm, nachdem die Tür geschlossen war, in die Arme. »Es ist alles aus«, jammerte sie. »Martin weiß alles. Er hat mich geschlagen.«

Linhardt erschrak, fasste sich aber schnell wieder. »Komm in die Stube und erzähle.« Er zog Madlen mit sich. »Du solltest dein Gesicht waschen. Warte, ich hole Wasser und ein Tuch.«

Einige Minuten später hatte sie ihm alles berichtet. Linhardt saß ihr an dem schweren Eichentisch gegenüber und stützte seinen Kopf in beide Hände. »Was willst du jetzt machen?«

»Nach Hause gehen. Was sonst?«

»Er wird dich wieder schlagen.«

»Bei dir bleiben kann ich nicht. Wenn ich nicht zu ihm zurückkehre, beschuldigt man uns sicher des Ehebruchs. Martins Vater fordert dann womöglich das Geld zurück, welches er meiner Familie geliehen hat. Wir dürfen uns nicht mehr sehen, Linhardt. Nie mehr.«

»Ich spreche mit Martin.«

Madlens Lachen klang bitter. »Und was willst du ihm sagen?«

»Die Wahrheit. Dass wir uns lieben, aber niemals die Ehe gebrochen haben.«

»Haben wir das nicht?«, fragte sie leise.

Linhardt schaute sie verwundet an.

»Ist ein sündiger Gedanke nicht ebenso schlimm wie dessen Ausführung?« Sie stand auf, setzte sich neben ihn und küsste ihn auf die Wange. »Und wenn alle Welt glaubt, dass wir Ehebrecher sind, können wir es doch auch sein. Es spielt ohnehin keine Rolle mehr.«

Er schob sie sanft beiseite. »Du musst mir glauben: Seit Jahren verzehre ich mich nach dir. Nichts würde ich lieber tun als das, was du andeutest. Aber ich will erst mit Martin sprechen. Ich kann ihn nicht länger anlügen. Und ich möchte ihm mit reinem Herzen versichern können, dass wir niemals die Ehe gebrochen haben. Verstehst du das?«

»Ich weiß, dass du recht hast. Aber ich würde es trotzdem nicht bereuen.«

Linhardt stand auf und öffnete die Flurtür. »Es wird Zeit. Geh zu deinem Mann.«

Wortlos verließ Madlen das Haus.

25

Münster, 24. bis 26. Juni 1535

Blitze zuckten vom Himmel, heftige Donnerschläge ließen die Soldaten erzittern. Sturmböen peitschten Regen durch die Nacht. Wer konnte, suchte Schutz unter Bäumen oder in Zelten. Es war schon nach Mitternacht, als das Gewitter endlich abzog und die verbündeten Truppen ihren Plan ausführen konnten.

Im Schutz der Dunkelheit schleppten zwangsverpflichtete Bauern Leitern und eilig zusammengezimmerte, mit Seilen verbundene Holzbrücken zum Wallgraben.

Hinrich Gresbeck glitt ins Wasser und zog schwimmend diese Konstruktion hinter sich her, bis er das andere Ufer erreichte. Dort befestigte er die Brücke unterhalb der Stadtmauer an einem Busch.

Vorsichtig setzte er den ersten Fuß auf den schwimmenden Steg, dann den zweiten. Das Holz schaukelte zwar bedenklich, aber es hielt. Kurz darauf erreichte der Mann klitschnass wieder sicheren Grund auf der anderen Seite des Wassergrabens.

Bemüht, kein unnötiges Geräusch zu machen, schleppten unter der Führung von Hänsel Eck mehrere Dutzend Soldaten nun Leitern zur Stadtmauer.

Immer wieder schauten die Männer besorgt gen Himmel, um zu kontrollieren, ob der heftige Wind die Wolkendecke aufreißen und der Mond ihr Vorhaben bescheinen würde. Zu ihrem Glück blieb es bedeckt. Und auch die immer wieder auftretenden Schauer erschwerten die Sicht von der Stadtmauer herunter.

Aber es war ohnehin kein Verteidiger zu sehen. Die Wache hatte sich anscheinend während des Gewitters in ihren Unterstand zurückgezogen.

Eck war der Erste, der über die Palisaden sprang. Er zog seinen Dolch und schlich gebückt Richtung Kreuztor. Eine schemenhafte Bewegung vor ihm ließ ihn innehalten. Unter einem hölzernen Vorsprung drückte sich ein Wachsoldat an den Turm, um dem Regen zu entgehen.

Mit wenigen Sätzen war Hänsel Eck bei ihm, presste ihm seinen Dolch an die Kehle und flüsterte: »Ein lautes Wort und du bist tot.«

Der Mann erstarrte.

»Wie lautet eure Parole?«, wollte Eck wissen.

Der Soldat zog es vor zu schweigen.

»Wie du willst. Hast du Weib und Kinder, die du wiedersehen möchtest?«

Sein Gefangener nickte.

»Beantworte meine Frage und ich schenke dir dein Leben.« Eck drückte die Klinge fester an die Kehle des Mannes, ritzte sie auf, bis einige Blutstropfen hervortraten. »Was ist nun?«

»Die Parole lautet ›Himmel‹. Aber bitte …«

»Keine Angst. Wir werden dich nur fesseln und knebeln, damit du es dir nicht anders überlegst und deine Kameraden warnst. Hast du die Wahrheit gesagt, bist du morgen ein freier Mann. Bei meiner Ehre.«

Mittlerweile kauerten alle Angreifer auf dem Wehrgang unter den Palisaden. Zwei von ihnen banden den Münsteraner Soldaten. Als der Mann sicher verschnürt auf den Holzbohlen lag, gab Eck ein Zeichen.

Die Soldaten kletterten die Leiter hinunter und näherten sich einem Unterstand direkt neben dem Kreuztor. Das Licht einer Kerze flackerte durch die Fensterläden. Eck postierte einige Männer links und rechts der schweren Holztür. Dann klopfte er.

Von drinnen rief jemand: »Parole?«

»Himmel«, antwortete Eck.

Für einen langen Moment geschah nichts. Dann war ein Knarren zu vernehmen, als ob Holz auf Holz schrammte, ein dumpfer Knall und das Quietschen der Scharniere, als der Riegel beiseitegeschoben wurde.

Kaum fiel Licht durch den Spalt, warfen sich die Angreifer zu dritt gegen das Türblatt. Es schwang mit einem heftigen Ruck auf und der Wachsoldat im Inneren wurde beiseitegeschleudert.

Die Männer stürmten in den Unterstand. Es dauerte keine Minute, bis die überraschten Gegner in ihrem Blut auf dem Boden lagen.

Nachdem der Vortrupp das Kreuztor geöffnet hatte, drangen rund vierhundert bischöfliche Kämpfer in die Stadt ein, an ihrer Spitze Wilken Steding.

»Unser Befehl lautet, den Dom zu nehmen«, erklärte der Hauptmann in einem Tonfall, als ob er den entscheidenden Schlag gegen die Münsteraner Stadtbefestigung geführt hätte. »Selbstverständlich untersteht Ihr meinem Kommando.«

»Ich weiß«, erwiderte Eck und deutete eine Verbeugung an, obwohl ihm die blasierte Art des Offiziers nicht behagte.

»Sobald wir den Dom in unserer Gewalt haben, wird Fähnrich Johann von Twickel unseren Befehlshaber davon in Kenntnis setzen, sodass dieser die Truppen auch an anderen Stellen zum Angriff führt.«

Wieder verbeugte sich Eck.

»Dann Abmarsch«, befahl Steding.

Die Truppe stürmte los. Ohne Gegenwehr erreichten sie den Überwasserkirchplatz, dann die Brücke über die Aa, schließlich den Domplatz. Dort besetzten sie die Kirche.

Das Gotteshaus war durch das Kanonenfeuer der bischöflichen Truppen schwer beschädigt worden und diente nun als Geschützstellung. Auch hier war niemand da, der sich den Angreifern entgegenstellte. Diese beschlossen daraufhin, die Kanonen umzudrehen und gegen die Wiedertäufer in Stellung zu bringen. Noch bevor ihnen das gelang, stürmten Münsteraner Truppen heran. Sie waren durch den Lärm aufmerksam geworden und hatten am Marktplatz Stellung bezogen. Dann starteten sie unter dem Singen von Chorälen einen Sturmangriff auf den Dom.

Wilken Steding konnte den fanatisierten Gegnern, die den Tod nicht scheuten, sondern ihn als die Eintrittskarte ins Paradies betrachteten, nicht lange standhalten. Die bischöflichen Soldaten mussten sich in eine Nebengasse zurückziehen und erst nach verlustreichen Kämpfen gelang es ihnen, den Dom erneut einzunehmen. Dort warteten sie dann auf das Nachrücken der Hauptmacht, die immer noch vor den Toren der Stadt stand.

Der Morgen graute bereits, als ein völlig erschöpfter Soldat zu Hauptmann Steding geführt wurde. »Herr«, stieß er hervor. »Da der Graf Wirich von Dhaunf seit Stunden nichts von Euch gehört hat, befürchtet er, dass Hänsel Eck Euch eine Falle gestellt hat und Ihr aufgerieben wurdet. Er hat mich geschickt, um ihn über die Situation in der Stadt zu informieren.«

»Wie ist es dir gelungen, durch die feindlichen Linien zu gelangen?«

»Ich habe früher in Münster gelebt und kenne hier jeden Stein. Deshalb wurde ich ausgewählt.«

Hauptmann Steding rief Fähnrich von Twickel zu sich. »Ihr begleitet den tapferen Soldaten und bringt dem Kriegsrat Nachricht, dass er unverzüglich losschlagen soll. Sonst können wir uns nicht mehr lange halten und alles ist verloren.«

Nach einem kurzen Marsch erreichte der Fähnrich die Stadtmauer in der Nähe des Jüdefeldertores. Er kletterte auf die Palisade und brüllte über den Wassergraben: »Landsknechte, ich bin einer der euren. Münster ist unser. Tretet an zum Kampf.« Dann sprang er über die Befestigung.

Kurz darauf erteilte von Dhaun endlich den Befehl zum Angriff. »Gefangene werden nicht gemacht«, schärfte er seinen Männern ein.

Seine Truppen drangen durch das immer noch geöffnete Kreuztor ein, andere überwanden an mehreren Stellen den Wassergraben und erklommen die Mauer, die mit nur wenigen Soldaten besetzt war, da der Großteil gegen die Eindringlinge am Domplatz kämpfte. Gegen diese Überzahl hatten die Verteidiger keine Chance. Wie eine Flut brachen die bischöflichen Soldaten über die Stadt herein, töteten jeden, der sich ihnen in den Weg stellte, und trieben die letzten zweihundert Mann der Armee des Königs von Jerusalem schließlich auf den Prinzipalmarkt südlich Sankt Lamberti zusammen, wo sich diese in einer von Barrikaden umgebenen Wagenburg verschanzten. Unter ihnen befanden sich auch Wilbolt aus Neustadt und Jobst Xantus.

Mittlerweile war der bischöfliche Offizier Johann von Raesfeld am Markt eingetroffen. Wilken Steding ging mit ihm zur nächsten Hausecke, von der man das Schlachtfeld überblicken konnte, und wies ihn in die Lage ein. »Die Aufständischen haben sich dort drüben verkrochen und schießen auf alles, was sich bewegt.«

»Dann müsst ihr diese Wagenburg eben einnehmen.«

Von Raesfeld war nicht nur einige Jahre älter als Steding, sondern stand auch im Rang über ihm. Trotzdem wagte der Hauptmann einen Widerspruch: »Sie werden uns umbringen, bevor wir sie erreichen. Wir haben schon jetzt viele Männer verloren.«

»Die Zahl der toten Täufer in den Straßen ist wesentlich höher.«

»Sicher. Aber warum Menschenleben opfern, wenn wir uns des Problems auch anders entledigen können?«

»Wie?«

»Wir lassen die Männer abziehen. Sie müssen ihre Waffen niederlegen, dafür bieten wir ihnen freies Geleit an.«

»Das meint Ihr nicht ernst, oder?«

»Doch, natürlich.« Steding grinste breit.

»Kein Mann von Ehre wird sein Schwert einfach abgeben. Und einige der Männer dadrüben sind ehrenwerte Bürger, waren es wenigstens früher.«

»Mag sein.« Steding kratzte sich am Kopf. »Dann sollen sie ihre Waffen behalten. Aber die Kanonen bleiben hier.«

»Und was ist mit dem freien Geleit?«

»Wir werden nicht befehlen, sie nach dem Abzug anzugreifen. Aber ich werde keinen meiner Männer abstellen, um die Kerle auch noch zu beschützen. Ihr etwa?«

Johann von Raesfeld schüttelte den Kopf.

»Ich denke, sie müssen selbst sehen, wo sie bleiben. Was haltet Ihr von meinem Vorschlag?«

Der Ältere seufzte. »Meinetwegen. Wer führt die Verhandlungen?«

»Ich.«

»Einverstanden. Aber dieser König und sein Stellvertreter bleiben hier.«

»Soweit ich weiß, sind sie nicht bei den Eingeschlossenen. Wir werden sie finden, egal wo sie sich verkrochen haben.«

Der Anführer der eingekesselten Wiedertäufer, Kanzler Hermann Krechting, stimmte nach kurzer Beratung dem Angebot zu. Bald darauf verließen die Männer die Wagenburg.

Johann von Raesfeld beobachtete den Abzug der Geschlagenen. Mit hängenden Köpfen schlurften sie über den Marktplatz, einem ungewissen Schicksal entgegen. Einer der letzten von ihnen war Hermann Krechting.

Von Raesfeld kannte den Kanzler des Täuferreiches von früher. Er gab einem seiner Soldaten den Befehl, Krechting zu ihm zu bringen. Wenig später stand er vor ihm.

»Entschuldigt meine Stimme. Sie musste den Schlachtenlärm übertönen,« krächzte Krechting. »Es wundert mich nicht, Euch hier zu sehen. Ich hatte gehört, dass Ihr zu den Führern der bischöflichen Landsknechte gehört. Wollt Ihr Euch an unserer Niederlage ergötzen?«

»Nichts liegt mir ferner. Trotzdem verhehle ich nicht meine Genugtuung darüber, dass wir diesen Streit gewonnen haben und nicht Ihr.«

Der einstige Kanzler stieß einen Ton aus, der wohl ein Lachen sein sollte. »Das glaube ich Euch gern. Also, was wollt Ihr von mir?«

»Euer freies Geleit sicherstellen.«

Krechting zog die Augenbrauen hoch. »Ich dachte, genau das vereinbart zu haben.«

»Nicht jeder Landsknecht hat von unserer Übereinkunft gehört«, erwiderte von Raesfeld und reichte dem anderen Mann ein Stück Papier. »Hier, ein Passierschein. Der wird Euch und zwei Dutzend Eurer Getreuen sicher durch unsere Belagerungslinien bringen. Einige meiner Soldaten werden Euch bis zum Stadttor begleiten. Danach seid Ihr auf Euch allein gestellt. Sehr zu, dass Ihr möglichst viele Meilen zwischen Euch und unsere Truppen bringt.«

»Ich will aber Münster nicht verlassen.«

»Das solltet Ihr aber. Und zwar schnell. Glaubt mir, es ist besser für Euch.«

Zögernd steckte Krechting den Passierschein ein. »Ich verstehe wohl, was Ihr mir sagen wollt. Euer Hauptmann hat uns sein Wort gegeben. Es scheint nicht viel wert zu sein.«

»Denkt, was Ihr wollt.« Von Raesfeld zog einen Lederbeutel aus der Tasche. »Nehmt das. Es wird Euch die Flucht erleichtern. Nur verlasst die Stadt.«

Tränen der Wut und der Enttäuschung standen in Krechtings Augen, als er den Beutel entgegennahm. »Was ist dadrin? Dreißig Silberlinge?«

»Verschwindet«, knurrte sein Gegenüber und wandte sich ab.

»Wohin gehst du jetzt?«, fragte Jobst Xantus seinen Begleiter Wilbolt, als sie den Drubbel erreicht hatten.

»Zum Buddenturm. Ich habe noch etwas zu erledigen. Und was machst du?«

»Ich will nach Hause.«

»Das würde ich mir an deiner Stelle genau überlegen.«

»Warum?«

»Die bischöflichen Truppen streifen durch die Stadt.«

»Aber sie haben uns freies Geleit versprochen.«

Wilbolt lachte auf. »Die Hauptleute, ja. Aber was kümmert einen einfachen Landsknecht, der auf Beute aus ist, diese Zusage schon?«

»Ich trage keine Farben, keine Waffe, werde mich ihnen nicht in den Weg stellen. Wie sollen die Papisten in mir einen Anhänger des Königs erkennen?«

»Weil du so hager wie eine Vogelscheuche bist, weil dich die halbe Stadt als Büttel kennt und eben weil du keine Farben trägst. Ein Mann ohne Farben kann nur ein Protestant sein. Denn sonst wäre er entweder längst geflohen oder tot.«

»Mir wird schon nichts passieren.«

Wilbolt schüttelte den Kopf. »Ach, mach, was du willst.«

So trennten sich ihre Wege.

Jobst Xantus erreichte noch nicht einmal den Domplatz. Nur kurz nachdem er sich von Wilbolt getrennt hatte, lief er einem Trupp Bischöflicher in die Arme. Einer der Soldaten stießen ihm nach kurzem Wortwechsel einen Dolch in den Bauch. Das Letzte, was Jobst in seinem Leben sah, waren seine Gedärme, die aus der klaffenden Wunde herausquollen.

Wilbolt hingegen mied die Straßen und Gassen und versuchte, durch Gärten und über kleine Wege sein Ziel zu erreichen. Mehrmals musste er marodierenden Landsknechten ausweichen, die trunken und grölend alles niedermachten, was ihnen über den Weg lief.

Auf Umwegen gelangte er zum Buddenturm. Die beiden Stadtsoldaten, die sonst den Eingang bewachten, waren verschwunden. Wilbolt wunderte das nicht. Er schaute sich suchend um, konnte aber keine unmittelbare Bedrohung ausmachen. Also kramte er den Schlüssel aus seiner Tasche, schob ihn ins Schloss und drückte die schwere Eichentür auf. Schnell betrat er den Turm und zog die Tür wieder hinter sich zu.

Im Inneren roch es modrig. Die Fackeln, die die Treppe zu den Zellen beleuchteten, waren fast heruntergebrannt. Wilbolt griff nach einer neuen und entzündete sie. Dann stieg er nach oben.

Im ersten Stockwerk befanden sich zwei Zellen. Er ignorierte das Jammern, welches er aus der linken hörte, und wandte sich zur rechten Tür.

Wilbolt schob die drei schweren Riegel beiseite und öffnete. Der Gestank von Scheiße und Urin raubte ihm fast den Atem. »Lukas?«

Es blieb ruhig. Für einen Moment befürchtete der Einäugige, zu spät gekommen zu sein.

Doch dann hörte er ein Schlurfen und Lukas tauchte aus dem Dunkel der Zelle auf.

Der junge Mann sah schrecklich aus. Sein Haar hing in langen, verfilzten Strähnen vom Kopf, auf seinen Armen und

Beinen breiteten sich Ekzeme aus und die Kleidung schlackerte völlig verdreckt an seinem ausgemergelten Körper.

»Wie heißt du mit vollem Namen?«, wollte Wilbolt wissen.

»Lukas von Linden. Warum fragst du?« Seine Stimme brach. »Bist du gekommen, um mich zu töten? Nur zu. Der Tod ist eine Erlösung für mich.«

Wilbolt starrte den Gefangenen verdutzt an.

Dann wurde ihm klar, dass Lukas von den Entwicklungen der letzten Stunden nichts mitbekommen hatte. Er wusste nicht, dass das Königreich Jerusalem nur von kurzer Dauer gewesen war.

»Nein. Ich will dich befreien.«

»Warum? Du hast mich doch hierhergebracht?«

»Auf Befehl des Königs, ja. Aber damit ist jetzt Schluss. Noch eine Frage: Hast du einen Bruder, der dir ähnlich sieht?«

»Ja, Hinrick.«

Wilbolt schlug sich mit der flachen Hand vor den Kopf. »Genau, das ist der Name.« Er lächelte Lukas an. »Dein Bruder hat mit mir vor einigen Jahren sein Essen geteilt. Nein, das stimmt so nicht. Er hat es mir überlassen. Einem völlig Fremden.«

»Und das ist dir jetzt wieder eingefallen?«

»Nicht jetzt, sondern vor einigen Tagen. An der Aa saß ein junger Bursche und hielt seine Füße ins Wasser. Ähnlich war es damals mit deinem Bruder. Er war überaus freundlich zu mir, einem völligen Fremden. Ich möchte seine Freundlichkeit an dir vergelten. Und deshalb lasse ich dich jetzt frei.«

»Was ist mit deinen Befehlen?«

»Die haben sich erledigt.« In knappen Worten berichtete Wilbolt vom Geschehen der letzten Nacht. »Und jetzt komm. Ich bringe dich über die Stadtmauer.«

Östlich des Buddenturms befand sich ein Platz, der an die Stadtmauer grenzte. Dort wuchsen einige Bäume, auf die Wilbolt mit Lukas im Gefolge zusteuerte.

Als sie unter den knorrigen Eichen standen, zeigte der Einäugige nach oben. »Siehst du den Ast da links? Er reicht fast bis zu den Palisaden. Es ist nur ein kleiner Sprung von dort auf den Wehrgang. Dann kletterst du hinüber und lässt dich hinunterfallen. Es sind nur einige Meter. Das Gelände unterhalb der Stadtmauer ist feucht und weich. Du wirst dir nicht wehtun. Wenn du auf der anderen Seite bist, lauf wie der Teufel nach Norden. Es dauert nicht lang, bis du zu einem Wald kommst. Versteck dich dort. Und sieh zu, dass du deine Kleidung wechselst. Hier ist etwas Geld. Das wird dir helfen.«

»Du kommst nicht mit?«

»Wenn uns die Papisten zusammen erwischen, hänge nicht nur ich, sondern du leistest mir Gesellschaft. Da hätte ich dich besser im Buddenturm gelassen. Nein, getrennt sind unsere Chancen höher. Und nun auf den Baum mit dir.«

»Das kann ich nicht«, jammerte Lukas. »Dafür bin ich zu schwach!«

»Ich helfe dir.« Wilbolt bückte sich, faltete die Hände zusammen und lehnte sich an den Baumstamm. »Komm, ich schiebe dich nach oben.«

»Es geht nicht.«

Von fern klangen Schreie und Gelächter an ihre Ohren. »Es wird gehen müssen. Sonst erwischen uns die Papisten.« Der Einäugige erzählte Lukas in knappen Worten von dem Gemetzel, das sich in Münsters Mauern abgespielt hatte.

Lukas hörte mit wachsendem Entsetzen zu. Erst als Wilbolt geendet hatte, meinte er: »Mir werden sie nichts tun. Ich war schließlich Gefangener des Königs.«

»Wenn ich an deiner Stelle wäre, würde ich mich nicht darauf verlassen. Landsknechte im Blutrausch schlagen erst zu und stellen dann Fragen. Los, nun mach schon.«

Stöhnend kam Lukas der Aufforderung nach, zog sich auf den ersten Ast und kletterte weiter.

Die Rufe kamen näher.

»Denk daran, was ich dir gesagt habe«, schärfte ihm Wilbolt erneut ein. »Du schaffst das schon. Und nun leb wohl.«

»Aber …«

Doch sein Helfer hatte sich schon abgewendet und lief Richtung Sankt Johannes. Wenig später tauchte eine Gruppe Soldaten auf.

Lukas drückte sich eng an den Stamm. Und er hatte Glück. Obwohl einer der Soldaten die Baumkrone, in der sich Lukas versteckte, prüfend musterte, entdeckte er den Flüchtenden nicht.

Wilbolt kam nicht weit. Als er in die Neubrückenstraße einbog, lief er einem guten Dutzend Bischöflicher in die Arme. Diese hatten gerade einige Stadtsoldaten niedergemacht. Die Toten lagen in ihrem Blut. Einige Verletzte stöhnten, andere beteten.

Der Einäugige wusste, was ihn erwartete. Seine Flucht war zu Ende. Vor ihm feindliche Soldaten, auf seinen Fersen ebenfalls. Er konnte sein Leben nur noch so teuer wie möglich verteidigen.

Hastig bückte er sich und griff nach der ersten Waffe, die vor ihm lag. Es war ein Kurzschwert. Eine gute Wahl für den Nahkampf, weniger geeignet für eine Auseinandersetzung mit mehreren Feinden, die noch dazu Musketen trugen.

Und tatsächlich dachten seine Gegner nicht daran, sich ihm zu nähern. Aus sicherer Entfernung hob einer von ihnen seine Muskete, zielte und drückte ab.

Der Schlag in die Schulter warf Wilbolt fast zu Boden. Er

wankte, fiel aber nicht. Eine zweite Kugel traf seine Hand, eine dritte die Brust.

Erst jetzt sank der Einäugige auf die Knie. Er musste sich mit seiner unverletzten Hand auf dem Boden abstützen, um nicht vornüberzufallen. Er atmete schwer. Blut floss aus seinen Wunden.

Als er versuchte, sich wieder aufzurichten, fiel ein Schatten auf sein Gesicht. Er sah hoch. Ein junger Landsknecht in den Farben des Erzbischofs stand breitbeinig vor ihm, eine Axt in der Hand.

Ich werde nicht um mein Leben betteln, sagte sich Wilbolt. Nicht vor einem Papisten.

Mit einer letzten Kraftanstrengung schob er sich hoch, straffte seinen Oberkörper und hob kraftlos sein Schwert. »Für Jesus und …«

Ungerührt schaute der Landsknecht auf ihn hinab, holte aus und schlug Wilbolt mit einer fließenden Bewegung den Kopf von den Schultern. Der Körper stürzte nun endgültig in den Staub.

Ohne eine Miene zu verziehen, griff der bischöfliche Söldner eine neben dem Torso liegende Lanze, an der das Stadtwappen Münsters befestigt war, und trieb sie in den Oberkörper des Toten, sodass die Fahne den Leichnam fast vollständig bedeckte. Dann griff er Wilbolts Kopf und spießte ihn auf das andere Ende, sodass es so aussah, als ob sein Opfer auf die Fahne herunterschaute.

»Für Jesus und Maria, wolltest du sicher sagen«, meinte der Landsknecht, spuckte aus und wandte sich dem nächsten verletzten Täufer zu.

Zitternd vor Angst hatte Lukas fast den ganzen Tag unter einem Busch am Rand des Waldgebietes verbracht. Von seinem Versteck aus konnte er die Befestigungen Münsters erkennen. Immer wieder stiegen Rauchwolken aus der Stadt auf und manchmal meinte er, Schreie zu hören. Aber das musste er sich einbilden, denn eigentlich war die Entfernung zu weit, um wirklich Geräusche aus Münster wahrnehmen zu können.

Das neue Jerusalem war von den Truppen des Erzbischofs erobert worden. Die Papisten verübten blutige Rache für das, was sich der selbst ernannte König angemaßt hatte.

Lukas fragte sich, welche von beiden Seiten nun im Namen Gottes handelte. Wer hatte recht? Und welche Gefallenen stiegen ins Himmelreich auf? Die Männer des Bischofs? Oder die Jan van Leidens?

Als es endlich dämmerte, wagte sich Lukas aus seinem Versteck. Obwohl es seit dem Gewitter der letzten Nacht nicht mehr geregnet hatte, fröstelte ihn. Und er verspürte Hunger.

Fast sehnte er sich nach dem trockenen, manchmal verschimmelten Brot und dem brackigen Wasser aus seinem Kerker. Das würde wenigstens seinen Magen beruhigen. Hier gab es nichts als Gras und Blätter.

Während des Tages hatte er sich einen Plan zurechtgelegt. Er wollte sich in der Nacht an den bischöflichen Lagern vorbeischleichen, die nach Wilbolts Angaben rund um die Stadt aufgeschlagen waren, sich dann Richtung Telgte wenden, dort am nächsten Morgen eine saubere Hose, ein Hemd und vor allem Schuhe kaufen und dann nach Süden Richtung Heimat laufen.

Wilbolt hatte ihm fast einen Gulden gegeben. Das würde bestimmt für abgetragene, aber saubere Kleidung reichen. War er erst einmal die Lumpen los, die er am Körper trug, und hatte einige Meilen zwischen sich und Münster gebracht, konnte er es sicher schaffen.

Lukas schaute sich um. Niemand war zu sehen. Trotzdem

wählte er nicht den Weg über die Wiese vor dem Waldrand, sondern den beschwerlicheren durch das Unterholz. Hier konnte er nicht so schnell entdeckt werden. Allerdings, und das war ein Nachteil, den er aber in Kauf nahm, fehlte auch ihm der freie Blick. Sollte sich jemand nähern, würde er diesen erst spät ausmachen können.

Doch er begegnete niemandem. Die Nacht drohte und in diesen gefährlichen Zeiten blieb jeder Rechtschaffene mit Einbruch der Dunkelheit in der Sicherheit seines Hauses.

Lukas hatte sich vielleicht eine Stunde durch die Büsche gekämpft, als der Wald endete. Er blieb stehen. Vor ihm lagen Felder, die sich in der Ferne verloren. Das hinter ihm liegende Münster konnte er nur noch erahnen.

Südlich von ihm flackerten Feuer. Das musste eines der Heerlager der bischöflichen Truppen sein. Lukas beschloss, es weiträumig zu umgehen. Aber dazu musste er den Schutz des Waldes verlassen, wollte er nicht zu weit nach Norden geraten.

Soweit er es abzuschätzen vermochte, versuchte Lukas, mindestens eine halbe Meile Abstand zwischen sich und den Soldaten zu halten. Er mied den befestigten Weg, der ihn deutlich näher an das Lager herangeführt hätte.

Es regnete inzwischen. Die Erde, immer noch durchnässt von den Wassermassen der letzten Nacht, hing schwer an seinen nackten Füßen. An manchen Stellen sank er bis zu den Knöcheln ein. Immer langsamer kam er vorwärts.

Endlich, es war schon stockdunkel, erreichte er eine Wiese, auf der er schneller vorankam. Er konnte kaum die Hand vor Augen sehen. Die dünne Mondsichel schien nur manchmal durch die tief hängenden Wolken und spendete wenig Licht. Lukas' Beine wurden immer schwerer. Er musste sich irgendwo ausruhen.

Durch Zufall stieß er auf einen halb verfallenen Unterstand

wie ihn Schafhirten benutzten, wenn sie nachts bei ihrer Herde blieben. Hier wollte er sich etwas ausruhen. Nur die schmerzenden Beine strecken, den Rücken langmachen. Für einen kurzen Moment.

In einer Ecke des Unterstands fand sich sogar noch etwas Heu. Das würde ihn wärmen. Lukas verteilte das trockene Gras auf dem Boden, legte sich darauf und schob das restliche über seinen Körper. Welch eine Erleichterung! Er schloss die Augen und schlief sofort ein.

Ein Tritt in die Seite weckte Lukas unsanft. Als er hochschreckte, stand ein halbes Dutzend Landsknechte um ihn herum. Die Männer trugen die Farben Bischof von Waldecks.

»Unser Freund ist aufgewacht«, feixte einer der Soldaten, trat erneut zu und herrschte ihn an: »Steh auf, Bürschchen!«

Lukas beeilte sich, dem Befehl Folge zu leisten.

»Wie sieht denn der aus?«, wunderte sich ein anderer Landsknecht. »Blass, ausgemergelt, in Lumpen …«

»Wie die ketzerischen Münsteraner. Die sind auch so herumgelaufen. Unsere Belagerung hat sie hungern lassen. Das ist einer von ihnen.« Der Soldat bekreuzigte sich und spuckte dann verächtlich aus. »Ich erkenne Ketzer am Geruch. Der hier stinkt nach Hölle.«

»Dann schicken wir ihn doch dorthin«, schlug einer der Männer vor. »Nehmen wir ein Seil und knüpfen ihn an dem Baum dahinten auf. Nur lasst uns schnell machen. Der Hauptmann wartet auf unsere Rückkehr.«

Lukas blieb vor Schreck das Herz stehen. »Ja, es stimmt«, krächzte er. »Ich komme aus Münster. Aber ich bin dort gefangen gehalten worden.«

»Wo?«, wollte einer wissen.

»Im Buddenturm.«

»Wie bist du denn dort herausgekommen? Das ist ein

ziemlich stabiles Gemäuer mit dicken Türen und kräftigen Eisenriegeln.«

»Ich wurde befreit«, erwiderte Lukas hastig.

»Ach? Und wer war dein Gönner, wenn ich fragen darf?«

»Wilbolt, der Büttel.«

Die Landsknechte lachten. »Ein Büttel der Ketzer?«

»Ja. Er kannte meinen Bruder und wollte mir deshalb zu Hilfe kommen.«

Als Lukas diese Worte aussprach und in die Gesichter der Landsknechte schaute, erkannte er, dass sie ihm kein Wort abnahmen. Und er konnte es ihnen nicht einmal verdenken. Zu unglaubwürdig klang seine Geschichte.

»Los, schnappt ihn euch. Ich hole das Seil.«

Ohne nachzudenken, rannte Lukas los. Zwar gelang es ihm, den Landsknecht, der ihm am nächsten stand, beiseitezustoßen, aber dann ergriffen ihn zwei Soldaten, zwangen seine Arme auf den Rücken und hielten sie fest, bis ein anderer sie mit einem Seil band.

Noch nie zuvor hatte Lukas so um sein Leben gefürchtet wie in diesem Moment.

Die Landsknechte zerrten ihn aus dem Unterstand. Erst jetzt sah er den befestigten Weg, der auf der anderen Seite seines Nachtlagers vorbeiführte. Wäre er nur wenige Schritte weitergegangen, hätten alle Alarmglocken in ihm geläutet und er hätte niemals an dieser Stelle übernachtet. Direkt neben einer Straße. Was war er doch für ein Idiot! Aber alles Lamentieren half nichts. Ihm musste etwas einfallen. Und das schnell!

»Ich habe Geld. Ihr könnt es haben, wenn ihr mich nur freilasst.«

Die Männer blieben stehen. »Wo hast du es?«, fragte einer.

»Etwas davon in meiner Tasche. Den Rest, es ist sehr viel mehr, habe ich versteckt.«

Lukas fühlte, wie sich eine Hand von hinten in seine Hosentasche schob, suchte und schließlich Wilbolts Münzen ins Freie beförderte.

»Das zumindest stimmt«, meinte der Soldat lachend und streckte das Geld seinen Kameraden entgegen. »Reicht für einige Krüge Wein heute Abend. Und wo ist der Rest?«

»In Münster«, log Lukas. »Ich führe euch gerne hin.«

Die Soldaten schauten sich grinsend an.

»Was meinst du, wie oft wir solche Behauptungen schon gehört haben?«, meinte einer. »Und immer waren sie erstunken und erlogen.«

Lukas wusste, dass er verloren hatte. Er bäumte sich auf, zappelte, trat um sich – ohne jeden Erfolg.

»Junge, nun mach es dir doch nicht unnötig schwer. Gib auf und komm mit. Umso schneller hast du es hinter dir.«

Kurz darauf standen sie unter dem Baum. Die Landsknechte warfen ein Seil über einen stabilen Ast. Einer von ihnen hängte sich daran, um die Festigkeit zu prüfen. Dann banden sie eine Schlinge.

Das Klappern von Pferdehufen näherte sich.

Ein Offizier, kaum älter als Lukas, ritt auf die Landsknechte zu.

»Der Hauptmann wartet auf euren Bericht«, rief er schon von Weitem. »Was treibt ihr euch hier herum?«

»Wir haben einen flüchtigen Ketzer aufgegriffen und wollten ihn gerade seiner gerechten Strafe zuführen«, erklärte einer der Landsknechte.

Der Offizier ritt zu Lukas hinüber, der panisch vor Angst mit der Schlinge um den Hals unter dem Baum stand.

»Du kommst aus Münster?«

»Ja.«

»Wie heißt du?«

»Lukas. Lukas von Linden.«

Für einen Moment dachte der Offizier nach. Dann lächelte er. »Hast du einen Bruder?«

»Zwei.«

»Steht einer von ihnen in den Diensten Herzog Johann von Kleves?«

»Ja, Hinrick.«

Der junge Offizier drehte sich zu den Soldaten um und stieg vom Pferd. »Bindet ihn los, ihr Dummbeutel. Ihr hättet beinahe den Bruder des Mannes aufgehängt, der unserem Prinzen Wilhelm das Leben gerettet hat.« Als Lukas, von seinen Fesseln befreit, vor dem Offizier stand, salutierte dieser. »Fähnrich Gernot von Xanten, zu Euren Diensten.«

Die Landsknechte standen mit gesenkten Köpfen im Halbkreis um die beiden herum und schauten betreten zu Boden. Schließlich ging einer von ihnen auf Lukas zu, gab ihm das geraubte Geld zurück und meinte kleinlaut: »Entschuldigt, Herr, das konnten wir nicht wissen.«

Lukas, froh mit dem Leben davongekommen zu sein, verspürte keinen Groll, nur unendliche Erleichterung. Deshalb nickte er bloß.

»Diese Männer werden selbstverständlich bestraft«, versicherte der Fähnrich, ohne seine Untergebenen eines Blickes zu würdigen.

Lukas wehrte ab. »Ich habe schon zu viele Tote und Verletzte gesehen. Lasst es bitte dabei bewenden.«

»Wie Ihr wünscht.« Gernot von Xanten deutete eine Verbeugung an. »Du da«, herrschte er den am nächsten stehenden Landsknecht an. »Gib Herrn von Linden deinen Rock.«

»Aber ...«

»Nichts aber. Sei froh, dass ich euch nicht aufknüpfen lasse, so wie ihr den armen Herrn aufknüpfen wolltet.« Und etwas versöhnlicher setzte er hinzu: »Ich bin mir sicher, Herr von Linden wird nicht bis an sein Lebensende in deinen verdreckten Sachen herumlaufen wollen. Du bekommst sie also wieder.«

Eine Stunde später stand Lukas im Lager der herzoglichen Truppen vor einem großen Zelt. Die Wachen musterten den barfüßigen jungen Mann mit den verfilzten Haaren in zerrissenen Hosen, dafür aber mit einem relativ sauberen Uniformrock mit skeptischem Blick.

Es dauerte nicht lange, da trat der Fähnrich wieder ins Freie, Hinrick an seiner Seite. Der musterte seinen Bruder, dann traten Tränen in seine Augen.

Lukas, der diesem Moment mit bangen Erwartungen entgegengesehen hatte, zögerte keinen Augenblick. Er lief seinem Bruder entgegen, fiel in dessen Arme und weinte hemmungslos.

26

Lübeck, 28. Juni 1535

Mehrmals hatte sich Martin Wibbeking verleugnen lassen, als Linhardt ihn zu einem klärenden Gespräch aufsuchen wollte. Der Herr sei nicht da, hatte die Magd lakonisch erklärt, ein wissendes Grinsen im Gesicht.

Linhardt hatte Madlen seit ihrem Zusammenstoß mit Martin nicht mehr gesehen. Vermutlich verbot ihr Mann ihr, das Haus zu verlassen.

Linhardt wollte Martin von ihrer Liebe erzählen und ihn bitten, einer einvernehmlichen Trennung zuzustimmen. Dann könnte Linhardt mit ihr Lübeck verlassen und ein neues Leben beginnen.

Einen Brief an seinen Vater, der alles erklärte, hatte er schon aufgesetzt. Aber noch lag das Schreiben in Linhardts

Pult. Der junge Kaufmann wollte es abschicken, sollte er sich mit Martin einig werden.

Nach einer weiteren Abfuhr hatte Linhardt beschlossen, vor Martins Haus in der Hüxstraße zu warten, egal wie lange es dauern würde.

Das Gebäude hatte Clas Wibbeking dem Paar zur Hochzeit geschenkt. Es streckte sich nicht ganz so hoch gen Himmel wie das der anderen Kaufleute, dennoch handelte es sich um einen durchaus repräsentativen Wohnsitz, dem Spross einer wohlhabenden Familie angemessen.

Linhardt mochte im Nieselregen Stunden davorgestanden haben, bis sich sein Freund endlich zeigte. Martin trat auf die Straße und eilte, ohne sich umzusehen, schnellen Schrittes nach Westen.

Linhardt, der unter dem Vorsprung eines Hauses auf der anderen Straßenseite Schutz vor dem Regen gesucht hatte, musste sich beeilen, wollte er mit ihm Schritt halten. Kurz vor der Königsstraße hatte er seinen Freund schließlich eingeholt.

»Martin«, sprach er ihn an. »Bitte, ich muss mit dir reden.«

Der junge Wibbeking fuhr herum. »Du wagst es, mir nahe zu kommen? Nach allem, was du mir und meiner Familie angetan hast?« Er baute sich drohend vor Linhardt auf. »Hast du dich gut mit meiner Frau vergnügt? Habt ihr euch amüsiert, als ihr mir Hörner aufgesetzt habt?« Regentropfen fielen auf sein Gesicht, aber das schien er nicht zu bemerken. »Ich habe für Lübecks Ehre und die Größe der Hanse gegen die Niederländer und Dänen gekämpft, während du dich gedrückt hast und unter die wärmende Decke meiner Frau geschlüpft bist.«

»Martin«, unterbrach ihn Linhardt, »Madlen und ich haben nie die Ehe gebrochen. Das schwöre ich.«

»Du schwörst also«, äffte Martin ihn nach. »Bei was? Bei

deiner Ehre?« Er spuckte vor Linhardts Füße. »Jemand wie du hat keine Ehre. Es ist unverzeihlich, was du getan hast. Ihr habt keinen Ehebruch begangen? Pah! Wenn ich das schon höre. Warum habt ihr euch dann im Wald verkrochen wie Strauchdiebe? Wo habt ihr es getrieben? Auf der verrotteten Holzbank? Oder auf dem Waldboden?« Er redete sich immer weiter in Rage. »Ihr habt euch im Dreck gesuhlt wie Schweine. Und nichts anderes seid ihr auch.«

Linhardt versuchte, seine Emotionen unter Kontrolle zu bringen. »Ich verstehe, dass du wütend auf uns bist. Bitte glaube mir, dass ich immer wieder versucht habe, die Beziehung zu Madlen zu beenden. Aber ich habe es nicht gekonnt. Ich liebe sie ebenso wie du. Und sie liebt mich. Madlen hat nur deshalb eurer Hochzeit zugestimmt, um Schande von ihrer Familie abzuwenden. Sie hat einen Fehler gemacht, als sie dir das Jawort gab. Und sie hat diesen Schritt bitter bereut.«

Als Linhardt diese Sätze ausgesprochen hatte, wurde ihm schlagartig klar, dass er das nicht hätte sagen sollen. Anstatt seinen alten Freund zu besänftigen, hatte er das Gegenteil erreicht.

Martins Gesicht hatte sich zu einer hasserfüllten Fratze verzerrt. Für einen Moment sah es so aus, als ob er sich auf seinen früheren Freund stürzen wollte. »Was meinst du? Welche Schande?«

»Du weißt nichts von dem Kredit, den dein Vater Jürgen Richolff gegeben hat?« Linhardt war verblüfft. Er hatte angenommen, dass Martin darüber informiert sei.

»Das wird ja immer schlimmer.« Der junge Kaufmann zitterte vor Wut. »Die Hochzeit war also nichts anderes als der Versuch, an das Geld meiner Familie zu kommen! Und das sagst du mir einfach so ins Gesicht.« Unvermittelt holte er aus und verpasste Linhardt eine schallende Ohrfeige. »Na, was ist für dich dabei herausgesprungen? Wie viele Gulden hat dir dieses schäbige Spiel eingebracht?«

Linhardt musste sich beherrschen, um nicht zurückzuschlagen. »Nichts«, erwiderte er so gelassen, wie es ihm möglich war. »Ich habe erst kürzlich von dem Kredit erfahren.«

»Alles Lüge!«, brüllte Martin, völlig außer sich. »Du bist ein elender Lügner. Geh mir aus den Augen!«

Linhardt unternahm noch einen letzten Versuch: »Ich wollte schon früher mit dir reden. Aber ich hatte Angst um unsere Freundschaft. Deshalb habe ich so lange geschwiegen. Ich weiß, dass das ein Fehler war.«

»Du Mistkerl nimmst das Wort ›Freundschaft‹ in den Mund?« Martins Stimme überschlug sich. »Du wirst dein infames Handeln noch bereuen. Linhardt von Linden, du hast dir einen Feind fürs Leben geschaffen.«

Mit diesen Worten drehte er sich um und marschierte wutentbrannt davon.

27

Hattingen, 1. Juli 1535

Jorge stand unmittelbar vor dem Bankrott. Seine Reserven reichten gerade noch, um Hinrick das Geld zurückzugeben. Zwar hatte sein Kölner Geschäftspartner die Tuchlieferung vom letzten Jahr mittlerweile beglichen, aber die bestellten Fuhrwerke wollten bezahlt, das Speicherhaus musste neu aufgebaut werden – von den Zusagen, die Offerhues und er den Bauern gemacht hatten, ganz zu schweigen. Natürlich hätte er mit seinem Sohn sprechen können, ihn bitten, seine Schulden noch etwas länger zu stunden. Das jedoch hätte seinen Stolz verletzt. Jorge war noch nie jemandem etwas schuldig geblieben und hatte nicht vor, an diesem Prinzip zu rütteln, egal, ob der Gläubiger ein Fremder oder sein Sohn war.

Nach langer Überlegung hatte er einen weitreichenden Entschluss gefasst: Er würde seine Lübecker Geschäfte verkaufen.

Alles, was Linhardt ihm berichtete und er von anderen Kaufleuten hörte, bestärkte ihn in seiner Auffassung. Die Hanse war auf dem besten Wege, ihre Vormachtsstellung zu verlieren. Die Zukunft lag im Westen, nicht im Osten, davon war Jorge mittlerweile überzeugt.

Er würde das Schiff, das Lager und das Wohnhaus in der Engelsgrube seinem Freund Clas zum Kauf anbieten. Schlug dieser ein, waren Jorges Geldprobleme vorbei. Nur schnell musste es gehen, denn der Schreiner aus Ruhrort saß ihm im Nacken.

Der Neubau des Lagers musste vor dem Winter in Angriff genommen werden. Deshalb würde er Clas ein gutes Angebot machen. Eines, bei dem sein alter Freund nicht lange überlegen musste.

Wenn Jorge sich jedoch nicht mit Clas einig wurde, drohte der sichere Ruin. Er wusste, was säumigen Schuldnern seit Jahrhunderten in Hattingen blühte: Der Gerichtsvollzieher würde seinen Namen auf dem Marktplatz verlesen. Danach durchsuchten die Geldeintreiber sein Haus und würden alles, was auch nur den geringsten Wert besaß, im Rathaus zusammentragen und feilbieten. Da Jorge seinen Lebensunterhalt nicht mehr aus eigener Kraft bestreiten könnte, würde er nicht nur das Haus, sondern mit ihm auch die Stadtrechte verlieren. Dann stünde er vor den Mauern Hattingens wie schon einmal vor mehr als dreißig Jahren. Nur war er damals jung gewesen.

Aber noch war nicht alles verloren. Er würde Kielmann

vor dem Gericht auf Schadensersatz verklagen, um sich an dessen Haus und Hof schadlos zu halten. Schließlich sprach Kielmanns Flucht dafür, dass alle Anschuldigungen der Wahrheit entsprachen. Sein Konkurrent hatte den Brand gelegt, daran gab es keinen Zweifel. Und wenn das Gericht diese Auffassung teilte, waren Jorges Geldsorgen gelöst.

Es gab nur ein Problem und das hieß Zeit. Denn wann das Gericht eine Entscheidung treffen würde, stand in den Sternen. Nein, es ging kein Weg daran vorbei, er musste seine Niederlassung in Lübeck verkaufen.

Jorge holte Papier und Schreibfeder hervor und formulierte das Verkaufsangebot an Clas Wibbeking.

Ein zweites Schreiben ging an Linhardt. Ihn informierte er in knappen Worten über die Hintergründe seiner Entscheidung. Bestimmt würde sein Sohn die Beweggründe nachvollziehen können.

Jorge würde Hinrick bitten, beide Briefe zu überbringen. Wenn dieser in Kleve unabkömmlich wäre, müsste er die beschwerliche Reise selbst auf sich nehmen.

Jorge versiegelte die Schriftstücke und deponierte sie in seinem Schreibpult.

Noch einmal überdachte er seine Entscheidung. Handelte er womöglich voreilig? Aber so sehr er sich auch den Kopf zermarterte, ihm blieb keine Wahl. Voller Sorge stand er auf, um erneut den Gerichtsschreiber aufzusuchen und bei ihm eine beschleunigte Abwicklung des Verfahrens zu erbitten.

Als er nach etwa einer Stunde wieder zu seinem Haus zurückkehrte, hörte er schon im Flur vertraute Stimmen aus der Stube. Die eine gehörte Hinrick. Und die andere war die von …

Jorge riss die Tür auf und stürmte in den Raum. Tatsächlich saßen seine beiden jüngsten Söhne nebeneinander am Tisch.

Lukas sprang auf, als er Jorge sah, und ging langsam auf ihn zu. »Vater«, sagte er mit erstickter Stimme. »Ich …«

Weiter kam er nicht, denn der Kaufmann versetzte seinem Sohn eine schallende Ohrfeige. Nach kurzem Zögern zog er den jungen Mann dann zu sich und nahm ihn in den Arm. »Lukas«, flüsterte er. »Gut, dass du wieder zu Hause bist.«

Beide weinten Tränen des Glücks.

An Schlaf war in dieser Nacht nicht zu denken. Lukas erzählte von seinen Erlebnissen, entschuldigte sich mehrmals für sein Verhalten und bat seinen Vater um Verständnis. Auch Jorge redete sich seine Enttäuschung von der Seele. Hinrick vermittelte zwischen beiden. Endlich war jeder Missklang ausgeräumt.

In den frühen Morgenstunden gingen die drei Männer zum Grab Marleins. Und als Jorge, flankiert von seinen Söhnen, stumm mit seiner Frau sprach, antwortete sie ihm: ›Er ist wieder da, mein Liebster. Wenn ich ihm verzeihe, kannst du das auch.‹

Als sie zum Wohnhaus der Familie an der Gelinde zurückkehrten, war es, als ob Lukas nie fortgegangen wäre.

Später drückte Jorge Hinrick einen Lederbeutel in die Hand. »Dein Geld«, sagte er nur.

Dann nahm er Lukas zur Seite. »Ich habe einen Auftrag für dich. Du musst zu Linhardt nach Lübeck reiten. Ich werde dort alles verkaufen. Ich gebe dir ein Schreiben an Clas Wibbeking mit. Du übergibst es ihm persönlich. Wirst du das für mich tun?«

»Ja, Vater.«

»Gut. Morgen brichst du auf.«

28

Lübeck, 3. Juli 1535

Tagelang hatte Martin gegrübelt, was er tun sollte. Je länger er nachdachte, desto wütender wurde er. Madlen und Linhardt hatten seine Liebe und Freundschaft hintergangen, waren seiner nicht wert. Schließlich fühlte er nur noch abgrundtiefen Hass.

Ein Gedanke kam ihm, zuerst vage und sofort wieder verworfen, so ungeheuerlich war die Vorstellung. Aber je länger er ihn im Kopf hin und her wälzte, desto folgerichtiger erschien er ihm. Linhardt musste sterben. Und Madlen würde trauern, ihn beweinen. Dann würde Martin ihr die Tat gestehen, ihr ins Gesicht lachen, ihre Verzweiflung auskosten. Er würde sie anbrüllen, dass sie Linhardts Leben auf dem Gewissen habe. Und sie danach für den Rest ihres jämmerlichen Daseins in ihrem Elend alleinlassen.

Dieser Plan verfestigt sich, wurde zur fixen Idee und nahm schließlich einen großen Teil seines Denkens ein.

Vermutlich würde sich Madlen ihren Eltern offenbaren, ihn anzeigen. Aber er würde selbstverständlich alles abstreiten, seine Freundschaft zu Linhardt hervorheben und für alle sichtbar um ihn trauern.

Es würde eine Untersuchung geben, gewiss. Aber ohne handfeste Beweise würde ihn kein Richter schuldig sprechen. Er war ein Wibbeking. Seine Familie hatte Einfluss in der Stadt. Niemand würde es wagen, ihn öffentlich zu beleidigen.

Er durfte nur nicht mit dem Mord in Verbindung gebracht werden. Also musste jemand anders die Tat ausführen und dann schnell verschwinden. Am besten für Jahre oder sogar auf Nimmerwiedersehen. Nichts durfte auf Martin als Auftraggeber hindeuten. Wer sollte ihm dann etwas anhaben können? Aber wo sollte er einen solch skrupellosen Kerl finden? Wer brachte, ohne zu zögern, gegen Geld einen Menschen um?

Ein Zufall kam ihm zu Hilfe. Von dem Fenster des Kontors aus beobachtete Martin, wie der Schreiber der Familie einen Mann mit Tritten vom Kai verjagte, der in der Nähe ihres Schiffes herumlungerte. Irgendetwas an dem Burschen kam Martin bekannt vor. Schließlich fiel es ihm wieder ein: der schlurfende Gang, der nach vorn gebeugte Oberkörper, die hektischen Blicke, die der Kerl nach rechts und links warf, so als ob er sich auf der Flucht befände. Ohne jeden Zweifel, das war Olaf, der Landsknecht, der an Martins Seite vor Schloss Trittau gekämpft hatte.

Einem plötzlichen Impuls folgend, lief der Kaufmann auf die Straße und holte den Söldner kurz vor dem Holstentor ein. »Kennst du mich noch?«, begrüßte er ihn.

Ein kurzer Moment des Nachdenkens, dann hellten sich Olafs Züge auf. »Der junge Herr, äh … Waltherson?« Er sah Martin fragend an.

Der wollte ihn zunächst korrigieren, bekräftigte den Landsknecht dann aber in seiner Annahme. Es konnte nicht schaden, wenn der Kerl seinen richtigen Namen nicht kannte. »Genau. Was treibst du in Lübeck? Wolltest du nicht nach dem Krieg zurück nach Hause?«

»Eigentlich schon. Ich bin aber nur bis Stade gekommen. Dann war der ersparte Sold weg.« Er zeigte seine fauligen Zähne. »Die Weiber, der Wein und die Würfel. Spaß hat es allerdings gemacht.«

Martin zeigte nach Norden. »Ich habe dich am Kai gesehen. Du hattest Ärger mit einem der Schreiber?«

Olaf spuckte aus. »Ein Mistkerl, sage ich Euch. Er hat mir mit den Wachen gedroht, nur weil ich nach Arbeit gefragt habe.«

Martin musterte seinen früheren Kampfgefährten genauer. Mit der Sauberkeit hatte Olaf es auch im Krieg nie gehabt, aber jetzt war er wirklich am Tiefpunkt angekommen. Seine Kleidung wies Löcher auf und war völlig verdreckt. Martin bildete sich ein, dass in jeder Falte Dutzende Wanzen hausten. Der einstige Landsknecht stank schrecklich und seine Haare waren verfilzt. Bestimmt hatte er Flöhe. Kein Wunder, dass ihr Schreiber diesen Schmutzfinken nicht in seiner Nähe hatte wissen wollen.

»Hast du eine Bleibe?«, erkundigte sich Martin.

Wieder spuckte Olaf aus. »›Bleibe‹ würde ich das nicht gerade nennen. Loch wäre wohl passender. Ein Verschlag in einem Keller eines der Ganghäuser in der Nähe des Doms. Wir können dort umsonst schlafen, müssen dafür aber …«

»Wir?«

»Ein Freund und ich. Als Gegenleistung für ein halbwegs trockenes Lager hacken wir Holz für den Winter. Aber bald ist die Arbeit getan und wir stehen wieder auf der Straße. Wenn ich nur etwas Geld hätte, würde ich zusehen, dass ich zurück nach Bremen komme. Da wohnt meine Familie, da kenne ich mich aus und würde bestimmt wieder Fuß fassen.« Er sah Martin mit begehrlichen Augen an.

Der Kaufmann hatte da so seine Zweifel, behielt seine Skepsis aber für sich. Stattdessen kramte er einige Münzen aus seiner Geldkatze. »Hier, nimm. Aber setz nicht alles in Bier oder Wein um. Kauf dir etwas zu essen.«

Hastig schob Olaf die Groschen in seine Tasche. »Danke. Ihr habt nicht zufällig Arbeit für mich?«

»Vielleicht«, erwiderte Martin. Er tat so, als überlege er. »Für jemanden mit Tatkraft und Mut, der keine Fragen stellt und dessen Lippen versiegelt sind, hätte ich unter Umständen einen Auftrag.«

»Ich erledige alles«, versicherte der frühere Soldat. »Hauptsache, die Bezahlung stimmt.«

»Da kannst du sicher sein.«

»Worum geht es und was bekomme ich dafür?«

»Das sollten wir nicht hier besprechen. Weißt du, wo der Krähenteich ist?«

Olaf nickte.

»Gut. Wir treffen uns dort, wenn es zehn Uhr geschlagen hat. Du redest mit niemandem über unser Treffen und kommst allein. Sonst kannst du dich auch in der nächsten Zeit vom Schiffsschreiber vertreiben lassen. Hast du verstanden?«

Wieder nickte der Söldner.

Olaf mochte ein Hundsfott sein, aber er war pünktlich. Der letzte Glockenschlag war kaum verklungen, als Martin, der unter einer Weide am Ufer des Teiches gewartet hatte, den Mann kommen sah. Als der Tagelöhner nur noch wenige Schritte entfernt war, löste sich der junge Kaufmann aus dem Schatten des Baumes und gab sich zu erkennen: »Hier bin ich.«

Olaf stank nach Bier. Vermutlich hatte er das Geld nicht für Brot ausgegeben.

»Nun, was soll ich für Euch erledigen?«

»Jemanden aus dem Wege räumen.«

»Das ist riskant und kann meinen Kopf kosten.«

»Gefährlich war der Dienst unter Marx Meyer auch.«

»Was ist für mich drin?«

»Fünf Goldgulden.«

»Zu wenig für ein Menschenleben.«

»Sieben.«

»Zehn oder Ihr könnt Euch einen anderen suchen.«

Martin knirschte mit den Zähnen, stimmte dann aber zu. »Ich will, dass du die Leiche zur Wakenitz schaffst, über den Fluss bringst und auf der anderen Seite verscharrst. Aber vorher will ich den Toten noch sehen.«

»Wer ist es?«

»Linhardt von Linden.«

»Kenn ich nicht. Ist er kräftig?«

»Du meinst, ob er dir gefährlich werden könnte? Möglicherweise. Aber du wirst ja wohl nicht so dumm sein und ihm vorher sagen, dass sein Leben in Gefahr ist, oder?«

»Wie erkenne ich ihn?«

»Ich zeige dir, wo er wohnt. Außerdem trägt er immer einen dunklen Umhang, wenn er das Haus verlässt.«

»So einen wie Ihr?«

»Genau.«

Olaf grinste spöttisch.

Erst jetzt ging Martin auf, dass ihn der frühere Landsknecht gerade vorgeführt hatte. »Er ist gut zu erkennen. Sein Umhang ist mit einer großen silbernen Schnalle befestigt, die die Form einer Kogge hat. Soweit ich weiß, trägt niemand sonst in Lübeck ein solches Schmuckstück.«

»Wo soll ich es machen? Direkt am Fluss?«

»Wie willst du ihn dazu bewegen, dorthin zu kommen? Nein, am besten wartest du vor seinem Haus, bis er es verlässt, und passt dann einen günstigen Moment ab.«

»Und die Leiche ziehe ich hinter mir her durch die ganze Stadt?« Olaf schüttelte den Kopf.

»Ich besorge dir einen Karren und eine alte Decke. So fällst du nicht auf.«

»Ich bin nicht der Kräftigste. Das schaffe ich nicht allein. Ich benötige Hilfe. Ihr werdet mir ja wohl nicht zur Hand gehen wollen.« Der Blick des einstigen Landsknechts war spöttisch.

»Nein.«

»Dann muss eben mein Freund ran. Aber das kostet drei Gulden zusätzlich.«

Martin nickte.

Olaf streckte die Hand aus.

»O nein, mein Guter. Erst die Arbeit, dann das Vergnügen.«

»Ohne Anzahlung kommen wir nicht ins Geschäft. Die Hälfte jetzt, die andere bei Erledigung.«

»So viel Geld habe ich nicht bei mir.«

»Mir kommt es auf einen Tag nicht an«, feixte Olaf. »Treffen wir uns morgen wieder hier um dieselbe Zeit?«

»Einverstanden.«

29

Hattingen, 6. Juli 1535

Die Verhandlung vor dem ehrwürdigen Gericht fand nun doch schneller statt, als Jorge angenommen hatte. Sie wurde an einem Samstag angesetzt und fand im Volberthaus auf dem Fronhof statt, südlich des Rathauses.

Richter Werner Mey, seit einigen Jahren im Amt, führte das Verfahren.

Der Jurist zählte fast sechzig Jahre. Tiefe Falten verliehen seinem Gesicht ein zerknittertes Aussehen. Sein weißes schütteres Haar bedeckte die Ohren. Er war nicht groß, überzeugte aber als natürliche Autoritätsperson. Der Richter galt als Mann, der sein Amt ohne Ansehen der Person unbestechlich ausübte.

Neben Mey saßen an einem separaten Tisch der Gerichtsschreiber und der Gerichtsbote, der die Vorladungen überbracht hatte. Zwei Soldaten der Stadtwache standen etwas gelangweilt neben der Tür.

Zu Jorges Überraschung wurde Bürgermeister Koitgen nicht wie Ratsherr Terboven, der Stadtsoldat und Kielmanns Magd als Zeuge, sondern als Prozessbeteiligter vorgestellt. Dieser vertrete, so verkündete Richter Mey, die Interessen des abwesenden Kielmann, der den Sachverhalt in einem Schreiben an das Gericht kundgetan habe. Der Brief sei beurkundet durch das erzbischöfliche Sekretariat in Köln. Trotz Nachforschungen habe der Gerichtsdiener Kielmanns Aufenthaltsort nicht ermitteln können. Also müsse das Verfahren ohne ihn stattfinden.

Jorge zuckte zusammen. Er wusste, dass Koitgen und der geflüchtete Kaufmann ein Herz und eine Seele waren. Dass sich aber der Bürgermeister dazu hergab, Kielmann selbst nach der Brandstiftung die Treue zu halten, versetzte ihm einen Stich.

Er sah seine Aussichten vor Gericht rapide schwinden. Gleichzeitig fragte er sich, woher Kielmann von dem Verfahren wusste. Hatte Koitgen ihn darüber informiert? Wenn ja, würde das bedeuten, dass er den Aufenthaltsort des Kaufmanns kannte.

Mey betonte, dass das heutige Verfahren streng genommen nur über den Anspruch auf Schadensersatz entscheide, wenngleich der natürlich von der Frage abhing, ob Kielmann der Brandstiftung schuldig sei. Sollte er zu dem Ergebnis kommen, dass der Kaufmann Schadensersatz leisten müsse, werde er ihn gleichzeitig wegen Brandstiftung verurteilen. Er wies alle Beteiligten darauf hin, dass sie vor Gericht die Wahrheit zu sagen hätten, und drohte mit drakonischen Strafen, sollten sie lügen. Dann eröffnete er die Verhandlung.

Zunächst berichtete Ratsherr Terboven, was er in jener Nacht gesehen hatte. Er erzählte von dem Lichtschein und dass er geglaubt habe, Konrad Kielmann in Jorges und Offerhues' Lagerhaus ausgemacht zu haben.

»Ich höre Zweifel aus Euren Worten. Glaubt Ihr nicht mehr, dass es Herr Kielmann war, der im Haus herumging?«, hakte der Richter nach.

Terboven warf Jorge einen um Verständnis bittenden Blick zu. »Ich weiß es nicht genau. Was hätte Kielmann nachts in dem Lagerhaus zu suchen gehabt?«

»Er wollte es anzünden«, warf Jorge erregt ein.

»Herr von Linden, haltet Euch zurück. Wenn es erforderlich ist, werde ich Euch ebenfalls anhören. Dann könnt Ihr sprechen. Aber jetzt schweigt!«

»Im ersten Moment dachte ich, er wäre es. Aber dann, wie gesagt, war ich mir nicht mehr so sicher.«

»Seid Ihr denn wenigstens sicher, dass nicht Herr von Linden oder Herr Offerhues im Lagerhaus waren?«

»Ja.«

»Aber es könnte jemand anderes gewesen sein?«

Terboven mied Jorges Blick. »Ja.«

»Gerichtsschreiber, haltet fest: Der Zeuge kann nicht eindeutig sagen, ob sich Herr Kielmann in dem Gebäude aufgehalten hat.«

Das fing ja gut an, dachte Jorge. Terboven hatte seine Aussage relativiert. Warum nur?

Die Befragung des Stadtsoldaten verlief ähnlich unspektakulär. Er berichtete wahrheitsgemäß, was sich in jener Nacht ereignet hatte. Als er darauf zu sprechen kam, dass das Lagerhaus leer gewesen war und die Waren sich in Kielmanns Scheune befunden hätten, bat Koitgen um das Wort.

»Woher wollt Ihr wissen, dass es sich wirklich um Waren gehandelt hat, die aus dem Lagerhaus stammten?«

»Das weiß ich natürlich nicht«, antwortete der Soldat. »Es war nur auffällig, dass sie sich in der Scheune so stapelten, dass darin keine Maus mehr Platz gefunden hätte, während das Lagerhaus völlig leer stand.«

»Und Kielmann hat uns belogen«, warf Jorge ein. »Er hat gesagt, die Waren aus dem Lagerhaus seien verkauft.«

Richter Mey wandte sich an Terboven und Koitgen. »Stimmt das?«

Terboven nickte, aber der Bürgermeister erklärte, dass er sich nicht erinnere.

Mey gab dem Schreiber ein Zeichen und dessen Feder flitzte über das Papier.

»Könnt Ihr, werter Herr von Linden, beweisen, dass es sich bei den Waren in der Scheune um dieselben Güter gehandelt hat, die sich vorher im Lagerhaus befanden?«

»Wie sollte ich das können?«, antwortete Jorge verärgert. Die Verhandlung lief wirklich nicht in seinem Sinne.

»Ihr könnt also nicht ausschließen, dass Herr Kielmann, sollte seine Aussage, wie von Euch berichtet, gefallen sein, recht hatte?«

»Natürlich nicht. Aber …«

»Danke, Herr von Linden. Kommen wir nun zur Befragung der Magd.«

Die Wachsoldaten führten das völlig eingeschüchterte Mädchen in den Raum.

»Erzähle uns, was sich an diesem Abend ereignet hat.«

Mit stockender Stimme machte die Magd ihre Aussage.

»Der Stadtsoldat hat uns berichtet, du habest gesagt, Herr Kielmann wäre nicht anwesend, als die Wachen an eure Tür klopften. Später allerdings hast du dich nicht mehr festlegen wollen.«

»Herr, ich dachte, Herr Kielmann sei nicht daheim.« Ihre Stimme wurde leiser. »Aber dann war er es plötzlich doch.« Jetzt war sie kaum noch zu verstehen. »Ich weiß auch nicht …« Sie schaute flehend zum Bürgermeister.

Der reagierte sofort. »Das dumme Ding weiß doch nicht, was es redet. Schon an dem Abend haben die Herren von Linden und Offerhues sie unter Druck gesetzt.«

Die beiden widersprachen vehement.

»Stimmt, was der Bürgermeister sagt?«, insistierte Richter Mey.

Die Kleine nickte, schüttelte dann den Kopf und begann schließlich zu weinen.

»Wir sollten die Befragung abbrechen«, schlug Koitgen vor. »Das bringt doch nichts.«

»Darüber entscheide ausschließlich ich. Ihr seid hier nicht im Rat, sondern vor Gericht.« Mey wandte sich wieder an die Magd. »Du weißt, dass es dich den Kopf kosten kann, wenn du mich anlügst?«

Zutiefst erschrocken sah das Mädchen auf. »Davon hat er mir nichts gesagt.«

»Wer hat nichts davon gesagt?«

Die Magd schwieg.

»Also?«

Zögernd hob das Mädchen die Hand und zeigte auf den Bürgermeister. »Er hat mir erzählt, dass ich meine Stelle verliere, wenn Herr Kielmann für den Brand aufkommen muss. Aber ich brauche das Geld doch. Meine Mutter ist krank und Vater arbeitet als Tagelöhner, in letzter Zeit ...«

Mey beugte sich vor. »Herr Koitgen hat dir gesagt, dass du lügen sollst?«

Die junge Frau schüttelte heftig den Kopf. »Nein, das nicht. Aber er meinte, ich müsse mich ja nicht an alles erinnern.«

Der Richter fixierte den Bürgermeister mit einem stechenden Blick. »Ist das wahr?«

Koitgen war blass geworden. »Die Kleine lügt. Werft sie für ihre Unverfrorenheit in den Kerker, damit sie sich eines Besseren besinnt.«

Das war zu viel für die Magd. Mit einer heftigen Bewegung warf sie den Kopf in den Nacken. »Ich habe noch nie gelogen. Wer lügt, kommt in die Hölle. Einen Gulden habt Ihr mir gegeben, damit ich nicht alles sage, was ich weiß.«

»Dummes Zeug«, brüllte Koitgen mit hochrotem Kopf.

Die Magd griff in ihre Rocktasche und zog eine Münze hervor. »Hier, seht. Das ist der Gulden, den mir Herr Koitgen gegeben hat.«

»Den hat sie irgendwo gestohlen«, behauptete der Bürgermeister. Aber das Zittern in seiner Stimme strafte seine Worte Lügen.

»Erzähle, was du in der Nacht wirklich erlebt hast«, befahl der Richter.

Nun sprudelte es aus der Magd heraus: »Mein Herr war nicht zu Hause, als die Soldaten kamen. Erst später habe ich ihn gesehen. Er stank nach Rauch und sein Rock war verschmutzt. Er hat ihn mir zum Waschen gegeben und den Geruch damit erklärt, dass er versucht habe, in der Stube Feuer zu machen. Aber das konnte nicht stimmen, denn ich habe das Feuer in Gang gesetzt. Schließlich hat er mir eingeschärft, kein Sterbenswörtchen über seine Abwesenheit zu verlieren.«

»Aha.« Der Richter schaute zu den Wachsoldaten, die sich daraufhin vor der Tür aufstellten. »Weißt du, woher die Waren kamen, die in eurer Scheune lagern?«

»Die meisten von ihnen standen vorher im Lagerhaus. Herr Kielmann hat uns schon vor Wochen befohlen, sie von dort wegzuschaffen. Aber nie viel auf einmal. Er wolle keine Diebe anlocken, hat er uns erklärt.«

»Habt ihr euch darüber nicht gewundert?«

»Sicher. Er brauche den Platz für neue Waren, hat er gesagt. Er ist unser Herr, wie können wir da an seinem Wort zweifeln?«

»Ich habe genug gehört. Du kannst gehen.«

Das Mädchen hielt immer noch den Gulden in der Hand. »Muss ich ihn Herrn Koitgen zurückgeben?«

Der Richter schmunzelte. »Nein. Den kannst du behalten. Nicht wahr, Herr Bürgermeister?«, fragte er drohend.

Der nickte nur mit verkniffenem Gesicht.

Seit Jahrzehnten wurden Urteile des hohen Hattinger Gerichts auf dem Hof vor dem Volberthaus verkündet. Zu diesem Zweck wurden der Gerichtsstuhl und die Machtinsignien des Richters, darunter sein Stab, an dieser Stelle bereitgestellt.

Gemessenen Schrittes kam Richter Mey aus dem Haus. Er stellte sich vor seinen Stuhl, wartete, bis alle Anwesenden ihre Positionen eingenommen hatten, und hob den Stab.

»Ich, Werner Mey, Richter zu Hattingen, bekenne und bezeuge öffentlich, dass von mir am gehegten, sitzenden Gericht zu Hattingen mit der gespannten und bekleideten Bank im Auftrag des hochgeborenen, durchlauchtigen Fürsten, meines gnädigen, lieben Herrn Johann, Herzog von Kleve und Graf zur Mark, am heutigen Tage Recht gesprochen wurde. Der Kaufmann Konrad Kielmann ist der Brandstiftung schuldig. Er muss den Herren von Linden und Offerhues Schadensersatz leisten. Aus diesem Grund wird ihnen sein Lagerhaus übereignet. Zusätzlich muss Herr Kielmann fünfzig Goldgulden als Ausgleich für den Ungemach leisten, den er den beiden Herren zugefügt hat. Des Weiteren erkläre ich Konrad Kielmann für schuldig, den Brand im Lagerhaus am dreiundzwanzigsten Juni dieses Jahres gelegt zu haben. Dafür soll er am Hals aufgehängt werden, bis der Tod eintritt. Der Besitz des Verurteilten geht an die Stadt Hattingen. Sie mag nach eigenem Ermessen darüber verfügen. Vor allem soll sie davon den weiteren Schadensersatz begleichen, der den Geschädigten zusteht. Wegen vorsätzlicher Täuschung des Gerichts werde ich ein Verfahren vor dem Berufungsgericht in Hamm gegen Herrn Werner Koitgen beantragen. Darin wird nicht nur über das Strafmaß, sondern auch über eine mögliche Absetzung des Bürgermeisters entschieden werden.« Mey senkte seinen Stab. »Die Verhandlung vor dem Gericht zu Hattingen ist beendet.«

30

Lübeck, 7. und 8. Juli 1535

Lukas' Kleidung war vollständig durchnässt. Sein Umhang, sein Wams, die Beinkleider, ja selbst die Unterkleider trieften. Seit Tagen hatte es wie aus Kübeln gegossen, aber er war, von kurzen Rastpausen abgesehen, durchgeritten. So hatte er für die Strecke von Hattingen nach Lübeck nur etwa halb so lang wie üblich benötigt.

Die Zeit drängte. Lieferanten forderten den vereinbarten Betrag, die Stadt die fällige Steuer und die Hattinger Bediensteten ihren Lohn.

Linhardt war nicht wenig erstaunt, als sein jüngster Bruder an die Haustür klopfte. »Du?«, fragte er, als Lukas um Einlass bat. »Ich wähnte dich für immer verschollen.«

»Wie du siehst, hast du dich geirrt. Lässt du mich trotzdem herein? Mir läuft das Regenwasser schon aus den Schuhen.«

»Natürlich. Komm.« Linhardt nahm seinen Bruder zögernd in den Arm. »Was machst du in Lübeck?«

»Das erzähle ich dir, wenn ich die nassen Sachen abgelegt habe.«

Sie setzten sich in die Stube und eine Stunde später hatte Lukas seinen Bruder über das Wesentliche informiert. Er berichtete von seinem Aufenthalt in Münster, der Herrschaft der Täufer, seiner Befreiung, der Rückkehr nach Hattingen und natürlich den finanziellen Problemen, in denen sich ihr Vater befand.

»Deshalb will er das Geschäft in Lübeck verkaufen. Ich habe einen Brief für dich mitgebracht und einen für Clas Wibbeking. Letzterer enthält ein Kaufangebot.« Lukas reichte seinem älteren Bruder ein Schreiben. »Das ist für dich.«

Linhardt erschrak, hatte sich aber schnell wieder in der Gewalt. Ein Verkauf würde auch seine Probleme lösen. Er musste sich von Hinrick oder anderen kein Geld mehr leihen. Niemand – außer seinem Bruder natürlich – würde erfahren, dass er das Geschäft nicht erfolgreich hatte führen können. Und vor allem konnte er mit Madlen endlich die Stadt verlassen, anderen Orts die ganze Heimlichkeit aufgeben und sie zu seiner Frau machen.

Die Hanse, das war Linhardts feste Überzeugung, hatte ihre Vormachtstellung im Ostseeraum endgültig eingebüßt. Sicher, Lübeck würde noch lange ein bedeutender Hafen bleiben. Aber die Handelsströme hatten sich verlagert. Immer mehr Geschäfte wurden im Westen und Süden gemacht. Dort wurde das wirkliche Geld verdient.

»Wie viel soll der Verkauf einbringen?«, wollte Linhardt wissen.

»Das hat Vater mir nicht gesagt. In dem Brief an dich stehen vermutlich Einzelheiten. Du sollst die Verhandlungen mit Wibbeking führen, falls er sich nicht auf die Summe einlässt, die Vater fordert.«

»Verstehe. Und wann soll ich den Brief überbringen?«

»So schnell wie möglich. Am besten noch heute Abend. Aber ich werde ihn Wibbeking selbst geben. Das hat mir Vater aufgetragen. Vielleicht solltest du endlich lesen, was er dir mitzuteilen hat.«

Linhardt brach das Siegel, faltete das Schreiben auseinander und las. Es enthielt das, was er schon von Lukas wusste. Allerdings fanden sich auch noch einige persönliche Zeilen an ihn darin.

Sein Vater schrieb, dass er stolz auf Linhardts Arbeit in Lübeck sei und das Scheitern nicht ihm anlaste. In Hattingen sei die Niederlassung in Lübeck verspielt worden. Er wünsche, dass Linhardt in seine Heimatstadt zurückkehre, um dort das Geschäft zu übernehmen. Hinrick bleibe ein Gelehrter. Und auch Lukas eigne sich besser zum Handwerker als zum Händler. Nur Linhardt sei ein tüchtiger Kaufmann.

Gerührt legte Linhardt den Brief beiseite. »Trotzdem halte ich es für besser, wenn ich zu Wibbeking gehe. Meine Kleidung ist dir eindeutig zu groß. Du siehst aus wie eine Vogelscheuche, wenn ich das sagen darf.«

»Sicher darfst du. Trotzdem gehe ich. Und auch du solltest Vaters Wunsch respektieren.«

»Das sagt mir einer, der sich still und heimlich davongemacht hat. Hast du dabei an Vaters Wünsche gedacht?«

Lukas schwieg betreten.

Linhardt spürte, dass er einen wunden Punkt getroffen hatte. »Entschuldige, das hätte ich nicht sagen sollen.«

»Ist schon gut. Aber genau deswegen möchte ich mich jetzt an Vaters Anweisungen halten.«

Die Brüder stritten noch ein wenig, aber nach einigen Gläsern Rotwein hatten sie sich geeinigt.

»Verdammte Scheiße«, meinte der größere der beiden Mordgesellen. »Nun beobachten wir das verfluchte Haus schon zwei Nächte, aber dieser Kerl lässt sich nicht blicken.« Er schaute zum Himmel. Der Wind hatte aufgefrischt und erste Lücken in die Wolkendecke gerissen. »Bald hört es auf zu regnen. Und dann scheint der Mond und wir müssen unseren Auftrag wieder verschieben. Das wird dem jungen Herrn nicht gefallen.«

»Dessen Meinung ist mir völlig egal«, maulte Olaf. »Ich will endlich meinen Lohn für diese Plackerei in Händen halten. Der ewige Regen schlägt mir aufs Gemüt. Ich will im Trockenen sitzen, ein dralles Weib an meiner Seite und warmen Wein in meinem Bauch spüren.«

»Sei ruhig«, raunte sein Kumpan. »Da tut sich was.«

Tatsächlich verließ eine Gestalt mit einem dunklen Barett in einem schwarzen Umhang das Haus in der Fischergrube und marschierte, ohne sich umzusehen, Richtung Osten, zur Königstraße.

»Jetzt oder nie. Los!«, flüsterte Olaf.

Die beiden Spitzbuben verließen den Gangschatten und beeilten sich, ihr Opfer einzuholen.

Als sie dicht hinter ihm waren, rief einer der beiden: »Entschuldigt, Herr. Wir haben uns verlaufen. Könnt Ihr uns den Weg zeigen?«

Der Mann vor ihnen drehte sich um. Sein Umhang wurde von einer auffälligen Schnalle in Form einer Kogge gehalten. Einen kurzen Moment sahen sich die Mörder an. Dann zückten sie ihre Dolche und stießen zu.

Martin Wibbeking hockte unruhig in der *Möwe.* Er hatte sich in der Schenke schon mehrere Nächte um die Ohren geschlagen. Dabei trank er nur wenig, sehr zur Verwunderung der Dienstmädchen.

Die Eingangstür wurde geöffnet und ein wettergegerbtes Gesicht erschien in der Öffnung, schaute sich um und suchte Martins Blick. Der verstand, warf einige Münzen auf den Tisch, griff seinen Umhang und verließ das Gasthaus.

Olaf wartete einige Meter entfernt.

»Es ist alles erledigt«, flüsterte er.

»Wo ist die Leiche?«, fragte Martin erleichtert.

»Wie vereinbart an der Wakenitz. Wir haben sie in dem Karren dorthin geschafft und in einem Ruderboot verstaut. Alles ist nach Plan verlaufen. Mein Freund wartet auf uns. Kommt mit, ich zeige Euch den Ort.«

Es war nicht weit bis zum Fluss. Mittlerweile hatte der böige Wind die Wolken tatsächlich beiseitegeschoben und der Mond tauchte die Szenerie in sein fahles Licht.

»Beeilt Euch«, drängte Olaf. »Wir wollen noch ungesehen übersetzen können.«

Im Mondlicht war der Kahn, der im Wind schwankte, gut auszumachen. Darin lagen einige gefüllte Säcke.

»Nur Gras«, erklärte Olaf.

Der andere Mordbube schob zwei der Säcke beiseite. Darunter lag eine leblose Gestalt.

Martin trat ganz nah an das Boot heran. »Schiebt den Umhang beiseite. Ich will noch einmal dieses verfluchte Gesicht sehen.«

Der Mann im Boot gehorchte.

Martin beugte sich vor, um besser sehen zu können. Dann keuchte er auf. Sein Gesicht hatte jegliche Farbe verloren. »Ihr Idioten«, stieß er hervor. »Das ist nicht Linhardt von Linden!«

Martin tobte, beschimpfte die von ihm gedungenen Kerle und schrie unablässig in einer solchen Lautstärke, dass patrouillierende Reitendiener auf die Gruppe aufmerksam wurden. Die Mörder versuchten noch, mit dem Boot zu fliehen, konnten jedoch rechtzeitig aufgehalten werden. Als die Soldaten die Leiche unter den Säcken entdeckten, verhafteten sie alle drei Männer und brachten sie in den Marstall. Dort wurden sie getrennten Verhören unterzogen.

Martin stritt jede Beteiligung an der Tat kategorisch ab.

Er sei zufällig vorbeigekommen und habe nur deshalb so herumgebrüllt, weil er sich gefürchtet habe, ebenfalls zum Opfer der Meuchelmörder zu werden.

Die beiden Halsabschneider hingegen hielten sich nah an die Wahrheit. Sie seien von Martin zu dem Mord angestiftet worden, hätten aber keine Wahl gehabt. Denn der hohe Herr Waltherson habe damit gedroht, ihnen andere Verbrechen unterzuschieben und dafür zu sorgen, dass sie einen Kopf kürzer gemacht würden. So unter Druck gesetzt, hätten sie schließlich in die Tat eingewilligt.

Noch in der Nacht erschien der alarmierte Clas Wibbeking im Gefängnis. Der Richter, der ihn persönlich gut kannte, empfing den Kaufmann trotz der nachtschlafenden Zeit in seinem Verhandlungszimmer.

»Herr Wibbeking, schön Euch zu sehen. Auch wenn die Umstände das eigentlich verbieten.«

»Ich danke Euch, dass Ihr mich noch empfangen habt, Herr Oldendorp.«

»Es geht um eine ernste Angelegenheit. Euer Sohn ist in einen Mordfall verwickelt.« Der Richter informierte Wibbeking über Martins Verhaftung und das Ergebnis der Verhöre. »Außerdem haben wir einen an Euch adressierten Brief bei dem Toten gefunden. Selbstverständlich haben wir ihn nicht geöffnet.« Er überreichte Clas das Schreiben Jorges.

Der brach das Siegel und las.

Schließlich legte er, schwer atmend und bleich im Gesicht, den Brief auf den Tisch. »Lest«, bat er den Richter. »Er ist verfasst von meinem Freund Jorge von Linden, der früher einmal selbst Lübecker Bürger war.«

Oldendorp studierte das Schreiben sorgfältig. »Dann ist der Tote …«

»Jorges Sohn Lukas«, vervollständigte Wibbeking den Satz.

»Euer Freund will Euch seine Lübecker Niederlassung verkaufen. Zu einem denkbar günstigen Preis, darf ich sagen. Wusstet Ihr davon?«

»Bis eben nicht.«

»Dann war Euch auch die Anwesenheit des jungen Herrn von Linden in Lübeck nicht bekannt?«

Clas schüttelte den Kopf.

»Und Eurem Sohn?«

»Ebenfalls nicht, soweit ich weiß.«

»Könnt Ihr Euch einen Grund vorstellen, warum Euer Sohn diese Tat …«

»Natürlich nicht«, unterbrach Clas ihn erregt. »Jorge und ich sind seit Jahrzehnten Freunde. Er hat mir einmal das Leben gerettet. Mein Sohn weiß davon. Und er ist wiederum eng mit Linhardt von Linden, einem weiteren Sohn Jorges, befreundet. Warum sollte gerade er einem von Linden etwas antun wollen?«

Oldendorp dachte nach. Dann meinte er: »Habt Ihr noch etwas Zeit? Ich werde nach Herrn von Linden schicken lassen und ihn zu uns bitten. Dann hören wir, was er uns zu sagen hat.«

Knapp eine Stunde später betrat der sichtlich erschütterte Linhardt das Zimmer.

Clas nahm ihn in den Arm und sprach ihm sein Beileid aus. Nebeneinander saßen beide Männer dann dem Richter gegenüber.

»Seit wann ist Euer Bruder in Lübeck, Herr von Linden?«, wollte Oldendorp wissen.

»Er ist erst vor einigen Stunden angekommen.«

»Und was war der Grund seines Besuches?«

»Er wollte Clas Wibbeking einen Brief übergeben. Da Lukas aber völlig durchnässt war, musste er erst noch seine Sachen trocknen. Meinem Bruder ging das nicht schnell genug. Er wollte den Auftrag, den ihm unser Vater erteilt hatte, sofort ausführen. Also habe ich ihm meinen Umgang geliehen, der seine war ja völlig durchnässt.«

»War Euer Bruder schon einmal in Lübeck?«

»Vor Jahren. Er hat meinen Vater als Knabe begleitet.«

»Ich erinnere mich«, warf Clas ein. »Lukas war ganz begeistert von den Musikanten auf dem Markt.«

»Könnt Ihr Euch einen Grund vorstellen, warum die beiden Halsabschneider Euren Bruder umgebracht haben?«

Linhardt schüttelte nur stumm den Kopf.

»Glaubt Ihr, dass Martin Wibbeking etwas mit der Tat zu tun gehabt haben könnte?«

Linhardt schaute den Richter entgeistert an. »Martin? Niemals! Warum sollte er das tun?«

Kaum hatte er die Worte ausgesprochen, kamen ihm Zweifel. Es wäre möglich, dass Martin sich rächen wollte. Aber warum an Lukas und nicht an ihm? Sollte er seinen Verdacht aussprechen? Dann jedoch würde er auch sein Verhältnis zu Madlen gestehen müssen. Und das vor einem Richter. Nein, das war unmöglich.

»Ihr seht so nachdenklich aus, Herr von Linden.« Oldendorp musterte ihn aufmerksam.

»Entschuldigt. Ich dachte gerade an meinen Bruder.«

»Natürlich.« Der Richter wandte sich an Wibbeking. »Ich bin zwar nicht ganz überzeugt, dass Euer Sohn wirklich unschuldig ist, kann ihm aber auch nicht das Gegenteil beweisen. Die beiden Galgenvögel hingegen kenne ich. Das sind notorische Lügner, die alles behaupten und jeden beschuldigen würden, um ihren Hals zu retten. Außerdem schwören sie Stein und Bein, ein Mann namens Waltherson habe sie angeheuert. Ich werde Euren Sohn also freilassen.«

Wibbeking atmete hörbar aus.

Der Richter gab dem Schreiber, der in einer Ecke saß und alles notiert hatte, ein kurzes Zeichen. Als die Anordnung geschrieben war, setzte Oldendorp sein Siegel und seine Unterschrift darunter. Schließlich reichte er den Befehl wieder dem Schreiber, der ihn einem draußen wartenden Reitendiener aushändigte.

»Habt Ihr noch etwas Zeit für uns, werter Herr Oldendorp?«, erkundigte sich Clas.

»Selbstverständlich.«

»Es geht um das Verkaufsangebot Jorge von Lindens. Es ist wirklich günstig. Ich werde es annehmen.« Der Kaufmann sah zu Linhardt hinüber. »Wenn du möchtest, können wir den Vertrag gleich jetzt schließen. Selbstverständlich kannst du so lange in dem Haus wohnen bleiben, bis du deine Angelegenheiten geordnet hast. Wir werden alles noch schriftlich festhalten.« Er streckte die rechte Hand aus. »Bist du einverstanden?«

Linhardt schlug ein. Damit war der Verkauf vor einem Richter besiegelt worden.

Schweigsam trottete Martin neben seinem Vater her. Als sie das Wohnhaus an der Königsstraße betraten, wollte er sich sofort in seine Kammer flüchten, aber der Kaufmann hielt ihn zurück.

»Ich muss mit dir reden.«

Er schob seinen Sohn in das Kontor, vergewisserte sich, dass sich kein anderer Angehöriger des Hausstandes in den Räumen im Erdgeschoss aufhielt, und kehrte dann zu seinem Sohn zurück. Noch einmal lauschte er in die Dunkelheit, dann schloss er die Tür.

Martin hatte bereits einige Kerzen entzündet, saß am Tisch und wartete auf seinen Vater. Clas ging zum Schreibpult, öffnete es und zog die alte Familienbibel hervor. Er nahm ebenfalls am Tisch Platz und legte die Heilige Schrift zwischen sich und seinen Sohn.

»Ich kenne dich vermutlich besser als du selbst, Martin«, begann er. »Und ich habe dir schon immer angesehen, wenn du nicht die Wahrheit sprachst. Das vermute ich auch heute. Den Richter kannst du meinetwegen belügen, deinen Freund Linhardt auch. Aber mich nicht. Und ebenso wenig Gott. Ich werde dich nur einmal fragen und du wirst deine Antwort auf der Bibel beeiden. Bekomme ich heraus, dass du mich angelogen hast, werde ich dich eigenhändig zum Richter schleifen. Also: Hast du etwas mit dem Mord an Jorges Sohn zu tun?«

Martin zögerte. Dann platzte es aus ihm heraus. Mit hasserfüllter Stimme erzählte er von Linhardts Verrat und gestand seine misslungene Rache.

Mit versteinertem Gesicht hörte Clas seinem Sohn zu. Als er endlich geendet hatte, stand der Kaufmann auf und schlug Martin so heftig ins Gesicht, dass dieser fast von der Bank rutschte.

Mit vor Scham und Wut geröteten Wangen sprang der junge Mann auf und hob die Hand.

»Wage es, und ich werde dich auf der Stelle erschlagen. Du hast dem Mann, der mir einst das Leben gerettet hat, seinen jüngsten Sohn genommen«, knurrte Clas kalt. »Dafür gibt es keine Entschuldigung, auch wenn Linhardt dir eure Freundschaft schlecht gedankt hat. Auf jeden Fall aber ist die Tatsache, dass die beiden dich hintergangen und getäuscht haben, kein Grund für einen Mord. Du bist mein Sohn und ich werde dich deshalb nicht der irdischen Gerechtigkeit ausliefern. Aber niemals, hörst du, niemals mehr wirst du auch nur einen Finger gegen Linhardt oder Madlen erheben. Hältst du dich nicht daran, wird es nicht der Henker sein, der dir das Seil über den Kopf zieht, sondern ich. Hast du das verstanden?«

Eingeschüchtert nickte Martin.

»Du hast unserer Familie Schande bereitet. Nie mehr werde ich Jorge unter die Augen treten können. Diese Schuld kann ich nicht sühnen. Aber ich kann eines tun: Ich werde dafür sorgen, dass du dieses Haus erst nach meinem Tod wieder betrittst. Du wirst nach London gehen und dort bleiben, solange ich lebe. Ich werde noch heute ein Schreiben an unseren Partner aufsetzen. Sobald eines unserer Schiffe nach England ausläuft, bist du an Bord. Ich werde nachher mit deiner Mutter sprechen. Aber glaube mir, Martin, auch sie wird dich nicht in Schutz nehmen. Lukas' Mutter Marlein war einst ihre beste Freundin. Juliana wird sich meinem Entschluss nicht widersetzen. Und nun geh und pack deine Sachen.«

Der Kaufmann ging zum Fenster und drehte seinem Sohn den Rücken zu.

»Aber Vater …«

»Schweig«, fuhr Clas ihn an. »Verschwinde aus meinen Augen.«

Als sich die Tür hinter Martin schloss, liefen Tränen über das Gesicht des Kaufmanns. Er wischte sie mit dem Ärmel ab, straffte sich, ging zum Stehpult und schrieb den angedrohten Brief.

31

Lübeck, 25. August 1535

Vor einigen Jahren hatte Clas Wibbeking ein neues Schiff in Dienst gestellt, die *Sturmwoge.* Das Kommando hatte er dem englischen Kapitän Dorsey übergeben, der schon seit einigen Jahren in Lübeck zu Hause war.

Der Engländer kannte nicht nur die Ostsee, sondern vor allem die Küsten seiner Heimatinsel, so wie es nur Seeleute vermochten, die dort aufgewachsen waren.

So konnte die *Sturmwoge* auch in den nördlicheren Regionen der Insel ohne Lotsen segeln, was nicht nur deutlich Kosten sparte, sondern auch Zeit. Dank Dorseys Können war es gelungen, für sein Handelshaus englische Geschäftspartner zu gewinnen, um die ihn andere Lübecker Kaufleute beneideten.

Viele seiner Konkurrenten hatten damals um die Gunst des Kapitäns gebuhlt, aber Wibbeking hatte sie alle ausgestochen.

Das hatte nicht nur an der ungewöhnlich hohen Heuer und der Gewinnbeteiligung gelegen, die er Dorsey offeriert hatte, sondern auch an mehreren gemeinsamen Besuchen der Frauenhäuser Hamburgs, von denen Juliana nichts wissen durfte.

Auf jeden Fall hatte sich die Verpflichtung des Kapitäns als Glücksfall erwiesen.

Wibbeking machte Gewinne in einer Zeit, in der andere um das geschäftliche Überleben kämpften. Nur deshalb war Clas in der Lage gewesen, das Angebot Jorges anzunehmen und dessen Lübecker Besitz zu kaufen.

Am Morgen war Dorsey in Wibbekings Kontor erschienen und gemeinsam hatten die beiden Männer die geplante Route noch einmal kontrolliert, abschließend entschieden, wo welche Waren ver- und eingekauft und welche Hafenmeister oder Zöllner mit Geldgeschenken wohlwollend gestimmt werden sollten.

Schließlich klappte Clas die Bücher zu und kam auf das letzte Thema zu sprechen. »Ihr werdet noch einen Passagier mitnehmen. Mein Sohn wird mit Euch segeln.«

»Die ganze Route?«

»Nein, nur bis London.« Clas zog einen versiegelten Brief aus den Unterlagen hervor, die vor ihm auf dem Tisch lagen. »Ihr werdet das Schreiben unserem Partner in London persönlich aushändigen.«

»Warum übertragt Ihr mir diese Aufgabe und nicht Martin?«, wunderte sich der Kapitän.

»Ich habe meine Gründe«, erwiderte der Kaufmann. »Bitte drängt mich nicht weiter, sondern führt den Auftrag getreulich aus.«

Dorsey senkte zustimmend den Kopf.

»Wann wollt Ihr auslaufen?«

Der Kapitän schaute prüfend nach draußen. Auf dem südlich gelegenen Holstentor flatterten die Stadtfahnen. »Wenn der böige Wind nicht nach Norden dreht, heute Mittag.«

»Bestens. Martin wird an Bord sein.« Clas Wibbeking reichte dem Engländer die Hand. »Gute Reise, Herr Dorsey. Und viel Erfolg.«

Als der Kapitän gegangen war, um letzte Vorbereitungen zu treffen, verließ auch Clas das Lagerhaus an der Trave. Im Wohnhaus der Familie traf er seine Frau in der Stube. Er schickte die Magd fort und setzte sich neben Juliana auf die Bank.

»Es ist so weit«, eröffnete er ihr. »Die *Sturmwoge* läuft heute aus.«

»Schon? Ich hatte gehofft, Martin könne noch etwas länger bleiben.«

»Du weißt, dass das nicht geht.«

Vor einigen Wochen waren die von Martin gedungenen Mörder verurteilt worden. Bis zum Schluss waren sie bei ihrer Geschichte geblieben und hatten Martin als den eigentlichen Urheber beschuldigt.

Ihre Aussagen, von denen sie auch unter der Folter nicht

abwichen, hatten Richter Oldendorp zunehmend nachdenklicher werden lassen. Bereits dreimal hatte er Martin seitdem Befragungen unterzogen, die zunehmend intensiver geworden waren.

Ihr Sohn sprach nicht über das Erlebte. Er wurde immer verschlossener, verließ kaum noch das Haus und grübelte vor sich hin. Nur seiner Mutter gegenüber öffnete er sich dann und wann. Er schäme sich für das, was er getan habe, erzählte Juliana später.

Clas war sich sicher, dass Martin diese Verhöre nicht mehr lange durchstehen würde. Und sollte er sein Verbrechen zugeben, drohte ihm der Henker. Deshalb musste er so schnell wie möglich aus der Stadt verschwinden.

Madlen allerdings konnte in Lübeck bleiben, solange sie wollte. Clas würde sich nicht sperren, sollte sie die Stadt verlassen wollen. Bis dahin würde sie in der Dachkammer wohnen, die ihr der Kaufmann zugewiesen hatte.

Nur kurz hatte Clas erwogen, sie und Linhardt öffentlich des Ehebruchs zu bezichtigen. Denn damit hätte er das Motiv geliefert, das dem Richter noch fehlte, um auch Martin anzuklagen.

»Ich habe Angst um ihn, Clas, allein in der Fremde. Er spricht die englische Sprache nur unvollkommen. Und dann ist da noch die Schuld, die ihn quält.«

»Das hätte er sich eher überlegen müssen«, erwiderte der Kaufmann barscher als beabsichtigt. »Außerdem ist er kein Kind mehr. Er kann froh sein, dass er nicht im Marstall auf seine Hinrichtung wartet.«

Juliana schluchzte auf. »Du bist so hart und verbittert.«

»Ich habe auch allen Grund dazu.« Clas stand auf. »Verabschiede dich von ihm. Ich erwarte Martin in einer Stunde auf der *Sturmwoge.*«

Die Flaggen des Schiffes schlugen im Wind, als Clas sich näherte. Dorsey, der den Eigner hatte kommen sehen, ging das Fallreep hinunter.

»Ist mein Sohn schon an Bord?«, wollte Clas wissen.

»Nein. Er war kurz hier, hat sein Bündel auf das Deck geworfen und ist dann Richtung Lagerhaus gegangen.«

»Zum Lagerhaus?«

»Ja. Ein Matrose hat ihn dort gesehen. Ich nahm an, er hätte etwas in Eurem Auftrag zu erledigen.«

Clas dachte einen Moment nach. »Ich werde ihn holen«, sagte er dann.

Das Lagerhaus der Wibbekings lag nur einen Steinwurf vom Ankerplatz der *Sturmwoge* entfernt. Der Schreiber saß im Kontor und prüfte Frachtlisten.

»Hast du meinen Sohn gesehen?«, fragte ihn Clas.

»Ja, er fragte nach einem Fässchen Pökelfleisch. Ich habe ihm gesagt, wo er es finden kann.«

»Wann war das?«

»Es ist noch nicht lange her. Einige Minuten vielleicht.«

Unruhig geworden, verließ Clas das Büro und stieg in den ersten Stock des Lagers hinauf. Ballen mit Waren aller Art stapelten sich dort, aufeinandergeschichtete Fässer und Säcke versperrten die Sicht. Dazwischen waren Wege frei gehalten worden, gerade breit genug, um die Güter bewegen zu können.

»Martin?«, rief Clas, bekam aber keine Antwort.

Er durchsuchte erfolglos jeden Winkel, stieg dann in den zweiten Stock hinauf. Auch hier fand sich keine Spur seines Sohnes. Schließlich nahm er die Stiege ganz nach oben.

Die meisten Güter in diesem Stockwerk waren gerade erst in den Laderäumen der *Sturmwoge* verschwunden. Nur im hinteren Bereich stapelten sich noch einige Kisten. Den Rest des Lagers aber konnte Clas gut überblicken.

Die Luke, die ins Freie führte und an der der Flaschenzug befestigt war, stand weit offen. Der böige Wind konnte ungehindert eindringen und wirbelte immer wieder kleine Staubfontänen auf.

In der dunklen, deshalb schlecht einsehbaren Ecke hinter den Kisten schien sich etwas im Wind zu bewegen.

Als Clas näher kam, wäre er fast über das kleine Fass gestolpert, das umgekippt im Weg lag. Er schob es beiseite. Dann schaute er um die Ecke.

Das Erste, was Clas sah, waren Beine, die in etwa einem Meter Höhe baumelten. Dann erst erblickte er das blau angelaufene Gesicht mit den aufgerissenen Augen und der heraushängenden Zunge. Martin Wibbeking hatte sich selbst gerichtet.

32

Lübeck, 1. November 1535

Linhardts endgültiger Abschied aus Lübeck stand unmittelbar bevor. Madlen hatte ihren Eltern den Wunsch gestanden, seine Frau zu werden, und diese hatten zugestimmt.

Sie waren sogar erleichtert, dass sie die Tochter nach dem Tod ihres Mannes schnell wieder unter die Haube bringen konnten. Da schien ihnen das unvermeidliche Gerede in der Stadt erträglich.

Mittlerweile tuschelten die Lübecker darüber, dass Martin ein Menschenleben auf dem Gewissen gehabt habe. Darauf von Linhardt angesprochen, hatte Clas Wibbeking ausweichend reagiert und war zunehmend einsilbiger geworden, hatte aber die Anschuldigungen, die im Umlauf waren, nicht zurückgewiesen. Das und Martins Freitod wertete Linhardt als stillschweigendes Eingeständnis.

Die Hochzeit mit Madlen sollte noch vor Ostern in Hattingen stattfinden. Darauf hatte Linhardt bestanden. Ihn hielt nichts mehr in der Stadt, in der sein Bruder durch die Hand seines besten Freundes ums Leben gekommen war.

Deshalb war er auch bereit, die beschwerliche Heimreise im Winter anzutreten. Seine persönlichen Sachen waren schnell gepackt. Sie passten in eine Truhe. Alles andere hatte er an Wibbeking verkauft.

Linhardt gedachte, die Reise in einem Kobel zurückzulegen. In dem Wagen konnten sie, falls sie keine Unterkunft fänden, auch übernachten.

Es dürfte zwar nicht bequem zwischen dem ganzen Gepäck sein, aber das Tuchverdeck hielt den Regen einigermaßen ab und die hohen Seitenwände versprachen Schutz vor den Winden. Wärmen würden sie reichlich Felle und dicke Leinendecken.

Eigentlich fehlte nur noch das Geld, welches Clas Wibbeking für die Lübecker Niederlassung zahlen musste. Der Kaufmann hatte Wort gehalten. Der Vertrag war kurz nach Lukas' Beerdigung aufgesetzt, beglaubigt und begossen worden. Damit war er rechtskräftig.

Jemand klopfte an der Haustür. Linhardt hörte die Schritte der Magd, die öffnete. Wenig später betrat sie die Stube, Clas Wibbeking und einen seiner Knechte im Gefolge. Der Diener trug einen Kasten auf der Schulter, zwei mal drei Handbreit groß. Auf ein Zeichen seines Herrn hin wuchtete er die Last auf den Boden, deutete eine Verbeugung an und verschwand.

Linhardt stand auf, um seinen Gast zu begrüßen. Vor ihm stand ein gebrochener Mann, der ihm nicht ins Gesicht sehen konnte.

Nachdem Clas das angebotene Getränk dankend ablehnte, verließ auch die Magd den Raum.

»Ich habe Euch das Geld mitgebracht«, begann der Kaufmann die Unterredung. Er sprach leise, war kaum zu verstehen.

»Euch?«, wunderte sich Linhardt. »Bisher habt Ihr mich geduzt.«

»Diese Vertraulichkeit erscheint mir nicht länger angemessen.«

»Ich verstehe«, erwiderte Linhardt betroffen.

So sehr ihn der Tod seines Bruders auch mitnahm, niemals würde er Clas dafür verantwortlich machen.

»Es sind, wie vereinbart, eintausendfünfhundert Gulden. Bitte zählt nach.«

»Ich glaube nicht, dass das notwendig ist.«

»Wie Ihr meint.«

Dann trat zwischen ihnen jene Stille ein, die schon nach kurzer Zeit für beide Seiten peinlich wird.

Clas brach den Bann: »Wann wollt Ihr abreisen?«

»Morgen, spätestens übermorgen, wenn ich noch so lang in dem Haus bleiben kann. Es gehört ja jetzt Euch.«

»Selbstverständlich. Auch länger, wenn Ihr es wünscht.«

»Das wird nicht nötig sein. Der Schreiber ist angewiesen, Euch alle Kontrakte und Geschäftspapiere zu übergeben. Der Kapitän der *Irmla* weiß ebenfalls Bescheid. Er erwartet Eure Anweisungen.«

Clas nickte. »Danke. Wie wollt Ihr reisen?«

»Mit einem Kobel.«

»Den weiten Weg nach Hattingen, und das im Winter? Seid Ihr Euch sicher?«

»Natürlich.«

»Meint Ihr nicht, dass es bequemer und vor allem ungefährlicher wäre, Euch auf einem Schiff einzuquartieren?«, hakte der Kaufmann nach.

»Ihr vergesst, dass wir uns noch immer im Krieg mit den Holländern befinden. Ein Schiff muss den Skagerrak passieren, dann durch die Nordsee fahren und schließlich in niederländische Gewässer einlaufen, um den Rhein zu erreichen.«

»Ein Friedensschluss steht unmittelbar bevor.«

»Mag sein. Aber es gibt immer noch Kaperungen und kleinere Scharmützel. Nein, ich bevorzuge den Landweg.«

»Wie Ihr meint«, wiederholte sich Wibbeking. »Aber Ihr solltet Soldaten zu Eurem Schutz anheuern.«

Daran hatte Linhardt schon selbst gedacht. Schließlich reisten mit ihnen eineinhalbtausend Goldgulden. Zwar wusste außer Clas, Madlen und ihm niemand davon, aber konnte er sich dessen wirklich sicher sein?

»Ich werde es bedenken.«

»Wenn ich Euch dabei behilflich sein kann …«

»Nein«, wehrte Linhardt ab. »Das ist nicht nötig.«

Clas Wibbeking knetete seine Finger. »Ich möchte Euch noch mein formelles Beileid zum Tod Eures Bruders aussprechen.« Er stockte, als ob ihm die nächsten Worte unendlich schwer fielen. »Der Verdacht, den Ihr mir gegenüber geäußert habt, ist richtig. Martin trägt die Schuld an Lukas' Tod. Ich bin unendlich traurig darüber, was mein Sohn Eurer Familie angetan hat.«

»Danke. Auch mir tut es leid um Martin. Selbstverständlich verstehe ich Eure Trauer. Wenn ich könnte, würde ich einiges ungeschehen machen.«

»Zum Beispiel Martin keine Hörner aufsetzen?« Zum ersten Mal seit Beginn ihrer Unterhaltung hatte Clas ein wenig die Stimme gehoben.

»Ich hätte meine Liebe zu Madlen früher gestanden, aufgegeben hätte ich sie jedoch nicht. Aber vielleicht wäre dann alles ganz anders gekommen.«

Clas Wibbeking wirkte enttäuscht. Hatte er womöglich eine

Entschuldigung erwartet? Der Kaufmann nestelte in seiner Tasche, zog einen Brief hervor und hielt ihn Linhardt hin. »Der ist für Euren Vater. Hat er die Nachricht vom Tod Eures Bruders bereits erhalten?«

»Natürlich.«

Wieder nickte Clas. Tränen standen in seinen Augen. »Ich denke, ich sollte jetzt besser gehen. Lebt wohl, Linhardt von Linden. Und grüßt Jorge. Egal, was jetzt zwischen uns steht, ich werde niemals vergessen, dass er mir damals das Leben gerettet hat.«

Epilog

Linhardt kehrte mit Madlen wohlbehalten nach Hattingen zurück, um dort eine Familie zu gründen und das Geschäft seines Vaters zu übernehmen.

Jorge von Linden verstarb einige Jahre später. Er hatte bis zu seinem Tod kein einziges Wort mehr mit Clas Wibbeking gesprochen. Was genau in dem Schreiben stand, welches er von seinem alten Freund erhalten hatte, blieb sein Geheimnis. Obwohl Linhardt später gründlich danach suchte, fand er den Brief, den er seinem Vater noch am Tag seiner Ankunft in Hattingen übergeben hatte, nicht. Auch in dem Tagebuch, in dem Jorge sonst jede Kleinigkeit, die die Familie betraf, notierte, stand über den Inhalt des Schreibens keine Zeile.

Hinrick heiratete nie. Bis ins hohe Alter stand er in den Diensten des Herzogs von Kleve und starb als angesehener Mann auf der Schwanenburg.

Glossar

Abbundzeichen
Markierungen im Holz, um zusammengehörige Bauteile eines Fachwerks zu identifizieren

Baltringer Haufen
Zusammenschluss von schwach militärisch organisierten Bauern und Handwerkern im Bauernkrieg von 1524/25

Beitel
Werkzeug zur spanenden Holzbearbeitung, wie Stemm- oder Stecheisen

Bruchwald
Permanent nasses, sumpfiges Waldgebiet

Büttel
Städtische Büttel waren eine Art Polizeikräfte, die unter anderem Ehrenstrafen wie das Stehen am Pranger oder das Tragen des Schandmantels überwachten.

Dechant
Vorsteher einer Gruppe von Priestern

Domkapitel
Das Domkapitel unterstützt den Bischof als eigenständige juristische Person in der Leitung des Bistums. In bestimmten Angelegenheiten hat es ein Zustimmungs- oder Beratungsrecht. Das Gremium besteht aus dem Dompropst,

Domdechanten oder Domdekan, zu denen auch noch weitere residierende und nicht residierende Mitglieder aus anderen Regionen des Bistums hinzugezogen werden können.

Donjon
Mittelalterlicher Wohn- und Wehrturm

Dornse
Schreibstube und Büro in Kaufmannshäusern, vorwiegend in Norddeutschland

Emscherbruch
Sumpfige Landschaft des Flusses Emscher, vorwiegend im Vest Recklinghausen im nördlichen Ruhrgebiet

Englischer Schweiß (Sudor anglicus)
Mysteriöse Krankheit, die in mehreren Epidemien (1485/1486, 1517, 1528/1529 und 1551/1552) vor allem in England aufgetreten ist. Die Erkrankten litten zunächst unter Angstgefühlen, Schüttelfrost, Gliederschmerzen und Erschöpfung. Diese ›kalte Phase‹ dauerte bis zu drei Stunden. Dann folgte ein übel riechender Schweißausbruch mit Hitzewellen, Pulsrasen, Herzschmerzen – die ›heiße Phase‹. Kurz darauf fiel der Erkrankte in ein Koma, aus dem er in der Regel nicht mehr erwachte. Die Opfer verstarben innerhalb von vier bis vierundzwanzig Stunden. Der Kontakt mit einem Erkrankten führte häufig zur eigenen Ansteckung und auch wer die Krankheit überstand, war nicht immun. Die Inkubationszeit betrug bis zu drei Wochen. Noch heute rätseln Mediziner, was den Englischen Schweiß ausgelöst haben könnte. Die Erklärungsansätze reichen von einer besonders aggressiven Influenza, über eine von Flöhen und

Läusen übertragene unbekannte Krankheit bis zu Hanta-Viren.

Erbmännerfamilien
Die Erbmänner waren der Stadtadel, das Patriziat in Stadt und Hochstift Münster. Die Schicht der Erbmänner hatte sich schon im 12. Jahrhundert – teils im Gefolge der Bischöfe von Münster – gebildet und über Jahrhunderte als Bürger erster Klasse bei der Stadtverteidigung und als Ratsmitglieder verdient gemacht. Sie galten spätestens seit dem 15. Jahrhundert allgemein als adelig. Die Erbmänner stellten ursprünglich die Mitglieder des Schöffenkollegiums, dem späteren Stadtrat, die Bürgermeister und den Stadtrichter. Sie waren das exklusivste Patriziat im Reich. Es ist kein Fall belegt, in dem eine Familie aus der münsterschen Bürgerschaft in den Kreis der Erbmänner nachträglich aufgenommen worden wäre.

Erbpacht
Bei der Erbpacht waren das Eigentumsrecht und das Nutzungsrecht dauerhaft voneinander getrennt. Das Nutzungsrecht lag beim Pächter, das Eigentumsrecht blieb beim Grundherrn. Bei Antritt der Erbpacht zahlte der Pächter einen vereinbarten Betrag an den Grundeigentümer, das sogenannte Erbbestandsgeld, eine Art Kaufgeld. Alljährlich hatte der Pächter zusätzlich eine Rente (Zins) in Naturalien oder Geld zu entrichten. Die Erbpacht ist in Deutschland seit 1947 verboten.

Fallreep
Eine an die Bordwand gehängte, schräge Treppe

Fronhof
Herrschaftlicher Gutshof

Gänge
Der hinter den Lübecker Wohnhäusern geschaffene Wohnraum für die Bediensteten, die dort in sogenannten Buden lebten, die durch einen Durchgang im Stadthaus erreichbar waren

Gefach
Raum zwischen den Holzbalken eines Fachwerkes, der entweder aufgemauert oder mit einem Weidengeflecht gefüllt wird, das mit Lehm beworfen und so verputzt wird

Geldkatze
Geldbeutel

Gräfte
Wassergraben, der einen Adelssitz umgibt und für dessen Schutz sorgen soll

Hakenbüchse
Schwerfällig zu handhabender Vorderlader des 15. und 16. Jahrhunderts. Er wurde überwiegend als Verteidigungswaffe von den Burgmauern hinunter eingesetzt.

Hartzhals
Heute: Hirtshals, Hafenstadt im Nordwesten Jütlands. Im 16. Jahrhundert war auf holländischen Seekarten der Name Hartzhals (Hirschhals) verzeichnet, da Seeleute im Höhenzug, auf dem später der Leuchtturm errichtet wurde, eine Ähnlichkeit mit dem Hals eines Hirsches zu erkennen meinten.

Hilinciweg
Auch kleiner Hellweg. Uralter Handelsweg, der von der Kölner Bucht durch das Bergische Land führt und bei Hattingen die Ruhr überquert, anfangs durch die Furt unterhalb der Isenburg, später über die Ruhrbrücke. Er kreuzt bei Bochum-Linden den westfälischen Hellweg und verläuft weiter Richtung Münster/Osnabrück.

Hübschlerin
Prostituierte

Kasteel
Historisch korrekter Name der Burganlage Ruhrort

Kondottiere
Söldnerführer

Kraweel
Eigentlich die Bauweise eines Schiffes, deren Beplankung mit glatt aneinanderstoßenden Kanten durchgeführt wird. Später verwendete man den Begriff auch für die auf diese Art gebauten Schiffe.

Marstall
Vom Mittelalter bis in die Neuzeit die Wache der Lübecker Ordnungshüter (→ Reitendiener) und gleichzeitig Stadtgefängnis

Martini
Martinstag, 11. November, Festtag des heiligen Martin von Tours

Multer
Gebühr für das Mahlen von Getreide

Palas
Rittersaal einer Burg oder eines Schlosses

Pfette
Waagerechter Träger in einer Dachkonstruktion

Prädikanten
Als Wassenberger Prädikanten wird eine Gruppe von Predigern bezeichnet, die während der Reformation in Wassenberg und Umgebung die neue Lehre predigten. Sie zogen ab dem Frühjahr 1532 in großer Zahl nach Münster.

Reitendiener
Ursprünglich berittene Ratsdiener in den norddeutschen Städten. Sie bedienten Ratsherren und Bürgermeister bei Ratssitzungen und Festbanketten, dienten als deren Trabanten-Leibwache, waren Kuriere, Polizeitruppe und Eskorte der Delinquenten zur Hinrichtung.

Richtscheit
Eine lange, gerade Latte, die als Prüfmittel eingesetzt wird, um leichte Höhenunterschiede bei ebenen Flächen festzustellen.

Schanzmeister
Verantwortlicher für Verteidigungsanlagen

Schatzung
Bezeichnung für den Einzug direkter Steuern

Schaube

Weiter, vorne offener, ungegürteter Überrock, der im 15. Jahrhundert aufkam, um den darunter getragenen Scheckenrock sichtbar zu machen. Ursprünglich war die Schaube ein Kleidungsstück für Männer, das später mit einer schleppenartigen Verlängerung aber auch von wohlhabenden Frauen getragen wurde.

Schiffspfund

Entsprach rund 135 Kilogramm (in Lübeck)

Schmalkaldischer Bund

Am 27. Februar in Schmalkalden geschlossenes Verteidigungsbündnis protestantischer Fürsten und Städte unter Führung von Kursachsen und Hessen gegen die Religionspolitik des katholischen Kaisers Karl V.

Schöffe

Ein Schöffe war im hohen und späten Mittelalter und in der frühen Neuzeit eine Person, die mit Aufgaben in der Rechtsprechung, aber auch – da damals rechtsprechende und ausführende Gewalt nicht getrennt waren – mit Verwaltungsaufgaben betraut war.

Schultheiß

Beauftragter des Landesherrn, um Schulden einer Gemeinde einzutreiben oder das Befolgen von Gesetzen zu gewährleisten

Skrofeln

Alter Begriff für die Halslymphknotentuberkulose. Sie wurde meistens durch den Genuss von mit Tuberkelbakterien verunreinigter roher Milch und Milcherzeugnissen hervorgerufen. Eine Ansteckung von Mensch zu Mensch war eher selten. Häufig steckten sich Kinder an, Erwachsene nur in Ausnahmefällen. Symptome sind die Schwellung der Lymphknoten, eine gedunsene Nase infolge chronischen Schnupfens, entzündete Augen und das schweinsrüsselartige Hervorstehen der Nase, welches an ein Ferkel erinnerte. Die Krankheit konnte bis zu zehn Jahre dauern und zu Folgeerkrankungen führen. Die Halslymphknotentuberkulose endete selten tödlich. Als Heilmittel wurde die Braunwurz (Scrophularia) eingesetzt. Ihre Wirkung ist jedoch wissenschaftlich nicht bewiesen.

Stapelrecht

Das Stapelrecht war das Recht einer Stadt, von durchziehenden Kaufleuten zu verlangen, dass sie ihre Waren für einen bestimmten Zeitraum auf dem Stapelplatz vor Ort anboten. Teilweise konnten sich Händler durch Zahlung eines Stapelgeldes von der Stapelpflicht befreien.

Einige der Erläuterungen habe ich sinngemäß (zum Teil auch wörtlich) der freien Enzyklopädie *Wikipedia* entnommen.

Nachbemerkung

Ein Königreich von kurzer Dauer ist ein Roman, kein Geschichtsbuch. Dennoch hat es einige der beschriebenen historischen Ereignisse natürlich gegeben – allerdings nicht immer zu dem im Buch angegebenen Datum, sondern entweder früher oder später, und auch nicht immer an den Orten, wie im Buch behauptet.

Der Ausbruch des Englischen Schweißes in Lübeck fand nicht, wie von mir behauptet, im April 1531 statt, sondern schon zwei Jahre früher in Hamburg. Am 25. August 1529 lief Kapitän Hermann Evers mit seinem Schiff von London ein, zwölf auf dem Meer gestorbene Seeleute an Bord. Kurz darauf kam es zu den ersten Todesfällen in der Hansestadt. Es starben rund eintausendeinhundert von zweiundzwanzigtausend Einwohnern. Die Seuche wanderte über die Handelswege der Hanse in die Ostseestädte und nach Süddeutschland bis in die Schweiz. Nachgewiesen wurde die Krankheit auch in Westfalen. In Dortmund sollen ihr von fünfhundert Erkrankten vierhundertsiebenundneunzig zum Opfer gefallen sein. In Hattingen starben vier Geschwister der Adelsfamilie von Heyden auf Haus Bruch an der Krankheit.

Der Lautenmacher Cuntz Muntzer hat wirklich gelebt, allerdings in Würzburg, wo er mit einem Vermögen von achtzig Gulden 1530 zur Steuer veranlagt wurde. Ich habe ihn nach Münster verpflanzt und ihm eine Familie angedichtet.

Die Bruderschaft der Tischler wurde erstmals urkundlich im Jahr 1564 erwähnt. In einer Festschrift der Tischler-Innung Münster aus dem Jahr 1989 heißt es weiter: »Es besteht aber durchaus die Möglichkeit, dass diese Vereinigung schon früher bestanden hat. Genaue Unterlagen über diese Zeit liegen aber nicht mehr vor, denn damals hatten die Wiedertäufer unersetzbares Schriftenmaterial auf großen Scheiterhaufen auf dem Domplatz verbrannt.« Nehmen wir uns also die Freiheit und unterstellen, dass die Bruderschaft schon 1530 bestanden hat.

Die im Text immer wieder auftauchende Anrede ›Herr‹ ist nicht ganz korrekt. Der ›Herr‹ war, streng genommen, nur der Lehnsherr, das ›Fräulein‹ die Tochter eines Fürsten, so wie als ›Junker‹ dessen Sohn bezeichnet wurde. Ich habe der Einfachheit halber die Anrede ›Herr‹ trotzdem verwendet.

Es ist unbekannt, ob es im frühen 16. Jahrhundert wieder (oder noch) jüdisches Leben in Bochum gab. Die früheste urkundliche Erwähnung jüdischer Familien in der Stadt stammt aus dem Jahr 1616.

Der Kaufmann Konrad Kielmann hat tatsächlich gelebt. Er wurde um 1510 in Hattingen als Sohn des Johannes zum Kiel geboren und wanderte später nach Wien aus, wo er zu großem Reichtum kam. Die ihm von mir unterstellte Brandstiftung als Ursache der Auswanderung entstammt meiner Fantasie.

Jürgen Wullenwever und seine Getreuen traten, nachdem ihre Kriegspolitik gescheitert war, auf Druck des Hansetages und nach Ablauf eines kaiserlichen Ultimatums am 26. August 1535 aus dem Lübecker Rat zurück. Einige Monate später wurde Wullenwever in Bremen festgenommen, nachdem er versucht hatte, Söldnertruppen anzuwerben. Unter der Folter gestand er, dass er vorgehabt habe, in Lübeck ein Täuferreich wie in Münster zu errichten. Wullenwever wurde am 24. September 1537 am Hohen Gericht am Lechlumer Holz bei Wolfenbüttel hingerichtet.

Bernd Rothmann und Heinrich Krechting entkamen lebend aus Münster. Der König des neuen Jerusalems, Jan van

Leiden, und seine Mitstreiter Bernd Knipperdolling und Bernd Krechting wurden am 6. Januar 1536 in Wolbeck von einem bischöflichen Gericht zum Tode verurteilt.

Am 22. Januar 1536 wurden sie nach entsetzlicher Folter auf dem Prinzipalmarkt hingerichtet. Ihre Leichen wurden zur Abschreckung in drei Eisenkörben an der Lambertikirche zur Schau gestellt. Die Körbe hängen dort noch heute.

Jan Zweyer, im Sommer 2017

Danksagung

Der Musiker und Komponist Eckard Koltermann aus Wanne-Eickel gab mir Tipps zum Instrumentenbau.

Frau Silvia Beckmann von der Tischler-Innung Münster hat mir Auszüge aus der weiter oben genannten Festschrift überlassen.

Die Geschichte Jorge von Lindens

Jan Zweyer

Das Haus der grauen Mönche
Teil I: Das Mündel

ISBN 978-3-89425-619-7
Auch als E-Book erhältlich

Die grauen Mönche nehmen sich der Waise Jorge an – doch das Schicksal hat noch viel mit ihm vor …

Anno 1488: Wegen einer Wiese müssen Linhardt von Linden und seine Frau ihr Leben lassen. Der neugeborene Sohn Jorge bleibt nur vom Tod verschont, weil sich Bruder Bernardo seiner annimmt. Doch die Erziehung der Waise im ›Haus der grauen Mönche‹ ruft Missgunst auf den Plan – sogar unter den Mönchen selbst.

Auch von anderer Seite droht Ungemach: Dem Hattinger Bürgertum sind die Bettelmönche schon lange ein Dorn im Auge und sogar der Erzbischof von Köln hat guten Grund, sie weit weg zu sehen.

Jorge gerät zwischen die Fronten von weltlichen und kirchlichen Machthabern.

»Spannend und vielschichtig.«
Ruhr Nachrichten

»Ich freue mich schon sehr auf die nächsten Teile der Trilogie und bin gespannt, welche Überraschungen das Leben noch für Jorge bereithält.« www.vonmainbergsbuechertipps.wordpress.de

»Der zwischen 1488 und 1502 spielende erste Teil der dreibändigen Historien-Saga fängt pralles spätmittelalterliches Leben ein.«
Jürgen Seefeldt, ekz-Bibliotheksservice

»Hat man Historienromane bisher mit Namen wie Umberto Eco, Donna Woolfolk Cross oder Ken Follett verbunden, gibt es nunmehr einen sehr akzeptablen Gegenentwurf.«
Carsten Janecke, Hellweger Anzeiger

Die Geschichte Jorge von Lindens

Jan Zweyer

Das Haus der grauen Mönche
Teil II: Freund und Feind

ISBN 978-3-89425-620-3
Auch als E-Book erhältlich

WENN DIE ZEITEN HÄRTER WERDEN, ÄNDERT SICH NICHTS SO SCHNELL WIE SICHER GEGLAUBTE ALLIANZEN

Anno 1502: Jorge wird verbannt und macht sich auf die Suche nach seinem Freund Aron – er findet ihn wieder als Mitglied einer Räuberbande. Währenddessen stellt der Hattinger Kaufmann Hinrick van Enghusen die Weichen für die Zukunft: Die Vermählung seines Sohnes mit Agnes von Krekenbeck soll für ein Bündnis zweier einflussreicher Familien sorgen.

Auch der Benediktiner Bartholomäus verfolgt unbeirrt weiter seine Pläne: Mithilfe der Inquisition entledigt er sich aller Mitwisser um das Attentat auf Herzog Johann II. Nun bleibt nur noch Jorge, der ihm gefährlich werden kann.

Doch Gier ist immer ein schlechter Berater. Bald schon muss sich ein jeder die Frage stellen: Wer ist Freund, wer Feind?

»Unterhaltsam und lehrreich.«
Michael Schulte, Westfälische Nachrichten

»Ein plastischer, farbiger Roman, der das Mittelalter lebendig macht, ohne es zu beschönigen. Gut und Böse, Arm und Reich, Mächtig und Ohnmächtig sind klar verteilt ... Heimatkunde der spannenden Art, klug und ausbalanciert erzählt.«
Jens Dirksen, WAZ Westdeutsche Allgemeine Zeitung

Die Geschichte Jorge von Lindens

Jan Zweyer

Das Haus der grauen Mönche
Teil III: Im Dienst der Hanse

ISBN 978-3-89425-621-0
Auch als E-Book erhältlich

IN DER HANSESTADT LÜBECK FINDET JORGE EIN ZUHAUSE – ABER DANN BEGINNT DER KRIEG ...

In Lübeck findet Jorge bei den Brüdern Konrad und Clas Wibbeking eine neue Heimat. Schnell erweist er sich als tüchtiger Mitarbeiter in dem Handelshaus der beiden. Allerdings sind die Zeiten für Kaufleute nicht einfach – der Konflikt der Hanse mit Dänemark spitzt sich zu. Bei einer Reise nach Reval werden Jorge und Clas Wibbeking Opfer einer Intrige, die die Machtverhältnisse in Nordeuropa verändern soll.

Marlein van Enghusen, die ebenfalls in Lübeck lebt, ahnt nicht, dass ihr Jugendfreund Jorge ganz in ihrer Nähe ansässig geworden ist. Als ihr Vater droht, sie zurück nach Hattingen zu holen, nimmt sie ihr Schicksal selbst in die Hand: Sie geht eine Ehe mit Albrecht Schulten, dem Geschäftspartner ihres Onkels, ein. Der hat aber nicht vor, sich an getroffene Vereinbarungen zu halten.

Als tatsächlich Krieg ausbricht, scheint es für niemanden eine Zukunft zu geben ...

»Der historische Roman des früheren Krimiautors setzt die mitreißende Familiengeschichte spannend fort.«
Morgenpost am Sonntag

»Zweyer schreibt historisch möglichst präzise und derart anschaulich, dass man von der Lektüre nicht mehr loskommt.«
Bruder Zenoni, Salve – Zeitschrift der benediktinischen Gemeinschaften Einsiedeln und Fahr

grafit

Auf der Flucht vor der Inquisition ...

Beate Sauer

Die Buchmalerin

ISBN 978-3-89425-622-7

Auch als E-Book erhältlich

Ein intriganter Kardinal, eine junge Buchmalerin und ein kaiserlicher Kundschafter liefern sich ein packendes Katz-und-Maus-Spiel

Im Westen des Deutschen Reiches, zu Beginn des Jahres 1235 n. Chr.: Der Machtkampf zwischen Papst Gregor IX. und Kaiser Friedrich II. bestimmt das Schicksal Donatas, einer jungen Buchmalerin. Seit vier Jahren vor der Inquisition auf der Flucht, beobachtet sie einen Mord und wird damit zur Schlüsselfigur in dem perfiden Ränkespiel des Kardinals Enzio von Trient.

»Beste Unterhaltung sowohl für Krimifans als auch für Freunde historischer Romane.« Martina Müller, 3sat.online

»Die Geschichte der Buchmalerin Donata, die von der Inquisition verfolgt wird, weil sie Menschen und Heilpflanzen zeichnen kann, als wären sie lebendig, ist wirklich so spannend, dass man diesen Wälzer nicht aus der Hand legen kann.« Brigitte

»Ein wunderbarer Schmöker – spannend und äußerst unterhaltsam.« Darmstädter Echo

»Ein fesselnder historischer Roman um den Glanz der Bilder, die Intrigen der Macht und den Kampf gegen die eigenen Dämonen.« buchSzene

grafit